Das Buch

Zwei undurchsichtige Polizisten – ein Mann und eine Frau – belauern einander. Beide haben Burke ins Visier genommen. Sie will angeblich Burkes Hilfe, um einen Unschuldigen aus dem Knast zu holen. Er versucht, Burke die Mittäterschaft bei einer Serie von Morden anzuhängen. Zwischen dieser Mordserie und dem angeblich unschuldig Gefangenen scheint ein Zusammenhang zu bestehen. Aber welcher? Burke versucht, den »roten Faden« zu finden. Doch nichts paßt zusammen. Er kann keine Logik in all dem entdecken, wittert aber höchste Gefahr. Die drei beginnen schließlich, einander zu umkreisen. Jeder ist Raubtier und Beute zugleich ... Erst ein Haiku bringt Burke auf die rettende Idee.

In seiner knappen, präzisen Prosa schildert Andrew Vachss kämpferisch, doch ohne Illusionen den erbarmungslosen Krieg zwischen zwei Menschen im New Yorker Milieu, die Burke als Spielball benutzen – und er beschreibt, was aus Menschen wird, wenn sie eine Waffe in der Hand halten.

Der Autor

Andrew Vachss ist Anwalt in New York; er verteidigt ausschließlich mißbrauchte Jugendliche und ist als Sprecher für die Belange dieser »Kinder ohne Lobby« weltweit bekannt. Er hat zahlreiche Romane, ein Kinderbuch für Erwachsene und viele Fachartikel geschrieben.

Für Alan Grant
Freiwilliger in einem Krieg, der nicht seiner ist,
um alle Kinder des Geheimnisses zu befreien

für Baby Boy E...

Du hast gegen den Tod gekämpft
bis zur letzten Runde
Und bist von den Punktrichtern
beschissen worden.
Wieder mal.

Keine abgekarteten Kämpfe mehr für
dich, kleiner Krieger.
Jetzt kannst du's ihnen – endlich –
zeigen.

Erscheint man in meiner Branche als letzter zu einem Treffen, kann es sein, daß man am Ende auf der Strecke bleibt.

Ich sah zu, wie der kühlschrankweiße Range Rover die Betonbrocken umkurvte, die auf dem Asphalt des ehemaligen Parkplatzes verstreut waren. Diese schicken Allradschlitten kosten echt Kohle – Saunders war anscheinend richtig zu Geld gekommen, seit wir das letztemal Geschäfte gemacht hatten. Der schwere Wagen schob sich vor, hielt am Rand des Piers und setzte dann zurück, bis er mit dem Heck vor dem verlassenen Gebäude stand.

Ich richtete das Fernglas auf die Fahrertür und sah den Mann aussteigen. Es war wirklich Saunders, in spießiger Safari-Kluft, dazu die passenden glänzend schwarzen Stiefel. Die Beifahrertür ging auf. Ein zweiter Mann. Mittelgroß, das Gesicht zu rundlich für seine Statur, Tarnjacke und Springerstiefel, die Augen hinter einer verspiegelten Pilotenbrille verborgen. Ich kletterte an einer schwarzgefärbten Strickleiter von meinem Hochsitz auf einem massiven Querbalken herunter. Die Leiter verschwand im Schatten, als ich mich der Tür näherte.

Das Licht des späten Nachmittags war noch kräftig, nur gebrochen von dem Schutt im Inneren des leerstehenden Lagerhauses – über den schmutzigen Hudson konnte ich bis rüber nach Jersey sehen. Die Tür schwang auf, und sie traten ein.

»Burke«, sagte Saunders, streckte mir die Hand hin. »Lange nicht gesehen.«

»Ich dachte, es ging um Geschäfte«, erwiderte ich.

»Immer noch der alte Burke.« Er lachte leise und ließ

die Hand sinken, aber so, daß sie sichtbar blieb. »Das ist der Mann, von dem ich dir erzählt hab. Roger Cline.«

»Cline wie Patsy Cline, nicht Klein wie Itzig«, sagte der Bursche. Sein Mund lächelte; die Augen blieben hinter den verspiegelten Gläsern unsichtbar. »Hat Saunders gesagt, was wir brauchen?«

»Ja«, antwortete ich. »Kriegsgerät.«

»Schweres Kriegsgerät, mein Freund«, sagte er. »Können Sie liefern?«

»Klar.« Es war die Wahrheit – bei all den Schließungen von Militärstützpunkten ist das heutzutage kein Problem.

»Wir brauchen ...«

»Schon mal gesessen?« unterbrach ich.

»Häh?«

»Schon mal gesessen?« wiederholte ich und betrachtete mein Spiegelbild in den Brillengläsern.

Der Mann drehte hilfesuchend den Kopf leicht nach rechts, suchte nach einem Verbündeten, doch Saunders zuckte nur die Achseln, verlagerte fast unmerklich sein Gewicht auf einen Fuß, ließ seine Haltung die Geschichte erzählen.

Der Mann sah wieder mich an. »Ja. Ich hab eine Weile gesessen.« Ein feindseliger Unterton in der näselnden Stimme. »Und?« Er nahm die Sonnenbrille ab und starrte mich herausfordernd an – zu Hause vor dem Spiegel hatte das wahrscheinlich besser gewirkt.

»Nicht und«, sagte ich. »Wegen was?«

»Was geht Sie das an?« fragte er.

»Ich weiß gern, mit wem ich's zu tun habe«, antwortete ich gelassen.

»He, ich will doch nicht mit Ihrer Tochter ausgehen, Mann.«

»Wenn Sie meinen.«

Fünfzehn Sekunden war er still, versuchte immer noch, mich mit seinem harten Blick in die Knie zu zwingen – keine Chance. Dann strich er sich mit der flachen

Hand über das kurzgeschnittene, braune Haar, kaute kurz auf seiner Unterlippe und sagte: »Bewaffneter Raubüberfall.«

Ich nickte, als nähme ich es hin. »Sind Sie allein eingefahren?«

»Häh?«

»Haben Ihre Partner Sie begleitet, als Sie in den Knast gewandert sind?«

»Nein. Ich meine, ich hatte keine Partner.«

Ich nickte, als ergebe auch das einen Sinn. »In Ordnung. Mal sehn, was zu haben ist. Wird drei, vier Wochen dauern. Aber keine Garantie.«

»Ich dachte, Sie könnten ...«

»Was? Über die Mauer klettern und das Zeug klauen? Du träumst wohl, Kumpel. Ich hab einen Verbindungsmann beim Militär – nur so läßt sich die Sache durchziehen. Zu verkaufen ist, was er besorgen kann, so einfach ist das. Egal was, so ist es, und so bleibt es, verstanden?«

»Ja. Aber ...« Er ließ den Satz unbeendet, schaute zu Saunders.

»Laß uns mal kurz miteinander reden«, sagte Saunders zu mir. »Unter vier Augen, okay? Wegen der alten Zeiten.«

Ich nickte.

»Warten Sie draußen auf mich«, wandte sich Saunders an den anderen. »Hier sind die Schlüssel.«

Cline-wie-Patsy wollte noch was sagen, überlegte es sich dann aber anders. Er nahm die Schlüssel und ging durch das altersschwache Tor hinaus.

»Was sollte das gerade, Burke?« fragte Saunders.

»Der Typ ist Falschgeld«, sagte ich. »Ein Dreidollarschein.«

»Woher willst du das wissen?«

»Kein Mensch wird wegen bewaffnetem Raubüberfall eingelocht – so reden nur Sozialarbeiter. Man ist eingefahren, weil man was geklaut hat, oder man sagt, man ist ein Dieb. Wer einen Überfall vorhat, ist bewaffnet – wie sonst soll's laufen? Und hast du sein Gesicht gesehen, als ich nach seinen Partnern gefragt hab? Der *hatte* noch nie Partner – nicht bei dem, was er tut.«

»Was kümmert dich sein Stammbaum?«

»Vielleicht ist der Typ ja einer von diesen Nazi-Pennern oder was weiß ich, wie die sich diese Woche nennen, ein arischer Krieger ist er jedenfalls nicht – der Kerl ist ein verdammter Heckenspringer. Und als er eingefahren ist, hat er 'n Haufen Leute verpfiffen.«

»Und?«

»Also ist er nicht zuverlässig. Du weißt das, und ich weiß es auch.«

»Sein Geld stinkt nicht.«

»Und du hast schon was davon«, sagte ich.

»Hör zu, ich ...«

»Vergiß es«, unterbrach ich ihn. »Wenn du eine Bestellung für Material hättest, wärst du zu mir gekommen – wir haben auch früher schon Geschäfte gemacht. Dann hättest du was draufgeschlagen und an den Trottel weiterverkauft, ohne daß ich je davon erfahre.«

»Ich ...«

»Aber bei dieser Sache willst du dich raushalten, stimmt's? Also gibt's zwei Möglichkeiten: Entweder hältst du den Knaben nicht für liquide, oder er hat dir Angst eingejagt.«

»Mir jagt niemand Angst ein«, sagte Saunders mit gekränktem Unterton in seiner ruhigen Gaunerstimme.

»Wieviel hat er dir bezahlt, daß du dieses Treffen arrangierst?«

»Fünf.«

»Die Hälfte davon gehört mir.«

»Was soll das heißen?«

»Ich mach mit ihm keine Geschäfte, und du auch nicht. Du hast ihm fünf abgeknöpft, um das Treffen einzufädeln. Später wirst du ihm sagen, ich könnte nicht liefern. Er wird nicht sauer auf mich sein – ich hab nichts von seinem Geld genommen. Also, eine harmlose Sache … und ein netter Deal für ein paar Stunden Arbeit.«

»Wenn's ein Deal wäre, dann wär's *meiner*«, erwiderte er.

»Hältst du mich für 'ne verdammte 130er Nummer? Gebührenfrei?«

»Ich bin ehrlich gewesen, Burke. Komm schon, nichts für ungut. Wie wär's mit 'nem Riesen?«

»Du hast fünf gesagt, also hat er dir wahrscheinlich zehn rübergeschoben. Ich krieg zwei, und wir beide bleiben Freunde, du und ich.«

»Und wenn nicht?«

»Man kann nie wissen«, sagte ich ruhig.

Saunders griff in die Seitentasche seiner Safarijacke. Langsam, mit zwei Fingern. Zog ein Päckchen Zigaretten heraus, bot mir eine an.

»Nein, danke«, sagte ich. »Ich rauche nicht.«

»Als ich dich das letztemal gesehen habe, hast du noch.«

»Als du mich das letztemal gesehen hast, haben wir echte Geschäfte gemacht.«

»Aaah …«, sinnierte er und steckte seine Kippe an. »Hör mal, ich will kein böses Blut, okay? Wie wär's, wenn ich dir die zwei gebe und noch eine Information dazu? Eine wichtige Information. Du zahlst mir dafür, was sie dir wert ist, okay?«

»Ich höre.«

Er trat näher, senkte die Stimme. »Ich hatte außerhalb zu tun. Du warst auch schon geschäftlich da oben, hab ich gehört. In Connecticut.«

Ich verzog keine Miene, wartete.

»Ein Cop ist dir auf der Spur, Burke. Eine Frau. Sie war da, hat sich umgehört.«

»So was machen Cops nun mal.«

»Das läßt dich völlig kalt?«

»Ja. Ich mach nichts, was die Einheimischen stören könnte.«

»Okay. Wie du meinst. Wollte nur einem alten Freund einen Gefallen tun.«

»Ich werd's mir merken«, sagte ich und hielt ihm die Hand hin. Für das Geld.

Der Widerling mit der Sonnenbrille war nicht allein in den Knast gewandert. Ich schon – mehr als einmal. Aber zu einem Treffen gehe ich nie solo. Max der Stille fiel aus dem Halbdunkel, verschmähte die Strickleiter, landete so sanft wie Mondschein auf dunklem Wasser.

Max ist mein Partner. Hätte ich mir vorhin eine Zigarette angesteckt, wäre er auf Saunders gelandet wie ein Amboß auf einem Ei.

Von den Scheinen, die Saunders schließlich rausgerückt hatte, sackte ich sieben-fünfzig ein, gab Max die gleiche Summe. Die restlichen fünf kamen auf unsere Bank.

Max nickte. Ich hörte, wie der Range Rover davonfuhr. Max hatte sich noch vor mir in Bewegung gesetzt – er kann nicht hören, aber die Vibrationen dieser schweren Karre auf den morschen Brettern des alten Piers waren so stark, daß sogar ich sie spürte. Max glitt zum Tor des Lagerhauses und schaute hinaus.

Als er wieder nickte, folgte ich ihm.

Mein alter Plymouth parkte auf der anderen Seite der West Street und sah aus, wie er immer aussieht – aufgegeben. Ich schloß auf, und wir stiegen ein.

Ich drehte den Zündschlüssel, und wir machten uns auf den Weg zu unserer Bank.

Zuerst fuhren wir langsam vorbei. Der weiße Drache hing im Fenster – die Luft war rein. Ich hielt in der Gasse hinter dem Restaurant. An der glatten, schmutzig grauen Mauer leuchtete ein makellos weißes Quadrat. Max' Zeichen stand in sorgfältiger, schwarzer Kalligraphie in dem Quadrat. Man mußte kein Chinesisch können, um es zu verstehen: Parken verboten. Ohne Ausnahme.

Die Stahltür zum Hintereingang des Restaurants öffnete sich, als wir näher kamen. Ein rundlicher Chinese mit weißer Kochschürze stand da, eine Metzgeraxt in der Hand. Als er sah, wer es war, trat er zur Seite. Ich hörte die Tür hinter uns ins Schloß fallen.

Wir gingen durch die Küche, vorbei an einer Reihe Münzfernsprecher. Setzten uns in meine Nische im hinteren Teil des Lokals.

Mama verließ ihren Posten an der Kasse, kam an unseren Tisch und bellte Anweisungen auf kantonesisch. Der Kellner war ihr um Längen voraus – er verschwand und tauchte mit einer großen Terrine Sauerscharfsuppe wieder auf.

Im Stehen servierte Mama zuerst mir und Max. Dann setzte sie sich neben Max und füllte mit der Kelle ihre eigene Schale. Max und ich schlürften den obligatorischen Schluck, gaben die erwarteten Geräusche der Anerkennung von uns.

»Wir haben ...«, begann ich.

»Erst Suppe essen«, unterbrach Mama.

Okay. Wir leerten unsere Schalen, warteten auf einen Nachschlag. Aßen die zweite Portion langsamer, rührten ein paar gebratene Nudeln unter. Der Kellner kam und tauschte unsere Schalen gegen einen blauen Glasaschenbecher.

»Und?« fragte Mama.

Ich gab ihr die fünfhundert. »Für die Bank.«

»Von beiden?« wollte sie wissen.

Ich nickte. Mama ließ das Geld verschwinden. Max und ich würden jeder zweihundert Dollar Guthaben auf Mamas Bank bekommen – die restlichen 20 Prozent waren ihre Gebühr. Der Betrag war eigentlich viel zu klein für die Prozedur – für uns eher eine Geste des Respekts.

»Die Frau ruft wieder an«, sagte sie zu mir.

Ich wußte, wen sie meinte. Die gleiche Polizistin, von der Saunders mir erzählt hatte. Belinda Roberts. So hatte sie sich im Central Park genannt. Ich bereitete einen Job vor, hatte zur Tarnung Pansy dabei. Belinda joggte, eine gutaussehende Frau mit lässiger, rötlichbrauner Mähne als Krönung eines kurvenreichen, durchtrainierten Körpers. Sie sagte, sie möge meinen Hund. Sagte, ich gefiele ihr auch. Gab mir eine Nummer, bat mich, sie anzurufen.

Was ich nie tat. Das nächstemal sah ich sie an der gleichen Stelle. Clarence identifizierte sie als Cop. Sie war beruflich im Park. Vielleicht undercover, um einen Vergewaltiger zu schnappen, vielleicht observierte sie auch wegen eines Drogendeals, oder sie ermittelte gegen mich. Schwer zu sagen ...

... Bis sie das Restaurant anrief und nach mir fragte. Nach Burke fragte. Ich hatte ihr nie meinen richtigen Namen genannt, nie die Nummer gegeben.

Die verlogene Belinda. Hartnäckiges Miststück. Egal was sie wollte, sie würde vor mir müde werden – ich bin ein *Sensei* der Geduld, ein Zen-Meister im Warten.

Max ballte die Fäuste, legte den Kopf schräg – ein Boxer, der in Stellung geht. Sah mich fragend an.

Ich schüttelte den Kopf, tippte auf meine Uhr. Zu früh.

»Is gute Anlage, Burke?« fragte Mama.

Max hatte ihr wohl vom jüngsten Legal-reich-werden-Plan des Profs erzählt. Hatte mit einem Boxer zu tun, den er in einem umgebauten Lagerhaus in der South Bronx trainierte. Ich wollte, daß wir alle unser Geld in einen Topf schmissen und ein Rennpferd kauften – auf einen eigenen Traber war ich schon immer scharf. Aber verurteilte Kriminelle dürfen keine Rennpferde besitzen – in diesem Sport wollen die Behörden nicht die falschen Leute haben. Sie holen alle möglichen Erkundigungen ein, einschließlich Foto, Fingerabdrücke, überprüfbare Referenzen, solche Dinge eben. Das gilt für den Besitz eines

Rennpferdes – wenn du einen Kindergarten aufmachen willst, ist denen deine Vorgeschichte scheißegal.

»Ich weiß nicht, Mama«, antwortete ich ehrlich. »Ich hab diesen Jungen noch nie bei der Arbeit gesehen.«

»Prof sag, vielleicht groß Geld.« In ihren dunklen Augen funkelten die Dollarzeichen. »Du investier?«

»Ja. Er hat mir fünf Riesen abgeknöpft.«

»Max auch?«

»Klar.«

»Warum frag mich nicht?«

»Hier geht's um Wetten, Mama«, sagte ich und achtete darauf, nicht mal einen Hauch von Sarkasmus mitklingen zu lassen.

»Nich wetten, Burke. Investieren, oder?«

»Wenn du das sagst.«

»Also! Welchen Anteil du krieg für fünftausend?«

»Tja, ich hab nie gefragt.«

Mama schnalzte mit der Zunge. Dann drehte sie sich um und sagte über die Schulter etwas zu einem der Kellner. Der Mann verbeugte sich und verschwand. Bei seiner Rückkehr hielt er eine verbeulte, graue Metalldose in der Hand. Mama öffnete den Deckel, griff hinein, ohne hinzusehen. Gab mir einen Stapel Hunderter.

»Fünftausend«, sagte sie. »Ich gleichen Anteil wie du und Max, okay?«

Ich nickte, wie immer tief beeindruckt von ihrem Geschick, durch bloßes Anfassen Geld abzuzählen.

Max und ich spielten ein paar weitere Dutzend Runden unseres nie endenden Gin Rummys. Mama war lebhafter als gewöhnlich, gab Max gute Ratschläge und schlug ihm einmal auf den Handrücken, als er einen sensationell blöden Spielzug machen wollte. Max ignorierte den Klaps, befolgte aber ihren Rat. Gegen Mittag lag ich mit weiteren dreihundert Mäusen in Führung. Ich machte mit den Händen eine Lenkbewegung. Max lächelte kurz – Zeit zu fahren.

Wir nahmen den FDR bis zur Triborough Bridge, Ausfahrt Bruckner Boulevard, und fuhren gemächlich weiter, bis ich den Block fand. Hier und da standen die für die Bronx typischen ausgebrannten Mietskasernen, verlassene Gebäude so verkohlt, wie sie nach einer Weile aussehen. Das Lagerhaus lag etwas zurück von der Straße, davor ein betonierter Platz, wo früher Lastwagen beladen wurden. Ich parkte auf diesem Platz, stieg aus und schaltete die Sicherheitssysteme ein. Der Plymouth sah nicht so aus, als lohne es sich, ihn zu stehlen, und demoliert war er auch schon – aber nicht mal das schützt einen Wagen in dieser Gegend.

Clarence saß lässig in einem alten Sessel gleich hinter der Tür. Er trug ein goldgelbes Seidenjackett über einem schwarzen Hemd. War stets messerscharf gekleidet – scharf wie eine Neunmillimeter. Das junge Schießgenie stand auf, begrüßte mich mit einem knappen »Burke« und verbeugte sich vor Max.

»Ist er da?« fragte ich.

»O ja, Mahn. Mein Vater arbeitet hinten mit unserem Gladiator.«

Wir folgten Clarence durch die Trainingshalle. Junge Männer bearbeiteten schwere Sandsäcke oder Punchingbälle, andere hüpften Seil. In der hinteren Ecke befand sich ein improvisierter Ring. Die meisten Boxer waren schwarz, dazu ein paar Latinos und zwei irische Kids, die wie Brüder aussahen.

»Leg das Eisen weg, Idiot. Du trainierst für einen Kampf und kein verdammtes Foto.« Es war der Prof, der, zu voller Größe aufgerichtet, dem Jungen ungefähr bis zur Brust reichte. Der Junge hielt mit beiden Händen eine Hantel auf Taillenhöhe und hörte aufmerksam zu. Ein großer, kräftiger Junge, vielleicht einsneunzig, sah aus, als brächte er gut neunzig Kilo auf die Waage. Er hatte römische Gesichtszüge, besonders was seine Nase betraf, aber seine Haut war hell, und er hatte blaue Augen unter schwarzen Haaren, die glatt nach hinten gekämmt waren.

»Sammy hat gesagt ...«, begann der Junge, aber der Prof setzte schneller nach, als man einen Politiker bestechen kann.

»Sammy? Dem seine Grütze ist zu nix nütze. Wenn du auf den Blödmann hörst, steht dein Name demnächst bei den Todesanzeigen, nicht auf der Sportseite.«

»Okay, Prof.«

Aber der Prof war noch nicht fertig. »Damit gewinnt man Fights, Junge«, sagte der kleine Mann und hämmerte mit der geballten Faust auf seine Brust.

»Ich weiß«, sagte der Junge. »Mut ...«

»Ich red nicht von Mut, Kid – ohne Mut würdest du überhaupt nicht in den Ring kommen. Ich red von Kondition, verstehst du? Reine Kondition. Mut ist gut, aber du mußt pusten, nicht husten. Kapiert?«

»Ja«, sagte der Junge. Ernst, nicht eingeschnappt.

»Klasse. Und jetzt laß die Hantel fallen und gib meinem Freund hier die Hand. Burke, das ist Frankie Eye, an dem kommt keiner vorbei.«

»So nennt er mich.« Der große Junge lächelte. »Das ist die Kurzform von Ianello.«

Er hatte einen kräftigen Händedruck, versuchte aber nicht, damit zu beeindrucken. Sein Blick war klar und offen, seine Haltung respektvoll.

»Und das ist Max der Stille. Der Leben auslöschende, Witwen säende Wind der Vernichtung«, erklärte der Prof und deutete auf Max. Der mongolische Krieger verbeugte sich. Der Junge hatte die Hand ausgestreckt, zog sie aber schnell zurück, ahmte Max' Zeremonie mit einer eigenen Verbeugung nach. Ich wußte noch nicht, ob er kämpfen konnte, aber ein Dummkopf war er jedenfalls nicht.

»Der Sandsack ist jetzt frei«, sagte der Prof zu Frankie. »Komm.«

Der Junge folgte dem Prof und streifte sich beim Gehen Trainingshandschuhe über. Er trat vor den Sack wie ein Mann, der sich an die Arbeit macht, begann im Wechsel darauf einzuschlagen, links-rechts-links, eine stetige Folge von Haken, atmete durch die Nase, war ganz bei sich. Er besaß einen perfekten Boxerkörper – keine Muskelregung, bis er sich bewegte.

Der Prof stand daneben, beobachtete den Jungen wie ein Fluglotse, der zu viele Maschinen auf seinem Radarschirm hat. Mit der Präzision eines Metronoms bearbeitete der Junge den Sack. Als der Prof ihn schließlich aufhören ließ, schien Frankie nicht außer Atem.

»Wir brauchen hundert Schläge pro Runde. Harte Schläge. Jede Runde«, erklärte der Prof dem Jungen und warf seinem Fighter einen alten Frotteebademantel um. »Bei diesem Sport geht's ausschließlich um Kondition, vergiß das nie. Wenn du müde wirst, wirst du schwach. Wenn du schwach wirst, gehst du in die Knie.« Der Junge nickte – offensichtlich hörte er das alles nicht zum erstenmal.

»Was hältst du von unserem Jungen?« fragte der Prof.

»Weiß ich noch nicht«, erwiderte ich. Der Prof wußte, was ich meinte. Die Welt ist voll von guten Boxern – im Training. Erst wenn sie einen Treffer einstecken müssen, erfährt man die Wahrheit.

Max trat vor, schüttelte den Kopf, zeigte auf den Jungen. Er verbeugte sich vor dem Prof, deutete auf den Jungen, dann auf sich selbst.

»Vergiß es!« fuhr der Prof ihn an. »Du sparrst nicht mit ihm, auf gar keinen Fall.«

Max beachtete den Prof nicht, führte den Jungen zurück zum Sandsack. Ich nahm Frankie den Bademantel von den Schultern, während Max ihn so drehte, daß er genau vor dem Sack stand. Max stellte sich hinter den

Jungen, legte ihm die Hände links und rechts auf die Taille, die Finger vorne unterhalb des Bauches gespreizt. Als er nickte, begann der Junge mit seinen Schlägen, langsam zuerst, dann härter und schneller. Max trat zurück, verbeugte sich wieder und tauschte mit dem Jungen die Plätze.

»Leg deine Hände so wie Max«, wies ich den Jungen an. Zögernd legte er die Boxhandschuhe auf die Hüfte des Mongolen, war verwirrt, spielte aber mit.

Max ließ einen linken Haken los, eine wuchtige Ramme, die den Sandsack beben ließ.

»Sieh auf deine Hände«, befahl ich Frankie. Die linke Hand des Jungen tanzte in der Luft, seine rechte lag immer noch auf Max' Taille. Er setzte die Hand wieder auf, beugte sich vor, um näher an Max zu sein. Der Krieger feuerte mit jeder Faust mehrere Schüsse ab. Wieder verlor der Junge den Hautkontakt. Max trat zurück, deutete auf die Hüften des Jungen, machte eine einladende Oberkellnergeste, forderte ihn auf, sich wieder vor den Sack zu stellen.

Dann kapierte Frankie. Er ging in Position, fing langsam an, gab jedem Schlag durch eine Drehung der Hüften mehr Wucht und steigerte das Tempo, als er spürte, daß es funktionierte. Der schwere Sandsack tanzte, seine Schläge waren viel wuchtiger als beim ersten Mal. Als er aufhörte, lächelte er.

»Das war mir nicht klar …«, sagte er, drehte sich zu Max und verbeugte sich.

»Ja, ja – zuschlagen kann jeder«, zögernd erkannte der Prof Max' Sachkenntnis an, schützte gleichzeitig sein eigenes Territorium. »Aber beim Boxen kommt's auf Köpfchen an. Läuft alles im Kopf, du Tropf.«

»Wann steigt er in den Ring?« fragte ich.

»Freitag abend. Ein Kampf für Newcomer. Drüben in Queens. Die Publicity ist in Ordnung, und die Kohle könnte schlechter sein.«

»Wieviel?«

»Ein Riese.«

»Nicht gerade viel«, meinte ich skeptisch.

»Hör zu, Schuljunge. Es geht nicht um die Mäuse, wenigstens nicht am Anfang. Soll einer der Scouts von den Kabelsendern da sein – es ist ihre Show. Landesweit, verstehst du? Es herrscht ziemlicher Mangel an Schwergewichten. Und *weiße* Schwergewichtler ... verdammt, du kannst dir dein Preisschildchen selbst schreiben. Die sind so scharf auf Weiße, daß sie sich sogar schon mit schokomilchfarbenen Typen zufriedengeben. Schwergewichtler? Ich sag dir was, die Typen haben alle keine Power. Und die paar, die's gibt, werden total verhätschelt. Sieh dir die Komiker doch an, zweiunddreißig Siege und keine Niederlage. Aber die kämpfen nie gegeneinander, verstehst du? Die müssen ungeschlagen sein, um überhaupt 'ne Chance zu kriegen. Dann punkten sie, und das war's. Ein Fight und fertig. Aber dann ist's aus, kleine Maus. So wollen wir das nicht angehen. Frankie wird gegen jeden antreten, der kämpfen will. Wenn er seine Chance kriegt, schlägt er zu.«

»Aber bei einem ersten Kampf ...?«

»Hör zu, Burke. Frankie hat schon 'n ganzen Haufen Kämpfe hinter sich. Amateurkämpfe, okay, aber 'ne Menge Fights.«

»Wie hat er sich gehalten?«

»Ach, meistens ist er beschissen worden. Er kämpft wie ein Profi. Körperschläge, fällt den Baum, man glaubt es kaum. Aber die Amateure, das ist doch alles Kinderkacke. Die schlagen sich wie Weiber bei 'ner Kissenschlacht. Das war nichts für Frankie.«

»Da hast du ihn also gefunden? Bei den Amateuren?«

»Nee. Er war in diesem Club drüben in Jersey. Kämpfe im Keller. Du weißt, wie so was läuft. Es gibt zwar Geld, aber nicht die Welt. Und Punkte gibt's auch nicht.«

Ich schaute zu dem Jungen rüber, der unter Clarence'

wachsamen Blicken Seil hüpfte. »Apropos Punkte …« Ich ließ den Satz unvollendet.

»Hat zweimal gesessen«, antwortete der Prof. »Einmal im Kinderknast, einmal Upstate. Beide Male wegen Körperverletzung. Der Junge hat ein ziemlich stürmisches Temperament.«

»Was hat er gemacht …?«

»Alles, Babe. War ein echter Schläger. Und ein drittklassiger Einbrecher. Der Suff war sein großes Problem. Aber das sind olle Kamellen, Allen. Jetzt trinkt er keinen Tropfen, nicht mal Malz und Hopfen.«

Ich schaute dem Jungen eine Weile beim Sparring zu. Nichts Spektakuläres – ruhig, mit Leib und Seele bei der Sache, lernte er die Grundzüge. Ich steckte dem Prof die fünf Riesen von Mama zu, sagte, daß sie auch dabei war. Gab Max ein Zeichen, daß es Zeit war zu verschwinden. Der wär am liebsten den ganzen gottverdammten Tag dageblieben, aber auf mich wartete Arbeit.

Ich fuhr den Plymouth in die Garage des Lagerhauses, in dem Max wohnt. Er deutete nach oben, machte eine »Komm mit«-Geste, lud mich ein, Immaculata und ihrer Tochter Flower hallo zu sagen. Ich tippte auf meine Uhr, hielt Daumen und Zeigefinger zusammen, zeigte ihm, daß ich es eilig hatte.

Ich stand auf dem Bürgersteig und sah den Plymouth hinter dem sich senkenden Garagentor verschwinden. Sobald er weg war, ging ich zur U-Bahn an der Chrystie Street und verschwand unter der Erde, Richtung uptown.

Eine kleine Gruppe drängte sich in der Mitte des Bahnsteigs zusammen. Ängstliche Karnickel – sie wußten, daß einer von ihnen dran glauben mußte, beteten, daß sie es nicht sein würden, kamen nicht auf die Idee, daß sie gemeinsam den Fuchs zum Frühstück verputzen konnten. Ich ging an ihnen vorbei zum hinteren Teil. Das Ende des

Bahnsteigs war menschenleer. Dort stand ich ruhig, ruhte in mir selbst. Ein Vogel flog an meinem Gesicht vorbei, so schnell, daß ich ihn fast nicht erkennen konnte. Ratten war ich in der U-Bahn ja gewöhnt, aber einen Vogel hatte ich hier noch nie gesehen. Ich konzentrierte mich auf die Stelle, wo der Vogel verschwunden war. Nichts. Dann hörte ich ein Zwitschern und sah noch einmal hin. Versteckt im hohlen Teil eines Querbalkens, befand sich ein Nest. Mutter Vogel hüpfte nervös herum, versuchte den Nachwuchs zu beruhigen. Ich ging einige Schritte zurück zur Bahnsteigmitte, wandte mich ab. Kurz darauf schoß Mutter Vogel wieder an mir vorbei. Sah aus wie ein Spatz. Hier unten haben sich nicht nur Menschen eingenistet.

Schließlich kam der Zug. Um diese Uhrzeit war er nicht voll. Am Ende des Waggons fand ich eine Doppelsitzbank. Zwei Haltestellen später stiegen zwei schwarze Teenager ein, kamen im Gangsta-Stil den Gang herunter. Einer setzte sich neben mich, stieß dabei leicht gegen meine Schulter. Ich spannte den linken Arm an, wollte schon reagieren, doch der Junge sagte freundlich: »Entschuldigen Sie, Sir.« Sein Kumpel setzte sich uns gegenüber, und die zwei begannen eine Schnellfeuer-Unterhaltung.

»Die Schlampe entkommt mir nicht«, sagte der Junge neben mir. »Ich bin unwiderstehlich.«

»Wieso redest du so von den Schwestern?« fragte der Typ gegenüber.

»Was meinst'n damit?«

»Was soll dein ewiges Gequatsche von wegen Schlampen, Mann? Du zeigst keinen Respekt. Wieso nennst du deine Frau 'ne Schlampe?«

Der Junge neben mir dachte einen Augenblick darüber nach, dann beugte er sich vor, sagte: »Tja, wie soll ich die Nutte denn sonst nennen?«

Sein Kumpel warf mir einen »Was-soll-man-da-machen«-Blick zu. Ich nickte, um zu zeigen, daß ich sein Dilemma verstand. Als der Zug in meine Haltestelle einlief, diskutierten sie immer noch darüber.

Die Privatklinik befand sich in einem diskreten Brownstone in einem ruhigen Block auf der East Side. Ich klingelte, stellte mich so, daß mich die Videokamera gut im Bild hatte. Kurz darauf wurde die Tür geöffnet von einer jungen Frau in Jeans und weißem T-Shirt. »Sind Sie Mr. Burke?« fragte sie. Ich nickte, um ihr zu sagen, daß sie richtig lag, aber sie hatte mir schon den Rücken zugekehrt und ging davon. Ich folgte ihr in einen kleinen Raum gleich hinter dem Empfangstresen und setzte mich. Ohne ein weiteres Wort verschwand sie.

Ein paar Minuten später kam Doc. Mittelgroß, mit dem wuchtigen Oberkörper eines Catchers, die Augen kaum lesbar hinter der Brille, die er stets trug.

»Danke, daß Sie gekommen sind, mein Freund.«

»Ich schulde Ihnen noch was.« Es war die Wahrheit. Verdammt, vielleicht mehr als das. »Außerdem wollte ich sehen, wie Ihr neuer Laden so läuft.«

»Bisher ganz gut.«

»Ein ganz schön weiter Weg von Upstate«, sagte ich. Upstate – das Gefängnis, wo wir uns kennengelernt hatten. Ich war Sträfling, Doc der Anstaltspsychologe. Später übertrug man ihm die Verantwortung für alle Einrichtungen mit geisteskranken Kriminellen. Ich hatte gehört, daß er seinen Job geschmissen hatte. Eiskalt gekündigt. War dann hier in die Stadt gezogen, um die Klinik für geschädigte Teenager einzurichten.

»Ich bin immer noch derselbe«, sagte Doc, in seiner Stimme kaum merklich der Akzent von Kentucky.

»Ich auch«, versicherte ich ihm.

Etwas bewegte sich hinter seinen Brillengläsern. Ein Mikroskop, das scharfgestellt wurde. »Hörte, Sie hätten sich vor einiger Zeit Ärger eingehandelt.«

»Das war nicht ich.«

Doc nickte nur. Ich steckte mir eine Zigarette an. »Früher hab ich auch …«, begann er.

»Kenn ich schon«, unterbrach ich. Das war reiner Selbstschutz. Doc ist ein großer Geschichtenerzähler, hat echt Talent. Aber als moralisierender Volksredner macht er sich nicht so toll – von seinem heroischen Sieg über die Übel des Rauchens hatte ich schon zu oft gehört.

»Okay, Freund. Was Sie wollen. Es geht um folgendes: Wir haben einen Klienten, der …«

Er sprach nicht weiter, weil ein Teenager hereinplatzte. Eine Brünette mit langen, dünnen Haaren, die ihr bis weit über die Schultern fielen. Ihr Gesicht war ein Totenschädel, ihr Körper zu dürr, um auch nur einen Schatten zu werfen. Ihre Haut hatte jene matt-orangefarbene Tönung, die Hungerkünstler von einer Möhrendiät bekommen – es gibt so ein Scheißgerücht, daß Möhren sattmachen, aber keine Kalorien haben – jeder Teenager auf dieser Welt scheint das zu glauben.

»Ich werde nicht …«, legte sie los.

»Susan, ich unterhalte mich mit jemandem«, sagte Doc sanft.

»Ist mir egal! Die können mich nicht zwingen …«

»Niemand wird dich zu irgend etwas zwingen, Susan. Aber wenn du nicht …«

»Ich werde nicht. Ich weiß, was ich tue. Ich …«

Doc hob eine Hand, die Handfläche ausgestreckt wie ein Verkehrspolizist, aber es nutzte nichts. Das Mädchen redete einfach weiter. »Lassen Sie mich erklären, okay? Ich will Ihnen erzählen, warum. Bitte!«

»Sobald ich meine Unterhaltung mit …«

»Nein! *Jetzt!* Ist mir egal, wenn noch ein Arzt hört …«

»Burke ist kein …«, begann Doc. Er sah mich an. Ich nickte. Er spielte mit, lehnte sich in seinem Sessel zurück, breitete die Arme aus, dazu ausgestreckte, offene Hände. »Erzähl's mir.«

»Es gibt einen Grund dafür.« Das Mädchen hatte die Hände in das gestemmt, was Hüften hätten sein sollen. »Ich bin nicht magersüchtig. Ich meine, es ist keine Sucht oder so was. Ich bin nicht wie Aurora.«

»Verrat mir den Grund«, bat Doc sanft.

Das Gesicht des Mädchens verzerrte sich. Sie schüttelte den Krampf ab, verschränkte die Arme und wiegte sich, flüsterte »Ich will nicht sexy aussehen.«

»Susan ...«, versuchte Doc.

»Ich will nicht!« kreischte das Mädchen. »Sie können mich nicht zwingen.«

»Wie alt warst du, als es passiert ist?« fragte ich.

Ihr Kopf schoß zu mir herum. Nur ihr Kopf drehte sich – ihr Körper war immer noch Doc zugewandt. »Was?«

»Wie alt warst du, als ...?« wiederholte ich, hielt sie mit meiner Stimme fest, schnitt ihr jeden Fluchtweg ab.

Ihre Augen schrien mich an, aber ihre Stimme war gedämpft. »Neun«, sagte sie.

»Hattest du damals viele Kurven?«

»Was?«

»Hast du damals sexy ausgesehen, Susan? Wie eine Frau?«

»Nein ...«

»Wenn du weiter so hungerst, siehst du am Ende wieder aus wie ein Kind. Keine Kurven, keine Figur. Alles flach, richtig? Wieder wie ein mageres, kleines Mädchen.«

»Ich ...«

»Die wollen keine erwachsenen Frauen.« Ich teilte die Wahrheit mit ihr – wir wußten beide, wer »die« waren. »Die wollen kleine Mädchen«, sagte ich ruhig. »So hältst du sie nicht von dir weg, Susan – du spielst nur deine alte Platte ab.«

»Ich hasse Sie!« kreischte sie mich an. Dann begann sie zu weinen. Tiefe, gequälte Schluchzer. Ihre Vogelflügelrippen sahen aus, als würden sie unter dem Druck zerbrechen, und Doc war im Bruchteil einer Sekunde aufgesprungen, nahm das Mädchen in die Arme, flüsterte leise und beruhigend in ihr Ohr, tätschelte ihren Rücken, bis sich ihre Anspannung lockerte, und begleitete sie hinaus.

Ich rauchte meine Zigarette zu Ende, schaute mich in dem Büro um, war im Kopf an einem anderen Ort. Aber so weit war ich nicht weg – ich nutzte die Zeit, um ein paar von Docs Rezeptblocks in meiner Tasche verschwinden zu lassen.

Wenige Minuten später war Doc zurück. Falls er die fehlenden Blocks bemerkte, sagte er zumindest nichts. »Sie hätten Therapeut werden sollen, mein Freund. Wir diskutieren seit Wochen darüber, wie wir Susan mit ihrem eigentlichen Problem konfrontieren können.«

»Tut mir leid. Ich ...«

»Es muß Ihnen nicht leid tun. Ich meine das ernst – genau das hat sie gebraucht. Vermutlich war's besser, es von einem Fremden zu hören. Sie ist wegen Magersucht zu uns geschickt worden, aber wir kamen nicht weiter. Noch eine Woche, und sie hätte künstlich ernährt werden müssen.«

»Wer hat sie geschickt?«

»Ihr Dad.«

»Derselbe, der ...?«

»Nein. Es war ihr Großvater. Ist vor vielleicht, zehn, zwölf Jahren passiert. Sie haben deswegen nie etwas unternommen. Oh, sicher, sie haben ihn von Susan ferngehalten, aber das war's auch schon. Sie dachten, alles wäre bestens, bis sie aufhörte zu essen.«

»Das Gewicht, was sie loswerden will, hat nichts mit Kalorien zu tun, stimmt's?«

»Volltreffer, Freund. Aber das war der entscheidende erste Schritt. Und Susan hat eine echte Chance.« Dann lehnte er sich in seinem Sessel zurück und erzählte, was er von mir wollte.

Ich erklärte Doc, daß Aufträge rund um die Uhr für

mich nicht zu schaffen waren, aber er versprach, daß die Tochter seines Klienten mit dem Mitternachtsbus aus Cincinnati kommen würde. Das war der Job – eine Ausreißerin. Wenigstens glaubte *sie* das. Die Eltern des Mädchens hatten sich mit Doc abgesprochen. Es würde in seine Klinik kommen. Und es würde nicht nach Hause zurück müssen, wenn es nicht wollte. Wenn Sie wollen, daß Doc Ihr Kind behandelt, dann müssen Sie auch die zweite Bedingung unterschreiben. Notariell beglaubigt.

Ich stellte Doc keine weiteren Fragen. Stand auf, wollte gehen, aber er hielt mich zurück, mit der gleichen Verkehrspolizistengeste, die er bei dem Mädchen mit der Möhrenhaut benutzt hatte.

»Wissen Sie, Burke … wie Sie das vorhin mit Susan angepackt haben … Ich verstehe einfach nicht, warum Sie leben, wie Sie leben.«

»Sie wissen nicht, wie ich lebe.« Ich wollte das Thema beenden.

»Ich habe eine Ahnung«, erwiderte Doc. »Hören Sie, ich kenne Sie – ich kenne Sie schon sehr lange. Selbst damals … im Gefängnis … haben Sie immer etwas studiert. Gelesen, Fragen gestellt. Sie verfügen über einen erstaunlichen Wortschatz – beinahe als wären Sie zweisprachig –, manchmal klingen Sie wie ein Gangster, manchmal wie ein Anwalt, und dann wieder …«

»Das mit dem großen Wortschatz stimmt«, unterbrach ich. »Er ist so verdammt groß, daß ich sogar weiß, was das Wort ›bevormunden‹ bedeutet.«

Doc nickte – als habe er alles versucht, aber der Fall war hoffnungslos.

Als ich durch den Eingang an der Eighth Avenue hereinkam, war jeder an seinem Platz. Der Prof saß auf seiner Schuhputzerkiste, eifrig mit einem Paar Halbschuhen aus Krokodilleder beschäftigt. In diesen Schuhen steckte Clarence, seine Blicke suchten die Halle des Busbahnhofs ab. Max saß zusammengesunken auf einer Bank, den Körper unter einem schmutzigen alten Regenmantel verborgen, einen verbeulten Filzhut tief in die Stirn gezogen.

Ich trug einen der Anzüge, zu denen Michelle mich überredet hatte. Graue Seide, fließender Stoff. In der linken Hand hielt ich einen schwarz mattierten Aktenkoffer aus Aluminium.

Ich schlenderte an einer Reihe Münzfernsprecher vorbei, lauschte einem Vereinte-Nationen-Geplapper – Leute aus aller Herren Länder, die zu Hause anriefen. Zu Hause anrufen ist ein großes Geschäft in dieser Stadt. In jedem Stadtteil mit großen ethnischen Minderheiten gibt es spezielle Einrichtungen, Telefoncenter genannt. Möbliert sind sie fast wie winzige Wohnzimmer – ein netter, bequemer Sessel zum Sitzen, ein paar Stühle, falls man den Rest der Familie auch dabeihaben will. In manchen gibt es Schreibtische, Regale, Papier. Und die Gebühren sind niedriger, als würde man das eigene Telefon benutzen, weil die Typen, die diese Läden betreiben, Leitungszeit im internationalen Telefonnetz zu bestimmten Orten buchen. In Flushing ist es Korea, Indien, Südostasien: zwei neunundsiebzig für die erste Minute, jede weitere Minute fünfundsiebzig Cents. In Jackson Heights ist es Kolumbien: ein Dollar sechsundzwanzig die erste, neunundvierzig Cents danach. Leute, die diese Center benutzen, wollen nicht mal schnell anrufen – manche von ihnen bleiben Stunden.

Unten im Port Authority gibt es die zweitklassige Version davon – man macht seinen Anruf auf die Kreditkarte von jemand anderem. Diebe vermieten die Kreditkartennummern – soviel man in vierundzwanzig Stunden damit telefonieren kann, zu einem Pauschalpreis. Der Port Authority ist der beste Ort dafür – jede Menge Telefonzellen, unmöglich zu überwachen und völlig anonym.

Auf meiner Uhr war es zwanzig vor zwölf. Genug Zeit, wenn der Bus pünktlich kam. Die Port-Authority-Cops waren überall, suchten nach Ausreißern. An Zuhältern herrschte ebenfalls kein Mangel, die angelten nach der gleichen Sorte Fisch, allerdings mit einem anderen Köder.

Es lief so glatt, daß ich der Sache fast nicht traute. Während die Raubtiere lauerten, ging ich schnurstracks durch. Ich fand den Bus, sagte dem Mädchen, ich wäre von Project Pride, einer sicheren Unterkunft für Ausreißer. Versprach ihr ein nettes eigenes Zimmer, kostenlose Verpflegung und Sozialarbeiter, die ihr bei der Jobsuche helfen würden. Sie erklärte, sie wolle Schauspielerin werden. Ich erzählte ihr Lügen vom gleichen Kaliber. Sie stieg in meinen Plymouth. Ich fuhr sie zur Klinik, hörte ihrem endlosen Geplapper nur mit halbem Ohr zu, war wütend, weil jeder dieses kleine Mädchen mühelos dazu hätte bringen können, mit ihm zu gehen.

Ich fand eine Parklücke und klingelte. Die Tür wurde geöffnet. Ich ließ die Kleine dort.

Am nächsten Morgen machte ich mich wieder an die Arbeit. Seit ich aus Connecticut zurück war, gab ich mich mit Kleinkram zufrieden, stocherte im Aas. Ich zieh meine Nummer über die Kontaktanzeigen ab – verspreche, was gewünscht wird, liefere niemals. Außerdem benutze ich meine Postfächer – biete Verlierern einen heißen Draht zu »Chancen für Söldner«. Der einzige Söldner, den sie jemals kennenlernen, bin ich. Die Arbeit in der Kinderporno-Branche ist schwer geworden – die Freaks wollen erst eine Probe über Computermodem sehen, bevor sie kaufen. Oder sie wollen, daß man ihnen ein Muster zufaxt. Und sogar die Pädophilen, die handfeste Ware wollen, bestehen darauf, daß man Kurierdienste benutzt, damit die *federales* sie nicht wegen illegalen Versendens über die Post drankriegen können. Aber das ist schon okay – Zielpersonen, die nicht flennend zu den Cops rennen, wenn sie ausgenommen worden sind, werden niemals knapp.

Ich arbeite auch mit normalen Bürgern. Sowie der Staat mal wieder die Zigarettensteuer anhebt, boomt der Markt für geschmuggelte Kippen. Und das Fälschen von Markenartikeln ist immer eine todsichere Sache: Montblanc-Füller, Rolex-Uhren, Gucci-Taschen – lauter Bestseller für Straßenhändler. Das meiste stammt aus Südostasien, wo Kinderarbeit ausgesprochen billig zu haben ist. In Thailand, dem Gelobten Land aller Babyficker, ist sie so billig, daß die Freaks Touren organisieren: Für einen Pauschalpreis bekommt man ein Hin- und Rückflugticket nach Bangkok, ein nettes Hotel … und Babys zum Ficken. Die Maschinen sind immer voll ausgebucht.

Aber selbst wenn mit Bauernfängereien, Betrügereien und Abzocken nichts mehr zu holen wäre, könnte ich immer noch Waffen verhökern – Haß kommt niemals aus der Mode. Ich handle ausschließlich en gros, zum Beispiel Handfeuerwaffen nur per Kiste. Von exotischen Dingen laß ich die Finger – Armbrüste aus Titan, die drei Riesen kosten, SAMs per Versandgeschäft –, das ist was für Randzonen, für die Grenze da draußen, wo Psychose und Technologie sich überlappen.

Ich verkaufe an die üblichen Verdächtigen, hauptsächlich an rechtsextreme Schwachköpfe, die in ihren Kellern hocken und Gewehrläufe streicheln … das Schußwaffenäquivalent zur aufblasbaren Frau, wie sie in den Katalogen für perversen Sex angeboten wird. Die meisten meiner Kunden sind ziemlich mühelos abzuchecken, aber als eine todernste junge Frau in Overall und Flanellhemd genug *Plastique* kaufen wollte, um einen Wolkenkratzer flachzulegen, hob ich doch fragend die Augenbrauen. Sie sagte, sie sei Tierfreundin … als erkläre das irgendwas.

Auf dieses Geschäft hab ich verzichtet. Ich spiele nicht oft – aber wenn, dann mit meinem eigenen Blatt.

Mein Kleinscheiß beschränkte sich nicht auf Geschäfte. Ich kenne Vyra schon eine Ewigkeit, hab sie getroffen, als sie gerade einen Architekten heiraten wollte. Was sie allerdings nicht durchgezogen hat. Nachdem sie sich mit einem weiteren halben Dutzend Typen abgerackert hatte, entschied sie sich schließlich für einen Steuerberater. Die ganze Zeit über trafen wir uns gelegentlich. Wir hatten einander nie viel zu sagen – wir trafen uns so problemlos, wie man eine Kanone durchlädt, trennten uns so locker, wie die Kanone feuert.

Vyra ist ein schlankes Mädchen ohne spektakuläre Kurven, mit viel zu großen Brüsten. BHs kann sie nur tragen, wenn die eine solide Bügelkonstruktion haben – beim Ausziehen sind deutlich die grellroten Abdrücke zu sehen, wo sich der Draht in ihr Fleisch gegraben hat. Die Brüste verursachen ihr auch Rückenschmerzen, sagt sie. Und manchmal tut ihr der Nacken so weh, daß sie einen Stützkragen tragen muß.

»Warum läßt du sie nicht operieren?« fragte ich mal, als ich neben ihr in einem Hotelbett lag.

»Du meinst, wie alles übrige an mir?« Unsicher, ob sie es mit Sarkasmus oder Tränen versuchen sollte – sie hatte stets beides auf Lager. Ich kannte Vyra schon, bevor sie mit der Schönheitschirurgie anfing – verdammt, ich kannte sie, als sie noch Myra war –, aber ich hab nie versucht, es ihr auszureden. Am Ende ließ sie sich die Nase verkleinern, die Ohrläppchen verkürzen und ein Implantat an der Kinnspitze einsetzen. Alles auf einen Rutsch – damals hab ich sie ungefähr drei Monate nicht gesehen. Als wir uns dann wieder trafen, war sie noch dieselbe Klasseschlampe wie vorher, allerdings mit noch mehr Selbstvertrauen.

»Warum nicht?« erwiderte ich. »Du könntest dir die besten …«

»Männer *lieben* sie. Ich meine, sie *beten* sie an. Du hast überhaupt keine Ahnung …«

»Aber wenn du dauernd Schmerzen hast ...«

»Keine Angst.« Sie lächelte, ihre perfekt überkronten Zähne leuchteten weiß im trüben Nachmittagslicht. »Die Männer bezahlen mir dafür.«

Als ich Vyra das erstemal traf, arbeitete sie als Hutgarderobiere in einem Nachtclub und trug eines dieser Häschenkostüme – einen String-Body mit hohem Beinausschnitt und Riesendécolleté. Ein Gast gab ihr einen Zehner, damit sie ihm seinen Hut holte, und schaute gierig zu, wie sie den Schein tief in ihrem Ausschnitt verschwinden ließ.

»Ich wette, du könntest hundert Bucks da unten bunkern«, sagte der Typ. »In Einern.«

»Mit Einern geb ich mich nicht ab«, stellte Vyra klar. Sie heiratete einen Burschen, den sie im Club kennenlernte. Oder ein Bursche, den sie im Club kennenlernte, stellte sie dem Knaben vor, den sie dann heiratete. Oder der Typ war verheiratet, als sie ihn kennenlernte, und ließ sich wegen ihr von seiner Frau scheiden. Oder irgend so was ... Wenn Vyra ihre Geschichten erzählt, höre ich nie besonders aufmerksam zu.

Das nächstemal traf ich sie rein zufällig. Ich beschattete gerade jemanden drüben in Jersey – sie saß in einem Straßencafé, an einem dieser kleinen, runden Tische mit großen Euro-Aschenbechern, und schlürfte irgendwas aus einem hohen, schmalen Glas. Ich setzte mich ihr gegenüber, dankbar für die gute Aussicht und die Tarnung.

Vyra erzählte mir von ihrem Leben, ließ einen Diamantring blitzen, der schon im Einkauf ein fünfstelliges Sümmchen gekostet haben mußte. Sie gab mir ihre Telefonnummer, aber die Anweisungen waren dermaßen kompliziert – nur dienstags und donnerstags zwischen zwei und vier Uhr nachmittags, außer es war der Monatserste ... solchen Scheiß eben –, daß ich nie dazu kam.

Aber als sie mich dann anrief, erwischte sie mich genau im richtigen Augenblick. Ich war bei Mama, hatte nichts zu tun, und sie war im Vista Hotel am Battery Park. Ich brauchte nur ein paar Minuten dorthin. Ungefähr genauso lange brauchten wir, um die einzige Sache hinter uns zu bringen, die je zwischen uns lief.

Sie war gut im Bett – lebenslanges Vortäuschen von Leidenschaft hatte die Grenzlinie derart verwischt, daß sie manchmal tatsächlich glaubte, sich einfach gehen zu lassen.

»Du bist der einzige, bei dem ich je gekommen bin«, sagte sie. Kein schlechter Spruch. »Du warst der Erste« wäre sarkastischer gewesen als »Ich liebe dich«, aber derjenige zu sein, bei dem eine Frau zum ersten Mal in ihrem Leben kam – verdammt, die Egos der meisten Männer würden jeden Zweifel an der Glaubwürdigkeit dieser Behauptung elegant umschiffen.

Vyra ist gut im Bett. Erfahren, athletisch, voll bei der Sache … dominant genug, den größten Teil der Arbeit zu übernehmen, dabei aber so geschickt, daß man sich nicht beherrscht fühlt. An einem guten Tag kann sie so fest ins Kissen beißen, daß man meint, der größte Gigolo unter der Sonne zu sein, der Obergockel mit der freien Auswahl unter den Hühnern. Vyra mußte diese Wahrheit schon früh in ihrem Leben gelernt haben – Liebe zu heucheln ist ein Klacks, aber Lust vorzutäuschen ist die Hölle.

Vyra steht auf Kleinmädchen-Gesten – sich einen Ohrring runterreißen, um zu telefonieren, mit einer schnellen Drehung des Halses die Haare aus dem Gesicht werfen, beim Gehen eine Hand auf der Handtasche halten, während die andere im Rhythmus ihrer Hüften pendelt, wie ein Dirigent vor seinem Orchester –, keine einzige wirklich originelle Geste, aber alle nett, cool und sexy.

Außerdem ist Vyra ein guter Mensch – man muß ihr nur von einem ausgesetzten Baby oder einem verwundeten Tier erzählen, und schon öffnet sich ihr Scheckbuch schneller als die Hand eines Geldeintreibers. Sie ist eins dieser Mädchen ... Ich kann sie nicht richtig beschreiben. Als liefen sie auf einer Geraden parallel zu mir. Die Linien kreuzen sich nie, aber manchmal kommen sie ganz nahe, berühren sich fast.

Außer einmal in ihrem Wagen wickelten wir die Sache immer im Hotel ab. Sie wollte nie zu mir nach Hause kommen – fragte eigentlich nie viel. Manchmal verabredeten wir uns telefonisch, manchmal rief sie an, wenn sie in der Gegend war ... Und wenn ich auch in der Gegend war, trafen wir uns eben.

Es ist, als lebten wir auf einem Damebrett – wenn unsere Steine auf dem gleichen Feld landen, kommen wir zusammen, gehen zur Sache und ziehen anschließend weiter.

Vyra will etwas, das sie nicht benennen kann. Ich weiß, was es ist, aber ich will's nicht.

Einmal hat sie mir Geld angeboten. Richtiges Geld, damit ich mich selbständig machen könnte oder so. War nett, was sie da versuchte, vielleicht die einzige Art, die sie kennt. Ich hab's nicht angenommen – sagte mir, es sei besser, ein solches Angebot auf der Bank zu lassen für eine Zeit, wenn ich es vielleicht wirklich mal brauche.

Vyra brauchte ich auch nicht. Aber als ich anrief und Mama sagte, sie habe eine Nachricht hinterlassen, lenkte ich den Plymouth ohne viel nachzudenken sofort zum Vista.

Vyra hatte ein neues Paar Schuhe. Hochhackige blaue Pumps mit kleinen roten Schleifen hinten. Sie gefielen ihr so sehr, daß sie sie anbehielt.

Danach wollte sie mir unbedingt erzählen, was sie gemacht hatte – sie arbeitete als ehrenamtliche Beraterin in irgendeiner »therapeutischen Gemeinschaft« auf der anderen Seite des Hudson. Ich lag auf dem Rücken, blies Rauchringe an die Decke. Sie stützte sich auf den Ellbogen, brabbelte abgepackte Weisheiten – »umsonst ist nur der Tod« schien ihr Lieblingsspruch zu sein. Ich schloß die Augen, ließ ihre Stimme über mich wegspülen.

»Hörst du mir eigentlich zu?« fragte sie schließlich.

»Klar.«

»Burke, du bist nicht der einzige, der Probleme hat. Jeder hat im Leben sein Päckchen zu tragen.«

»Aber nicht jeder muß damit durch den Zoll, oder, meine kleine Schlampe?« fragte ich sanft.

Ich weiß nicht, wieso sie zu weinen begann, aber ich drückte sie an mich, bis es vorüber war.

Ich fuhr aus der Tiefgarage des Hotels und dachte daran, daß Vyra mir wieder Geld angeboten hatte – sie ist eine dieser gutherzigen Frauen, die dir Geld leihen würden, ohne gleich deine Eier als Anzahlung zu wollen. Und mein Ich war nicht so dumm, ihr zu gestehen, daß ich immer noch einen großen Batzen meines letzten Fischzugs gebunkert hatte.

Ich will nicht auf großem Fuß leben – so was macht einen nur leichter zum Ziel. Ich führe ein bescheidenes Leben mit geringen Fixkosten. Versuche, einfach durchzukommen.

Auf dem Weg Richtung West Side Highway wollte ich gerade über die Kreuzung Broadway und Chambers, als es passierte. Ich war auf gleicher Höhe mit einem leuchtend roten, tiefergelegten Sportcoupé – sah aus wie ein Dodge Stealth. Mein Plymouth hat so viele Beulen in seiner mit Rostschutzfarbe gestrichenen Karosserie, daß ich im Stadtverkehr normalerweise einen ordentlichen Verhandlungsvorsprung besitze, doch der Fahrer des roten Wagens ließ sich überhaupt nicht beeindrucken, drängte sich durch, ignorierte das plärrende Hupen und das Kreischen der Bremsen. Ich ließ ihn vor, hängte mich an seine Stoßstange, folgte ihm zum Highway.

Er bog rechts ab. Ich riß das Steuer scharf herum, bog in die Auffahrt ein und zog vorbei. Dabei warf ich einen kurzen Blick auf den roten Stealth – die Scheiben waren schwarz getönt, und ich konnte nichts erkennen. Ich spürte ihn irgendwo links von mir, hatte ihn aber nach einer Weile nicht mal mehr im linken Außenspiegel.

Der Highway gabelt sich kurz vor dem Meat Market. Ich blieb rechts, fuhr weiter Richtung Straßenstrich auf der Tenth Avenue. Eine von den Nutten hatte Schwierigkeiten, ihren Luden zu verlassen – und sie hatte mich benachrichtigt. Ich versprach der Person, die mir die Nachricht zukommen ließ, daß ich mir das Angebot anhören und mich entscheiden würde, wenn ich wußte, worum es ging.

Gemächlich fuhr ich die Tenth Avenue entlang, als der Idiot in dem roten Stealth an der Ecke Eighteenth Street unmittelbar vor mir herausgeschossen kam, so daß ich ihn entweder voll erwischen oder anhalten mußte. Ich stieg voll auf die Bremse – irrer Bastard. Gerade warf ich einen Blick in den Rückspiegel, um zu sehen, ob ich zurücksetzen konnte, da hörte ich, wie eine Wagentür zugeschlagen wurde. Ein Mann mit der Statur eines Hydranten marschierte auf meinen Wagen zu. Schnell. Ich erkannte ihn. Morales, dieser stiernackige Schläger und Partner von McGowan bei der NYPD.

Scheiße.

Ich stieg aus und setzte eine »Was-zum-Geier-soll-das?«-Miene auf. Morales sprang mir förmlich ins Gesicht und zeigte eine Menge Zahn. Es war kein Lächeln.

»Dachte ich mir doch, daß du das bist«, knurrte er.

»Wo liegt das Problem?« fragte ich.

»Oh, laß mich überlegen. Burke, richtig? Wo könnte das Problem liegen? Strafzettel wegen Falschparken? Alkohol am Steuer? Nein ... wie wär's mit gottverdammtem Mord, ist das eher nach deinem Geschmack?«

»Das haben wir doch schon hinter uns«, erinnerte ich

ihn, achtete darauf, die Stimme nicht zu heben. Mit Morales ist es immer ein Eiertanz. Der Mann *ist* ein Pitbull in Menschengestalt – du zeigst deine Angst, und schon bist du erledigt. Bietest du ihm die Stirn, brennt ihm die Sicherung durch. Bei Morales gibt es nur einen sicheren Ort, und der ist *woanders*.

Der Verkehr strömte vorbei. Die Fahrer gafften nicht zu uns herüber – hier brauchte es mehr als zwei Männer, die sich auf der Straße unterhalten, um Aufmerksamkeit zu erregen.

»Ich hab noch nie was gegen eine zweite Runde gehabt«, sagte Morales. »Du weißt nicht zufällig was über dieses Haus oben in der Bronx, hä? Ein Haus mit lauter Leichen drin. Auch die Leiche eines Kindes. Eines kleinen Jungen. Weißt du was davon, Burke?«

»Nein. Hat's in der Zeitung gestanden?«

»Ja, Arschgesicht, es hat in der Zeitung gestanden. Hat *fette* Schlagzeilen gemacht, vor ein paar Jahren. Erinnerst du dich jetzt?«

»Nein, da klingelt nichts bei mir«, sagte ich, vermied direkten Blickkontakt. Morales würde das nicht als Zeichen von schlechtem Gewissen interpretieren: Seine Augen sind kleine, schwarze Stahlkugeln – niemand schaut lange in diese Augen.

»Darf ich dir auf die Sprünge helfen?«, sagte Morales. »Es gab da einen Haufen Freaks, die Babys vergewaltigten, hatte was mit irgend so einem Kult zu tun. Die haben Filme von Folterungen gedreht und ein Kind in die Mangel genommen, richtig übel zugerichtet. Und weißt du auch, was dieser kleine Junge dann gemacht hat, Burke? Er hat gottverdammt ein Baby umgebracht. Hat es *umgebracht*, okay? Hat ihm das Licht ausgeknipst, hat ihm sein beschissenes Leben genommen, verstehst du? Ein kleines Baby … Also reden wir mit der Staatsanwaltschaft. Sonderermittlungsgruppe. Mit einer Frau namens Wolfe, vielleicht hast du schon von ihr gehört?«

Ich behielt meinen Blick irgendwo auf halbem Weg zwischen uns, sah ihn nicht direkt an, sagte kein Wort. Morales kam der Wahrheit viel zu nahe, und er würde nie cool genug sein, es einfach dabei zu belassen.

»Nein, häh?« spottete er. »Wie komm ich nur drauf? Jedenfalls, wir haben die Puzzlesteinchen zusammengesetzt. Langsam und vorsichtig, klar? Eine richtige Ermittlung, wir wollen den Abschaum strafrechtlich verfolgen. Aber die Typen verschwinden, verschwinden gottverdammt einfach von der Bildfläche, okay? Also, sie sind schon noch *da,* das wissen wir. Irgendwo ganz in der Nähe. Stellt sich raus, die haben sich in der South Bronx verkrochen. In einem dieser renovierten Altbauten, direkt neben einer ausgebrannten Ruine. Also, wir sind bereit zuzuschlagen, warten nur noch auf die Haftbefehle und so. Und weißt du, was dann passiert ist, Burke?«

Ich blieb auf Distanz, spürte ihn mehr reden, als daß ich ihn tatsächlich hörte, seine dröhnende Stimme schraubte sich eine Oktave höher und wurde immer angespannter.

»Ja«, sagte er. »*Du* weißt es. Jemand hat vor uns das Haus gestürmt. Hat die verdammte Haustür rausgeballert. Mindestens zwei Leute, war zuviel für einen Mann allein. Vielleicht sogar ein ganzes verdammtes *Team,* nicht, daß es eine Rolle spielt. Als sie fertig waren, war's kein Haus mehr, nur noch eine beschissene Gruft. Leichen. Neun Leichen. Zwei total zermatscht, wahrscheinlich mit einer abgesägten Schrotflinte. Einer drinnen, eine draußen. Die draußen hatte ein langes Messer in der Hand. Die anderen: erschossen. Alle neun. Und, ach ja, einer hatte den Hals gebrochen. Im Keller fanden wir dann ein komplettes Filmstudio. Sah aus, als wollten die einen Snuff-Film drehen … hatten sogar schon einen kleinen Jungen gefesselt, waren praktisch drehfertig. Außerdem jede Menge satanistische Scheiße aufgebaut. Die beiden unten waren bewaffnet, haben noch ein paar Schüsse abgefeuert. Hat ihnen aber auch nichts mehr genutzt – beide haben ins Gras gebissen.«

»Was hat das mit …«

»Was das mit *dir* zu tun hat, Arschgesicht? Mit *dir?* Das ist dein Werk. Es gibt keinen einzigen aktiven Cop in dieser Stadt, der das nicht weiß. Ist auch nicht das erste Mal gewesen, daß du so durchgedreht bist. Wir haben eine Liste, Arschgesicht. Und da stehst du drauf, in Großbuchstaben.«

»Ich weiß überhaupt nicht …«

»Weißt du auch, was passiert, wenn du das nächste Mal erwischt wirst?« fiel er mir ins Wort. Als wär's was Neues für mich.

»Spielt keine Rolle«, sagte ich. »Ich bin sauber.«

»Du hast schon zweimal gesessen. Wegen schwerer Verbrechen. Mit Waffengewalt. Liest du keine Zeitung, Arschloch? Drei Treffer, und du sitzt. Noch einmal, und du kommst nie mehr raus.«

Ich nickte nur, als hätte er den vollen Durchblick. Aber er irrte sich – wenn erst einmal zehn Jahre zwischen der letzten Haftstrafe und der nächsten Verurteilung liegen, können sie das nicht mehr einfach zusammenpacken und einen ohne Aussicht auf Bewährung lebenslänglich einbuchten.

»Du würdest drinnen nichts mehr wiedererkennen. Alles hat sich verändert, Burke. Mach dir nichts vor, du wirst alt.«

»Soll ich Ihnen sagen, was alt ist, Morales? Diese Scheiße, mit der Sie mir hier kommen. Glauben Sie, Sie können jeden Mord in dieser Stadt aufklären, indem Sie mir auf die Eier gehen?«

»Ich geh dir doch nicht auf die Eier. Siehst du hier irgendwo einen Streifenwagen? Siehst du Verstärkung? Ich arbeite undercover«, sagte er stolz, als wüßte nicht jeder Trottel auf hundert Meter, daß er Cop ist.

»Was soll das also?«

Morales zog das Revers seiner Jacke gerade so weit zurück, daß ich das Schulterhalfter sehen konnte. »Mach den Adler«, knurrte er.

Ich drehte ihm den Rücken zu, legte die Hände auf den Kofferraum meines Wagens. Ich spürte, wie er mich abtastete. Als er zur Seitentasche meiner Jacke kam, griff er hinein und nahm heraus, was er dort fand. Ich wußte, was es war – eine kleine Streichholzschachtel. Eine weiße Schachtel mit einer schwarzen Zielscheibe auf der einen Seite, einer Adresse und Telefonnummer auf der anderen, dazu der Name des Nachtclubs in schwarzen Buchstaben: TARGETS.

Ich spürte, wie er die Schachtel zurücksteckte, wie er mich weiter bis runter zu den Knöcheln abtastete. Als er zurücktrat, drehte ich mich um, sah ihm immer noch nicht in die Augen.

»Wieso redest du nicht von Verletzung deiner Bürgerrechte?« spottete er.

»Spielt keine Rolle. Ich bin sauber.«

»Sauber? Du wirst *nie* sauber sein, Arschgesicht. Weißt du, ich könnte einen Mann verstehen, der einen Mord begeht. Scheiße passiert, stimmt's? Ein Mann geht dir auf die Eier, zeigt keinen Respekt, bedroht dich, versucht dir dein Geld abzunehmen, bumst deine Frau ... was weiß ich. Aber ein Auftragskiller, das ist der Abschaum dieses Planeten.«

Vielleicht war Morales gewitzter, als ich dachte. Ein alter Cop-Trick – sie erzählen dir, wieviel Verständnis sie für ein Verbrechen haben, das du ihrer Meinung nach begangen hast, und bringen dich so zum Reden. Ein Erbe von seinem alten Partner, allerdings besaß er nicht McGowans honigsüße irische Stimme. Bei Morales klingt »Einen schönen Tag noch« wie eine Todesdrohung.

Aber wenn er diese Nummer abziehen wollte, dann lebte er im falschen Land. Da, wo ich lebe, sind es die Amateure, die den Kopf verlieren, und Respekt erhalten nur die eiskalten Profis: Muskelmänner, Brandstifter, Auftragsmörder. Ich bin nicht allein in dieses Haus voller Bestien gegangen. Max kam vom Dach – das war der gebrochene Hals. Und Profs Bleispritze hat den letzten erlegt, die Frau mit der Machete. Alle anderen gingen auf mein Konto. Aber nicht mal ein Irrer wie Morales könnte glauben, ich würde meine eigene Familie verraten, um einen Deal zu machen. Eher würde ich *ihn* umlegen, so wie er vor mir stand. Aber jetzt noch nicht …

»Was hat das alles mit mir zu tun?«

»Paß auf, Kumpel, verplemper nicht meine Zeit. Ich weiß, daß zwischen dir und McGowan was gelaufen ist. Er hatte eine Schwäche für Kids. Also hat er dich ein paarmal machen lassen. Sag mir, daß du dich nicht mehr an den Massagesalon an der Deuce erinnerst. Sag mir, daß du mich und McGowan nicht geleimt hast, damit du diesen Karatefreak abservieren konntest. Meinst du, ich hätte vergessen, wie du uns damals überrumpelt hast? Tja, eins sollte dir klar sein, Wichser – McGowan hat die Brocken geschmissen. Pensioniert, verstanden? Ist runter ins beschissene Florida gezogen, geht nur noch angeln. Du hast bei der Polizei keinen Freund mehr, Burke. Wirklich zu blöd – von meiner Warte aus gesehen, könntest du gut einen gebrauchen.«

»Melden Sie sich freiwillig?« fragte ich und sah ihn jetzt zum erstenmal an.

»Vorher würde ich jeden Schwanz auf einer Aids-Station lutschen«, knurrte er, subtil wie immer.

Als ich wieder losfuhr, sah ich Morales noch kurz im Außenspiegel. Er schrieb was auf einen Block.

Ich hatte den Massagesalon nicht vergessen. Diese Geschichte verzieh mir Morales nie. Nicht was das Töten betraf – das hätte er genauso gemacht, auf Kosten des Hauses –, er verzieh mir einfach das Doppelspiel nicht. Seitdem klebt er an mir, hat den Punkt seines Laservisiers auf mein Herz gerichtet, wartet auf einen sauberen

Schuß. Ich wußte, was er wollte, aber mir war nicht klar gewesen, daß er so nah war.

Der rote Stealth war verschwunden. Dafür entdeckte ich Roxanne, die mit zwei anderen Nutten auf der Eleventh Avenue stand – die eine schwarz mit einer roten Perücke, die andere weiß mit einer blonden Dolly-Parton-Frisur. Als ich näher kam, winkte Roxanne und beugte sich aus der Hüfte vor, leckte sich die Lippen. Sie wirkte ungefähr so sexy wie eine Kuh beim Wiederkäuen.

Ich fuhr an den Bordstein, drückte den elektrischen Fensterheber auf der Beifahrerseite. Sie beugte sich durch die geöffnete Scheibe und fragte: »Wie wär's mit uns beiden, Schätzchen?«

»Mojo Mary hat gesagt, du willst mich sprechen«, antwortete ich.

»Du bist ...?«

»Ja.«

Sie öffnete die Tür, stieg ein. Ein weißes Mädchen, vielleicht zweiundzwanzig, bei dem das Leben im Milieu bereits unübersehbare Spuren hinterlassen hatte. Die Kombination von zuviel aufgetragenem billigen Parfum, Körperpuder und altem Schweiß war überwältigend. Ich fuhr los und stellte die Klimaanlage eine Stufe höher. Sah die Blondine mit der vorgeschobenen Hüfte dastehen und über die Schulter schauen.

»Wo willst du –?« fragte ich.

»Auf der Thirtyseventh gibt's einen Parkplatz«, sagte sie. »Fahr in die Ecke. Der Typ läßt ihn uns benutzen.«

Ich fand die Stelle, setzte rückwärts hinein, so daß die Schnauze des Plymouth zur Straße zeigte. Roxanne rollte sich auf dem Beifahrersitz zusammen. »Wenn uns einer beobachtet, denkt er jetzt, ich würd dir einen blasen.«

»Okay«, sagte ich ungeduldig. »Um was geht's?«

»Was hat Mojo dir gesagt?«

»Mädchen, glaubst du, ich sitz hier und spiel mit dir Spielchen? Deine Zeit ist Geld, stimmt's? Meine auch.«

»Tut mir leid«, flüsterte sie. »Ich hab Mary erzählt, daß ich Probleme mit meinem Loddel hab, okay? Ich weiß, daß du ... so was erledigst. Da hab ich mir gedacht, ich könnte durch sie Kontakt zu dir aufnehmen.«

»Okay, hat ja geklappt. Und jetzt erzähl mir den Rest.«

»Mein Loddel macht alles mögliche. Hauptsächlich Schnee. Er nimmt mich hart ran, und er behandelt mich auch hart.«

»Und?«

»Und jetzt sitzt er. Nicht mehr lange, dann ist er wieder draußen. Ich muß was tun. Jetzt, solange er noch in der Kiste ist.«

»Red Klartext.« In der Zeit, die sie brauchte, um auf den Punkt zu kommen, hätte diese Braut jeden Lügner im Kongreß aufs Kreuz legen können.

»Ich hab gehört, du könntest so was erledigen ... im Knast. Du hast Freunde drinnen. Ich möchte, daß du ihn ... ausschaltest, okay?«

»Nein, das ist nicht okay. So was mach ich nicht.«

»Hör zu«, flüsterte sie mit rauher, eindringlicher Stimme. »Er macht's auch mit Kindern. Mit kleinen Kindern. Und er kriegt Geld dafür. Viel Geld. Wenn du's machst, gehört alles dir.«

»Du hast den falschen Mann, Mädchen. Den falschen Mann auf beiden Seiten, wie's scheint.«

»Wieviel willst du? Als Vorschuß? Wenn ich dir ...«

»Ich bin der Falsche. Keine Ahnung, was du gehört hast, aber du hast dich verhört. Und von Mojo Mary hast du's todsicher auch nicht.«

»Hör zu, das wär wirklich ganz leicht. Ich weiß genau, wo er ...«

»Jetzt nicht und überhaupt nicht«, unterbrach ich und drehte den Zündschlüssel. Sie quasselte immer noch, als ich wieder an der Stelle anhielt, wo ich sie aufgegabelt hatte. Dieselben beiden Nutten standen noch da. Als sie zu ihnen ging, legte die mit der Dolly-Parton-Perücke den

Arm um Roxannes Schulter, zog sie an sich und ging mit ihr fort. Wenn Roxanne jemand gefunden hatte, der bereit war, ihren Luden umzulegen, würde ihr nächster Loddel kein Mann sein.

Das war nicht mein Problem. Ich kurbelte am Lenkrad und fuhr zurück Richtung downtown.

Es war erst später Nachmittag, und doch war ich todmüde – als hätte ich die ganze Nacht geschuftet. An einer Ampel schloß ich die Augen. Konnte mich immer darauf verlassen, daß irgendein ungeduldiges Arschloch mich mit seinem Gehupe weckte, wenn es wieder Grün wurde.

Ich fuhr langsam, suchte Gelassenheit, versuchte völlig ruhig zu werden, um klar denken zu können. Ein Typ im blauen Camaro schnitt mich – ich ließ ihn machen, ignorierte den gereckten Mittelfinger, den er mir zeigte. Ich hätte eine Menge tun können, aber der Plymouth war ein Profi – nichts zum Spaß, alles für Geld.

An der nächsten Kreuzung rammte der Camaro um ein Haar einen weißen Ford Taunus. Der Fahrer trug schon einen dieser Schaumstoffstützkragen, die man bei einem Schleudertrauma in der Notaufnahme bekommt – wahrscheinlich hatte er einen Anwalt in der Familie.

Fußgänger liefen unmittelbar vor mir bei Rot über die Straße, bettelten förmlich darum, angefahren zu werden, jeder sofort bereit zu lügen … »Ich bin bei Grün losgegangen, Officer. Die Ampel hat auch nicht umgeschaltet. Dieser Irre hat mich einfach über den Haufen gefahren. Ich hab ihn nicht mal kommen sehen.«

Wenn man in dieser Stadt so was wie Höflichkeit zeigt, wird man sofort für einen Waschlappen gehalten. Hier ist Erbarmen noch seltener als Ehrlichkeit.

New York mag eine Frau sein, wie manche Schriftsteller behaupten. Wenn dem so ist, dann ist sie ein mieses, bösartiges Luder. Wenn du dich umbringst, ist ihr das egal. Sie würde vermutlich noch kichern. Und deinen Abschiedsbrief an die Zeitungen verhökern.

Ich hasse das alles so sehr – heute mehr denn je.

Pansy wartete auf mich, in ihrem massigen Schädel eisblaue, wachsame Augen. Sie ist ein neapolitanischer Mastino: in ihrer Jugend knapp hundertdreißig Pfund hirnlose Muskeln, jetzt wahrscheinlich fast hundertsechzig.

»Freust du dich, mich zu sehen, mein Mädchen?« fragte ich. Pansy ist vermutlich das einzige weibliche Wesen auf diesem Planeten, das mir jedesmal die gleiche Antwort gibt – ihr Schwanz wackelt völlig außer Kontrolle, während sie in den Tiefen ihrer Kehle glückliche Geräusche produziert. Ich ging zu dem winzigen Kühlschrank und nahm ein Viertelpfund Gehacktes raus. Formte das Zeug zu einer Kugel. Pansy beobachtete mich aufmerksam, sabberte wie verrückt, rührte sich aber nicht. Schließlich sagte ich »Sprich!« und warf ihr den Fleischball zu. Mit der Präzision einer zuschlagenden Kobra schnappte sie ihn aus der Luft. Auf einen Haps war das Ding weg, und sie sah mich bittend an. »Das reicht, du fettes Schwein«, sagte ich.

Wenn sie gekränkt war, ließ sie es sich wenigstens nicht anmerken, trottete zur Hintertür und scharrte mit erhobener Pfote. Ich hatte mal überlegt, eine Hundetür einzubauen, damit sie allein raus und rein kann, wann immer sie will. Als ich ausgemessen habe, wie groß die Öffnung sein mußte, wurde mir klar, daß dann nur noch der Türrahmen übrig blieb.

Ich machte die Tür auf, und sie lief die Feuertreppe hinauf aufs Dach, wo sie einen weiteren Haufen setzen würde. Ich gehe nicht besonders oft dort rauf – bei dem Gestank würde selbst ein Bestattungsunternehmer kotzen.

Als Pansy wieder runterkam, machte ich mir aus einer der Schachteln, die ich von Mamas Restaurant mitgenommen hatte, was zu essen, wärmte das Zeugs auf meiner Kochplatte. Schaufelte den Papp runter, spülte mit Eiswasser aus dem Kühlschrank nach. Was ich nicht aß, kippte ich in Pansys Schüssel zu dem Trockenfutter, das sie selbst nachfüllen kann, wann immer sie will, braucht nur mit der Schnauze gegen einen Hebel zu drücken. Teller benutze ich nur selten – alles muß im Waschbecken im Bad gespült werden. Was Pansy nicht frißt, kippe ich einfach in einen Hundert-Liter-Plastiksack. Wenn der fast voll ist, binde ich ihn zu und bringe ihn runter. In der erstbesten Mülltonne, an der ich vorbeikomme, verschwindet das Ding. Ich halte die Wohnung blitzsauber, genau wie meine Zelle früher – läßt man New Yorker Kakerlaken erst mal einen Brückenkopf bauen, ist das der Anfang vom Ende.

Ich ging ein paar Minuten im Büro auf und ab, bis mir klar wurde, daß ich auf und ab ging. Eigentlich hatte ich mir das abgewöhnt – es macht einen angespannt und unterstreicht nur unnötig die Enge des Raumes. Genau das ist man im Knast, eingeengt. Und es sind nicht Schlösser und Gitter, die einem dieses Gefühl geben, es ist der Mangel an Alternativen. Letztlich läuft es drinnen auf zwei Möglichkeiten raus – entweder man lebt oder man stirbt.

Manchmal ist der Unterschied schwer zu erkennen.

Hier oben ist es sicher. Außer Pansy besitze ich noch ein paar Sicherheitssysteme. Der Maulwurf hat alles für mich installiert. Er hat außerdem dafür gesorgt, daß ich die Telefonleitung der Alt-Hippies benutzen kann, die in dem großen Loft unter mir wohnen. Sogar meinen Saft kriege ich aus ihrem Netz. Das einzige, was er nicht anzapfen konnte, war das Kabelfernsehen – der ConEd ist es scheißegal, was abgeht, solange sie von irgendwem ihre Kohle kriegt, aber für die Leute vom Kabelfernsehen ist

Piraterie eine todernste Sache. Also begnüge ich mich mit einem Drahtkleiderbügel als Antenne für meinen alten Schwarzweißfernseher.

Ich schaltete durch die Kanäle und fand die Übertragung eines Spiels der Mets. Diese Ansammlung egoistischer Tölpel verpfuschte wieder einmal ihre Chance, aus dem Keller zu kommen. Irgendwer mußte einen Fluch auf sie gelegt haben – kein Team ist so schlecht, wie die spielten. Es heißt, Baseball sei ein Spiel, bei dem es um Zentimeter geht, aber diese Trottel lagen gleich mehrere Meter daneben.

Pansy knurrte mißbilligend – Baseball langweilt sie zu Tode. Ich spielte mit der Fernbedienung, bis ich einen Profi-Catcher-Kampf fand. Sie brummte zustimmend und machte es sich als Fleischberg neben mir auf dem Boden bequem. Ich schloß die Augen, tätschelte geistesabwesend mit einer Hand ihren runden Kopf.

Als ich wieder aufwachte, war es draußen dunkel. Ich ließ Pansy noch mal raus, versprach ihr eine Belohnung, wenn ich zurückkam.

Regen fiel schräg durch die dreckige Luft, tanzte in meinem Scheinwerferlicht. Der blaue Drache hing in Mamas Fenster. Ich fuhr vorbei, suchte eine Telefonzelle, rief an.

»Ich bin's. Du hast Besuch?«

»Is wieder weg. Lady.«

»Ein Lady-Cop?«

»Ja.«

»Sonst noch was?«

»Mann anruf. Sag, er arbeit im Targets. Sag, dich jemand dort such.«

»Wieder eine Frau?«

»Nein. Mann. Wütender Mann.«

»Danke, Mama. Wir sehn uns.«

»Lady-Cop nicht in Uniform.«
»Woher weißt du dann, daß sie ein Cop ist?«
»Ich weiß«, sagte Mama und legte auf.

Am nächsten Morgen war ich schon früh unterwegs. Ich fühlte mich eingeengt. Noch nicht gefangen, aber fast. Ich brauchte einen Ort zum Nachdenken. Nicht mein Büro – wenn sie dorthin kämen, könnte ich sie bestenfalls eine Weile aufhalten – ich kam nicht schnell genug weg von dort.

Ich steuerte den Plymouth Richtung Norden, zum Schrottplatz des Maulwurfs, alle Antennen voll ausgefahren. Im Gefängnis, als ich praktisch pausenlos lernte, las ich was über Artefakte. Wenn Psychologen eine Reihe von Gesprächen mit demselben Knaben führen, bauen sie manchmal eine Falschinformation ein und warten ab, ob der Bursche sie ihnen zurückleitet. Das würde bedeuten, daß der Knabe die Symptome nur vortäuscht. Simulieren nennen sie das. Was kann man schon anderes von einer Branche erwarten, die von »Verleugnung« spricht, statt einen einfach einen beschissenen Lügner zu nennen.

Artefakte funktionieren wie verbale Stolperdrähte. Doc hat mir davon erzählt. Er führte mal vor Prozeßbeginn ein sondierendes Gespräch mit einem Burschen, den sie wegen mehrerer Dutzend Vergewaltigungen gekascht hatten. Dieser Typ behauptete, er wäre eine multiple Persönlichkeit. Sie wissen schon, nicht *er* hat es getan, sondern der *andere*. Doc macht also folgendes: Er läßt ein paar Notizen auf seinem Schreibtisch liegen. Bekommt einen Notruf und rennt aus dem Büro. Natürlich schaut der Bursche sich um. In Docs Notizen steht, der Bursche würde alle Anzeichen einer multiplen Persönlichkeit zeigen, bis auf eine Kleinigkeit – männliche multiple Persönlichkeiten klagen in der Regel über üble Zahnschmerzen, selbst wenn alles in Ordnung ist. Irgendein Schwachsinn über die Nervenenden im Unterkiefer. Absoluter Bockmist.

Jedenfalls, ein paar Tage später fängt der Knabe an, in seiner Zelle herumzuschreien. Als die Wärter kommen, erzählt er ihnen, daß er fürchterliche Schmerzen in den Backenzähnen hat. Sie geben ihm ein paar Schmerztabletten, bleiben stehen und vergewissern sich, daß er sie nimmt. Am nächsten Morgen tritt er beim Krankenappell vor. Wird zum Zahnarzt gebracht. Röntgenaufnahmen. Nichts zu sehen. Sie stufen den Typen als Simulanten ein, schicken ihn zurück in seine Zelle. Als er das nächstemal zu Doc kommt, will er nicht über die Vergewaltigungen reden – er jammert nur, daß seine Zähne ihn umbringen, und fleht Doc an, den Zahnarzt zu überreden, daß er ihn doch noch mal untersucht.

Bei dieser Sitzung änderte sich die Einstufung des Knaben von UAU – Unschuldig aufgrund Unzurechnungsfähigkeit – zu NSK – Nichtsnutziger Scheißkerl. Nach allem, was ich gehört habe, sitzt er immer noch.

Und so bin ich auf die Idee gekommen. Ich schleppe diese Streichholzschachteln mit mir rum. Von der richtig schicken Sorte, wie man sie in manchen Läden bekommt – echte Streichhölzer aus Holz in glänzenden kleinen Schachteln. Gratiswerbung, darum geht's wohl. Ich bin nur ein einziges Mal im Targets gewesen. Das ist ein winziger Schuppen drüben auf der West Side – geöffnet von sechs Uhr abends bis morgens um zwei. Der Typ hinter der Theke ist gleichzeitig der Besitzer. Allerdings ist er wegen eines Schwerverbrechens vorbestraft und kann nicht offiziell der Inhaber sein. Ich kenne ihn noch aus dem Knast. Er weiß, wie's läuft. Wir haben einen Deal – wenn jemand vorbeikommt und nach mir fragt, gibt er Mama Bescheid. Ich rufe zurück, lasse mir eine Personenbeschreibung geben. Das kostet mich jedesmal fünf Hunderter, aber als Sicherheitsnetz ist es mir soviel wert.

Diesmal brauchte ich keine Personenbeschreibung – das konnte nur Morales gewesen sein.

Morales auf der einen Seite, Belinda Roberts auf der anderen. Ich kannte beide so lange, daß es kein Zufall sein konnte – ich steckte in einem Schraubstock.

Hunts Point – ein gigantischer Freiluft-Discounter für alles mögliche, von kaum benutzten Autoteilen bis hin zu stark ramponierten Nutten. Ich wartete an einer Ampel an der Bruckner, warf einen Blick nach links zu der Pappkartonsiedlung unter der Überführung. Selbst dort draußen, mitten im Kriegsgebiet, fühlten die Obdachlosen sich sicherer als in jeder städtischen Unterkunft. Und sie hatten recht.

Sobald der Verkehr wegen der Ampel anhielt, füllte sich die Straße mit jungen Latinos, die irgendwelche Schilder schwangen. AUTOGLAS war das häufigste. Schlepper für eine der nahe gelegenen Karosseriewerkstätten. Sie brauchen eine neue Windschutzscheibe für Ihren Chevy? Warum vier Scheine hinlegen, wenn man im Point die gleiche Sache für maximal anderthalb bekommen kann? Am Point zählt nur Bargeld; alles ist verhandelbar.

Alles. Der Point ist so gefährlich, hier sterben sogar Klischees. Hier sind die Dinge so schlecht, wie sie aussehen.

Ich fuhr langsam weiter, saß ganz entspannt hinter meinem Lenkrad – unberechenbare Bewegungen sind in dieser Gegend wie ein Fisch, mit dem Bauch nach oben … die Raubtiere sind immer blitzschnell da. Der Point – wo die wilden Hunde Angst vor den wilden Kindern haben und sogar die Stoppschilder von Kugeln durchlöchert sind.

Wenn man in dieser Gegend einen Platten hat, fährt man am besten auf der Felge weiter bis über die Grenze.

Terry öffnete das hintere Tor des Schrottplatzes. Ich parkte den Plymouth dort, wo er wollte. Zusammen gingen wir zum Bunker des Maulwurfs. Terry wurde langsam erwachsen. Bekam was auf die Rippen. Es hatte keinen Sinn, sich zu fragen, wem er ähnlich sehen würde, wenn er ausgewachsen war – seine leiblichen Eltern hatten ihn an einen Kinderzuhälter verhökert, als er noch ganz klein war – alles, was er von ihnen noch wußte, waren die Schmerzen. Jetzt war er der Sohn des Maulwurfs. Der Sohn von Michelle und dem Maulwurf.

So läuft das hier. Irgendwer gabelt die Streuner immer auf. Meistens sind sie nur Appetithappen für Freaks. Terry hatte Glück gehabt. Aber für dieses Glück hatte er vorher schwer bezahlen müssen.

Ich hörte dem Jungen, der von irgendeinem Experiment erzählte, das er und der Maulwurf machten, nur mit halbem Ohr zu – ich wußte aus Erfahrung, daß ich sowieso nichts verstehen würde, selbst wenn ich mich auf jedes Wort konzentrierte. Die Hunde wuselten um uns herum, eskortierten uns weniger, als daß sie einfach mit uns dahintrieben.

»Wo ist Simba?« fragte ich. Simba war der Rudelführer, ein mörderischer Mischling, der seit Jahren seine Position allen Neuankömmlingen gegenüber behauptet hatte. Normalerweise war er der erste, wenn ein Fremder kam.

»Er ist unten am anderen Tor«, sagte der Junge. »Mit einem Mädchen ... Erinnerst du dich an Orchid? Den weißen Pitbull? Die letztes Jahr geworfen hat?«

»Klar.«

»Tja, beim nächsten Wurf wird Simba der Vater sein«, erklärte Terry stolz.

Der Liegestuhl des Maulwurfs stand allein im Licht der Nachmittagssonne, ein umgearbeitetes Ölfaß mit einem Kissen oben drauf. Vom Maulwurf selbst weit und breit keine Spur.

Terry sah meinen suchenden Blick und fragte: »Soll ich ...?«

»Nein«, fiel ich ihm ins Wort. »Ist schon in Ordnung. Ich wollte nur ein ruhiges Fleckchen, wo ich eine Weile allein sein kann, okay?«

»Klar.« Der Junge drehte sich um und ging den Weg zurück, den wir gekommen waren.

Ich setzte mich auf den Sessel des Maulwurfs, steckte mir eine Zigarette an, hatte die Augen halb geschlossen, konzentrierte mich, versank in meinem Kopf, wo ich die Arbeit tun konnte. Rauchte, atmete flach. Nachdem ich die Kippe weggeschmissen hatte, suchte ich mit den Augen das Gelände ab, bis ich die verchromte Stoßstange eines Autowracks sah. Sie schimmerte in der Sonne, ein heller Funken im Schatten. Ich konzentrierte mich auf den Funken, engte mein Blickfeld ein, ließ die Geräusche der Straße zu Hintergrundrauschen werden. Wurde immer ruhiger. Als ich die Augen schloß, konnte ich den Funken noch sehen, tauchte darin ein.

Morales haßte mich. Haßte mich, weil ich McGowan aufs Kreuz gelegt hatte – und wegen der Geschichte mit dem Haus voller Freaks oben in der Bronx. Vielleicht auch noch wegen was anderem. Er war ein nachtragender Dinosaurier-Pitbull. Würde immer am Ball bleiben. Und wenn er sich erst mal verbissen hatte, würde er seine Beute nie mehr loslassen.

Wenn er mir nur zufällig über den Weg gelaufen war, warum war er dann im Targets aufgetaucht? Was wollte er?

Das war das eine Loch.

Belinda. Sie klebte mir jetzt schon ziemlich lange an den Fersen. Rief an, hinterließ Nachrichten. Aber sie drängte nicht. Bis jetzt. Tauchte in Mamas Laden auf, ließ mich wissen, was sie wußte. Warum? Warum jetzt?

Noch ein Loch.

Die Löcher waren zu groß, um sie nur mit Logik zu

füllen, also ließ ich meine andere Seite arbeiten, versuchte zu fühlen, was ich nicht analysieren konnte.

Was ich spürte, war schlecht. Gefährlich schlecht.

Der Maulwurf hat ein supersicheres Telefon in seinem Bunker. Einmal hat er versucht, es mir zu erklären … irgendwas mit dem System der gebührenfreien Nummern, in das er sich ein- und wieder ausklinkt. Ich hab es nie kapiert.

Ich ging zum Eingang des Bunkers und rief leise: »Maulwurf?« Der Maulwurf sieht harmlos aus, aber er ist so superklug, daß er dazu noch verrückt ist – so jemandem will man keinen Schrecken einjagen.

Kurz darauf stand er auf der obersten Stufe, seine Haut so untertagefahl wie immer, die Augen nicht zu erkennen hinter Gläsern dick wie Flaschenböden, ein formloser Körper in einem erdfarbenen Overall. Rief man seinen Namen, reagierte er auf die gleiche Weise, wie er Anrufe beantwortet – mit Schweigen.

»Ich muß mal kurz dein Telefon benutzen, okay?«

Er antwortete nicht. Drehte sich einfach um und ging die Treppe hinunter. Der unterirdische Bunker war indirekt beleuchtet wie ein Aquarium. Der Maulwurf ging zu seiner Werkbank und machte sich an ein paar Fläschchen mit Flüssigkeiten zu schaffen. Das Telefon stand an der Wand. Ich nahm den Hörer ab, bekam ein Freizeichen, tippte die Nummer des Targets ein. Das Telefon gab ein Surren von sich, dann ein Stakkato von Pieptönen, während es sich in das System der gebührenfreien Nummern einklinkte und von dort aus weiter nach Manhattan schaltete. Es klingelte viermal, bevor jemand ranging.

»Targets«, sagte eine Frauenstimme.

»Kann ich bitte Nate sprechen?«

»Was soll ich sagen, wer …?«

»Ein Freund. Aus dem Norden.«

Es dauerte vielleicht eine halbe Minute, bis ich Nates Stimme hörte. »Was ist?«

»Ich bin's. Hab deine Nachricht erhalten. Daß jemand nach mir gefragt hat.«

»Ja. Genau. Und wann krieg ich ...?«

»Schon unterwegs. Du hast es heute abend. Was kannst du mir über den Burschen sagen?«

»Großer, schwerer Mann. Nicht wirklich groß, ist mehr sein Auftreten, verstehst du?«

»Ja.«

»Latino. Vielleicht Puertoricaner, wer weiß? Massiger Oberkörper. Kein Hals. Knurrt beim Reden.«

»Was hat er gefragt?«

»Ob ich dich kenne. Ob du da warst. Oft vorbeikommst.«

»Hat er meinen Namen genannt?«

»Ja. Er hat seine Marke gezeigt, hat kein Geheimnis draus gemacht.«

»Hat er eine Nachricht hinterlassen?«

»Ja. Daß er wiederkäme. Ich hab gesagt, ich kümmere mich schon um den Captain – von der Straße soll keiner bei mir vorbeikommen. Er hat nur gelacht. Aber nicht ›ha ha‹, wenn du verstehst, was ich meine?«

»Ja. Danke, Nate.«

Ich legte mitten in sein »Wann krieg ich ...?« auf.

Ich rief Mama an. »Ich bin's«, meldete ich mich, als sie an meinen Münzfernsprecher im hinteren Teil des Restaurants kam. »Kannst du Max sagen, er soll für mich fünf Hunderter ins Targets bringen? Der Typ steht hinter der Theke. Heißt Nate. Ein fetter Bursche, Halbglatze.«

»Wo is Targets?« fragte sie.

Ich gab ihr die Adresse. Fragte dann: »Mama, dieser Lady-Cop, was hat sie gesagt?«

»Sag, sehr, sehr wichtig. Du sie anruf.«

»Dieselbe Nummer, die sie immer hinterläßt?«

»Ja. Selbe Nummer. Sag, nach vier Uhr, egal wann.«

Ich sah auf meine Uhr. Schon Viertel nach sieben. »Vier Uhr nachmittags?« fragte ich.

»Sie nicht sag. Schnell rausgeh.«

»Danke, Mama.«

Ich fuhr über die Triborough nach Manhattan zurück, dachte, wie sehr sich alles verändert hatte. Wenn ich früher einen Ort wie Hunts Point verließ, konnte ich deutlich spüren, wie sich meine Nackenmuskulatur entspannte, sobald ich die Grenze in sichereres Gebiet überquert hatte. Jetzt nicht mehr. Jetzt blieben die Muskeln verkrampft – ständig. In dieser Stadt gibt es keinen sicheren Hafen, kein Viertel, in dem man sich wirklich geschützt fühlt. Über der Stadt liegt ein dünner, bösartiger Dunst, alles ist mit dieser weit in der roten Zone liegenden Mischung aus Aggression und Terror vergiftet. Das ist noch ein Grund, warum ich keine Waffe mehr trage – so was macht einen zu mutig. Ich weiß, was Tapferkeit kostet – dieses Konto habe ich im gleichen Augenblick geleert wie das letzte Magazin ... in dem Keller voller Blut in der Bronx.

Ich nahm den FDR Richtung downtown, es wurde langsam dunkel. Auf der Lex fand ich eine Parklücke, ging ein paar Blocks zu Fuß, bis ich das Gebäude erreichte, das ich suchte. Die Eingangshalle war verlassen. Ich drückte auf die Klingel von 11-G, hielt den Mund dicht vor die Gegensprechanlage, falls sie die Kunden vorher überprüften. Die Sprechanlage blieb stumm, aber die Tür wurde aufgedrückt.

Ich fuhr mit dem Fahrstuhl in den elften Stock, ging auf dem abgewetzten Teppichboden den ganzen Korridor hinunter bis zur letzten Wohnung rechts. Die Tür war mattschwarz lackiert, die eintönige Fläche lediglich von einem vergoldeten »G« unterbrochen. Eine schwere Stahlplatte um das untere Schloß schützte den Riegel. Ich drückte auf den winzigen, perlweißen Knopf im Türrahmen, hörte es innen läuten.

Dann trat ich einige Schritte zurück, damit derjenige, der durch den Spion schaute, mich vollständig sehen konnte. Die Tür wurde von einem kleinen, mageren Mann geöffnet, der einen schwarzen Anzug mit roten Hosenträgern über einem weißen Hemd trug. Ein schmaler Schnurrbart verstärkte den frettchenhaften Eindruck.

»Was kann ich für Sie tun?« fragte er.

»Ich will Mojo Mary sprechen.«

»Haben Sie einen Termin?«

»Nein.«

»Kennt sie Sie?«

»Ja. Ich heiße Burke.«

»Moment.« Der Mann knallte mir die Tür vor der Nase zu.

Eine Minute später war er zurück. Diesmal trat er zur Seite, winkte mich zu einer weißen Skaicouch im vorderen Zimmer direkt hinter der Tür. Ich setzte mich, wartete. Der Mann verschwand nach links. Eine große Brünette in einem pfirsichfarbenen Teddy schlenderte durch den Raum. Sie zwinkerte mir zu, wackelte noch einmal mit den Hüften – ein Reflex. Ich kannte sie – zumindest ihren Ruf. Es hieß, sie hätte ihren Job als Pornodarstellerin verloren, weil sie sich ihren Text nicht merken konnte.

Der Mann kehrte mit Mojo Mary im Schlepptau zurück. Sie ist zur Hälfte Cajun und zur Hälfte Laotin – dauernd erzählt sie einem eine andere Geschichte, wie es dazu gekommen ist. Ihre Haut hat einen rosigen Bronzeton, ihr glänzendes schwarzes Haar ist lang und glatt; ihre Zähne sind so weiß, daß sie unecht wirken. Sie trug das Oberteil eines roten Herrenpyjamas, dessen oberste Knöpfe offen standen. Die Jacke reichte bis auf ihre Oberschenkel, betonte die Netzstrümpfe, die sie zu den roten, hochhackigen Pumps trug.

»Hallo, Fremder«, begrüßte sie mich lächelnd.

»Wie geht's dir?« erwiderte ich und stand auf.

»Komm mit – ich werd's dir haarklein erzählen.« Sie hielt mir die Hand hin.

Ich ergriff sie und folgte ihr einen mit Teppichboden ausgelegten Flur hinunter. Alle Türen waren geschlossen bis auf die, durch die wir gingen. Es war ein Schlafzimmer ganz in Pink und Weiß, beherrscht von einem übergroßen Bett mit kunstvollem Kopfteil. Links von mir stand eine Badezimmertür offen.

Mary schloß die Tür hinter uns, ging an mir vorbei und setzte sich aufs Bett, schlug die Beine übereinander.

»Die halbe Stunde kostet fünfundsiebzig – die Stunde hundertfünfundzwanzig. Fühlst du dich heute stark?«

»Ich will nur ein paar Antworten«, sagte ich und zog ein Bündel Scheine aus der Jacke. »Hier sind die fünfundsiebzig – ich bin in ein paar Minuten wieder draußen. Und das hier ist für dich«, fügte ich leise hinzu, reichte ihr einen weiteren Hunderter.

»Hmmm«, machte sie und leckte sich die Lippen. »Geld macht mich scharf. Du bist sicher, daß ich nicht …?«

»Roxanne. Das Mädchen, das auf der West Side arbeitet, in der Nähe des Javits Center – woher kennst du sie?«

»Roxanne …? Ich weiß nicht, ob …«

»Sie hat deinen Namen genannt. Als sie mich angerufen hat. Sagte, sie hätte ein Problem. Weißes Mädchen. Sieht irgendwie verbraucht aus.«

»Alle vom Straßenstrich sehen verbraucht aus, Schätzchen – das Leben da draußen ist hart.«

»Sie hat deinen Namen gesagt, Mary. Ich weiß, daß du dafür bezahlt worden bist. Sag mir, was du weißt, und schon bist du mich wieder los.«

»Ein ehrliches Geschäft?«

»Ein ehrliches Geschäft. Ich hab keinen Ärger mit dir. Spuck's einfach aus – wo, wann, in der Art, okay?«

Sie schaute zu mir hoch; dunkle Augen blitzten über

hohen Wangenknochen. »Hör zu, Schätzchen, ich hab nur das Übliche gemacht, okay? Ich hab gedacht, sie hätte 'n Job, sie gibt mir Geld, damit ich dir Bescheid sage. Danach ist es allein deine Sache, stimmt's?«

»Stimmt.«

»Und, ich sehe das so: Wenn du den Job gut machst, vielleicht kommst du dann vorbei und bist nett zu Mary.«

»Das hab ich gerade getan, nett zu dir sein. Hat's dir nicht gefallen, wie ich's gemacht habe?«

»Komm schon, Schätzchen. Du weißt genau, daß ich das nicht meine. Es ist nur ... du klingst, als wärst du wegen irgendwas sauer auf mich.«

»Mary, ich bin zu dir gekommen, oder? Wenn ich sauer auf dich wäre, dann wär ich nicht hergekommen und hätte mich vor allen gezeigt, oder?«

»Ich ... schätze, nein.«

»Und ich bin allein gekommen, oder nicht? Hab dir Respekt erwiesen?«

»Ja ...«

»Also, spuck's aus, Mädchen.«

Sie stand vom Bett auf, ging zu einem Nachttisch, schüttelte eine Zigarette aus einem Päckchen, klopfte den Filter gegen ihren langen Daumennagel. »Hast du Feuer?« fragte sie, kam zu mir.

Ich riß ein Streichholz an. Sie legte beide Hände schützend um meine Hand. »Setz dich«, sagte sie. »Du machst mich nervös.«

Ich setzte mich auf einen Sessel am Fußende des Bettes und steckte mir selbst eine an. Mary ging in kleinen Kreisen, gestikulierte mit ihrer Zigarette. »Diese Roxanne, sie hat mich angerufen. Hier. Wir sollen hier eigentlich keine Privatgespräche führen, aber Rudy – du weißt schon, der Typ, der dich reingelassen hat – sieht das nicht so eng. Jedenfalls, sie wollte sich mit mir treffen. Hat gesagt, es wäre ordentlich Geld für mich drin. Ich hab mich dann mit ihr im Logans verabredet. Du kennst die Bar in der ...?«

»Ja.«

»Okay. Jedenfalls, es ist sicher da. Ich meine, *ich* hab das Lokal ausgesucht und alles. Und Rudy ist mitgekommen. Diese Roxanne, ich hab sie noch nie zuvor gesehen. Ihre Freundin auch nicht.«

»Ihre Freundin?«

»Eine Blondine. Ich glaube, es war eine Perücke ... irgendwie zuviel Haare für ihr Gesicht, verstehst du? Ein bißchen zu fett, wenn du mich fragst. Zuviel Make-up.«

»Hat die Blondine ihren Namen verraten?«

»Nein. Sie hat überhaupt nicht viel gesagt. Aber ich hab schon gemerkt, daß sie es war, die die Fäden zog – diese Roxanne, ihr Motor läuft nicht auf allen Zylindern, verstehst du?«

»Ja«, sagte ich, machte mit der rechten Hand eine »Nun-mach-schon«-Geste.

Mary nahm einen tiefen Zug von ihrer Zigarette, trödelte. »Also, sie hat gesagt, sie hätte Schwierigkeiten mit ihrem Loddel. Sie wollte die Fliege machen, hätte aber Angst vor ihm. So was gibt's dauernd, stimmt's?«

»Sicher.«

»Ich hab sie gefragt, ob sie Rudy engagieren will, damit der sich um die Sache kümmert. Und ...«

»Rudy? Der magere Bursche, der mir vorhin die Tür aufgemacht hat?«

»O ja, Schätzchen. Rudy kann vielleicht keine Fünfzigpfundhantel stemmen, aber mit seinem Messer ist er schnell wie 'ne Schlange. Und lautlos.«

»Okay. Und dann ...?«

»Und dann sagt sie nein. Sie will dich. Burke, hat sie gesagt. Sie kannte deinen Namen. Sagte, sie hätte gehört, du wärst bei solchen Sachen richtig gut. Ich hab ihr gesagt, jeder auf der Straße weiß schon lange, wie du tickst – wenn's nichts mit Kids zu tun hat, würdest du keine harten Jobs übernehmen.«

Wesley kam mir in den Sinn. Wesley, das vielleicht

tote Monster. Der perfekte Killer, für nichts anderes zu gebrauchen, aber bei dieser einen Sache besser als jeder andere. Wesley sagte mal zu mir, ich hätte eine Zielscheibe auf dem Rücken. Eine Schwäche. Kinder. Schüttel das ab, sagte er mit seiner Grabesstimme. Wünschte, ich hätte damals auf ihn gehört. Ich hob die Zigarette an die Lippen, produzierte einen Rauchschirm für meine Augen. »Und was ist dann passiert?«

»Sie hat gesagt, es ginge ja um Kids, irgendwie. Jedenfalls wollte sie mir Geld geben, wenn ich dir Bescheid sage.«

Ich hob die Augenbrauen.

»Fünf Scheine«, sagte Mary. »Ich dachte, muß eine große Sache sein, wenn sie soviel berappt, nur um jemandem was ausrichten zu lassen. Dachte, für dich wär auch dicke Kohle drin.«

»Und wieviel hat sie dir im voraus bezahlt?«

»Alles. Aber sie hat mich nicht bezahlt – das war dieses blonde Mädchen.«

»Und mehr weißt du nicht?«

»Mehr weiß ich nicht, Schätzchen. Ich hab ihr sogar noch gesagt – ich kann dir zwar Bescheid geben, aber nicht versprechen, daß du was unternimmst. Da hat sie mir gesagt, wo du sie auf der Straße finden kannst, und ich soll's dir weitergeben.«

»Würdest du die Blondine wiedererkennen, wenn du ihr noch mal begegnest?«

»Ich … glaub schon. Wie gesagt, viel geredet hat sie nicht. Und da drin ist es dunkel, also …«

»Okay, Mary. Danke.« Ich stand auf.

Mary öffnete einen weiteren Knopf ihres Schlafanzugoberteils, strahlte mich an. »Du hast für meine Zeit bezahlt, Schätzchen. Möchtest du, daß ich mir das Geld verdiene?«

»Wenn du mir die Wahrheit gesagt hast, dann hast du's schon getan«, sagte ich, griff hinter mich, um die Tür zu öffnen, und ließ Mojo Mary keine Sekunde aus den Augen.

Auf der Rückfahrt ging ich in Gedanken noch einmal alles durch. Und kam wieder zu keinem Ergebnis. Diese letzte Sache stank übler als vergammeltes Sushi. Mojo Mary besitzt die Seele einer Nutte. Sie ist durch und durch Prostituierte – niemals würde sie ihre Muschi umsonst hergeben. Aber sie schien überhaupt keine Angst zu haben, was sie bestimmt gehabt hätte, wenn sie glaubte, mich verkauft zu haben, und ich immer noch herumlief. Sie hatte ein schlechtes Gewissen, aber nicht sehr – sie meinte, die Sache abarbeiten zu können. Es reimte sich einfach nicht zusammen.

In Mamas Fenster hing der weiße Drache. Ich parkte hinter dem Lokal, durchquerte es und setzte mich in meine Nische. Mama kam, orderte mit einem Händeklatschen Suppe. Dieses Mal wartete sie nicht auf die Zeremonie, sondern setzte sich einfach mir gegenüber.

»Was soll das alles?« fragte sie und machte eine weit ausholende Handbewegung.

»Keine Ahnung, Mama. Mojo Mary hat einem Mädchen vom Straßenstrich meinen Namen gegeben. Das Mädchen wollte mich engagieren, um ihren Loddel kaltzumachen, ihn auszuzählen. Mary weiß, daß ich so was nicht mache ...«

»Mary is auch Mädchen von Straße?«

»Ja. Nur daß sie drinnen arbeitet.«

»Aha! Vielleicht sie ... hört was. Von vor lange Zeit ...«

Ich bemühte mich, nicht daran zu denken, nicht an die Vergangenheit zu denken. Zu viele Geburtsurkunden mit dem Vermerk »Vater unbekannt« – zu viele namenlose Gräber. Wer weiß, worüber die Loddel in ihren Nachtclubs tratschen, in denen der Auftritt mehr zählt als die Kohle? Wer weiß, was Mojo Mary gehört hatte? »Vielleicht hast du recht, Mama«, war alles, was ich sagte.

Schweigend löffelte ich meine Suppe und erwartete,

daß Mama zu ihrer Kasse zurückging. Aber sie blieb, wo sie war, beobachtete mich gelassen.

»Was ist?« fragte ich schließlich.

»Warum frag du nicht nach Frau von Polizei?«

»Die kenne ich schon«, sagte ich. »Belinda. Dieselbe, die schon die ganze Zeit hier anruft, du erinnerst dich?«

»Klein, irgendwie ...«

»Mollig?«

»Nein, nicht mollig. Mehr ... stabil. Stark.«

»Ja, das ist sie.«

»Blaue Augen?«

»Kann mich nicht mehr erinnern.« Es war die Wahrheit.

»Blonde Haare?«

Ich schaute von meiner Suppe auf, wurde zum ersten Mal hellhörig. »Nein. Eher so 'ne Art Rötlichbraun.«

»Diese blond.«

»Bist du sicher?«

Mama bedachte mich mit einem mitleidvollen Blick, fragte sich offensichtlich, wie ich so alt hatte werden können, wenn ich doch so dumm war. »Ja«, sagte sie. »Sicher. Blondine.«

»Vielleicht hat sie sich die Haare gefärbt. Frauen machen so was, stimmt's?«

»Nicht gefärbt«, sagte Mama. »Blond Perücke.«

Irgendwo in meinem Kopf spürte ich einen Hammer fallen. Vielleicht wurde ich *tatsächlich* zu alt für das alles. Wer zieht eine Nutte, die auf Blasen spezialisiert ist, aus und sucht sie nach Wanzen ab? Dieses blonde Mädchen, das an der gleichen Ecke stand wie Roxanne ... ich versuchte, mir das Bild zurückzuholen, aber es gelang mir einfach nicht. Belinda? Belinda besorgt sich meine Stimme auf Band, wie ich mich einverstanden erkläre, gegen Bezahlung einen Mann umzulegen?

Aber ich war nicht drauf eingegangen.

Ich stand auf einem langen Gang. Einem langen, verspiegelten Gang. Das Ende konnte ich nicht erkennen. Nur Spiegelungen. Bilder. Ich konnte nicht sehen, also lauschte ich.

Und alles, was ich hörte, war dieses besonders häßliche Knastgeräusch, wenn die Wärter abends die Gitter schließen.

»Mama«, fragte ich, »hast du immer noch dieses Loft drüben an der Mott Street?«

»Sicher.«

»Wohnt dort im Moment jemand?«

»Nein. Erst nächste Monat wieder.«

»Kann ich den Schlüssel haben?«

Mama griff in eine Tasche ihres Kimonos, gab ihn mir. »Du nimm Max mit«, sagte sie.

Ich benutzte das Telefon hinten, um den Prof zu erreichen, ohne Erfolg. In der Trainingshalle war er nicht. Auch an keiner seiner anderen üblichen Stellen. Ich hinterließ Nachricht.

Mamas Lokal ist ein guter Ort zum Warten. Es ist ruhig und friedlich dort, das Essen ist ausgezeichnet ... man kann telefonieren oder einen Anruf entgegennehmen, die Tabellen der Pferderennen lesen, ein Nickerchen halten, wenn man will. Mama hat immer mehrere internationale Zeitungen da. Eine davon schlug ich auf, blätterte sie durch, genoß die Suppe, die mir der Kellner in eine dicke Kaffeetasse gegossen hatte.

In der Zeitung gab es zwei Seiten mit Inseraten für Begleitagenturen. Eine behauptete, alle ihre Mädchen beherrschten mindestens drei Sprachen. Klar – Französisch, Griechisch und Missionarisch.

Die Kleinanzeigen waren interessanter. Eine Bank in der Karibik stand zum Verkauf: zehntausend, cash. Jemand bot eine Niere zum Verkauf an. Seine eigene. Für hundert Riesen plus Unkosten; aber man müßte sich in keiner Schlange anstellen, wenn man eine Transplantation brauchte.

Ich legte die internationale Presse zur Seite und widmete mich den hiesigen Boulevardblättern. Ein Mensch an der Holy Coast – Kalifornien – richtete seinen Keller für seine Stieftochter her – schalldichte Wände mit einer Videokamera auf einem Stativ. Er nannte es seinen Kriegsraum. Dort unten folterte er das Mädchen. Als sie ihn schnappten, sagte er, daß er nur versucht hatte, dem Mädchen den Unterschied zwischen Recht und Unrecht beizubringen. Das wäre es nämlich, was heutzutage mit den Kids nicht stimmt – sie hätten einfach keine Disziplin. Er war bereit, sich der Kindesmißhandlung schuldig zu bekennen, aber keiner wie auch immer gearteter Sexualdelikte.

Das hätte vielleicht funktioniert, wenn die Geschworenen nicht die Videos gesehen hätten.

Ich blätterte um. Einem Mann und einer Frau – zumindest einem männlichen und einem weiblichen Wesen – war der Zustand der Frau sehr unangenehm. Sie stand kurz vor der Niederkunft, aber das Kind war nicht von ihm. Also nahmen sie das Baby nach der Geburt mit nach Hause und vergruben es in ihrem Garten. Kein Mensch wußte was davon, bis die Frau wieder schwanger wurde ... dieses Mal vom *richtigen* Mann. Eine Krankenschwester fragte, ob sie schon mal schwanger gewesen sei, und die Frau sagte ja, aber das Baby sei gestorben. Sie brauchten nicht lange, um die Leiche zu finden – die Cops sperrten beide ein.

Als der Mann am folgenden Tag zur Anklageeröffnung vorgeführt wurde, war sein Gesicht ganz verquollen. Irgendein frömmelnder Kolumnist schrieb die Geschichte, faselte süffisant und zufrieden von »Gefängnisgerechtigkeit«. Wann immer ich solchen Müll von Wunschdenken lese, würde ich am liebsten kotzen. Ich hab mal mit einem Burschen gesessen – er hieß Mestron. Der Kerl war ein

Sexkiller und auch noch stolz darauf. Keines der Mädchen war älter als sieben. Der erbärmliche Freak schnappte sich die kleinen Dinger, brachte sie in den Keller, in dem er hauste ... packte sie an den Knöcheln, hob sie verkehrt herum hoch und zerbrach sie mit seinen kräftigen Pranken wie Wünschelknochen ... damit er im Blut liegen konnte. Ich kenne die Details, weil er sie jedem erzählte, ob man sie nun hören wollte oder nicht. In Gedanken tat er es wieder und wieder.

Mestron war ein kleiner Bursche, knapp eins siebzig höchstens. Auf die Waage brachte er ungefähr hundert Kilo, alles Muskeln. Er war geschickt mit den Händen und noch geschickter mit dem Messer. Und er war kaum zwei Wochen im Bau, als er einen Bankräuber vergewaltigte – einen vierundfünfzig Kilo schweren Bankräuber, der seine Kanone nicht mit in den Knast bringen konnte. Und Mestron? Dem Babykiller ging's im Knast *gut* – rechtschaffene Empörung nützt nicht viel gegen mörderische Muskeln. Sie wollen Gefängnisgerechtigkeit sehen? Verbringen Sie eine Weile im Dschungel ... und beten Sie, daß nicht *Sie* die Beute sind.

Der Drecksack an der Coast, der seine Stieftochter gefoltert hatte – hoffentlich hat er irgendwas, das ihm im Gefängnis das Leben kostet. Viel wäre dazu nicht nötig.

Ich hörte auf, Zeitung zu lesen – ich weiß wirklich nicht, warum man so was »Neuigkeiten« nennt. Ich stand auf, verabschiedete mich von Mama mit einer Verbeugung und kehrte in die Welt zurück.

Der nächste Tag war Freitag. Immer noch keine Spur vom Prof. Wahrscheinlich würde ich ihn bei den Boxkämpfen erwischen, also holte ich Max ab, und wir fuhren über die Manhattan Bridge auf den Brooklyn Queens Expressway, bis zur Abfahrt Queens Boulevard, rumpelten dann weiter und suchten die Abzweigung.

Auf dem ganzen Strip existieren Oben-ohne-Bars und Kirchen friedlich nebeneinander, und beide machen sich vor, ernsthafte Konkurrenz für den anderen zu sein. Ich fand die Abzweigung, hielt mich an Profs Wegbeschreibung. Der Laden lag in einer Querstraße der Skillman Avenue, eine alte Boxarena, die seit dem Zweiten Weltkrieg keine großen Kämpfe mehr gesehen hatte. Wir drehten mehrere Runden um den Block, bis Max schließlich einen Parkplatz entdeckte. Ich parkte ein, sicherte den Plymouth.

»Wir gehören zu einem der Boxer«, erklärte ich dem Typen an der Tür. »Wo sind die Umkleidekabinen? Heute abend kämpft mein Junge.«

»Der?« Der Typ deutete mit dem Kopf in Max' Richtung.

»Diesmal nicht.«

»Wenn du nicht in der Ecke arbeitest, mußt du bezahlen wie jeder andere auch.«

Ich gab ihm einen Fünfziger für zwei Plätze direkt am Ring. »Wer zuerst kommt, mahlt zuerst«, sagte der Typ und deutete auf den Ring in der Mitte des Auditoriums, drum herum Reihen von Klappstühlen.

Einer der Kabelsender baute drei Kameras auf solide Stative. Ich sah, daß die Scheinwerfer bereits standen und das Logo des Senders unter der Decke hing. Die zeichnen alle Kämpfe auf, aber die über vier Runden schaffen es nur dann auf den Bildschirm, wenn der große Kampf des Abends vorzeitig zu Ende geht.

Wir gingen außen rum und fanden den Zugang zu den Räumen hinten. Im Umkleideraum drängten sich die Boxer – alle im gleichen Raum, aber durch unsichtbare Linien voneinander getrennt, umgeben von Betreuern und Anhang. Es roch nach frischem Schweiß und abgestandenen Hoffnungen. Ich entdeckte den Prof an einer Seite, wo er mit Frankie redete. Clarence bandagierte ihm sorgfältig die Hände.

»Für den anderen ist es auch der erste Auftritt«, sagte der Prof zu Frankie, »aber er hat die Golden Gloves bekommen – die denken, du bist brav wie 'n Schaf. Aber das ist Papperlapapp, so läuft's hier nicht ab, okay?«

Frankie nickte aufmerksam, sagte nichts.

»Du mußt schnell sein, Babe«, fuhr der Prof fort. »Mach von vornherein Druck, und dann ruck-zuck. Im Fernsehen zählt nur das K. o. Bist du soweit?«

Frankie nickte wieder.

»Wir sind als erste dran«, sagte der Prof zu mir. »Noch ungefähr eine halbe Stunde.« Er wandte sich wieder an Frankie. »Ruh dich aus, Junge. Entspann dich. Versuch dich erst kurz vor dem Kampf in Stimmung zu bringen.«

Gehorsam legte Frankie sich auf den Tisch, schloß die Augen.

»Ich muß dich mal was fragen.« Ich zog Prof beiseite.

»Nach dem Kampf, Kleiner. Erst kommt das Geschäft.«

»Okay«, willigte ich ein, blieb bei seinem Thema. »Weißt du was über den Jungen, gegen den Frankie antritt?«

»Klar. Siehst du den Burschen da drüben? Der an dem Spind lehnt? Das ist er. Jermaine Jenkins.«

Ich schaute hinüber. Jenkins war ein Schwarzer, sah aus wie ungefähr neunzehn. Er war etwa eins neunzig groß, brachte wohl über hundert Kilo auf die Waage. Ein kräftiger Typ. Von Kopf bis Fuß. Momentan bewunderte er den neonblauen Trainingsmantel mit seinem Namen auf dem Rücken, quatschte mit zwei Typen in Anzügen.

»Den machen wir locker fertig«, sagte der Prof lächelnd. »Der Junge hat 'ne nette Garderobe. Bewegt sich gut. Aber sein Schlag hat weder Saft noch Kraft. Wir sind heute überhaupt nur dabei, weil die Frankies Gewicht gesehen haben. Eigentlich sollten wir gegen Halbschwergewichte kämpfen, aber in den unteren Gewichtsklassen steckt kein Geld.«

»Welche Ecke haben sie dir gegeben?«

»Die blaue«, erwiderte er. »Blau wie der Pfau.«

»Ist Frankie soweit?«

»Er wird sich auf das Jüngelchen stürzen wie 'ne Hure auf 'ne Fuhre, Bruder – kein Problem.«

Ich ging rüber zu Frankie. Sah, daß Clarence einen sauberen weißen Waschlappen über die Augen des Fighters gelegt hatte. »Sei du selbst«, riet ich, tätschelte seine Schulter.

»Werd ich«, antwortete er ruhig.

Max und ich gingen hinaus, suchten uns Plätze in der Nähe der blauen Ecke. Allmählich füllte sich der Laden. Durch die Seile entdeckte ich eine Reihe von Dope-Gangstas, alle auf Ringplätzen. Einer von ihnen redete in sein Handy, machte eine große Schau daraus. Ein paar Plätze links von mir saß ein dunkelhaariger, etwa fünfzigjähriger Mann, den einen Arm um die Taille einer gutgebauten Wasserstoffblondine gelegt, die bestimmt dreißig Zentimeter größer und dreißig Jahre jünger war als er. Die meisten Zuschauer kamen aus der Gegend – weiße Arbeiter und bunter gekleidete Latinos. Eine Gruppe Asiaten saß etwas abseits, warf gelegentlich Blicke zu den schwarzen Gangstas. Harte Blicke, die mit Zins und Zinseszins erwidert wurden.

Der Ansager, ein Mann mittleren Alters mit kunstvoll gestylter Frisur, trat in die Mitte des Rings. Er trug eine leuchtendrote Smokingjacke mit schwarzen Schalrevers. In der einen Hand hielt er ein Mikrofon, in der anderen eine große Karteikarte. Er begann mit der üblichen Nummer, hieß uns alle in dieser sagenhaften Arena willkommen, stellte die drei Punktrichter namentlich vor, begrüßte den State Boxing Commissioner und eine Reihe anderer Funktionäre. Dann den Ringrichter. Während er noch mit seiner Nummer beschäftigt war, kamen die beiden Boxer aus entgegengesetzten Richtungen auf den Ring zu. Jenkins in seinem hübschen, glänzenden Mantel, umgeben von einem halben Dutzend Leuten. Frankies Mantel hatte breite, schwarzweiße senkrechte Streifen, erinnerte an altmodische Sträflingsuniformen. Jenkins' Betreuer hielten ihm die Seile auseinander, damit er in den Ring steigen konnte – Clarence machte das gleiche für Frankie. Die Sekundanten nahmen den Boxern die Mäntel ab. Jenkins' Hose war so blau wie sein Mantel. Frankies war ebenfalls schwarz-weiß gestreift.

Der Ringrichter rief die Boxer in die Ringmitte, nuschelte irgendwas. Jenkins wirkte viel größer als Frankie, schaute finster. Er funkelte Frankie an – Frankie antwortete mit ausdruckslosem Starren. Der Ringrichter befahl ihnen, sich mit den Handschuhen zu berühren. Frankie streckte beide Hände aus – Jenkins schlug mit beiden Fäusten hart dagegen und sagte irgendwas, das ich nicht mitbekam. Die Boxer gingen zurück in ihre Ecken, setzten sich.

Frankie öffnete den Mund, damit Clarence den weißen Mundschutz aus Gummi einsetzen konnte. Der Prof beugte sich dicht an Frankies Ohr, flüsterte ihm etwas zu.

Der Gong ertönte.

Jenkins trippelte aus seiner Ecke, kreiste zu Frankies Linker, tänzelte auf den Zehenspitzen, ließ ein paar Geraden los, die Frankie mit den Fäusten abfing. Frankie schob sich planmäßig nach vorn, arbeitete aus der Deckung, ließ gelegentlich eine schwächliche Gerade los.

»Laß die Fäuste fliegen!« brüllte der Prof.

Jenkins tänzelte weiter, erntete mit jedem neuen Schlaghagel Beifallsrufe des Publikums. Frankie versperrte den Ring, trieb Jenkins in eine Ecke. Aber Jenkins drehte sich heraus, verpaßte Frankie einen Klaps auf den Hinterkopf, und die Menge lachte.

Jenkins plazierte aus kurzer Distanz eine ganze Salve von Schlägen, setzte dann mit einem rechten Cross nach, erwischte Frankie voll am Kinn. Frankie wich zurück, senkte aber schnell wieder den Kopf und griff an. Als der

Gong ertönte, standen beide in der Ringmitte und teilten Schläge aus – durch die höhere Schlagfrequenz ging diese Runde mit deutlichen drei zu eins Punkten an Jenkins, der beide Hände über den Kopf hob, als er in seine Ecke zurückstolzierte. Clarence nahm Frankie den Mundschutz ab und drückte ihm einen Schwamm in den Nakken. Ein Mädchen in goldenem String-Bikini und dazu passenden Stöckelschuhen trippelte durch den Ring und hielt ein weißes Schild mit einer roten 2 hoch.

Der Prof flüsterte Frankie was ins Ohr – ich bekam nicht mit, was.

Der Gong zur zweiten Runde ertönte. Jenkins war schnell von seinem Schemel hoch, hatte den Großteil der Entfernung zwischen beiden Boxern zurückgelegt, bevor Frankie auch nur einen einzigen Schritt tat. Jenkins versetzte ihm einen schnellen Jab. Frankie bewegte die Füße nicht, senkte aber die rechte Schulter, verlagerte sein Gewicht und jagte zwei vernichtende rechte Haken auf Jenkins' Rippen. Jenkins taumelte zurück, die Fäuste schützend vors Gesicht gehoben. Frankie setzte mit einem weiteren rechten Haken nach, die Beine gespreizt, die Füße fest und kraftvoll auf dem Boden verankert. Die Menge schrie auf, als Frankie angriff, jetzt mit beiden Fäusten Haken auf den Gegner niederprasseln ließ. Jenkins ging auf ein Knie. Der Ringrichter begann zu zählen. Bei acht kam Jenkins hoch. Der Ringrichter fragte, ob alles in Ordnung sei. Jenkins nickte, hob die Fäuste, zeigte, daß er wieder soweit war. Der Ringrichter wischte Jenkins' Handschuhe an seiner weißen Hemdbrust ab, winkte Frankie heran.

Frankie glitt vorwärts, Jenkins zog sich hinter seine schnellen, kurzen Schlägen zurück, hielt Distanz. Es funktionierte nicht – Frankie steckte die Jabs weg, an seinem Mund blitzte es weiß auf. Entweder ein Lächeln oder ein Knurren – ich wußte es nicht.

Jenkins hatte immer noch die Fäuste oben, hielt die

Ellbogen fest an den Brustkorb gedrückt, bunkerte sich ein. Frankie schlug weiter auf alles ein, was sich ihm bot, ließ Schlag um Schlag auf die Unterarme seines Gegners krachen. Jenkins wich in die Seile zurück. Frankie landete einen linken Haken genau unterhalb von Jenkins' Ellbogen, ließ einen rechten Cross auf die Schläfe folgen. Jenkins verlor den Halt – seine Knie zitterten, als er versuchte, Frankie in den Clinch zu nehmen. Der Ringrichter trennte die Boxer, schob Frankie ein paar Schritte zurück.

Es nützte nichts. Frankie jagte eine Rechte in Jenkins' Nieren, und der andere Mann ging auf die Matte – diesmal stand er nicht mehr auf. Ein Arzt kam in den Ring, als Frankie langsam in seine Ecke zurückging.

Max und ich trafen Frankie dort, wo er den Abend begonnen hatte. Er war gerade aus der Dusche gekommen und trocknete sich ab.

»Gute Arbeit«, lobte ich.

Der Junge hielt den Kopf gesenkt und nuschelte leise: »Danke.« Der Prof zog sich auf den Tisch, benutzte ihn als Sitzgelegenheit. »Du mußt als erster loslegen«, dozierte er. »Du warst in Form, gut aufgewärmt und alles, bevor du raus bist. Was ist passiert?«

»Ich … keine Ahnung«, erwiderte Frankie.

»Der Bursche war doch nur ein Blender«, sagte der Prof. »Der hätte dir nicht mal mit einem verdammten Moniereisen was anhaben können, stimmt's?«

»Ja.«

»Junge, du willst doch nicht als Spätstarter dastehen. Du kannst nicht jedesmal die erste Runde verschenken – so was macht den anderen mutig.«

Frankie hob den Kopf, sah den Prof zum ersten Mal direkt an. »Ich weiß.«

Ein Lächeln wanderte über das angenehme Gesicht

des Profs. »Hast du das gehört, Schuljunge?« fragte er mich. »Mein Mann hier hat einen Plan. Die anderen lallen, mein Junge stellt die Fallen. Klasse!«

»Du bist unbesiegbar, Mahn.« Clarence sagte das so ernst, als zitiere er die Bibel.

Max tippte Frankie auf die Schulter. Er täuschte einen rechten Haken vor und verbeugte sich dann vor Frankie. Frankie erwiderte die Verbeugung. »Wie sag ich ihm danke?« fragte er mich.

»Hast du gerade gemacht.« Ich drehte mich zum Prof um. »Können wir gehen?«

»Frankie soll sich noch die anderen Kämpfe anschauen, in Ordnung? Nur Banausen lassen die Schule sausen.«

Wir kamen rechtzeitig in die Arena zurück, um das Ende eines weiteren Vier-Runden-Kampfs mitzubekommen. Beide Boxer standen noch. Als die Entscheidung der Punktrichter verkündet wurde, machte einer der Boxer einen Luftsprung und reckte triumphierend die Faust – der andere zeigte seine Empörung mit einer eindeutigen Geste. Die Menge buhte beide aus.

Frankie saß links von mir, Max rechts. Der Prof und Clarence verschwanden irgendwo, arrangierten wahrscheinlich Frankies nächsten Kampf. Oder kassierten Wettgewinne ein.

Wir schauten zwei wabbeligen Schwergewichtlern zu, die unter der lautstarken Langeweile der Menge durch den Ring walzten. Sie waren so schlecht, daß der Ringrichter irgendwann einem der beiden auf die Schulter tippte. Ich wußte, das Kabelfernsehen brauchte Ergebnisse, aber das war obszön – ohne das 10-Punkte-Minimum-System hätte dieser traurige Kampf mit 0:0 geendet. Die Menge buhte und pfiff über die Entscheidung, war empört, daß überhaupt einer dieser Fettsäcke gewann. Wie wütende Wähler, die nach einer Fickt-euch-alle-ins-Knie-Partei verlangen.

Schließlich wurde der Hauptkampf des Abends angekündigt. Frankie saß kerzengerade auf seinem Platz, registrierte jede Kleinigkeit.

Der Golden Boy war schwarz. Anfang Zwanzig und unbesiegt, mit siebzehn Knockouts. Er war geschmeidig wie ein Otter – glatte Muskeln wie Gummi unter einer glänzenden, schokoladenbraunen Haut. Trug eine purpurrote Hose mit weißem Streifen unter einem knöchellangen Mantel in passenden Farben; auf dem Rücken prangte sein Name: Cleophus »Cobra« Carr.

Heute abend war er die Hauptattraktion, ein Kampf über zehn Runden. Mittelgewichtler sollten sie sein, aber Carrs Gewicht wurde mit vierundsiebzig Kilo angekündigt.

Auf den Plätzen der mittleren Preislage hinter den ersten Reihen wurde eifrig gewettet – darauf, wie lange der Kampf dauern würde, bevor Carr den andern Burschen ausschaltete.

Niemand kannte den Gegner – er war in letzter Minute für denjenigen eingesprungen, gegen den Carr eigentlich antreten sollte. Er ging allein zum Ring, trug einen dünnen, weißen Frotteemantel. Seine Hose war schwarz.

Der Ansager zeigte zuerst auf die gegnerische Ecke. Manuel Ortiz. Ließ den Nachnamen rollen – *Orrrr-Teeese!* Ortiz hatte sechsundfünfzig Siege und sechzehn Niederlagen mit zweiunddreißig Knockouts. Ursprünglich mal ein Weltergewicht, pendelte er heute – je nachdem, in welcher Klasse es Arbeit gab. An diesem Abend brachte er zweiundsiebzig auf die Waage.

Vielleicht hatte er mal Träume gehabt – jetzt boxte er nur noch als Teilzeitjob.

Ich kannte seine Geschichte, als hätte ich sie in einem Buch gelesen. Er hatte den Anruf erst gestern erhalten, beendete seine Schicht in der Autowaschanlage, stieg in den Greyhound und fuhr, bis er zur Arena kam – das alles stand in seinem Gesicht.

Carr war zweiundzwanzig. Er war bei den Qualifikationskämpfen für die Olympiade bis in die Endausscheidung gekommen, bevor er vor zwei Jahren ins Profilager wechselte. Es hieß, Ortiz sei dreißig, mindestens ein halbes Dutzend Jahre wurden unterschlagen. Der Typ, der ihn managte, arbeitete aus einer Telefonzelle in einer Sporthalle irgendwo an der kalifornisch-mexikanischen Grenze. Seine Boxer waren ihr Geld wert – sie gingen nicht leicht auf die Matte, gaben nicht auf, spielten ihre Rolle.

Die Fighter traten in die Ringmitte, um sich ihre Belehrungen abzuholen. Bei Carr standen drei Männer, einer an jeder Seite, der dritte massierte behutsam die Nackenmuskeln des Mittelgewichtlers. Ortiz war allein – der Sekundant, den man ihm gestellt hatte, blieb gelangweilt außerhalb des Ringes.

Carr bedachte Ortiz mit dem starren Blick eines Revolverhelden. Ortiz schaute ihn nicht an, streckte die Boxhandschuhe aus, wie Frankie es getan hatte, machte einfach, was ihm gesagt wurde. Carr ließ die rechte Faust von oben dagegenkrachen. Die Menge johlte, kam schnell in Fahrt.

Der Gong ertönte. Carr tänzelte wie eine Schlange aus seiner Ecke, feuerte eine schnelle Serie von Preßlufthammerschlägen ab. Ortiz bewegte sich vorwärts wie in Zeitlupe, fing die Schläge mit den Fäusten und Unterarmen ab, machte Druck.

Carr tänzelte ihm grinsend aus dem Weg. Ich senkte den Blick auf die Segeltuchbespannung des Bodens, sah Carrs weiße Lederstiefel mühelos über den Ring gleiten, die purpurnen Troddel hüpften, während Ortiz' schwarze sich abmühten mitzuhalten.

Gegen Ende der ersten Runde hatte Ortiz höchstens ein halbes Dutzend Treffer ausgeteilt. Immer wieder drängte er vor, erstickte Carrs knappe, kurze Schläge, sein Gesicht war eine Maske der Geduld. Plötzlich wich Carr nicht mehr zurück, trat zur Seite, feuerte einen Haken ab und setzte sofort mit einem rechten Cross nach, der Ortiz am Unterkiefer erwischte. Ortiz schüttelte den Kopf – dann erstickte er das Johlen der Menge mit einem linken Haken auf Carrs Rippen.

Der Gong ertönte. Carr hob die Hände, lief einmal durch den Ring, als hätte er bereits gewonnen. Ortiz ging in seine Ecke und setzte sich. Sein Sekundant streckte die Hand aus, nahm ihm den Mundschutz ab, spritzte etwas Wasser ins Gesicht des Boxers, beugte sich vor, um etwas zu sagen. Ortiz' Miene veränderte sich nicht, er schaute geradeaus – vielleicht sprach der Sekundant kein Spanisch.

Drüben in Carrs Ecke redeten alle drei Helfer gleichzeitig. Carr grinste breit.

Das Mädchen in dem goldenen Bikini wackelte wieder um den Ring, hielt das Schild mit der Rundennummer hoch. Die Menge applaudierte. Sie warf eine Kußhand.

Carr war von seinem Hocker, noch bevor der Gong ertönte, glitt quer durch den Ring. Ortiz trat Carr entgegen, blieb völlig ruhig. Carr trieb ihn in die Seile, feuerte mit beiden Händen, verpaßte der Menge eine Überdosis Adrenalin. Wieder ließ Ortiz den linken Körperhaken los. Carr trat zurück, holte tief Luft und griff erneut an, arbeitete auf kurze Distanz. Ortiz antwortete mit einem knappen Uppercut. Carrs Kopf flog zurück. Ortiz setzte mit Macht nach, teilte einen Hagel schneller Hiebe aus. Carr packte ihn, umklammerte den anderen, erstickte die Schläge. Der Ringrichter trennte sie.

Carr trat zurück, jagte seinen Jab los, zeigte mehr Fußarbeit. Die Zuschauer applaudierten.

Das Nummerngirl wackelte zwischen den Runden noch etwas heftiger mit den Hüften, dachte wahrscheinlich, es sei die letzte Chance, ihren Body vorzuführen.

Etwa in der Mitte der nächsten Runde wurden die Zuschauer ungeduldig – sie waren gekommen, um mitzuerleben, wie Carr wieder mit Knockout siegte, und wollten keinen schlecht besetzten Kampf sehen, der sich seinem Ende entgegenschleppte.

»Putz ihn weg, Cleo!« schrie eine karamelfarbene Frau mit großem, weißem Hut. Als hätte er nur auf ihre Stimme gewartet, drehte Carr nun auf, jagte eine Salve von acht Kombinationsschlägen los. Die Menge drehte durch. Carr trat zurück, um sein Werk zu bewundern. Und Ortiz griff an.

In der sechsten Runde hatte Carr einen meilenweiten Vorsprung. Er tänzelte, bis Ortiz ihn erwischte, dann setzte er seine überlegene Schlaggeschwindigkeit ein, kämpfte sich blitzschnell frei und punktete gleichzeitig. Als er beim Gong in seine Ecke zurückkehrte, schrie die Menge vor Wut – dafür hatte sie nicht bezahlt.

Eine vernichtende Rechte ließ zu Anfang der nächsten Runde Ortiz' Augenbraue aufplatzen. Ein versehentlicher Kopfstoß verwandelte das blutige Rinnsal später in einen Fluß. Der Ringrichter führte ihn an den Rand. Der Arzt schaute sich die Verletzung kurz an, signalisierte, daß er weitermachen konnte. Die Menge tobte, bekam endlich was fürs Geld.

Carr schnappte nach der Platzwunde wie ein Terrier nach einer Ratte. Ortiz spielte weiter seine Rolle.

Zwischen den Runden brüllten Carrs Sekundanten ihm in die Ohren, drängten ihn, loszulegen und Schluß zu machen. Ortiz' Helfer tupfte die Platzwunde mit dem Schwamm ab, strich Vaseline darauf.

Das Nummerngirl war jetzt richtig in Fahrt, ihre Hüften wackelten heftiger, als Carr seine Schläge austeilte.

Carr kam aus der Ecke, wollte die Sache zu Ende bringen, und trieb Ortiz in die Seile, feuerte eine schnelle Salve unbeantworteter Schläge ab. Ortiz reagierte mit seinem Markenzeichen, dem linken Haken, aber Carr war viel zu aufgeputscht, um sich aus der Bahn werfen zu lassen, er witterte das Ende. Ein rechter Haken landete genau auf Ortiz' Nase, eine zerplatzte Blase von Blut. Ortiz spuckte seinen Mundschutz aus, schnappte verzweifelt nach Luft und griff mit beiden Fäusten an. Ein überraschter Ausdruck huschte über Carrs Gesicht. Er wich einen Schritt zurück, taxierte den Gegner. Ortiz winkte ihn heran. Carr nahm die Herausforderung an, gereizt jetzt, ließ jedem Schlag der einen Faust einen Hieb mit der anderen folgen, schlug zu wie ein Kolbenmotor. Ortiz' Gesicht war nur noch eine blutige Masse.

Der Ringrichter ging dazwischen, legte die Arme um Ortiz.

Carr drehte eine Runde durch den Ring, winkte der Menge zu.

Ortiz ging in seine Ecke und setzte sich.

Der Ansager schnappte sich das Mikrofon. »Meine Damen und Herren! Der Ringrichter hat diesen Kampf in der achten Runde nach zwei Minuten und dreißig Sekunden beendet. Sieger durch technisches K. o. und damit immer noch unbesiegt ist … Cleophus … Cobra … Caaarrr!«

Die Menge erhob sich und applaudierte. Carr machte in der Ringmitte einen Salto rückwärts.

Ortiz' Sekundant legte ihm den weißen Mantel über die Schultern.

Ortiz kehrte allein zum Umkleideraum zurück.

»Das ist ein echter Kämpfer«, sagte Frankie zu mir.

»Carr? Der ist doch nur ein …«

»Nicht der«, sagte Frankie. »Der spanische Typ.«

In diesem Augenblick wußte ich, daß Frankie ein Fighter war.

Wir folgten Clarences grünem Rover in die Bronx, wo sie Frankie in der Nähe der Arthur Avenue absetzen würden. Durch die Heckscheibe konnte ich Clarence hinter dem Steuer sehen, Frankie auf dem Beifahrersitz, zwischen ihnen der Kopf des Profs. Wahrscheinlich übernahm er das Reden.

»Wir treffen uns in der Gym, Slim«, rief der Prof noch, als der Rover anfuhr.

Der Prof hatte einen Schlüssel. Die Trainingshalle war leer und verlassen. Clarence fand den Lichtschalter. Eine Wand war mit Gymnastikmatten gepolstert. Ich lehnte mich dagegen, bot dem Prof eine Kippe an, bevor er sie mir aus der Hand reißen konnte.

»Du erinnerst dich an diese Belinda?« fragte ich. »Die Clarence im Central Park sofort als Cop erkannt hat?«

»Ja, er war smart, hatte 'n schnellen Start. Und hat dir Ärger erspart. Und jetzt?«

»Sie ruft an. Schon eine ganze Weile.«

»Und?«

»Sie ruft Mama direkt an, nicht meine allgemein bekannte Nummer. Ich soll wissen, daß sie weiß, wo sie mich findet.«

»Was will sie?«

»Keine Ahnung. Aber egal was, sie will's schon eine ganze Weile. Jedenfalls, Mojo Mary hat mir 'ne Nachricht zukommen lassen – 'ne Bordsteinschwalbe hätte einen Job für mich. Ich treff mich mit ihr. Sie will, daß ich ihren Loddel fertigmache.«

»Ihn kaltmachen?«

»Genau.«

»Scheiße, Mann. Dein alter Ruf ist eines natürlichen Todes gestorben. Schon vor langer Zeit. Keiner aus der Szene spricht mehr davon. Die Straße hat ihren eigenen Nachrichtendienst ... Irgendein kleines Mädchen klopft vielleicht an die falsche Tür, hört 'n blödes Gerücht, aber Mojo Mary ... Scheiße! Die Frau ist zu schlau, die weiß, daß du keine Auftragshits übernimmst.«

»Eben. Jedenfalls, ich treff mich mit dem Mädchen. Und sie läßt ihren Spruch los. Ich geb ihr 'n Korb – sag, ich mach so was nicht. Also setzt sie noch einen drauf, von wegen: Ihr Loddel bumst Kinder.«

»Sie hat geschnallt, wie man dich krallt. Die können's probieren, aber du wirst nicht verlieren. Was ist daran merkwürdig?«

»Verschiedenes, Prof. Als ich sie wieder absetze, seh ich in der Nähe eine andere Nutte. Stämmiges Mädchen, Blondine. Ich denk mir, vielleicht arbeiten die zwei zusammen. Du kennst Luden – diese Mädchen-Mädchen-Geschichten sind denen unheimlich. Vielleicht ist ja der Typ, den ich für sie umlegen sollte, der Zuhälter von beiden. Jedenfalls, als nächstes knöpfe ich mir Mojo Mary vor. Sie spielt die kleine Miss Unschuld – wollte mir doch nur 'n Job besorgen und die Provision kassieren, okay? Erzählt mir, dieses Mädchen verabredet sich mit ihr, trifft sie bei Logans. Und die blonde Nutte ist auch dabei. Kein Sterbenswort davon, daß ich ihren Loddel kaltmachen soll, Mary soll mir die Nachricht weiterleiten.«

»Luder wirst du auch ohne Studium, Bruder – dazu braucht's nur Lippen und Hüftenwippen. Ihre Story ist schwach, aber sie klingt nicht flach.«

»Was hältst du von folgendem: Ich bezahle Mary für ihre Zeit, okay? Leg noch einen Hunderter als Trinkgeld drauf, noch bevor sie den Mund aufmacht, okay? Und dann, *nachdem* sie gesagt hat, was sie weiß, bietet sie mir eine Gratisnummer an. Und als ich Mama von Belinda erzähle, stellt sich raus, daß sie dort war. Im Restaurant. Persönlich. Mit einer blonden Perücke auf dem Kopf.«

»Das Miststück wollte dich auf Band«, sagte der Prof ruhig.

»Eben. Wenn sie erst mal so ein Band hat, muß ich nach ihrer Pfeife tanzen. Besonders wegen diesem Arschloch Morales, der mir immer noch auf der Pelle hängt.«

»An der Sache ist was dran, Mann. Morales hat ein Gedächtnis wie eine ganze verdammte Herde von Elefanten.

Zu blöd, daß du die üble Seite von dem Bullen erwischt hast. Und er hat keine gute Seite.«

»Wie reimt sich das für dich zusammen?«

»Es muß so sein, Schuljunge: Dieses Miststück Belinda arbeitet mit Morales zusammen, sie wolln dir 'n Mordkomplott anhängen, dich unter Druck setzen, damit du wegen dieser alten Sache alle verpfeifst. Du hast schon 'ne ganz schön lange Geschichte mit diesem Blaurock ... Allerdings schwer, sich vorzustellen, daß er mit 'ner Frau zusammenarbeitet. Ist ein alter East-Harlem-Totschläger, das ist sein Stil.«

»Sein Partner ist jetzt weg. Vielleicht ist er deshalb ...«

»Schwer zu sagen«, sinnierte der Prof. »Verdammt, vielleicht ist's auch nur die Braut. Vielleicht will sie, daß du was für sie erledigst. Inoffiziell.«

»Ich muß mich mit ihr treffen.«

Der Prof nickte nur, hatte verstanden.

Es war kurz nach fünf Uhr früh, als ich in einer Telefonzelle an der Canal Street Belindas Nummer eintippte. Sie meldete sich nach dem dritten Klingeln.

»Hallo?«

»Sie wollten mich sprechen?« fragte ich freundlich.

»Allerdings.« Erkannte meine Stimme zu schnell für jemanden, den sie seit Jahren nicht gehört hatte ... und nie am Telefon. »Ich versuch schon seit ...«

»Ist Ihnen morgen abend recht?«

»Ich muß bis zwei Uhr morgens arbeiten.«

»Wie wär's, wenn ich Sie abhole?« fragte ich, als wüßte ich nicht, womit sie sich ihre Brötchen verdient.

»Äh ... nein, das wird nicht gehen. Ich muß erst noch duschen, mich umziehen, Parfum auftragen ...«

Oder ein Mikro am Körper verstecken, dachte ich, sagte aber: »Wie Sie wollen. Wie wär's mit fünf? Ist Ihnen das recht?«

»Ausgezeichnet. Wir treffen uns ...«

»Ich kann zu Ihnen kommen«, schlug ich unschuldig vor.

»Nein, ist schon okay. Wir könnten uns in dem Restaurant treffen. Sie wissen schon, das, in dem ich ...«

»Das ist dann schon zu«, log ich geschmeidig. »Wie wär's mit der Ecke Canal und Mulberry?«

»Abgemacht.«

Ich legte auf und schaltete die Lügen auf Halt, bis wir unter vier Augen damit weitermachen konnten.

Mir blieben fast vierundzwanzig Stunden, um alles vorzubereiten – soviel Zeit würde ich gar nicht brauchen. Ich ging in ein durchgehend geöffnetes Deli am Broadway und streifte durch die Gänge wie ein Irrer in einem Waffenladen, suchte irgendwas, das mir ins Auge fiel und mich anmachte.

Ein schmaler Jugendlicher mit olivfarbener Haut und langem Pferdeschwanz füllte die Regale auf – er war schon im letzten Gang angekommen. Über den Ohren hatte der Junge Kopfhörer, die mit dem Walkman an seinem Gürtel verbunden waren. Seine Lippen bewegten sich lautlos und synchron zu Texten, die durch seinen Kopf pulsierten. Auf einem der unteren, breiten Regale entdeckte ich mit dunkler Schokolade überzogene Kokosriegel. Ich griff zu und nahm drei Stück von vorne. Eine junge Frau, von Kopf bis Fuß in »Ich-mein's-ernst«-Schwarz gekleidet, warf mir einen mitleidigen Blick zu, bevor sie bis ganz nach hinten ins Regal langte und sich auch ein paar nahm. Ihr flüchtiger Blick verriet alles – jeder Idiot weiß, daß die frische Ware immer hinten nachgefüllt wird, damit das alte Zeugs zuerst wegkommt.

Vielleicht in Iowa. Je ausgebuffter man sich in dieser Stadt benimmt, desto leichter wird man aufs Kreuz gelegt.

Ich holte mir noch etwas Aufschnitt, ein Roggenbrot und sechs Flaschen Ginseng-Limo, dann marschierte ich mit meinen Einkäufen zur Kasse. Die gesamte Wand hinter der Theke war verglast, um die gekühlte Sammlung von Literflaschen Starkbier vorzuführen. Die übergroßen Flaschen sind Bestseller. Die Kids nehmen eine der kleinen Zigarren – Philly Blunts sind der Renner –, schneiden sie mit einer Rasierklinge auf, mischen den Tabak mit Marihuana und nehmen abwechselnd einen Zug und einen Schluck. Die führende Marke ist Crazy Horse. Ausgesprochen raffiniert: als würde man einen Wodka nach Tschernobyl benennen.

Als ich ins Büro zurückkam, teilte ich mein Essen mit Pansy. Alles, bis auf die Limo – sie haßt das Bitzeln.

Zum Nachtisch knackte ich einen der Kokosriegel – er war frisch wie eine gerade aufgesprungene Rosenknospe. Hoffentlich biß sich das hippe Mäuschen keine ihrer teuren Kronen an denen aus, die sie gekauft hatte.

Nach dem Abendessen nahmen Pansy und ich eine Handvoll Dismutase-Tabletten. Eine entspricht ungefähr einem Kilo Weizenkeime. Tierärzte verschreiben die Hunden mit Knochenproblemen – sie sagen, es ist das Beste gegen Arthritis. Pansy ist alles andere als ein junges Hündchen – die Knochen machen ihr manchmal zu schaffen, besonders im Winter. Ich hab das Zeug bei ihr ausprobiert – nach ein paar Wochen bewegte sie sich viel leichter. Kein Hund spricht auf Placebo an, also dachte ich mir, das Zeug müsse wohl seine Aufgabe erfüllen. Ich habe Probleme mit den Händen – die rechte ist zu oft gebrochen, und ich spüre kalte Witterung sofort. Seit ich zusammen mit Pansy Dismutase einpfeife, tut's nicht mehr so weh.

Ich maß die Dosis ab. Man fängt mit einer Tablette pro zwanzig Pfund Hund an, dann wechselt man zur Prophylaxe auf eine Tablette pro vierzig Pfund. Wir sind jetzt beide auf Prophylaxe. Wir sind auch ungefähr gleich schwer – sie hat gewichtsmäßig wirklich zugelegt in den letzten Jahren.

Während sie auf dem Dach war, spielte ich am Fernseher rum. Als ich einen Kanal drin hatte, machte ich's mir auf der Couch bequem, schloß die Augen. Pansy kam wieder runter, trottete zu mir und legte ihren riesigen Kopf auf meine Brust. Das macht sie manchmal. Ich habe sie als Welpe bekommen, noch nicht mal entwöhnt. Mußte sie mit einem Babyfläschchen füttern. Wenn man Welpen aus dem Wurf nimmt, ist es gut, einen aufgezogenen Wecker in ein Handtuch zu wickeln und neben sie zu legen – das Ticken erinnert sie an den Herzschlag der Mutter, und sie schlafen besser und ruhiger. Ich hatte keine solche Uhr, also schlief ich auf dem Rücken, und Pansy lag auf meiner Brust. Schien ganz gut geklappt zu haben. Von Zeit zu Zeit, ich weiß nicht warum, will sie wieder meinen Herzschlag hören. Ich kraulte ihr die Ohren, bis sie zur Ruhe kam. Sie zog den Kopf fort, rollte sich auf dem Boden zusammen, sah mit mir fern, machte dieses Geräusch, das wie ein runterschaltender Diesellaster klingt, und gab mir zu verstehen, daß sie sich wohl fühlte.

Nach ein paar verlogenen Werbespots hatte ich Glück – eine alte Folge der Serie mit Andy Griffith – eine, die ich noch nicht kannte. Da war dieser Typ, der von irgendwo nach Mayberry gezogen war. Und die Einwohner behandelten ihn wie den letzten Dreck, als wäre er ein ausländischer Spion oder so. Schließlich las Sheriff Andy ihnen gründlich die Leviten … daß sie sich geschmeichelt fühlen sollten, weil sich dieser Bursche Mayberry als neue Heimat ausgesucht hat … wo die meisten Leute keine Wahl haben. Wie der Unterschied zwischen Adoption und Geburt.

Ich habe keine Heimatstadt. New York ist für niemand

die Heimatstadt. Anderswo ist es anders. Wenn man ein Junge aus Chicago ist oder ein Mädchen aus Detroit, behandeln einen die Lokalzeitungen anders. Du bist ein Einheimischer, und das heißt was.

Nicht hier. In dieser Stadt machen sich Eltern und Lehrer mehr Sorgen, ob die Metalldetektoren funktionieren, als darüber, ob ihre Kids lesen lernen. Vertrauen löst sich schneller auf als die Infrastruktur. Wer kann, flieht aus dieser Stadt – und dann hocken sie in den Vororten herum und jammern darüber, wie sehr sie die »Power« vermissen.

Einmal ging ich, als ich aus dem Knast kam, zu zwei-Dollar Dominick's, um mir die Haare schneiden zu lassen. Keine Ahnung, warum der Laden so heißt – es gab da noch nie einen Burschen namens Dominick. Ein kleiner Salon mit zwei Stühlen, aber vollem Service – man konnte sich die Hände maniküren und die Schuhe putzen lassen, Pferdewetten plazieren und ein kleines Darlehen aufnehmen ... alles eben. Jedenfalls, ein Haarschnitt hatte früher immer zwei Dollar gekostet, aber ich war lange weg gewesen. Als Angelo meine Haare geschnitten hatte, fragte ich: »Was kostet ein Haarschnitt heute?«

Der alte Mann hatte mich ungefähr fünf Jahre nicht mehr gesehen. Er schaute mir einfach in die Augen und sagte: »Für dich immer noch dasselbe.«

Das kam dem Gefühl, eine Heimat zu haben, näher als alles andere.

Angelo ist nicht mehr da. Er ist jetzt in dem Rentnerparadies, wo jeder die gleiche Rente bekommt.

Am nächsten Morgen schlief ich aus – wußte, ich würde lange auf den Beinen sein, wenn es erst mal dunkel war. Ich frühstückte mit Pansy, ging dann rüber ins Restaurant, wo Mama sich von Max den Kampf von gestern abend beschreiben ließ. Der Mongole zeigte ihr jeden Schritt, spielte alles nach. Mama hatte den glasigen Blick, den Leute kriegen, wenn sie sich zu Tode langweilen, aber Max war gnadenlos. Noch nie hatte ich erlebt, daß Mama so froh war, mich zu sehen.

»Burke! Unser Boxer gewinn, ja?«

»Locker«, sagte ich.

»Wir jetzt viel Geld?«

»Mama, wir haben überhaupt kein Geld verdient. Das ganze Preisgeld war nur tausend Dollar, und ...«

»Aha! Tausend Dollar. Wie viel Investoren?«

»Nein, Mama, so läuft das nicht. Wir müssen das Training bezahlen ... die Halle und so. Und wir müssen Frankie Geld geben, damit er seine Miete bezahlen und essen kann und so. Das ist keine Teilzeitgeschichte für ihn – er muß ständig im Training bleiben. Frankie hat noch einen weiten Weg vor sich, bis wir Geld rauskriegen.«

»Aber was, wenn er Meisterschaft hol? Dann Millionen, ja?«

»Sicher. Aber der Weg dahin ist lang und dunkel. Und vermint ist er auch noch – wenn er weiter gewinnt, wollen die anderen Typen nicht mehr gegen ihn antreten. Man braucht Verbindungen, um es in der Branche zu was zu bringen.«

»Boxen unehrlich Geschäft?« fragte Mama, als schockiere sie schon allein die Möglichkeit.

»Klar. Vor allen Dingen muß man Leute kennen, verstehst du?«

»Oh, ja, ich versteh. Ich auch Leute kenn.« Sie lächelte.

Ich schüttelte traurig den Kopf. Mama wußte, daß Geld das Fett war, das die Rädchen des Staates schmierte, aber sie war Hongkonger Verhältnisse gewöhnt, wo ein gekaufter Politiker auch gekauft *blieb* – diese Spielart der ehrenhaften Korruption funktioniert hier nicht. »Ist ziemlich kniffig, Mama.«

»Oh, okay«, sagte sie glücklich. »Du erledig das, ja?«

»Ich tu mein Bestes«, versprach ich.

Ich erklärte Max, was ich von ihm wollte, aber er reagierte, als würde er mich nicht verstehen. Ich versuchte es auf einer anderen Wellenlänge – er ließ sich nicht drauf ein. So machte er weiter, bis ich signalisierte, daß wir zur Trainingshalle fahren könnten ... Urplötzlich verstand er mich ausgezeichnet.

Ich war nicht sicher, ob Frankie so kurz nach dem Kampf schon wieder trainieren würde, aber als ich Clarence an der Tür entdeckte, wußte ich Bescheid.

»Wir haben einen neuen Kampf. In zwei Wochen«, verkündete der Prof und beobachtete Frankie, der mit einem dicken, wabbeligen Latino sparrte. Es war ruhiger als gewöhnlich, die meisten Fighter verfolgten die Arbeit im Ring. Frankie war nicht so schnell, wie man es bei seiner Figur erwarten würde. Er lag nur ein paar Kilo über dem Limit fürs Halbschwergewicht, aber er rackerte sich ab wie ein untrainiertes Schwergewicht. Der Latino hing über Frankie, erstickte ihn mit seiner Masse, ließ Frankies Schlagkraft verpuffen.

»Nimm ihn von der Seite!« brüllte der Prof. Frankie machte einen Ausfallschritt nach links und senkte die linke Schulter, doch statt des linken Hakens, mit dem der Latino nun rechnete, zog Frankie die Rechte über die Abwehr und erwischte ihn voll am Kinn. Der Latino grinste, um zu zeigen, daß er nicht verletzt war, breitete einladend die Arme aus. Frankie nahm die Einladung an ... und blieb wie angewurzelt stehen, als der Latino eine blitzschnelle Linke aufs Herz plazierte. Frankies Knie zitterten, aber sein Körper setzte die Vorwärtsbewegung fort. Beide droschen immer noch aufeinander ein, als irgendwer den Gong schlug.

Der Prof trat neben Frankie, ich stellte mich auf die andere Seite. »Das waren genug Runden für heute«, sagte der Prof zu dem Jungen. »Drei und die Sache ist vorbei.«

»Noch eine Runde, blanquito?« brüllte der Latino durch den Ring.

»Was heißt das?« fragte Frankie.

»›Muschi‹«, zischte der Prof, bevor ich dem Jungen die Wahrheit sagen konnte.

Frankie sprang von seinem Hocker auf, fummelte mit den Boxhandschuhen am Kinnriemen des Kopfschutzes, zerrte ihn runter. Spuckte den Mundschutz quer durch den Ring. »Komm her, du Arsch!« bellte er.

Der Latino kam hoch und spuckte ebenfalls seinen Mundschutz aus, während die Menge zu johlen begann. Er war vermutlich zwanzig Kilo schwerer als Frankie, aber seine Fäuste waren schneller. Er landete zwei schnelle Schläge auf Frankies Gesicht – Blut blühte um Frankies Mund, darunter blitzten weiß seine Zähne. Frankie trieb den massigen Mann mit einem erbarmungslosen Sperrfeuer an Schlägen zurück, schloß mit einem brutalen Hieb knapp unter die Gürtellinie. Der Latino lag auf dem Boden und preßte die Hände zwischen die Beine. Frankie stand drohend über ihm, die rechte Hand erhoben, kehrte nicht in seine Ecke zurück. Ein halbes Dutzend Leute sprang in den Ring, aber Max war der erste, warf sich zwischen Frankie und zwei Latinos, die dort weitermachen wollten, wo ihr Kumpel aufgehört hatte. Max drängte Frankie zurück in seine Ecke und dann ganz aus dem Ring. Der Krieger ließ den Jungen nicht los, führte ihn zu einer Bank, weg vom Geschehen.

Clarence betupfte Frankies Gesicht mit einem Lappen, der nach Chemie roch.

Der Junge atmete normal, hatte aber immer noch einen irren Blick. »Niemand nennt mich …«

»Hat er ja auch nicht«, unterbrach ich. »Blanquito heißt einfach ›weißer Junge.‹ Sicher, nicht sehr respektvoll, aber doch weit entfernt von ›Muschi‹.«

»Und warum hat der Prof dann …?«

»Wollt nur wissen, ob du's frißt, wenn dich einer anpißt, Trottel«, fauchte der Prof über meine Schulter – ich hatte ihn nicht kommen hören.

»Du mußt ...« begann der Prof, verstummte aber wieder, als er Max' Pranke auf der Schulter spürte. Der Krieger baute sich vor Frankie auf, vergewisserte sich, daß der Boxer ihn ansah. Dann deutete er auf mich, hob eine flache Hand so, daß er dahinter gestikulieren konnte, ohne daß der Junge mitbekam, was er tat. Max machte eine der wenigen universellen Gesten, die man auch ohne Zeichensprache oder Worte versteht – er zeigte mir den Finger, versteckt hinter der anderen Hand. Dann nickte er kurz und trat zurück. Max und ich standen so voreinander, daß Frankie genau zwischen uns durchschaute.

Max hob den Zeigefinger. Eins. Dann nickte er mir zu. Ich zeigte Max den Mittelfinger – er reagierte, indem er sich wegduckte, wie in panischer Angst das Gesicht bedeckte. Nach ein paar Sekunden schüttelte er den Kopf. NEIN.

Max hob zwei Finger. Zwei. Er nickte mir zu. Ich wiederholte die Fingergeste – Max sprang vor, knurrte mich an, mimte perfekt den fuchsteufelswilden Mann. Dann schüttelte er wieder den Kopf. NEIN.

Dann hob Max drei Finger, doch diesmal drehte sich der Krieger zu Frankie und sah ihn voll an, streckte den rechten Arm vor, ein Finger ragte aus seiner geschlossenen Faust vor. Dann machte er das gleiche mit dem linken Arm, zwei Finger zeigten nach vorn.

Max trat einen kleinen Schritt zurück, führte beide Hände in einer fließenden, harmonischen Bewegung zusammen. Als die Hände exakt in der Mitte seines Körpers waren, legte er die Handgelenke übereinander, drei Finger jeder Hand ausgestreckt.

»Verstanden?« fragte ich Frankie.

»Ich ... glaub schon. Er sagt, wenn man Angst hat beim Kämpfen, bringt's nichts. Und auch nichts, wenn man die verdammte Beherrschung verliert.«

»Richtig. Max sagt dir was über dein Zentrum. Das liegt irgendwo zwischen beidem. Ein Ort des Friedens.

Du benutzt das Adrenalin, verstehst du? Aber dein Verstand bleibt ganz ruhig ... wie das Zentrum eines Hurrikans. Bei einem Kampf darf man nicht die Beherrschung verlieren – sonst verkrampfen sich die Muskeln, man wird langsam, kann nicht mehr klar denken.«

»Sie wissen, wie man das macht?« fragte der Junge. »Hat er Sie unterrichtet und so?«

»Er hat es mir nur gesagt, Frankie«, erwiderte ich. »Er hat mich nicht unterrichtet. Der beste Lehrer der Welt kann nichts machen, wenn du nicht zum Lernen bereit bist.«

»Waren Sie mal Boxer?« fragte er.

»Der Kleine konnt schlagen, ohne lang zu fragen, damals im Bau«, räumte der Prof widerwillig ein. »Aber nur so – er war kein Pro.«

Max schob den Kopf vor, musterte Frankie. Der Junge erwiderte den Blick, ruhig, nicht aggressiv. Max lächelte. Verbeugte sich.

Der Junge verbeugte sich ebenfalls.

Ich setzte mich neben ihn. »Gestern abend, kurz bevor ihr eure Handschuhe berührt habt, was hat der andere da zu dir gesagt?«

»Daß er mich fertigmachen würde.« Frankie grinste.

»Was hast du geantwortet?«

»Daß er zu spät kommt.«

Ich beobachtete das Gesicht des Fighters. Sah den feinen Knochenbau, die leicht schiefe, römische Nase, die blauen Augen mit den kleinen, tiefen Punkten kontrollierten Feuers.

Scheiße, dachte ich, vielleicht bringt's der Junge ja wirklich fertig.

Um Viertel nach vier morgens war ich an der Ecke Canal und Mulberry, hatte den Wagen sicher geparkt, saß allein auf dem Vordersitz, ein Handy neben mir. Ich konnte die verfluchten Dinger noch nie leiden – sie laufen auf Funkfrequenzen, und zu viele Psychos sitzen nachts in ihren Zimmern und hören den Telefonverkehr ab, wie sie früher den CB-Funk belauscht haben. Aber der Maulwurf sagte, er habe unsere Dinger so umfrisiert, daß sie alle über die gleiche Verschlüsselung liefen. Wenn ein Telefon mit einem anderen Schlüssel arbeitete, bekam der, der mithören wollte, nur statisches Rauschen. Wir besaßen vier dieser Telefone, gaben sie dem, der sie gerade brauchte.

Um die Kosten machten wir uns keine Gedanken. Man braucht nur die Seriennummer eines legalen Telefons – irgendeines Telefons, spielt keine Rolle. Dann kann man den Chip im eigenen Telefon so umprogrammieren, daß es auf derselben Seriennummer läuft ... und irgendein Trottel bekommt eine Rechnung, die er sich noch nicht mal ansatzweise erklären kann. Der Maulwurf macht das dauernd, wechselt die Nummern alle paar Wochen. Es gibt da einen Burschen, der in einem Elektronikladen am Times Square arbeitet. Der Typ notiert sich die Nummern der neuen Telefone, bevor sie verkauft werden. Fünf Minuten kostet ihn das, und jede Nummer bringt ihm fünfzig Mäuse. Heutzutage noch Raubüberfälle durchzuziehen ist ziemlich blöd – man kann so viel einfacher stehlen.

Die Ecke Canal und Mulberry markiert eine Grenze – Chinatown auf der einen Seite, Little Italy auf der anderen. Der Grenzverlauf ändert sich ständig, die Asiaten gewinnen jedes Jahr mehr an Boden. Es war noch zu früh für die Chinatown-Händler, ihre Lädchen aufzumachen, aber ich wußte, daß sie hinter den verschlossenen Türen bereits emsig waren.

Zeit und Menschen zogen vorbei, ungefähr im gleichen Tempo. Davon verstehe ich was – ich hab in meinem Leben beides totgeschlagen. Dabei hab ich gelernt: Zeit totzuschlagen ist schwerer.

Das Handy surrte. Ich ging ran, fragte mit unverbindlicher Stimme: »Was?«

»Sie kommt«, sagte der Prof. »Schweigend und schnell.«

Der Prof war an der Ecke Broadway und Canal postiert. Wer genau hinsah, würde nur einen weiteren Soldaten aus dem Heer entlassener obdachloser Geisteskranker sehen, das die Straße in den frühen Morgenstunden überzieht, sich an diese letzten paar Minuten des Friedens klammert, bevor ihre Arbeit beginnt. Manche durchwühlen den Müll, suchen nach Pfandflaschen. Andere betteln. Manche drohen, um etwas Geld zu bekommen. Es gibt immer noch Typen, die versuchen, einem mit schmutzigen Lappen die Windschutzscheibe zu putzen. Und dann gibt es welche, die nicht wissen, wo sie sind. Oder warum.

Belinda war ein paar Blocks entfernt. Zu Fuß. Und allein, soweit der Prof das erkennen konnte. Okay.

Ich entdeckte sie, bevor sie mich sah. Eine Frau mittlerer Größe, die wegen ihrer Kompaktheit kleiner wirkte als sie war. Sie trug ein rosafarbenes, übergroßes Sweatshirt über dunklen Jeans, weiße Turnschuhe, eine weiße Segeltuchtasche an einem Riemen über der Schulter. Hatte den »Ich-werd-mit-allem-fertig«-Gang eines Streifenpolizisten, die Hände pendelten locker an den Seiten, das kastanienbraune Haar war mit einem weißen Band zusammengebunden.

Ich stieg aus dem Plymouth, drückte leise die Tür zu, hatte das Handy in der Jackentasche. Überquerte die Straße, um ihr den Weg abzuschneiden. Sie sah mich kommen, winkte mir zu. Ich verringerte den Abstand zwischen uns, die Augen nur auf Belinda gerichtet, als dächte ich gar nicht daran, daß sie vielleicht nicht allein kam.

»Hallo, Fremder«, sagte sie und strahlte mich an.

»Wir können von hier aus zu Fuß gehen«, erwiderte ich.

Verblüffung huschte über ihr Gesicht. Dann zuckte sie die Achseln und streckte eine Hand aus. Ich ergriff sie – eine weiche, pummelige Hand, der Handteller dick und fleischig.

Einige Minuten gingen wir schweigend weiter, hatten es nicht eilig. Ein Liebespaar, das nach einer durchfeierten Nacht nach Hause zurückkehrt, so mochte es aussehen.

Die Frage war: Wer sah uns? Wenn das Handy in meiner Tasche sich meldete, wußte ich, daß wir Gesellschaft hatten – Max kann vielleicht nicht reden, aber Zahlen in eine Tastatur eintippen, das kann er. Und in diesem Teil der Stadt war er sogar noch unsichtbarer als der Prof.

»Ich hab versucht ...«, sagte sie.

»Später«, unterbrach ich, zog kaum merklich an ihrer Hand. Sie folgte ohne Widerstand.

Das Loft befand sich im zweiten Stock des Hauses an der Mott Street. Ich wußte, daß Mama das ganze Gebäude gehörte – die Geschichte, daß die Wohnung für unerwartete Gäste gemietet wäre, war nur ihre Art, die Fassade aufrechtzuerhalten. Wenn man Mama fragte, würde sie sagen, sie sei arm, hätte keine Ahnung, was zum Teufel sie im Alter machen sollte. Ich schloß mit dem Schlüssel, den sie mir gegeben hatte, die Haustür auf, machte dann mit der linken Hand eine weit ausholende Geste. Belinda sollte vor mir die Treppe hinaufgehen. Sie legte sich richtig ins Zeug dabei – schwer, diesen tollen Hüftschwung nicht zu bewundern. Eine Frau, die nicht gut aussieht, wenn sie eine Treppe raufgeht, hat auch auf ebener Erde keine Chance.

Auf dem Treppenabsatz der ersten Etage wiederholte ich meine Geste ... und schaute genauso zu. Das Treppenhaus wurde von schwachen Birnen in kleinen Drahtkörben beleuchtet – gerade hell genug, um etwas zu erkennen.

Im zweiten Stock kamen wir zu einer orangefarbenen

Stahltür; links davon liefen schwarze chinesische Schriftzeichen in einem schmalen vertikalen Band. Ich benutzte den gleichen Schlüssel, um diese Tür zu öffnen, führte sie hinein.

»Guten Morgen«, begrüßte uns eine melodische Stimme. Asiatisch, mit leichtem französischen Akzent. Immaculata saß gelassen auf einem Stuhl aus schwarz lackiertem Holz, links und rechts passende Beistelltische aus dem gleichen Material. Sie trug ihre Suzie-Wong-Kluft: rotes Seidenkleid mit Mandarinkragen, bis zum Oberschenkel geschlitzt, falsche Fingernägel wie Drachenkrallen in passendem Farbton, dick aufgetragene Bühnenschminke. Wenn Belinda wie die meisten Weißen war, würde sie Macs Gesicht nicht wiedererkennen.

»Guten Morgen«, begrüßte ich sie mit einer leichten Verbeugung.

Belinda ließ sich nichts anmerken ob sie überrascht war, hielt sich nur ein wenig zurück.

»Kommen Sie mit«, forderte ich die Polizistin auf und überquerte den glänzenden Hartholzboden zu einer geschlossenen Tür. Ich öffnete die Tür, und Belinda folgte mir.

»Nehmen Sie Platz.« Ich deutete auf einen schwarzen Ledersessel. Sie setzte sich. Ich auch, auf einem passenden Sessel einige Schritte von ihrem entfernt. Hier übernachtete nie jemand. Mama hatte die Verhandlungssuite selbst entworfen – niemand konnte sich einen besseren Status verschaffen, indem er ein bestimmtes Möbelstück wählte – jedes hatte einen Zwilling.

»Der Grund, warum ich …«, begann sie.

»Sagen Sie noch nichts«, unterbrach ich sie. »Hören Sie einfach zu, okay? Verschwenden Sie nicht meine Zeit. Das hier ist kein Rendezvous. Mich interessiert nicht, wer Sie sind, aber ich weiß, was Sie sind. Womit Sie Ihr Geld verdienen, meine ich. Und ich weiß noch etwas: Sie sind eine Frau. Eine stolze Frau. Wenn es um ein Rendezvous ginge, hätten Sie schon vor langer Zeit aufgehört, mich anzurufen.«

»Am Anfang ging es darum. Dann habe ich ...«

»Lassen Sie mich ausreden. Hören Sie zu, welche Regeln hier gelten. Ich mach kein Vorsingen für die Polizei, verstanden? Wenn Sie ein Gespräch wollen, muß ich sicher sein, daß Sie die einzige sind, mit der ich rede.«

Sie verzog das Gesicht, warf mir ihre Segeltuchtasche zu und schob mit verschränkten Armen die Brüste hoch. Ich stand auf, ging zu einem flachen Tisch in der Ecke. Der Tisch war mit schwarzem Filz bespannt. An einem Teleskoparm befand sich eine Quarzlampe. Mamas Gäste benutzen sie, um Juwelen zu untersuchen – bei dieser Sache würde sie ebenfalls gute Dienste leisten.

Ich nahm ein Paar dünne weiße Baumwollhandschuhe aus der flachen Schublade des Untersuchungstischs und streifte sie über. Dann leerte ich die Handtasche auf den Tisch und knipste die Lampe an.

Zuerst der Chromzylinder eines Lippenstifts – Rose Dawn stand auf der Unterseite. Ich zog den Deckel ab, schraubte den weichen, rosaroten Stift ganz heraus, schüttelte die Hülse, wollte wissen, ob etwas klapperte. Nichts.

Als nächstes ein dunkelbraunes Lederetui. Darin das goldene Emblem des NYPD – die Dienstmarke eines Detectives. Der Ausweis mit Foto bestätigte es.

Ein Schlüsselbund – anscheinend Auto- und Wohnungsschlüssel, einige weitere ... vielleicht von einem Schließfach? Einem Banksafe?

Mehrere verknitterte Geldscheine, zusammen keine hundert Dollar. Wertmarken für die U-Bahn. Ein Paar glitzernde Ohrstecker – wahrscheinlich nur Zirkon – ohne Lupe schwer zu sagen.

Ein orangefarbener Eyeliner.

Ein .38er S & W Vierzöller. Ich öffnete die Trommel, drehte sie nach unten, fing die Kugeln auf, die herausfielen, und legte sie zur Seite.

Ein Päckchen Papiertaschentücher, halb voll.

Drei einzeln in Folie verpackte Kondome mit Gleitmittel.

Ein braunes Plastikröhrchen mit kindersicherem Verschluß – kein Etikett. Ich klopfte den Inhalt auf meine Hand. Die verräterischen grün-weißen Kapseln waren auch ohne Namen und Dosierung nicht zu verwechseln – Prozac.

»Wie viele nehmen Sie davon täglich?« fragte ich und hielt das Röhrchen hoch, damit sie sehen konnte, was ich meinte.

»Zwei«, erwiderte sie tonlos. »Eine, wenn ich aufstehe, eine gegen Mittag. Okay?«

Ich nickte. Die richtige Antwort – eine Dosis von vierzig Milligramm war völlig normal, und man sollte das Zeug nicht vor dem Schlafengehen nehmen. Was immer sie deprimierte, tat das schon eine ganze Weile. Es saß tief.

Eine Postkarte mit Sandstrand und Palmen, ein lächelndes kleines Mädchen mit goldbraunem Teint nackt von der Taille an aufwärts, winkte in die Kamera. Auf der Rückseite in Kinderschrift: »Du hättest mit uns fahren sollen!« Unterschrieben: »Liebe Grüße, Gaby. Vom Baby Beach, Pattaya.«

Ein Notizbuch mit weißem Plastikeinband und Kugelschreiber. Ich blätterte es flüchtig durch. Nichts außer Namen und Telefonnummern – meine sah ich nicht. Hinten im Notizbuch ein Kalender. Kein Datum besonders gekennzeichnet.

Ich legte alles zurück, warf es in der Reihenfolge hinein, wie ich es gefunden hatte. »Scheint okay zu sein«, sagte ich. »Aber um ganz sicher zu sein, machen wir folgendes: ich werde das in eine Kiste legen. Draußen. Kommen Sie, ich zeige es Ihnen.«

Sie folgte mir sofort, als ich in den Raum zurückging, wo Immaculata wartete. Die Kiste hat etwa die Größe eines 100 Liter-Aquariums, ist aber aus Stahl. Ich öffnete den Deckel, zeigte ihr, daß die Seiten mehrere Zentimeter stark sind. Der Deckel ist gepolstert. Ich ließ ihre Handtasche hineingleiten, schloß den Deckel und betätigte einen Kippschalter an der Seite. Ein rotes LED leuchtete auf.

»Was bedeutet das?« fragte Belinda.

»Daß es jetzt aktiviert ist. Wenn Sie ein Tonbandgerät in der Kiste hätten, würde es nur Störgeräusche aufnehmen.«

»Ja!« Sie grinste. »Ziemlich raffiniert. Machen Sie so was öfter?«

»Oft genug.« Es gab keinen Grund, ihr zu erklären, warum Mama bei ihren verschiedenen Geschäften Verwendung für solche Gerätschaften hatte.

Wir gingen zurück ins Zimmer, und ich schloß hinter ihr die Tür.

»Okay. Soviel zur Handtasche. Aber da ist noch was ... Deshalb ist Rosita hier.«

»Rosita? Die Chinesin?«

»Ihre Mutter stammt aus Brasilien, Daddy aus Macao«, erklärte ich, schmückte die Lüge aus, damit sie mehr Substanz bekam.

»Oh. Und was ...?«

»Sie gehen ins andere Zimmer. Mit Rosita. Und dort ziehen Sie sich aus. Vollständig. Die Kleider lassen Sie dort – sie wird Ihnen einen Morgenmantel geben, den Sie überziehen können. Und wenn Sie dann wieder herkommen, werde ich wissen, daß ich nur mit Ihnen zu tun habe. Verstehen Sie?«

Belinda stand auf, kam auf mich zu, zog in derselben Bewegung das rosafarbene Sweatshirt über den Kopf. Darunter trug sie einen dieser Sport-BHs, schwarzer Trikotstoff mit auf dem Rücken überkreuzten Trägern. Sie zog den Reißverschluß der Jeans auf, schob sie über die Hüften. Dann beugte sie sich aus der Taille vor, öffnete beide Turnschuhe, streifte sie ab, stieg aus der Jeans. Ihr Slip war aus dem gleichen schwarzen Jerseymaterial wie der BH, nur das Bündchen war weiß.

»Reicht das?« fragte sie herausfordernd.

»Nein. Sind Sie sicher, daß Sie nicht lieber ...?«

Sie hob den BH über die Brüste, zog ihn in einer fließenden Bewegung über den Kopf und ließ ihn zu Boden fallen. Dann hakte sie die Daumen unter den Bund des Slips, zog ihn ganz runter. Mit einem Fuß trat sie raus, mit dem anderen hob sie das schwarze Knäuel und kickte es mit einer Drehbewegung fort. Sie hatte einen stämmigen, muskulösen Körper, wohlgerundete Brüste, die sich aber in der Mitte nicht berührten, einen leichten Waschbrettbauch. Ihre Schenkel wirkten so hart wie Marmor. Ohne eine Spur von Gehemmtheit stand sie da, sah mir in die Augen.

»Die Socken auch noch?« fragte sie, wobei ein sarkastisches Lächeln über ihr Gesicht spielte.

»Ja.«

Mühelos stand sie auf einem Bein, zog einen weißen Socken aus. Das gleiche machte sie mit dem anderen. Dann hob sie die Hände über den Kopf, drehte sich einmal langsam um die eigene Achse. Auf der rechten Hüfte ein Blutschwamm, ein dunkler Leberfleck unter dem linken Schulterblatt. Ihre Pobacken waren breit und tief, mit einer deutlichen Falte, wo sie in die Oberschenkel übergingen. Das erste, was Clarence an ihr bemerkt hatte ... das letzte Gute.

»Genug gesehen?« fragte sie.

»Es geht nicht ums Sehen.« Ich zog die weißen Baumwollhandschuhe aus, legte sie zur Seite. Dann streute ich etwas Babypuder über meine rechte Hand und zog einen Latexhandschuh an. Knallte eine Tube Gleitmittel auf den Tisch, sah zu ihr hinüber, wartete. Leuchtend rote Flecken erschienen auf ihren Wangen. »Sie ...« begann sie.

»Ich spiele nicht«, sagte ich ruhig. »Jemand wird nachschauen. Wollen Sie mich, oder wollen Sie Rosita?«

Sie wirbelte auf der Ferse herum und stürmte aus dem Zimmer, knallte die Tür hinter sich zu.

Ich hatte meine dritte Zigarette zur Hälfte geraucht, als die Tür wieder aufging. Belinda trat ein, trug einen jadegrünen Seidenkimono. Immaculata war dicht hinter ihr, gab mir mit einem Nicken zu verstehen, daß alles klar war.

»Sie müssen das entschuldigen«, sagte ich zu Belinda, als sie sich setzte und den Kimono mit einer Hand über den Brüsten zusammenhielt. »Ich mußte sicher sein.«

»Sie sind ein sehr vorsichtiger Mann, Mr. Burke.« Sie schüttelte kurz den Kopf, warf einige Strähnen ihrer kastanienbraunen Haare aus dem Gesicht.

»Aber nicht respektlos«, erwiderte ich warnend. »Und jetzt verraten Sie mir, was Sie wollen.«

»Könnte ich vorher eine von Ihren Zigaretten bekommen?«

Ich ging zu ihr, gab ihr das Päckchen. Sie klopfte sich eine heraus, steckte sie in den Mund. Ich riß ein Streichholz an, hielt es ihr hin. Sie nahm einen tiefen Zug, hielt den Kimono fest zusammen. Ich spürte ihre Blicke, die kontrollierten, wohin ich schaute – nicht dorthin, wo sie vermutet hatte. Keine Ahnung, ob sie sah, wohin ich tatsächlich schaute – wenn man selbst noch nicht dort war, erkennt man es nicht –, blicklos in den Mittelgrund.

Ich stellte einen kleinen Milchglasaschenbecher auf die Lehne ihres Sessels, kehrte zu meinem Platz zurück.

Die Augen leicht gegen den Rauch zusammengekniffen, paffte sie an der Zigarette, schien mehr davon zu erwarten, als sie bekam. Ich beobachtete ihre Augen – suchte nach der irren Leere. Fand sie nicht.

»Es gibt da einen Mann«, sagte sie langsam. »Einen

unschuldigen Mann. Er sitzt im Gefängnis – für ein Verbrechen, das er nicht begangen hat. Ich will ihn rausholen. Ich will ihn befreien.«

»Engagieren Sie einen Anwalt«, riet ich uninteressiert.

»Er hat einen Anwalt. Einen guten dazu. Raymond Fortunato. Vielleicht kennen Sie ihn ...?«

»Hab schon von ihm gehört«, sagte ich, verriet nichts. Fortunato war ein Mafia-Anwalt, spezialisiert aufs Verschwindenlassen von Zeugen und Bestechen von Geschworenen – bestimmt nicht der Bursche, den man sich aussucht, wenn man Berufung einlegen will. Außerdem war er teuer. Sehr teuer.

»Eine Zeugin hat ihn identifiziert. Nicht das Opfer ... eine Frau, die im gleichen Haus wohnte. Sie sagte aus, sie habe ihn aus der Wohnung kommen sehen.«

»Nachdem er was getan hat?«

»Er hat überhaupt nichts getan. Das versuche ich Ihnen ja gerade zu erklären.«

»Ersparen Sie mir den Schmalz, okay? Wenn Sie's schlau anstellen wollen, von mir aus. Aber erzählen Sie mir, was mit dem Opfer passiert ist.«

»Sie wurde ermordet.«

»Aha.«

»Nicht einfach nur ermordet.« Belinda beugte sich vor und vergaß, ihren Kimono zuzuhalten. Oder vielleicht auch nicht. »Sie wurde verteilt. Auf sämtliche Wände.«

»Schrotflinte?«

»Rasierklinge. Ein klassisches Rasiermesser.«

»Die Frau vom University Place? Vor ungefähr anderthalb, zwei Jahren?«

»Ja. Sie haben davon in der Zeitung gelesen?«

»Sicher«, erwiderte ich – es kam der Wahrheit nahe genug.

»Sie ist vergewaltigt worden. Zuerst. Dann hat der Killer sie ... zerstückelt.«

»Und mit nicht mehr als dieser einen Zeugin, die gesehen hat, wie er aus ihrer Wohnung kam, hat man einen Mordfall gegen den Burschen gezimmert?« fragte ich, ließ ein Orgelregister sarkastischer Skepsis mitklingen.

»Da war noch mehr ... glaube ich. Seine ... Fingerabdrücke. Aber er sagt, er kannte die Frau – er ist vorher schon in ihrer Wohnung gewesen. Ein paar Wochen vorher. Als er sie abgeschleppt hatte. In einer Bar. Direkt um die Ecke.«

»Und ...?«

»Und da war ein ... ›Erkennungszeichen‹. Wenigstens hat man es so genannt.«

»Wenn die von Erkennungszeichen geredet haben, dann muß es mehr als *ein* Mord gewesen sein.«

»Das ist es ja! Sie hatten nur den einen. Nur diese Frau. Sie hatten nicht mehr, bis ...«

»Woraus bestand das Zeichen?« unterbrach ich, wollte, daß sie auf den Punkt kam.

»Es war ein Stück Band«, sagte sie. »Ein rotes Band. Nichts Besonderes. Ein Band, wie man es in jedem Laden bekommt.«

»Der Killer hat das bei der Frau liegenlassen? Auf ihrem Körper? Oder was?«

»Er hat es ... in ihr zurückgelassen.«

»Und als die Wohnung dieses Burschen gefilzt wurde, hat man weitere Bänder gefunden?«

»Ja! Aber es ist ein ganz normales Band – man kriegt es überall. Das allein bedeutet gar nichts.«

»Klingt merkwürdig. Was ist passiert, haben die Geschworenen seine Geschichte nicht geschluckt?«

»Er ist überhaupt nicht dazu gekommen, seine Geschichte zu erzählen. Damals hatte er noch nicht Fortunato, er hatte einen Pflichtverteidiger. Er ist vorbestraft.«

»Aber nicht wegen Sexualdelikten?«

»Nein.«

»Weswegen dann?«

»Körperverletzung. Er ist mal ... durchgedreht. Man

hat ihn vor Jahren psychiatrisch untersucht. Er soll versucht haben, eine Frau vor eine U-Bahn zu stoßen.«

Jeder aktive Cop kennt diese Untersuchungen. Das Gericht kann einen Angeklagten zwingen, sich einer psychiatrischen Beurteilung zu unterziehen, nicht etwa, um herauszufinden, ob er verrückt ist – das wäre keine große Sache –, sondern ob er verhandlungsfähig ist. »Wenn er für verhandlungsunfähig befunden wurde, konnten sie das später nicht verwenden.«

»Ich weiß. Das war nur dieses eine Mal. Aber es gab noch ein paar Male. Und dann wurde er verurteilt. Wegen anderer Dinge. Bevor er ins Krankenhaus kam. Aber er ist seit Jahren okay. Seit Jahren! Er hat auch eine Vorstrafe wegen Meineids ... dabei ging es um eine Firma, die er leitete ... Darüber weiß ich nicht viel.«

»Und was macht Sie nun so sicher, daß er zu Unrecht wegen Mord angeklagt wurde? Der Mann scheint mir kein besonders liebenswerter Zeitgenosse zu sein.«

»Seit er sitzt ... sind andere Morde passiert ... noch zwei. Die man ihm allerdings nie zur Last gelegt hat ... wie auch?«

»Zwei weitere Morde?«

»Zwei weitere Morde. Zwei Frauen. Beide vergewaltigt. Und jetzt kommt's: beide mit dem gleichen Erkennungszeichen. Also, wie kann ...?«

»Nachahmungsverbrechen«, unterbrach ich.

»Burke, über die Signatur hat nie was in der Zeitung gestanden.«

»Ein rotes Band ...«

»*In* ihnen.« Sie sah mich fest an, die Hände auf den Knien.

»Und warum machen Sie dann nicht ...?«

»Ich kann nicht«, erklärte sie kategorisch. »Ich kann überhaupt nichts tun. Die Ermittlungen in den anderen Mordfällen sind noch nicht abgeschlossen. Wenn man die Beamten fragt, die die Sache bearbeiten, heißt es, sie sind noch nicht so weit. Die haben zwei Morde. Zwischen denen ein Zusammenhang besteht. Sie wissen doch, wie das Department so was regelt – drei ähnliche Verbrechen, und es gibt ein Muster. Drei *große* Verbrechen, und die Zeitungen geben dem Burschen einen Namen … Der Parkschlitzer oder Der U-Bahnwürger oder irgend so 'n Scheiß. Und dann beraumen die verfluchten hohen Tiere eine Pressekonferenz an und bilden eine Sondereinheit, nur damit die Öffentlichkeit denkt, wir meinten es urplötzlich ernst.«

Sie machte ihre Sache gut, mischte Wahrheit unter die Lügen, ließ einen den ganzen Kuchen schlucken, wenn man nur einen Happen kosten wollte. »Wann sind diese anderen Morde passiert?« fragte ich.

»Warum?«

»Sagen Sie's mir einfach.«

»Der erste unmittelbar nach seiner Festnahme. Vielleicht zwei, drei Wochen später. Der nächste war einige Monate später. Vor Prozeßbeginn.«

»Und warum hat der Pflichtverteidiger nicht …«

»Er wußte es nicht, das sage ich Ihnen doch! Als ich das alles herausgefunden habe, war er schon verurteilt.«

»Dann erzählen Sie's Fortunato. Er kann per richterlicher Anordnung …«

»Burke, das habe ich. Das habe ich getan. Und wissen Sie, was er fand, als er Akteneinsicht bekommen hat? *Nichts!* Absolut nichts. Die ganze Sache. Das mit den roten Bändern. Weg. Gelöscht. Für das NYPD waren es verschiedene Täter, verstehen Sie?«

»Nein. Ich verstehe gottverdammt *nicht.* Wozu das alles? Ich weiß, wie die Polizei arbeitet … Sie schnappen einen Trottel wegen Einbruch, und anschließend hängen sie ihm jeden ungeklärten Fall aus ihren Akten an, stimmt's? Er bekennt sich in allen Anklagepunkten schuldig, sie kommen ihm beim Strafmaß entgegen, jeder ist glücklich. Aber in diesem Fall geht das nicht – die Verbrechen wurden begangen, nachdem er eingelocht wurde, richtig? Bei einem Sexualmord wird er wohl kaum auf Kaution rausgekommen sein.«

»Stimmt. Er ist nicht auf Kaution freigelassen worden. Ich weiß nicht, warum sie es tun – ich weiß nur, daß sie es tun. Und ich weiß, daß George es nicht gewesen ist.«

»George?«

»George Piersall. So heißt er. Ich weiß ... inzwischen sehr viel über ihn.«

»Weil ...?«

»Weil ich ihn besucht habe.« Sie hob trotzig das Kinn. »Im Gefängnis. In New Jersey. Ich hab ihm gesagt ...«

»Moment mal. Wenn die Verbrechen hier begangen wurden, wieso sitzt er dann in Jersey?«

»Wegen Körperverletzung«, sagte sie, hielt den Kopf schräg, lauschte auf mein Atmen, wollte wissen, ob es sich änderte. »Vergewaltigung und Körperverletzung, okay? Das ist auf der anderen Seite des Flusses passiert, am Ausgang des Tunnels. Bei dem Fernfahrerlokal.

Das ... Opfer war eine Nutte. Sie sagt, George sei mit ihr in ein Motel gefahren. Dort ist es dann ... passiert.«

»Dann hat sie ihn also gesehen, oder?«

»Nein. Ich meine, sie konnte ihn nicht eindeutig identifizieren. Der Fall stand auf schwachen Füßen. Die Frau war zum Zeitpunkt der Tat bedröhnt, hatte Barbiturate genommen, bevor es ... passierte. Und sie hat selbst ein langes Vorstrafenregister. Erpressung, man bringt das Opfer in eine kompromittierende Situation und verlangt dann Geld. Sie kennen das?«

»Ja, aber wie ...?«

»Er hat sich schuldig bekannt, okay?« Ihr Tonfall schwankte zwischen feindselig und defensiv. »Er hatte einen miesen Anwalt. Und man hat ihm einen Handel angeboten. Er bekam nur drei Jahre. Der Anwalt sagte, er solle es nicht auf einen Prozeß ankommen lassen. So würde er ziemlich schnell wieder draußen sein – es lohne das Risiko nicht.«

»Also?«

»Also ... kein Mord, kein rotes Band. Doch nachdem Jersey ihn geschnappt hatte, wurde New York mutig und klagte ihn wegen des Mordes am University Place an. Er verzichtete auf Überstellung. Ich meine, er wußte, daß er es nicht getan hatte, deshalb ...«

»Aber er wurde ...«

»Ja. Verurteilt, hab ich doch gesagt.«

»Was hat er gekriegt?«

»Die Höchststrafe.« Sie hatte das Kinn wieder gereckt, diesmal bereit für einen Kampf. »Das volle Programm. Zwanzig Jahre bis lebenslänglich.«

»Wenn er also seine Zeit in Jersey abgesessen hat ...?«

»Genau. Die haben Haftfortsetzung gegen ihn erwirkt. Wenn er in New Jersey fertig ist, bringen sie ihn zu uns rüber. Für immer.«

»Sie fahren also hin und besuchen ihn. Was haben Sie ihm erzählt?«

»Die Wahrheit – daß ich in den Fällen ermittle. Er hat sich gefreut, mich zu sehen. Heutzutage würde er sich über jeden freuen.«

»Er weiß, daß Sie ein Cop sind, stimmt's? Hat er nicht gedacht, Sie wollten ihn nur bearbeiten, um noch mehr Beweismaterial zusammenzubekommen?«

»Das haben wir von vornherein geklärt. Ich hab ihm gesagt, wenn er will, daß ich die Sache wirklich untersuche, muß er zuerst was für mich tun – einen Lügendetektortest machen.«

»Das haben Sie arrangieren können? Im Knast?«

»Klar. Sein Anwalt hat eine gerichtliche Verfügung besorgt. Und wissen Sie was? Er hat bestanden! Mit Bravour, wie der Prüfer sich ausdrückte. Er ist der falsche Mann. Und der richtige läuft immer noch irgendwo da draußen frei herum.«

»Gehen Sie damit zur Presse«, schlug ich vor. »Verdammt, gehen Sie damit zu einer dieser schrecklichen

Fernsehshows. Die werden sich begeistert auf die Sache stürzen. Nichts gefällt denen mehr als ein Mann, der zu Unrecht der Vergewaltigung beschuldigt wird ... außer ein unschuldiger Kinderschänder.«

»Ich hab's versucht. Es interessiert sie nicht ... Einer von denen hat gesagt, Psychopathen bestehen dauernd Lügendetektortests. Ohne den Beweis mit dem roten Band taugt es nichts.«

»Hören Sie, ich ...«

»Ich möchte, daß *Sie* sich um die Sache kümmern«, sagte sie, richtete ihren Blick auf etwas über meinen Augen, heftete eine Reihe Nieten quer über meine Stirn. »Finden Sie den Killer. Nur so kommt George wieder raus. Ich habe mit zwei Privatdetektiven gesprochen. Beide sagen, sie würden sich auf gar keinen Fall mit dem NYPD anlegen – sie haben selbst mal dazugehört und wissen genau, was passieren würde. Diese Typen leben von undichten Stellen – wenn sie so was übernehmen, versiegen sämtliche Informationsquellen, verstehen Sie? Wissen Sie, wie schwer es ist, ohne einen Freund bei der Polizei zu arbeiten? Sie brauchen jemanden, der für Sie ein Nummernschild überprüft, eine Akte zieht, all das. Sie arbeiten doch auch als Privatdetektiv, stimmt's? Inoffiziell, ich weiß. Sie haben keine Lizenz und so. Aber ich kann das arrangieren. Fortunato sagt, jeder kann als Privatschnüffler arbeiten, wenn er für einen Anwalt tätig ist. Er sagt, es wäre okay, wenn Sie für ihn arbeiten. Er hält Ihnen den Rücken frei und alles.«

»Das ist nicht mein Ding.«

»Es gibt auch Geld dafür. Viel Geld. George verfügt über ein Treuhandvermögen. Geld, das er jetzt nicht mehr ausgeben kann.«

»Ich bin nicht interessiert«, sagte ich mit einem »Ich-mach-jetzt-die-Tür-zu«-Tonfall.

Sie lehnte sich in ihrem Sessel zurück. Drückte den Rücken durch, holte tief Luft. »Interessiert es Sie vielleicht zu erfahren, was Morales Ihnen anhängen will?« fragte sie.

»Ich kenne keinen Morales«, schoß ich zurück, log mit der natürlichen Eleganz eines Mannes, der es schon als kleines Kind gelernt hatte – hatte lernen müssen.

»Und ob Sie ihn kennen. Ich weiß es – und ich weiß auch, daß er Pläne hat … Pläne mit Ihnen.«

»Es klingelt immer noch nichts. Und was springt überhaupt für Sie dabei raus?«

»Ein unschuldiger Mann …«

»Mach ich auf Sie eigentlich einen so gottverdammt blöden Eindruck?« unterbrach ich. »Wenn Sie wollen, daß ich Ihnen diesen Bockmist von wegen ›Gerechtigkeit‹ abkaufe, müssen Sie sich schon was Besseres einfallen lassen.«

Sie holte tief Luft. Ich ließ sie keine Sekunde aus den Augen. »Es ist … was Persönliches, okay?«

»Für Persönliches gibt's bei mir keinen Rabatt. Wenn Sie mir nicht die Wahrheit sagen wollen, ist das Ihr Problem, verstanden?«

»Sehen Sie sich die Sache doch wenigstens mal an«, flehte sie, beugte sich vor. »Nur ansehen, okay? Ich will Ihnen zeigen, was ich habe. Sie werden dafür bezahlt. Nur dafür werden Sie schon bezahlt. Und wenn Sie es übernehmen, egal ob mit Erfolg oder nicht, haben Sie einen Freund bei der Polizei. Wie klingt das?«

Ein Freund bei der Polizei – wo hatte ich das schon mal gehört?

»Ich werde mich umhören«, sagte ich. »Keine Versprechungen. Eine Woche. Eine ganze Woche. Und nichts außerhalb der Stadt, verstanden? Nur die alten Spuren hier. Das kostet Sie fünf Riesen. Sagen Sie ja, oder lassen Sie's bleiben.«

»Ja!« hauchte sie, so glücklich, daß sie fast aus dem Kimono sprang.

Nachdem Belinda fort war, blieb ich noch und rauchte mit Immaculata eine Zigarette, wartete ab, wohin unser Lady-Cop ging, nachdem sie das Gebäude verlassen hatte. Ob sie sich die Adresse des Lofts merkte, war mir egal – ich würde nie wieder dort sein.

»Was hältst du von ihr?« fragte ich Mac. Das war keine Verlegenheitsfrage – Immaculata war schon seit Jahren eine großartige Therapeutin ... und eine Überlebensexpertin seit dem Tag ihrer Geburt.

»Sie hat was ... Vulgäres. Ich kann's nicht genau benennen. Jedenfalls noch nicht – ich müßte sie noch ein paarmal sehen.«

»Vulgär ...?«

»Ja. Das ist das einzige Wort, das mir dafür einfällt. Als ich sie ... untersucht habe, hat sie sich ... ich weiß auch nicht ... kokett verhalten. Als mein Finger in ihr steckte, da hat sie ... irgendwie reagiert.«

»Vielleicht ist sie lesbisch?«

»Das glaube ich nicht. Und selbst wenn – die Umstände waren so steril und kalt, daß man kaum meinen sollte ... Es war eher, als versuche sie, mich zu testen.«

»Sie ist ein Cop. Du weißt selbst, daß die immer nach einem Schwachpunkt suchen – das liegt in ihrer Natur.«

»Das war es nicht. Ich kann dir nicht mehr dazu sagen. Es ist zu ... verschwommen. Aber sie lag diesen einen Ton daneben – weißt du, was ich meine?«

»Ja.«

»Noch was. Vielleicht hat es nichts zu bedeuten, aber ...«

»Was?«

»In der Jeanstasche hatte sie eine kleine, flache Metalldose. So eine wie die, in denen früher Aspirin verkauft wurde, du erinnerst dich?«

»Sicher. Und ...?«

»In dieser Dose lag ein knapp zehn Zentimeter langes Stück transparenter Tesafilm. Mit einem Papierstreifen am Ende. Weißt du, was das sein könnte?«

»Für Fingerabdrücke«, sagte ich. »Du hast doch nicht die Handschuhe ausgezogen, solange du in ihrer Nähe warst?«

»Keine Sekunde. Und ich habe sie auch keine Sekunde aus den Augen gelassen.«

»Gut.«

»Willst du ...«

»Ich weiß noch nicht«, log ich, schob ohne Pause nach: »Wie geht's Flower?«, um sie auf ein anderes Thema zu bringen.

»Sie ist wunderbar«, sagte Mac förmlich. »Sie liebt die Schule, besonders Kunst – sie zeichnet pausenlos. Sie kann Max' Schlag perfekt nachmachen.«

»Ich weiß. Ich hab mal gesehen, wie sie's gemacht hat. Als Max sie ins Restaurant mitbrachte.«

»Ja. Mama macht sich bereits Gedanken um eine angemessene Partie für sie, wenn sie alt genug ist.«

»Das ist ein bißchen voreilig, oder?«

»O ja.« Sie lächelte. »Aber du kennst ja Mama – sie denkt, Flower wird eine Mitgift brauchen, kannst du dir so was vorstellen?«

»Klar. Mama findet, man erreicht nichts, wenn man nicht dafür bezahlen kann. Ich finde, wenn man mal genauer drüber nachdenkt, liegt sie damit gar nicht so falsch.«

Das Telefon in meiner Tasche summte. Ich ließ den Deckel aufspringen. »Ja?«

»Der Cop: kein Stopp.« Profs Stimme. Belinda war zu dem Punkt zurückgekehrt, von dem sie gekommen war, allein.

»Kann ich dich nach Hause fahren?« fragte ich Mac.

»Ich bleibe noch eine Weile«, sagte sie. »Es gibt hier einen zweiten Ausgang – durch den Keller. Ich will mich vorher umziehen. Wenn sie Leute in der Nähe postiert hat, werden die nichts sehen.«

»Danke.« Ich verbeugte mich leicht.

»Du bist mein Bruder«, erwiderte sie.

Etwa nach der Hälfte meines Gesprächs mit Belinda wußte ich, wen ich für diese Sache brauchte. Morelli hatte die Szene verlassen. Nach Jahren am *ground zero* hatte er es schließlich geschafft. Als kompromißloser Reporter der alten Schule waren seine Artikel immer erstklassig, und er berichtete schon so lange über das organisierte Verbrechen, daß die Akteure wahrscheinlich ihn um Rat fragten. Jedenfalls, er schrieb ein Buch, und es ging los wie eine Rakete. Jetzt lebt er schon eine ganze Weile in Kalifornien und streicht die Ernte ein.

Aber ein Profi wie Morelli zieht erst weiter, wenn er neue Rekruten ausgebildet hat. Seine Wahl fiel auf J. P. Hauser. Ich erinnere mich noch, wie Morelli mir das erstemal von ihm erzählte.

»Ich bitte ihn, geh hin und triff dich mit diesem Typen. Soll ein Informant sein, haust in einem Rattenloch am Times Square«, erzählte Morelli. »Dieser Typ sagt, seine Pumpe schafft's nicht mehr lange, also will er seinen Frieden mit Gott machen und mir alle Informationen über eine krumme Sache geben, die Giapietros Truppe draußen am Flughafen durchzieht. Also sag ich zu J. P., besorg mir die Fakten, okay?« Morelli lächelte, trank einen Schluck. Vor Jahren waren's Cutty Sark und Lucky Strikes. Jetzt ist es Rotwein, und mit dem Rauchen hat er ganz aufgehört. Verdammt noch mal, wenigstens trinkt er kein Mineralwasser und bezahlt seine Rechnungen nicht per Modem.

»Okay, also ... ein paar Stunden später krieg ich diesen völlig verzweifelten Anruf von meinem Informanten. Er schreit Zeter und Mordio. Sagt, J. P. ist reingeschneit und hat seine Bude schlimmer auseinandergenommen als jeder Bewährungshelfer. J. P. notiert sich die Seriennummer seines Radioweckers, überprüft die Etiketten in seiner Jacke, fragt nach seiner Schuhgröße. Dann zückt er eins von diesen Blutdruckmeßdingern ... so eins, das man sich über den Finger zieht, kennst du die? Will mal sehen, ob's der Knabe *wirklich* am Herzen hat. Hast du so was schon gehört? Der Junge macht sich nicht nur Notizen, er hat einen Cassettenrecorder dabei. Und für alle Fälle noch einen zweiten in der Tasche. Läßt sich von dem Typen ein dutzendmal die Geschichte erzählen, vorwärts und rückwärts, alles. Von dem guten alten J. P. könnten die *Federales* noch was lernen. Ich meine, der Mann checkt einfach alles. Er ist ein gottverdammter Staubsauger, verstehst du? Der zieht so lange den letzten Dreck raus, bis jemand ihm den Stecker rauszieht. Verdammt, ich liebe den Kerl.«

Ich hatte ein paarmal mit Hauser gearbeitet, seit Morelli weg ist. Jeder Vollidiot mit ein bißchen Ortskenntnis und blühender Fantasie kann eine Zeitungskolumne schreiben – aber Hauser, wenn der einen Gott hat, dann heißt er: Fakten. Und noch eins weiß ich über ihn: Bei dem Mumm, den er hat, könnte er in der entsprechenden Kluft glatt als Superman durch die Stadt schwirren.

Am frühen Sonntagmorgen würde Hauser wahrscheinlich zu Hause sitzen. Er wohnt an der Central Park West irgendwo in den Neunzigern. Aber im Garment District hat er ein Dreckloch von Büro. Spielt keine Rolle, wo er ist – ich weiß, wie sein Telefonsystem funktioniert.

Ich fuhr die Eighth Avenue hinauf, bis ich ein paar Blocks südlich vom Port Authority einen Parkplatz fand. Parkte ein und tippte die Nummer ins Handy.

»Sie sprechen mit dem Anrufbeantworter von J. P. Hauser«, informierte mich das Band. »Hinterlassen Sie eine Nummer und die Uhrzeit, wann Sie zu erreichen sind. Ich werde Sie zurückrufen.«

Ich wartete auf den Piepton, tippte 333 ein, wartete wieder. Ein weiterer Piepton. Diesmal gab ich 49 ein. Wartete wieder, während das Telefon klingelte.

»Burke?« meldete sich Hausers Stimme.

»Ich hab da was«, sagte ich. »Wo treffen wir uns?«

»Wie wär's mit meinem Büro? Geben Sie mir eine halbe … nein, sagen wir fünfundvierzig Minuten, okay?«

»Alles klar.« Ich unterbrach die Verbindung.

Das ist einer der Vorzüge von Funktelefonen – man ruft von dem Ort aus an, wo man jemanden treffen soll, und ist schon da – der andere hat keine Zeit, ein Begrüßungskomitee zusammenzustellen. Nicht, daß ich Hauser mißtraute, aber wenn ich meine alten Gewohnheiten sterben lasse, könnte mir schnell das gleiche passieren.

Ich parkte am Bordstein, als ich Hauser durch die Windschutzscheibe entdeckte. Er ist mittelgroß, hat rötlich-braunes Haar und einen gepflegten Bart gleicher Farbe, aber es war sein Gang, der mir ins Auge fiel. Er kam schnell, wie immer. Wer in diesem Viertel stehenbleibt, um die Rosen zu riechen, braucht eine Magenpumpe.

Ich stieg aus dem Plymouth, war gleichauf mit Hauser. Er benutzte seinen eigenen Schlüssel für die Haustür – der Sicherheitsdienst arbeitet am Wochenende nicht. Auch kein großer Verlust. Einmal bin ich unter der Woche zu Hauser, hab mich als »Deputy Dog« ins Besucherbuch eingetragen. Der Sicherheitsbeamte hat noch nicht mal draufgeschaut. Auf mein Gesicht genausowenig.

Wir fuhren mit dem Lastenaufzug in den dritten Stock. Hauser schloß sein Büro auf, und wir traten ein. Er ging herum, schaltete alles mögliche ein. Während der Bildschirm seines Computers blinkend zum Leben erwachte, zog er mehrere Blätter Thermopapier aus einem Faxgerät, warf einen kurzen Blick darauf, warf sie in einen Drahtkorb auf dem Schreibtisch. Er lehnte sich in seinem alten, grünen Lederdrehstuhl hinter dem Schreibtisch zurück, schob den Hut in den Nacken und sagte: »Was ist die Story?«

Für Hauser ist das der Sinn des Lebens.

Ich räumte einige Akten von der Couch und setzte mich. Steckte mir eine Kippe an. Hauser rührte sich nicht, griff nicht nach dem Notizbuch, machte gar nichts. Okay, ich hatte das Treffen gewollt – ich war an der Reihe.

»Kennen Sie einen gewissen George Piersall?« fragte ich.

»Sexualmörder«, erwiderte Hauser mit seiner ruhigen Journalistenstimme. »Er hat sich drüben in Jersey eines Sexualverbrechens schuldig bekannt, ist dann wegen eines Mordes hier im Village angeklagt worden. Wegen dieser Sache stand er hier vor Gericht. Hat gepokert und die Höchststrafe erwischt. Und?«

»Haben Sie den Prozeß verfolgt?«

»Nein. Bei Vergewaltigungen gibt's immer dieselben drei Rechtfertigungen: erstens, es ist nie passiert, zweitens, sie hat's so gewollt, drittens, IWEN. Was soll's?«

IWEN. Ich War Es Nicht. Ein Ausdruck aus Anwaltskreisen, aber Hauser konnte ihn überall aufgeschnappt haben. Der absolute Renner auf Riker's Island – die Nummer eins mit einem vollen Magazin.

»Diese Geschichte in Jersey interessiert mich nicht«, sagte ich. »Der Sarg ist zu und verschraubt. Aber was den Mord am University Place angeht, da hab ich jemanden, der behauptet, Piersall sei unschuldig.«

Hauser hob eine Augenbraue, die feinere Version eines spöttischen Lächelns, aber ich machte weiter. »Nicht unschuldig im ›juristischen‹ Sinn«, sagte ich und machte kleine Anführungszeichen mit den Fingern, »sondern wirklich unschuldig. Diese Person sagt, es hätte ein Erkennungszeichen gegeben, bei dem Mord … bei insgesamt drei Morden. Ein rotes Band.«

»Na gut, dann gibt's ein solches Zeichen … Wieso kann das nicht von Piersall stammen?«

»Bei dem vom University Place wär das möglich. Aber ich habe von drei Morden geredet, nicht von einem. Und diese Person sagt, die beiden anderen seien *nach* Piersalls

Festnahme passiert. Der gleiche Tathergang. Das gleiche Erkennungszeichen.«

»Wo ist die Pointe?« fragte Hauser und beugte sich vor.

»Die Pointe ist zweiteilig. Erstens, die Cops haben diese Information nie an die Öffentlichkeit gegeben, also fällt die Nachahmung flach. Zweitens, den Cops, die daran arbeiten, ist die Vergangenheit egal, verstehen Sie? Falls sie jemand für die neuen Verbrechen einbuchten, wird das Piersall nichts nützen.«

»Diese … Ihre ›Person‹ … wie zuverlässig ist die?«

»Weiß ich nicht. Aber soviel kann ich Ihnen sagen: Die Person ist ein Cop. Ein Detective, der im Augenblick an der Sache arbeitet.«

»Welches Interesse hat er daran?«

»Ein persönliches. Wenigstens glaube ich das – beschwören würde ich's nicht.«

»Wenn *Sie's* nicht beschwören, dann muß die Sache auf ziemlich wackligen Beinen stehen.«

»Ihr Vertrauen ehrt mich.« Ich lächelte kurz, er sollte sehen, daß ich nicht beleidigt war. »Die Frage ist … sind Sie interessiert?«

»Was springt für mich dabei heraus?« In unserem Teil der Welt die Frage eines ehrlichen Mannes.

»Das Übliche, schätze ich. Was ihr Journalistentypen normalerweise wollt. Exklusiv dies und exklusiv das … Sie wissen schon.«

»Wird diese … ›Person‹ mit mir reden? Selbst wenn's nur inoffiziell ist?«

»Klar. Das kann ich zur Bedingung machen. Ich muß ja nicht erzählen, was Sie machen, okay? Ich kann einfach sagen, Sie arbeiten mit mir zusammen.«

»Nein«, sagte Hauser. »Das muß eine klare Kiste sein – von Anfang an offene Karten. Wenn die diesen Piersall raushauen wollen, ist ihnen bestimmt klar, daß die Medien eine große Hilfe sein können.«

»Vielleicht. Aber es soll möglichst wenig Staub aufgewirbelt werden. Die Sache muß funktionieren.«

»Soll heißen?«

»Soll heißen, er ist zu Recht verurteilt worden. Er hat jetzt einen Anwalt. Raymond Fortunato.«

»Oh.« Hauser holte Luft. »So ist das, häh?«

»Ich weiß nicht, was es ist«, sagte ich wahrheitsgemäß. »Fortunato wird diese Sache natürlich nicht übernehmen, ohne bezahlt zu werden. Die Person, die zu mir gekommen ist, behauptet, Piersall besitze einen Treuhandfond. Einen ordentlichen.«

»Tja, den wird er im Gefängnis wohl kaum ausgeben können, was?«

Gedankenversunken sah ich Hauser einen Moment an. Vielleicht würde er es nie wirklich verstehen, aber eins mußte man Hauser lassen – er würde es mit aller Kraft versuchen. »Drinnen gibt es viele Verwendungsmöglichkeiten für Geld. Offiziell darf man einen Höchstbetrag besitzen – der hat sich wahrscheinlich geändert, seit ich drin war, wird aber immer noch nicht hoch sein. Damit kann man Zigaretten kaufen. Und für ein paar Schachteln Zigaretten bekommt man jeden Auftrag erledigt, den man will. Wer im Knast Geld hat, muß nicht in der Kantine essen. Wer schwach ist oder nicht zu einer Bande gehört, kann sich Schutz kaufen. Mit genug Geld kann man sich Leibwächter besorgen. Und noch mehr: Das kann das Problem mit den Schließern lösen – wenn die Kohle stimmt, schauen die in die andere Richtung, wenn man Besuch bekommt ...«

»Damit Zeug reingeschmuggelt werden kann?«

»Das auch, sicher. Außerdem gibt's noch Sex.«

»Sie meinen ... andere Gefangene?«

»Ja, manche von denen gehn im Bau auf den Strich. Aber das habe ich nicht gemeint – wenn man Beziehungen hat, kann man drinnen auch die echte Sache abziehen.«

»Im Besuchszimmer? Vor aller Augen?«

»Handbetrieb vielleicht ... Ich meine die echte Sache. Dazu gibt's die Toiletten. Man geht mit seinem Besuch dorthin, macht, was man machen will. Im Knast läuft alles mit Schmiergeld – wenn man's hat, kann man auch was damit anfangen. Wenn Sie das nächstemal von einer Messerstecherei auf Riker's Island lesen, sehen Sie genau hin – Sie werden feststellen, daß es nichts Persönliches war. Nur Revierstreitigkeiten – meistens um die Telefonzellen. Man muß sich anstellen, warten, bis man an der Reihe ist. Wenn die Zeit vorbei ist, muß man aufhören. Wer Cash hat, kann sich mehr Zeit kaufen. Und wenn das nicht läuft, besorgt man sich Jungs mit Muckis, das Resultat ist dasselbe, verstehen Sie?«

»Ja«, sagte Hauser. Ich sah zu, wie er sich in Gedanken Notizen machte. Hauser war ein unersättlicher Informationsjunkie – was draußen war, wollte er haben.

»Wenn Sie hören, daß im Knast eine Kanone auftaucht, dann können Sie drauf wetten, daß es die Wärter waren«, fuhr ich fort. »Das gleiche gilt für Drogen, für größere Mengen wenigstens – ein Besucher kann immer nur eine begrenzte Menge Stoff im Mund reinschmuggeln. Im Knast gibt's eine eigene Ökonomie – die Preise sind hoch, richtig hoch. Die Wärter sind auch nur Menschen. Ein paar von denen sind scharf auf Kohle.«

»Glauben Sie, daß dieser Piersall genau das macht?«

»Keine Ahnung.« Ich zuckte die Achseln. »Zum Geschworenenschmieren ist es zu spät – Fortunato hat Berufung eingelegt.«

Hauser nahm die Brille ab, polierte sie mit einem Stück Stoff, das er aus der Tasche seines blauen Arbeitshemds zog. Seine Handgelenke waren viel kräftiger, als man bei seiner Figur erwarten würde. Während er polierte, sah ich kurz eine schwere, stählerne Uhr aufblitzen. Ohne die Brille war sein Blick hart und funkelnd, als er zu mir herüberschaute. »Er braucht also was Spektakuläres ...

›neues Beweismaterial‹, was in der Art, stimmt's?« fragte Hauser.

»Genau«.

»Und wieso reicht ihm diese Sache mit der Signatur dafür nicht?«

»Laut dieser Person, mit der ich gesprochen habe, hat Fortunato sich per gerichtlicher Anordnung den ganzen Krempel vorlegen lassen, Akten und alles. Und nirgendwo findet sich ein Vermerk über die roten Bänder.«

»Waren die Bänder um ihre Hälse gebunden?« fragte Hauser. »Meinen Sie, irgendein Streifenpolizist hätte sie abgemacht?«

»Nein.« Ich beobachtete die Augen des Reporters, die hinter der Brille jetzt wieder ruhig wirkten. »So kann's nicht gewesen sein. Die roten Bänder, die befanden sich nämlich *in* den Leichen. Weit drin. Man würde sie erst bei der Autopsie finden.«

»Hmh«, grunzte Hauser, mehr zu sich selbst. »Dann sagen Sie, daß die Gerichtsmedizin mit drinhängt?«

»*Ich* sage überhaupt nichts«, erinnerte ich ihn. »Sondern dieser Cop.«

»Wissen Sie, welcher Gerichtsmediziner die Autopsien durchgeführt hat?«

»Nein. Ich hab keinerlei Unterlagen. Vermutlich könnte ich sie bekommen. Oder zumindest Kopien.«

»Haben Sie eine Meinung zu der ganzen Sache? Eine persönliche?«

»Nein, ich bin völlig ratlos. Irgend jemand spielt, aber ich weiß nicht, was für ein Spiel.«

»Warum ich?«

»Sie sind Morellis Vermächtnis, stimmt's? Ich denke, Sie können Stellen überprüfen, wo ich nicht hin kann – und ich kann an Orte, die für Sie verschlossen sind. Wir werfen alles zusammen, vielleicht knacke ich den Fall, und Sie kriegen 'ne heiße Story«, machte ich voll auf Privatdetektiv.

»Das ist alles?« fragte Hauser mit skeptischem Blick.

»Alles«, kehrte ich wieder zu den Lügen zurück.

»Da ist niemand, den Sie schützen? Die Chips fallen, wie sie eben fallen?«

»Genau.«

»Und was wir *wissen*, wirklich *wissen*, nicht *raten* ... ist, daß dieser Piersall irgendwas mit einer Nutte in Jersey gemacht, sich schuldig bekannt hat und jetzt dafür eine kürzere Haftstrafe absitzt, richtig?«

»Richtig.«

»Außerdem wurde er hier in der Stadt wegen eines Sexualmordes angeklagt und ebenfalls verurteilt?«

»Richtig.«

»Und in der Frau, die ermordet wurde, lag ein rotes Band ... aber nicht in der Frau, die zusammengeschlagen wurde?«

»Ja. Nichts in der Frau in New Jersey, das einzige rote Band in der New Yorkerin, die gestorben ist.«

»Und Sie haben einen Informanten beim NYPD, der sagt, es gibt noch zwei Sexualmorde ...?«

»Richtig.«

»Und in beiden steckten rote Bänder ...?«

»Richtig.«

»Aber die Bänder werden in den Autopsieberichten nicht erwähnt?«

»Genau.«

»Also lügt entweder der Cop, oder jemand hat die Bänder verschwinden lassen ...«

Ich zuckte nur die Achseln, wartete.

Hauser tat, als denke er noch mal alles durch, aber ich wußte, wie es ausgehen würde – er war ein Bluthund, und er hatte Witterung aufgenommen. Schließlich sah er mich wieder an. »Ich schau's mir mal an. Keine Versprechungen.«

»Abgemacht«, sagte ich.

Der erste Schritt war nun, noch mal durchzugehen, was bisher passiert war. Belinda hatte keine Wanze dabei gehabt – das wußte ich durch unser Gespräch und durch die Leibesvisitation. Man konnte unsere gesamte Unterhaltung einer Grand Jury vorspielen, und ich wäre immer noch so sicher wie ein Kennedy in Massachusetts. Aber nichts klang richtig. Mojo Mary bietet mir Sex an, *nachdem* sie bezahlt wurde. Und Belinda hat nicht mal dann ein Lächeln übrig, wenn ihr das Vorteile bringt. Ich mache mir keine Gedanken darüber, auf welcher Seite ich stehe. Es ist immer dieselbe – meine. Manchmal ist diese Seite in der Mitte … und dann geht es mir darum, mich aus dem Kreuzfeuer rauszuhalten.

Die naheliegende Antwort war eine Gruppe Cops, die mich wegen dieser irrsinnigen Morde vor zwei Jahren in der Bronx drankriegen wollten. Aber sie hatten nichts gegen mich in der Hand. Und ich habe seitdem keine Kanone mehr dabei.

Verstehen Sie mich nicht falsch. Ich bin nicht verrückt – ich weiß, daß nicht die Kanonen für die Morde verantwortlich waren –, ich weiß, daß ich es war. Die Waffen machten es nur einfacher. So einfach. Schießen ist etwas völlig anderes, als mit einem Messer zuzustechen – besonders mit einer High-Tech-Kanone wie der Glock, die ich damals benutzte, so seidenweich, wie den Tod mit einem Wasserschlauch zu verspritzen. Arbeit auf kurze Distanz erfordert eine andere Einstellung. Sie ist schmutziger, persönlicher. Und riskanter. Für die Jungs, die aus einem fahrenden Auto heraus ballern, ist es wie ein Videospiel. Unwirklich. Elektronisches Gepiepe in ihren soziopathischen Hirnen. Die Ziele, auf die sie schießen, sind keine Menschen – es sind kleine, zweidimensionale Objekte. Wenn man eins davon richtig trifft, fällt es um.

Technologie verändert die Dinge – je mehr sie die Straße bestimmt, desto höher die Zahl der Toten. Wenn heute ein High-School-Kid auf dem Schulflur ein anderes anrempelt, dann sagt einer von beiden: »Wir sehn uns nach der Schule.« Aber sie reden nicht von einem Faustkampf. Auch nicht von Messern oder Fahrradketten. Heute kann selbst der größte Schwächling seine Message mit einem vollen Magazin rüberbringen. Das ist Technomagie – peng, und du bist tot.

Aber warum sollte Belinda mich vor Morales warnen, wenn sie mit ihm zusammenarbeitete? Außerdem konnte ich mir nicht vorstellen, daß Morales mit einem anderen Partner als McGowan arbeitete. Morales ist ein schlechtgelaunter, hochempfindlicher Greifer – nicht der Partner, den irgend jemand beim NYPD haben will. Ein zweiter Dirty Harry, das ist Morales. Ich hab schon immer gedacht, er hat alles, was ein guter Kopfjäger braucht, bis auf eines … Geduld. Aber vielleicht habe ich ihn unterschätzt.

Vor morgen konnte ich nichts mehr unternehmen. Ich fuhr kurz im Büro vorbei, holte Pansy und machte mich auf den Weg in die Bronx.

Du bist aber ein schönes Mädchen«, sagte Clarence zu Pansy, erinnerte sich an sie von einem Tag im Central Park vor langer Zeit. Pansy versteht keine Worte, aber den Tonfall einer Stimme interpretiert sie perfekt – sie rieb ihren großen Kopf an Clarence' Hosenbein und gab tiefe Brummgeräusche von sich. Ich ließ die zwei allein und machte mich auf die Suche nach dem Prof.

»Du mußt mehr Power in deine Schläge legen«, bellte der Prof Frankie an. »Weich nicht dauernd aus – bring die Haken ins Ziel. Mach schon!«

Im Trainingsring umkreiste Frankie einen gedrungenen, schwarzen Boxer, belauerte ihn, schlug nicht oft. Der andere Bursche war so entspannt, daß er fast schläfrig wirkte, wich Frankies Haken und Geraden mit gut trainierter Leichtigkeit aus. Irgendwer schlug den Gong, und beide kehrten in ihre Ecken zurück. Blitzschnell sprang der Prof auf den Rand des Rings und redete auf Frankie ein.

»Bist du nicht bereit für den Fight, Junge? Das ist kein Aerobic-Kurs. *Box* gegen das Arschloch, verstanden? Mach ihn fertig. Schlag auf Schlag, darum geht's. So, jetzt geh da raus, und mach dem Trottel den Garaus!«

Frankie nickte, ließ seinen Gegner, der ebenfalls saß und mit seinen Helfern rumalberte, keine Sekunde aus den Augen. Als der Gong ertönte, walzte Frankie von seinem Hocker in die Ringmitte, hielt einen Boxhandschuh ausgestreckt, damit der andere ihn berührte. »Das ist nicht die letzte Runde, Blödmann!« brüllte einer der Sekundanten des Schwarzen.

»Für euch schon, Wichser!« konterte der Prof.

Frankie machte Druck. Der Schwarze wich zurück an die Seile, lehnte sich leicht dagegen. Sein geschmeidiger Oberkörper schimmerte vor Schweiß. Frankie ließ einen linken Haken los, ächzte vor Anstrengung, setzte dann mit derselben Hand einen zweiten Schlag nach. Der Schwarze glitt zur Seite, doch Frankies mit erhobenem Arm geschlagene Rechte war bereits unterwegs. Der Schwarze drehte den Kopf weg, und der Hieb traf ihn am Hals. Er stolperte kurz, und Frankie klebte an ihm wie Kaugummi – die Beine gespreizt, die Knie starr, hämmerte er hart genug, um Bolzen in den Boden zu rammen. Der Schwarze versuchte, Frankie zu umklammern, aber zu spät – der Uppercut schoß zwischen ihren Körpern hoch –, der schwarze Bursche verdrehte die Augen und ging mit dem Gesicht voran auf die Matte. Frankie drehte sich um und spazierte in seine Ecke, hob die Handgelenke, damit der Prof ihm die Handschuhe ausziehen konnte.

Niemand machte sich die Mühe, den Schwarzen auszuzählen.

Frankie atmete schwer, als er auf seinem Hocker saß,

aber ich sah, daß er nicht erschöpft war, sondern nur aufgeputscht. Der Prof plapperte irgendwelchen beruhigenden Unsinn – Frankie schien nicht zuzuhören. Er verschwand unter der Dusche. Der Prof kam zu mir.

»Der Junge drischt wie ein Preßlufthammer, stimmt's?«

»Allerdings«, stimmte ich zu. »Als würde in seinem Kopf ein Schalter umgelegt.«

»Ja, das ist der Trick. Es macht einfach klick. Ein Druck auf den Schalter, und er wird zur Dampframme, Alter.«

»Du weißt, wo das Knöpfchen ist?«

»Nein. Keinen Schimmer, Junge. Am Anfang dachte ich, es hätte was mit der Rasse zu tun. Aber wenn Frankie unter Volldampf steht, glaub ich nicht, daß er überhaupt Hautfarbe sieht.«

»Was ist es dann?«

»Ich hab ihn durchschaut und alles durchgekaut«, sagte der Prof. »Der Junge wär froh gewesen, *deinen* Vater zu haben.«

»Ich hatte keinen ...«

»Genau«, unterbrach der Prof, seine Stimme schloß die Tür. »Weißt du, Schuljunge, Frankie besteht zu neunzig Prozent aus Haß und zwanzig Prozent Bösartigkeit, aber er explodiert nur im Ring. Wenigstens jetzt.«

»Glaubst du, er ist link?«

»Ein Heiliger ist er bestimmt nicht, aber das heißt nicht, daß er demnächst Nachbarn fertigmacht. Er ist schon okay. Wenn nicht, tät's mir weh.«

»Hast du noch einen Fernsehfight für ihn?«

»Ja. Drüben in Jersey. In einem der Casinos. Wieder nur als Vorkampf, aber die Publicity ist super.«

»Hast du Zeit, über was anderes zu reden?« fragte ich.

»Wir sind nicht daheim, aber ich bin nicht gemein«, sagte der kleine Mann. »Schieß los.«

Ich hatte ihm fast alles berichtet, als Frankie zu uns auf die Laderampe kam – in einer Trainingshalle zu rauchen ist nicht klug.

»Stör …?« Frankie ließ die Frage unbeendet.

»Schon gut, Kleiner«, sagte der Prof. »Ich und der Schuljunge haben nur über alte Zeiten geplaudert.«

»Wie lange kennt ihr euch?« fragte Frankie.

»Von Anfang an«, sagte ich. »Als ich den Prof kennenlernte, war ich gerade im Knast. Für mich keine große Sache – ich war mein Leben lang nirgendwo anders, schon als Kind. Der Prof hat mich eingeweiht, hat mir gezeigt, wie ich rauskomme. Und auch draußen bleibe. Bevor ich ihn traf, hieß die Alternative Knast oder Friedhof – was anderes gab's nicht.«

»Er hat Ihnen alles beigebracht?« fragte Frankie, stand jetzt ganz dicht vor mir, wollte es wirklich wissen.

»Und noch mehr«, versicherte ich ihm.

»Ich hab auch gesessen«, sagte er ruhig. »Wie sind Sie mit der … Rassengeschichte klargekommen? Ich meine, drinnen kann man nicht …«

»Ich bin aus einer anderen Generation«, sagte ich. »Als ich drin war, wurde ein Mann an dem gemessen, was er draußen gemacht hat. Weshalb er drinnen war, okay? Und wie er seine Zeit absaß. Das hat gezählt. Damit will ich nicht sagen, daß es nicht auch Rassenprobleme gab. Die gab's auch draußen – gibt es immer. Aber der Prof hatte … ich weiß nicht, einen Status. Er wurde respektiert. Ein Profi. Er war der einzige, der mich wirklich angeschaut hat. Der einzige, der sehen konnte, was ich war.«

»Heute ist es drinnen anders«, sagte Frankie.

»Ich weiß. Das ist egal – ich gehe nicht zurück.«

»Ich auch nicht«, sagte der Junge leise.

»Warst du sauer auf den Burschen?« fragte der Prof Frankie. »Auf deinen Sparringspartner?«

»Nein.« Frankie war ehrlich verdutzt.

»Was hat dich dann auf Touren gebracht?«

»Ich ... weiß es nicht. Es ist immer irgendwas. Ich seh ... Farben. Irgendwie. Helle, leuchtende Farben. Nicht mit den Augen, in meinem Kopf. Wenn das passiert, dann spür ich das Blut in mir. Nur, es ist kein Blut, es ist wie ... Acid oder so.«

»Schon okay«, beruhigte ihn der Prof. »Im Ring kannst du tun, was du willst. Außer verlieren. Dafür ist kein Platz, mein Schatz. Wirst du bei einer Entscheidung beschissen oder ausgezählt, ganz egal – du hast keine Wahl. Du verlierst, und wir können dir immer noch Kämpfe besorgen, aber dann arbeitest du einfach, um deine Brötchen zu verdienen, läßt dich verdreschen. Ich red keinen Scheiß, wir woll'n den ersten Preis. Die große Sache, verstehst du? Einmal richtig abräumen, und der Rest ist zum Träumen.«

»Was mach ich, wenn ich nicht mehr ...?«

»Boxe? Scheiße, was interessiert's mich? Fang an zu angeln, mach 'ne Gruppentherapie. Such dir 'ne gute Frau und setz 'n Dutzend Kinder in die Welt. Geh ins beschissene Peace Corps. Ist völlig egal, was du machst, du kannst es dir *aussuchen,* verstehst du? Darum geht's doch. Das ist dein Ticket, Frankie. Wenn du gerade aus dem Knast kommst, sieht die Freiheit so toll aus wie ein brandneuer Cadillac, stimmt's? Aber die Karre fährt nirgendwohin, wenn du keine Kohle für Sprit hast, richtig? Der Honig ist im Bienenstock, mein Junge – was heiß ist, hat seinen Preis, verstehst du mich?«

»Ja«, sagte Frankie langsam und nickte, eine dicke, schwarze Locke fiel ihm in die Stirn. Er sah eher wie sechzehn aus statt sechsundzwanzig.

»Als nächstes kämpfen wir gegen diesen Kubaner«, fuhr der Prof fort. »Montez. Großer, blöder Arsch, hat einen ganzen Haufen Gegner, die keine waren, besiegt. Kämpft wie ein Schulhofrabauke – sucht die Angst in deinen Augen. Wenn er schlägt, kann er nicht nachsetzen.

Aber er hat einen netten Rekord, vielleicht elf Siege hintereinander. Wir schalten ihn aus, und beim nächsten geht's um echte Kohle. Schieb ihm eins rein, und der Sieg ist dein, kapiert?«

»Kapiert, Prof«.

»Geh und mach deine Sprints«, sagte der kleine Mann und drehte sich wieder zu mir.

Sprints?« fragte ich. »Ich dachte immer, Fighter joggen oder laufen über größere Distanz.«

»Alles Affenscheiße«, entgegnete er. »Der Junge trainiert nicht für irgendeinen Marathon. Er rennt fünfzig Meter volles Rohr, dann weitere fünfzig mit gemäßigtem Tempo. Dann joggt er ein paar hundert Meter, dann geht's wieder von vorne los. Im Ring kommt's drauf an, daß er nicht schlappmacht, aber es ist kein Wettrennen – der andere Typ drischt auf dich ein, richtig? Frankie muß im Null Komma nichts von null auf hundert kommen ... sein Letztes geben, Top-speed, volle Kanne in die Wanne. Und das jede Runde. Wenn er das macht, geht der andere früher oder später in die Knie. Ich studier das schon mein ganzes Leben lang – ich weiß, was ich tue.«

»Hast du Max gefragt ...?«

»Diesen mongolischen Freak werde ich *überhaupt nichts* fragen, verstanden? Ich trainiere einen Boxer, keinen beschissenen Zen-Buddhisten.«

»Okay, Prof, reg dich ab. Ich hab nur ...«

»Dummes Zeug gequatscht«, beendete er meinen Satz. »Wie oft hab ich dir schon deinen jämmerlichen Arsch gerettet, Schuljunge?«

»Zu oft zum Mitzählen«, räumte ich ein.

»Und jetzt soll ich's schon wieder, stimmt's? Und du willst mir einen Rat geben? Scheiß doch der Hund drauf!«

»He, tut mir leid, Prof. Ich wollte nur helfen.«

»Wenn du helfen willst, halt dich raus. Ich komm schon allein mit Frankie klar.«

»Okay«, gab ich auf. Dann erzählte ich ihm weiter von Belinda.

Was zum Henker ist das?« hörte ich eine Stimme, als ich in den Eingang der Trainingshalle bog. Ich machte noch zwei Schritte und sah ein Latino-Bantamgewicht mit einem Seesack in der Hand. Er stand vor Clarence, der am Schreibtisch saß und beiläufig mit einer Hand Pansy das rechte Ohr kraulte. Pansy beäugte den Latino, als hätte sie Appetit auf Mexikanisches, aber sie gab keinen Laut von sich.

»Das ist ein Pitbull, Mahn«, erklärte Clarence mit todernster Miene.

»Auf der ganzen Welt gibt's keinen Pitbull, der so groß ist«, bezweifelte der Latino.

»Das hier ist ein karibischer Pitbull«, schmückte Clarence seine Lüge aus. »Direkt von den Inseln.«

»Scheiße!« erwiderte der Latino. »Kannst du mir sagen, wo ich so einen kriegen kann?«

»Nein, Mahn, geht nicht. Paß auf: es reicht nicht, daß du auf die Inseln fährst, du mußt auch von den Inseln stammen, verstehst du? Das sind ganz, ganz besondere Hunde ...«

Der Latino beäugte Pansy skeptisch; Unschlüssigkeit stand ihm deutlich ins Gesicht geschrieben. »Du ... gehst mit ihm zu Kämpfen?« fragte er.

»Kommt nicht in Frage«, sagte Clarence mit todernster Miene, machte sich nicht die Mühe, den Latino über Pansys Geschlecht aufzuklären. »Auf den Inseln sind diese Hunde nicht dazu da, gegen andere Hunde zu kämpfen. Wir lieben unsere Hunde.«

»Ja, aber ...«

»Diese Hunde kämpfen nur gegen Menschen, Mahn. Verstanden?«

»Denk schon ...« Kopfschüttelnd ging der Latino an mir vorbei.

Ich setzte mich auf die Schreibtischkante, sah Clarence an. »Ein karibischer Pitbull?«

»Mahn, das stimmt wahrscheinlich sogar«, erwiderte Clarence trocken. »Guck mal, wie königlich sie da sitzt. Der Stolz in ihrer Haltung. Das ist Adel, Mahn. Völlig egal, woher sie kommt, im Grunde ihres Herzens ist Pansy ein karibischer Pitbull. Ich weiß es genau.«

»Ja, okay«, ich nickte, war vernünftig.

Aber Clarence kaufte es mir nicht ab. »Ich kann's beweisen, Burke. Paß auf. Paß jetzt mal ganz genau auf.« Er griff in eine kleine Eisbox, eine Art Werkzeugkiste, holte was raus, das wie ein dicker, fetter Knödel aussah. Augenblicklich begann Pansy zu sabbern, ihre Augen rotierten beinahe vor Verzückung. »Darf ich ihr das Wort sagen, Mahn?« fragte er.

Ich nickte.

Clarence sagte »Sprich!« und warf Pansy den Knödel zu. Wie ein Alligator schnappte sie ihn aus der Luft – ein perfekter Ein-Biß-Mampf.

»Das war ein Tower-Island-Fleischpastetchen, Mahn. Hundert Prozent Jamaikanisch. Und ich sag dir noch was. Pansy *liebt* Red Stripe. Du siehst: Alles, was aus der Karibik kommt, schmeckt ihr.«

»Vielleicht hast du recht«, gestand ich ein, wollte die Seifenblase nicht platzen lassen. In Wahrheit würde Pansy praktisch alles fressen – sie hat einen Verdauungsapparat wie eine Müllpresse und keine Geschmacksknospen. Ich nahm sie am Halshand, verabschiedete mich von Clarence und ging zum Plymouth.

Am nächsten Morgen war ich früh auf. Rief Mama von einer Telefonzelle aus an. Zwei Nachrichten. Eine von Hauser, die andere von Belinda. Ich wählte Hausers Nummer. »Ich bin's.«

»Ich war im Archiv der Daily News«, sagte er. »Hab sämtliche Zeitungsausschnitte, von Anfang an. Wann kriegen Sie den anderen Kram?«

»Vielleicht heute noch. Ich melde mich wieder. Wo erreiche ich Sie?«

»In meinem Büro.«

Belinda riß den Hörer beim ersten Klingeln von der Gabel und sagte: »Burke, ich hatte gehofft ...«, bevor ich auch nur eine Silbe rausbrachte.

»Haben Sie das ...?« fragte ich.

»Ja! Ich war vorhin bei Ihnen, aber ...«

»Aber was?«

»Vielleicht war ich an der falschen Adresse. Ich meine, es hat genau so ausgesehen wie vorher, aber ...«

»Wohin sind Sie denn?« fragte ich und dachte, wovon zum Teufel redet die?

»Das Haus an der Mott Street. Sie wissen schon, die Loft, wo ...«

»Ich hab keine Wohnung an der Mott Street«, sagte ich ruhig. »Wenn Sie mich sehen wollen, benutzen Sie das Telefon, verstanden?«

»Okay. Ich dachte ja nur ...«

»Schluß jetzt«, unterbrach ich. »Sie wollen nicht, daß ich zu Ihnen komme, dann kommen Sie auch nicht zu mir.«

Wir verabredeten uns für elf Uhr im Park hinter dem Criminal Court. Sie wollte es so – vielleicht deshalb im Freien, damit ihre Leute uns besser im Auge behalten konnten als letztes Mal. Kein Problem. Der Park gehört eigentlich zu Chinatown – ich konnte die Sache auch da durchziehen.

Ich ging den Broadway rauf, vorbei am riesigen Federal Building, das alles von der Sozialversicherung bis zum FBI beherbergt. Am meisten ist bei der Einwanderungsbehörde los – die Hoffnungsvollen stellen sich schon Stunden, bevor der Laden aufmacht, an.

Auf dem breiten Bürgersteig vor dem Gebäude hatten Dutzende Händler ihre Stände aufgeschlagen, verkauften alles von Schmuck über Parfum bis zu raubkopierten Videocassetten. Alles mögliche zu essen, Teigwaren, frisches Gemüse. Kinderbücher, Stadtpläne, Schirme. Sie standen so dicht nebeneinander, daß man kaum vorwärts kam. Die Geschäfte wurden ausnahmslos in bar abgewickelt. Und hinter ihnen schlummerte das Finanzamt, ahnungslos und desinteressiert, zu sehr damit beschäftigt, ehrliche Bürger zu terrorisieren, um auch die kleinen Ganoven zu bedenken.

Belinda war schon da, als ich antanzte, saß gemütlich und bequem auf der metallenen Querstrebe eines Klettergerüstes. Der Park ist ein Mahnmal des Drecks, voller Tauben, die in den Fast-food-Resten wühlen. Nachts übernehmen die Obdachlosen. Und statt der Tauben kommen die Ratten.

Sie winkte, als sie mich sah. Vielleicht galt das Winken auch ihrer Rückendeckung – keine Ahnung.

Ich schlenderte näher, veränderte meinen Gang so, daß sie wußte, ich hatte sie gesehen. Sie sprang von der Stange, landete entspannt. »Wo haben Sie denn Ihren großen Hund?« fragte sie. »Wie heißt sie noch gleich …?«

»Betsy«, sagte ich, ohne mit der Wimper zu zucken. Der Unterschied zwischen einem professionellen Lügner wie mir und einem Feld-Wald-und-Wiesen-Flunkerer besteht darin, daß ich mich immer an die Lügen erinnere, die ich erzähle.

»Stimmt.« Sie strahlte. »Betsy. Ich mag sie wirklich. Sie mochte mich doch auch, oder?«

»Klar«, ich legte noch einen drauf. »Haben Sie das Zeug dabei?«

»In der Handtasche. Ich dachte, vielleicht gehen wir irgendwo hin. In ein Gebäude. Wohnen Sie hier in der Gegend?«

»Nein. Aber falls Sie ...«

»Soweit bin ich noch nicht«, sagte sie und beobachtete mein Gesicht zu aufmerksam.

Ich drängte nicht. »Ich kenne ein Restaurant. Ist zwar noch etwas früh, aber vielleicht hat's schon auf ...«

»Ich bin dabei«, antwortete sie. »Versuchen wir's.«

Wir schlenderten durch die gewundenen Seitensträßchen Richtung Mama. Der weiße Drache hing im Fenster. Belinda tat, als wäre sie noch nie dort gewesen. Okay. Ich hielt ihr die Tür auf. Mama schaute von ihrer Kasse auf und fragte: »Wie viele Personen, bitte?«

»Nur wir zwei«, erwiderte ich.

»Sie sich Tisch aussuchen«, sagte Mama wegwerfend und widmete sich wieder dem Kassenbuch. Wenn ich durch den Vordereingang hereinkomme, weiß sie, daß irgendwas los ist. Unter der Registrierkasse befindet sich ein Knopf. Sie drückt darauf, und in der Küche geht eine Lampe an. Eine rote Lampe.

Ich führte Belinda zu einem der Tische in der Mitte, hielt mich fern von meiner Nische weiter hinten. Nach ein paar Minuten kam ein Kellner und reichte uns schweigend eine laminierte, mit Fliegendreck übersäte Speisekarte, wie man sie Touristen gibt. Mama hat eine Menge Geschäfte, aber Speisen zu verkaufen gehört nicht dazu – das Letzte, was sie in ihrem Lokal gebrauchen kann, sind Gäste, die wiederkommen.

Belinda sagte dem Kellner, was sie wollte. Er schenkte ihr einen leicht feindseligen Blick, sagte etwas auf kantonesisch. »Hier spricht keiner Englisch«, erklärte ich.

Schließlich zeigte sie auf die Speisekarte, bestellte Menü Nr. 2: Pfeffersteak, gebratener Reis, Frühlingsrolle. Alles zusammen 4,95 Dollar, auf den ersten Blick ein günstiges Angebot.

Ich wußte, wie die günstigen Angebote von Mama aussahen, daher bestellte ich einfach ein Gericht mit gebratenem Reis.

Belinda wollte eine Cola – ich bestellte Wasser.

Der Kellner verschwand. Ich steckte mir eine Zigarette an. »›Cola‹ scheint er zumindest verstanden zu haben.« Belinda lächelte.

Ich nickte, strich ein halbes Dutzend blöde Bemerkungen, die ich hätte machen können. Die Spitze von Belindas Turnschuh spielte an meinem Knöchel. Fühlte sich nicht an, als würde sie herumalbern – oder als sei sie nervös. Ich schaute ausdruckslos, schob die linke Hand unter den Tisch. Belinda kam mir auf halbem Weg entgegen – übergab mir einen dicken Umschlag. Ich nahm ihn, legte ihn auf meinen Schoß.

Der Kellner brachte das Essen, knallte es mit mürrischer Gleichgültigkeit auf den Resopaltisch. Ich warf einen Blick auf Belindas Menü. Der grüne Paprika sah matschig aus, das Steak war verdächtig schokoladenbraun in zwei Nuancen und hatte Jahresringe wie ein alter Baum. Der gebratene Reis, den sie ihr gegeben hatten, ähnelte überhaupt nicht dem auf meinem Teller.

Belinda schien es nicht zu bemerken. »Ich habe noch nicht gefrühstückt«, erklärte sie und machte sich über das Essen her. Ich aß schweigend meinen Reis.

»Bah!« sagte sie plötzlich. »Die Cola ist abgestanden.«

»Mein Wasser ist auch nicht besonders.«

»Warum kommen Sie überhaupt her?« fragte sie.

»Ich wohne in einem Hotel«, antwortete ich. »Keine Kochgelegenheit. Besser das Übel, das man kennt …«

Sie schenkte mir wieder ein Lächeln. »Es ist alles da«,

sagte sie ruhig. »Manche der Kopien sind nicht besonders gut – ich hatte wenig Zeit.«

»Wird schon gehen«, meinte ich.

Wir waren etwa gleichzeitig mit dem Essen fertig. Der Kellner ließ die Rechnung auf den Tisch fallen, die Summe nach oben. Zwölf Bucks und ein paar Gequetschte – falsche Additionen sind ein weiterer Weg, wie Mama ihre Gäste vom Wiederkommen abhält. Ich ließ einen Fünfer und einen Zehner auf dem Tisch liegen. Wenn Belinda nicht den Verdauungsapparat einer Ziege besaß, würde sie ihren Anteil irgendwann später am Tag bezahlen. Als wir an der Kasse vorbeikamen, sagte Mama mit der Leidenschaft eines Beerdigungsunternehmers: »Sie uns wieder beehren.«

Der Umschlag in der Innentasche meiner Jacke fühlte sich schwer an, wir schlenderten langsam zum Park zurück. Belinda ließ eine Hand auf meinem Unterarm liegen, ihre weiche, wohlgerundete Hüfte stieß mich beim Gehen gelegentlich an. »Arbeiten Sie schon an der Sache?«

»Ja.«

»Wollen Sie mir sagen …?«

»Nein.«

»Okay, Sie müssen nicht gleich feindselig werden. Wir stehen auf der gleichen Seite, oder?«

»Ich erledige einen Job. Wir haben eine Abmachung – ich erfülle meinen Teil davon.«

»Ist das eine subtile Art, nach dem Geld zu fragen?«

»Ja.«

»Ich hab's nicht.« Ich ballte die Faust, die Muskeln meines Unterarms spannten sich, gaben ihr meine Antwort. »Aber ich werd's besorgen«, fügte sie rasch hinzu. »Es kommt von … George. Hab ich Ihnen doch gesagt, das …«

»Treuhandvermögen«, ergänzte ich mit einem Hauch Sarkasmus in der Stimme.

»Das stimmt«, sagte sie mit schmollender Kleinmädchenstimme. »Sie können es nachprüfen.«

»Was ich will, sind fünftausend Dollar. Wie wir vereinbart haben. Eine Woche, fünf Riesen, stimmt's?«

»Stimmt. Ich will Ihnen doch nur sagen, wenn Sie mich mal ausreden lassen, daß *ich* es nicht habe ... Fortunato hat es. Ich habe schon mit ihm gesprochen. Sie können jederzeit in sein Büro gehen und es sich persönlich abholen.«

»Er wird beim Empfang ein Päckchen für mich hinterlegen?«

»Seien Sie doch nicht so gehässig. Er möchte mit Ihnen reden – was ist daran merkwürdig?«

»Das heißt, ich muß ihn anrufen, einen Termin vereinbaren und so, richtig?«

»Ja also, ich schätze ...«

»Versuchen Sie's noch mal, Schwester. Wenn Sie glauben, ich mach diesen Job für Ihre schönen Augen, dann brauchen Sie eine Therapie. Ich arbeite genau wie Fortunato. Sie wissen, wie's läuft: alles im voraus, alles in bar, keine großen Scheine. Und kein Geld zurück.«

»Das ist okay. Ich meine ...«

»Ich sag Ihnen, was *ich* meine«, unterbrach ich sie ruhig. »Ich hab schon angefangen. Und Geld hab ich noch keins gesehen. Ich werd keine Woche damit verbringen, diesem Anwalt nachzurennen. Rufen Sie ihn an. Sagen Sie ihm, ich treff ihn heute. Wann er will. Aber heute, verstanden? Krieg ich heute kein Geld, bin ich draußen.«

»Okay, okay, okay«, jagte sie eine Schnellfeuersalve los. »Ich ruf ihn an. Sie kriegen das Geld heute, versprochen.«

»Nicht das Geld«, erinnerte ich sie. »Mein Geld.«

»Schön.« Naserümpfend nahm sie die Hand von meinem Arm. »Geben Sie mir eine Stunde. Ich laß Ihnen eine Nachricht zukommen.«

»Wir sehn uns«, sagte ich. Ging, ließ sie einfach stehen.

An der Worth Street nickten mir zwei chinesische Kids in identischen roten Seidenhemden unter langen, schwarzen Lederjacken ein Okay zu. Ich nickte ebenfalls, zeigte, daß ich verstanden hatte – niemand war mir gefolgt.

Ich ging in mein Büro, tätschelte Pansy eine Weile und machte ihr den Hinterausgang auf, damit sie aufs Dach konnte. Dann breitete ich den Inhalt von Belindas Umschlag auf meinem Schreibtisch aus. Ausnahmslos dieses billige, dünne Papier, das Behörden in ihren Fotokopierern verwenden. Alles DD5er, Formulare, auf denen der aktuelle Stand von Ermittlungen festgehalten wird. Drei Frauen. Drei Leichen. Alle zerstückelt, zuerst niedergestochen, damit sie sich nicht mehr wehrten, dann aus purem Spaß in Scheibchen geschnitten. Mit Sicherheit Sexualverbrechen, denn jede der Frauen war auch noch vergewaltigt worden. Der Bericht war im Cop-Jargon abgefaßt: »Gegen 09 Uhr 45 an oben genanntem Datum betrat der unterzeichnende Detective Oscar Wandell, Sh # 99771, Mordkommission Manhattan, das Apt. 9B am 1188 University Place …« Wer immer den Bericht verfaßte, hatte einfach alle Tippfehler, die er sah, ausgeixt – Cops benutzen kein Tipp-ex.

Alle Morde waren südlich von Midtown und westlich der Fifth geschehen. In den Wohnungen der Opfer. Jemand, den sie kannten? Jemand, den sie in Bars aufgegabelt hatten? Schwer zu sagen. Alle Opfer waren weiß. Die jüngste war neunundzwanzig, die älteste sechsunddreißig. Der Mörder arbeitet auf einer schmalen Bandbreite – vielleicht waren alle Zufallstreffer?

Ich nahm einen Block aus dem Schreibtisch und machte mir ein Diagramm. Die Daten stimmten mit dem überein, was Belinda gesagt hatte: Einer der Morde – die Frau vom University Place – ereignete sich, bevor Piersall drüben in Jersey geschnappt worden war. Die beiden anderen, als er ohne Kaution saß. Kein Hinweis darauf, daß die Cops die Verbrechen miteinander in Verbindung gebracht hatten.

Ich widmete mich wieder den verschiedenen Berichten. Manche waren detaillierter als andere. Ein Detective hatte wirklich gute Arbeit geleistet – sogar einen Grundriß der Wohnung beigefügt, eine Umrißlinie, um zu zeigen, wo die Leiche gefunden worden war, außerdem den Inhalt des Medizinschranks aufgelistet. Ich warf einen Blick auf die Unterschrift am Ende des Berichts – konnte das Gekritzel nicht entziffern. Aber direkt daneben stand ein Kästchen, in das der Name des Detectives mit Maschine eingetragen werden sollte.

Morales.

Scheiße!

In der Klemme zu stecken ist schon übel genug – wenn man nicht weiß, woraus diese Klemme besteht, kommt man in Teufels Küche. Ich faltete die Berichte zusammen, steckte sie ein und ging.

Ich drückte auf den Schalter für das Garagentor, fuhr den Plymouth auf die Straße hinter dem Haus. Als ich Richtung uptown rollte, schnappte ich mir das Handy und versuchte, Hauser zu erreichen.

»Ich bin's«, meldete ich mich. »Paßt's jetzt?«

»Sehr sogar. Kommen Sie vorbei.«

Ich fand keine freie Parkuhr, also entschied ich mich für einen Parkplatz. Der Parkwächter warf einen angewiderten Blick auf den Plymouth, gab mir aber ohne ein Wort den Parkschein.

Ich klopfte an Hausers Bürotür – es gibt weder Klingel noch Summer. Er öffnete schnell, ein Telefon mit einem langen Kabel in der Hand. Hauser winkte mich zur Couch, machte eine »Momentchen-noch,-okay?«-Geste und wandte sich wieder seinem Telefonat zu.

»Natürlich habe ich eine Quelle«, sagte er in den Hörer. »Sonst würde ich es nicht schreiben.«

Er hörte ungeduldig dem zu, der am anderen Ende der Leitung hing. Dann sagte er: »Also, ich schlage folgendes vor: Sie dürfen einen Blick auf das Material werfen, aber mit meinem Informanten sprechen Sie auf gar keinen Fall. Wenn Sie damit einverstanden sind ... okay. Wenn nicht, werde ich einfach ...«

Hauser hörte wieder zu, nickte, dieses Mal zufrieden. »Ich werde dort sein.« Er legte auf.

»Die Jungs sehen Spitze aus, was?« sagte er zu mir und deutete auf ein gerahmtes Farbfoto auf dem Beistelltisch neben der Couch.

»Ja«, stimmte ich zu. »Ihre?«

»Meine«, bestätigte er mit breitem Lächeln. »Der große da ist J. A., der andere J. R. Wollen Sie mal was absolut Unglaubliches hören?« fuhr er fort, ohne Luft zu holen, wollte mir eine dieser saublöden, unsäglichen Geschichten anvertrauen, die alle Eltern erzählen ... als wär's was ganz Tolles, wenn ihr Kleiner Marmelade an die Wand schmiert. Aber ich wollte was von ihm, also ...

»Schießen Sie los.«

»Okay. Gestern abend. Ich lese J. A. eine Gutenachtgeschichte vor. ›Goldlöckchen und die drei Bären‹. Er hat die Geschichte schon oft gehört, aber sie ist eine seiner absoluten Favoriten. Sie wissen, wie die geht, oder?«

»Klar«, sagte ich, damit er sie mir nicht auch noch erzählte.

»Okay. Als ich zu der Stelle komme, wo Papa Bär sagt: ›Jemand hat auf meinem Stuhl gesessen‹, meldet sich J. A. und fragt: ›Woher weiß er das?‹ Ich wollte zuerst die Frage ignorieren und die verfluchte Geschichte zu Ende bringen, damit er endlich einschläft, aber er läßt nicht locker. ›Es ist ein ganz normaler Stuhl, Dad. Siehst du? Auf dem Bild? Da kann man's doch nicht wissen, wenn man nur hinsieht, stimmt's? Also, woher weiß der Bär das?‹ Und das hat mich einfach umgehauen. Verstehen Sie?«

»Ja. Der Junge hat recht. Wie soll ein kleines Mädchen in einen Stuhl, der einen gottverdammten *Bären* aushält, eine Delle machen? Das ist erstaunlich.« Diesmal log ich nicht.

Es verstrichen wohl eine oder zwei Minuten. Hauser starrte mich an. »Was ist?« fragte er.

»Nichts«, antwortete ich, schüttelte den Kopf, wollte ihn wieder freibekommen, spürte Feuchtigkeit auf dem Gesicht. Dachte daran, daß Hausers Kid schon so früh ein Genie war, daß Hauser diesen Jungen liebte, ihn umarmt und geküßt haben und stolz auf ihn gewesen sein mußte. Dachte an ein anderes Kind, ein kleines Kind, das in Frage stellte, was man ihm sagte. Dachte an die brutale Ohrfeige, an die häßlichen Beschimpfungen. Dachte ... Ach, Scheiße! Ich brauchte keinen Hauser, der in meinem Leben herumschnüffelte Also zeigte ich auf das Foto seiner Kinder und fragte: »Wofür stehen die ganzen Initialen?«

»Wie bei mir – für gar nichts.«

»Wenn die so heißen sollten wie Sie, wieso haben Sie dann nicht einfach einen Junior genannt?«

»Juden machen so was nicht«, erwiderte er ernst. »Man nennt ein Kind nur nach einem Toten.«

»Okay, irgendwie wußte ich das. Aber ich dachte immer, nur Leute aus den Südstaaten geben ihren Kindern Initialen.«

»Auch in Atlanta gibt's Juden.« Hauser lächelte. »So, und wie wär's, wenn Sie mir jetzt zeigen, was Sie haben?«

Ich gab ihm die Berichte. Hauser legte sie auf den Schreibtisch, zog einige Bögen aus einem Drahtkorb, legte sie neben die Seiten, die er von mir hatte. Ich rauchte mehrere Zigaretten, während Hauser die Papiere durchging.

»Hier drin ist nichts«, sagte er schließlich und schaute auf.

»Nichts?«

»Nichts, was dafür spräche, daß es derselbe Mörder war.«

»Das Erkennungszeichen ...?«

»Es *gibt* kein gottverdammtes ›Zeichen‹. Da ist nichts. Sehen Sie selbst.«

Er schob mir die Unterlagen zu. Ich begann zu lesen, stockte sofort, als ich mitten auf der ersten Seite das Wort AUTOPSIE sah. »Woher haben Sie ...?«

Seine Antwort war ein Achselzucken, ein Hauch von Selbstzufriedenheit in den Mundwinkeln.

Die Sprache der Berichte war so kalt wie die Leichen. Alle endeten gleich.

TODESURSACHE: MORD.

Lesen Sie, was ich markiert habe«, sagte Hauser.

Teile der Berichte waren mit gelbem Marker hervorgehoben. Aber das brauchte ich nicht, um das rote Band zu finden, von dem Belinda mir erzählt hatte – in die Frau vom University Place war eines gestopft worden, nur ein kleines Stück ragte heraus. Aber bei den beiden späteren Morden – nachdem Piersall eingebuchtet worden war – war das Band nicht erwähnt. Was zum Kuckuck ...?

»Dann ist also diese Frau, die aus New York, die einzige, in der ein rotes Band gefunden wurde?« fragte ich. »Was ist mit der in Jersey – der, die überlebt hat?«

»In dem Fall *brauchten* sie kein rotes Band, Burke. Ich habe eine NEXIS-Recherche laufen lassen. Ihr Freund bei den Cops, der hat nicht zufälligerweise DNA erwähnt, oder?«

»Nein«, sagte ich, stand auf, fragte mich, ob ich wirklich so dämlich war, wie Belinda offensichtlich meinte.

»Bei der Ermittlung haben sie – die in Jersey, nicht hier – zusätzlich einen genetischen Fingerabdruck vorgelegt. Unter den Fingernägeln der Frau befand sich so viel von

Piersalls Haut, daß der Fall glasklar war. Kein Zweifel – sie hatten den richtigen Burschen.«

»Sind Sie ... sicher?«

»Absolute Übereinstimmung«, sagte Hauser.

»Warum sollte der Gerichtsmediziner bei den anderen Morden das rote Band nicht erwähnen?«

»Gute Frage«, meinte Hauser. »Es ist dieselbe Behörde, allerdings jeweils ein anderer Arzt. Daran ist nichts Verdächtiges – wer gerade Dienst hat, bekommt den Fall. Und ich habe sehr aufmerksam gelesen – kein rotes Band, keine Spur von roten Fasern, kein gar nichts.«

»Also ist der Kerl auf gar keinen Fall unschuldig?«

»Nicht, was das Verbrechen in Jersey angeht«, bestätigte er. »Diese DNA ist pures Dynamit. Ich habe viel darüber gelesen. Hab sogar mit einem Experten gesprochen. Es gibt Leute in der forensischen Medizin, die behaupten, daß der Test sehr leicht verpfuscht werden kann – falsche Gewebeproben, nicht genügend Unterscheidungsmerkmale, schlechte Klassifizierungsverfahren ... all das. Er wird aber trotzdem angewendet – täglich werden Menschen aufgrund solcher Untersuchungen verurteilt – und andere werden aus dem Gefängnis entlassen. Er wird auch für Vaterschaftstests benutzt – wenn dem Gericht die übliche Blutuntersuchung nicht reicht.«

»Dann ist die Sache für Sie erledigt?« fragte ich.

»Auf gar keinen Fall«, erwiderte er. »*Irgendwas* ist hier faul. Vielleicht nicht das, was Sie denken – oder Ihr Freund bei den Cops. Aber irgend etwas. Halten Sie mich auf dem laufenden, okay?«

»Ja.«

Ich rief Mama an. »Selbe Mädchen«, sagte sie, als sie meine Stimme erkannt hatte. »Diesmal ohne Perücke.«

»Langsam wird's unschön«, sagte ich. »Noch irgendwelche Anrufe?«

»Ein Anwalt ruf an. Sag, sein Name: For-tuu-nat-tuu. Er sag, hat dein Material. Heute abend sechs Uhr.«

»Danke, Mama. Nichts vom Prof?«

»Nein. Vielleicht hat alle Hände voll zu tun mit Boxer?«

»Vielleicht. Ich melde mich wieder.«

Ich ließ mir noch mal alles durch den Kopf gehen, duschte und rasierte auf Autopilot. Nachahmer – das gibt's immer wieder. Aber meistens wird der Stil und weniger die Tat kopiert. Kein Verbrechen geschieht zum ersten Mal – dafür ist dieser Planet schon viel zu lange bewohnt. Aber wenn die Medien ein Verbrechen erst mal *benennen* – wie damals, als die Idioten von der Presse anfingen, Gruppenvergewaltigung mit »die Sau rauslassen« zu umschreiben –, ist es schlagartig angesagt, und jeder kleine Wichser will mitspielen.

Carjacking zum Beispiel – bis auf den Namen absolut nichts Neues. Aber wenn sich die Bezeichnung erst mal durchsetzt, bekommt das Verbrechen Pep. Alles Gerüchte und Gerede: Es gibt keine landesweite Gruppe von Mutanten, die sich in einer gigantischen Verschwörung zusammengetan haben und Autos entführen. Schwachsinn von vorne bis hinten – man riskiert Lebenslänglich für einen Gebrauchtwagen. Aber sobald die Medien ihr Etikett draufklatschen, müssen diese hochgradig bekloppten Schwachköpfe losziehen und es tun. In D. C. fängt's an, breitet sich aus nach New York. Springt über nach L. A. und zurück nach Chicago, runter nach Miami. Fragt man einen dieser Idioten, warum er es macht, weiß er nicht, was er sagen soll. Ein ganzes Bataillon Schafe folgt der Herde, bewaffnet und blöd.

Der jüngste Tick ist so vollkommen abgedreht, daß ich's zuerst fast nicht glauben konnte – jetzt plündern sie die Mauthäuschen an den Brücken. Die George Washington, die Triborough, die Whitestone … egal. Die fahren einfach an das Häuschen, schieben eine Kanone aus der

Seitenscheibe und verlangen Bares. Unglaublich. Mit bewaffnetem Raubüberfall geht's los, kommen noch ein paar andere Verbrechen dazu, und schon riskieren die ein Dutzend Jahre in einem Knast, bevor sie vom Bewährungsausschuß auch nur träumen können. Und für was? Ein paar Handvoll Kleingeld und ein Haufen Wertmarken, die man zu Dumpingpreisen verkaufen muß. Deshalb verändert das Gefängnis nie jemanden – man kann einen Menschen dazu bringen, ehrlich zu sein, aber man kann ihn nicht smart machen.

Natürlich fordern die Leute, die den Brückenzoll kassieren, das Recht, Schußwaffen zu tragen. Ein hübsches Bild – ein selbstgerechter Biedermann, der zu viele Krimis gesehen hat, ballert mitten in der Rush-hour fröhlich vor sich hin.

Das Vernünftigste wäre, die Kassierer ganz abzuschaffen. Man könnte Schimpansen trainieren, den Job zu übernehmen, aber die Schimpansen würden sich höchstwahrscheinlich zu Tode langweilen und einfach verschwinden.

Man sieht es überall. Jemand sagt, er hätte eine Spritze in seiner Dose Pepsi gefunden, und ehe man sich versieht, tauchen überall im Land Dosen auf, an denen sich irgendwer zu schaffen gemacht hat. Klar. Gut, daß man keinen Intelligenztest machen muß, um im Knast aufgenommen zu werden – die meisten Knäste wären leer.

Ein Verbrechen mit einer unverwechselbaren Handschrift ist wie gemacht für Nachahmungstäter. Das ist einfach Tatsache in dieser Krebsstation von Stadt. Aber wer sollte etwas nachahmen, wovon er noch nie gehört hat …?

Ich war mit Rasieren fertig und einer Antwort immer noch nicht näher. Zeit, mich an die Arbeit zu machen. Ich weiß, was ich tun muß, um wie ein Anwalt auszusehen. Man braucht nur einen dunklen Nadelstreifenanzug, ein Oberhemd mit Monogramm auf der Manschette, irgendeine Krawatte, die teuer aussieht. Die Jüngeren stehen mehr auf den italienischen Look, viel Seide, alles etwas lässiger – die Älteren halten sich eher an die Tradition. Auch die Frisuren sind anders. Die Älteren mögen gefönte Messerschnitte – die Jüngeren tragen das Haar länger, benutzen viel Gel. Beide bevorzugen protzige Armbanduhren und lederne Diplomatenkoffer – flache Koffer, damit sie nicht mit den armseligen Pflichtverteidigern verwechselt werden, die Akten mit sich rumschleppen müssen. Und der Blick ist unverzichtbar: überlegen, rotznäsig und arrogant mit der charakteristischen Verschlagenheit um die Augen.

Für mein Treffen mit Fortunato schenkte ich mir das alles. Er weiß, was ich mache. Und ich weiß, was er ist. Ich zog eine Zimmermannshose an, dazu Arbeitsstiefel mit Stahlkappen an. Dann ein schwarzes Sweatshirt unter einer alten Lederjacke. Jede Menge Taschen, jede Menge Platz ... Ich brauchte keinen Diplomatenkoffer.

Fortunato verdient das meiste Geld downtown, vom Parkett im Erdgeschoß der Centre Street bis zum Turm am Foley Square, aber er war kein Baxter-Street-Typ – sein Büro lag an der Fortysecond zwischen Madison und Lex.

Sein Name hielt in großen, vergoldeten Lettern Wache über der zweiflügeligen Tür der Kanzlei. Ich betrat einen leeren Empfangsbereich. Das Schiebefenster des Empfangs stand offen. Ich schob die Hand hindurch und klopfte auf den Schreibtisch. Ein Bursche etwa Mitte Zwanzig kam um die Ecke. Er trug ein weißes Hemd mit aufgekrempelten Ärmeln. Den Krawattenknoten hatte er gelockert. Er sah gestreßt aus.

»Kann ich Ihnen helfen?« fragte er mit einem Unterton von Gereiztheit.

»Ich bin mit Fortunato verabredet. Mein Name ist Burke.«

Er kehrte mir den Rücken zu und verschwand. Kurz

darauf war er zurück, sagte: »Kommen Sie rein« und betätigte einen Summer, der die Tür öffnete.

»Die letzte links.«

Fortunatos Büro war größer als die gesamte Lobby, ein Eckzimmer mit zwei großen Fenstern. Er saß hinter dem Schreibtisch, ein nierenförmiges Monstrum – links drei verschiedene Telefonkonsolen, rechts ein Stapel rauchfarbener Plastikablagekörbe, gefüllt mit Dokumenten. Die große Fläche in der Mitte war leer und glänzte wie frisch poliert. Ich trat ein, entschied mich für den mittleren von drei identischen Ledersesseln vor dem Schreibtisch.

»Sie sind Burke?« sagte er zur Begrüßung.

»Ja.«

Fortunato beugte sich vor, die Ellbogen auf dem Tisch. Er fragte nicht nach meinem Ausweis, gab mir nicht die Hand. Statt dessen griff er in einen der Plastikkörbe, nahm einen weißen Umschlag heraus, hielt ihn mehrere Sekunden. Dann ließ er ihn über die glatte Oberfläche auf mich zugleiten. Ich fing ihn auf, steckte ihn ein, ohne hineinzuschauen.

»Haben Sie irgendwelche Fragen?« wollte er wissen.

»So wie ich das verstehe, ist der Bursche wegen genetischer Fingerabdrücke eingefahren, richtig?«

»Das war einer der Gründe«, sagte er vorsichtig. »Es gab andere.«

»Was soll dann das Spiel mit der Berufung? Wie wollen Sie das hinkriegen?«

»Bei einer Berufung geht es normalerweise nicht um Beweismaterial«, erklärte er aalglatt. »Es geht um das Gesetz, nicht um die Fakten. Mal angenommen, die Polizei hat die Mordwaffe im Kofferraum eines Wagens gefunden. Nun behaupten wir, die Durchsuchung war unzulässig – kein Durchsuchungsbefehl, kein begründeter Verdacht. Der Fund darf vor Gericht nicht verwendet werden, verstehen Sie?«

»Ja. Aber man braucht keine richterliche Anordnung, um eine Blutprobe zu nehmen.«

»Hängt davon ab, wie man das Beweismaterial bewertet. Die DNA ... Moment mal, soll das heißen, daß sie DNA-Proben bei dem New Yorker Fall haben?«

»Also ... ja, ich glaube schon. Ich meine, ich wußte, daß es sie in Jersey gab, und dachte ...«

»Von der Leiche am University Place wurde keine DNA entnommen«, stellte er kategorisch fest.

»Gar nichts? Wie kann das sein?«

»Sehen Sie, vielleicht kennen Sie nicht alle Fakten.« Er zählte die Punkte an den Fingern ab. »Erstens, die DNA, die sie in Jersey hatten, war eine *Gewebe*probe, verstehen Sie? Von Resten unter Fingernägeln – die Frau hat gekratzt, sie hat sich heftig gewehrt. Unter ihren Nägeln fanden sich Hautfetzen. Zweitens, die Frau in New York, die vom University Place. Ihre Fingernägel waren so sauber, als hätte sie sie gerade erst manikürt. Überhaupt nichts drunter. Drittens, es befand sich kein Sperma im Körper.«

»Wollen Sie damit sagen, man hat in den anderen Körper eine andere DNA gefunden?«

»Es gab drei Leichen«, sagte Fortunato, zählte sie auf, eins-zwei-drei. Seine Maniküre war perfekt. »Drei Morde. Und alle in New York. Und die Körperverletzung, die Sache in Jersey – das habe ich schon erklärt, stimmt's? Die Frau am University Place – kein Sperma – eine Übereinstimmung wurde nie festgestellt. Die beiden anderen – die beiden anderen Morde, meine ich – ebenfalls kein Sperma.«

»Sind Sie sicher, daß das stimmt? Überhaupt kein Sperma? Manchmal hat ein Mann kaum Sekret ...«

»Das weiß ich«, unterbrach er mich gereizt. »Kein Sperma, Punkt – das wurde festgestellt. Und für die anderen, die Leichen nach seiner Inhaftierung, gilt dasselbe.«

»Mal angenommen, er hat die beiden letzten Morde

nicht begangen – verdammt, das würde einen Sinn ergeben. Da hat er schon gesessen, richtig? Aber bei den ersten beiden besteht kein Zweifel.«

»Bei der einen«, korrigierte Fortunato. »Der, die überlebt hat. Da ist nichts zu machen, keine Frage. Aber die Frau am University Place, vielleicht ist er in ihrer Wohnung gewesen, vielleicht hat er sie mehrere Male gebumst – verdammt, das alles sagt er ja selbst –, aber es gibt keine echten, stichhaltigen Beweise, daß er sie auch umgebracht hat.«

»Klingt für mich wie eine von vornherein verlorene Sache«, sagte ich. »Was soll's? Ohne den Beweis, daß der Gerichtsmediziner das rote Band aus den anderen Leichen entfernt hat – und Sie müssen zugeben, daß das lächerlich klingt –, haben Sie gar nichts.«

Fortunato zuckte die Achseln, beobachtete mich. »Manchmal übernimmt man einen Fall aus Gefälligkeit. Selbst wenn's nicht besonders gut aussieht. Man weiß nie, was passieren wird …«

»Okay.« Es war, wie ich's mir gedacht hatte – wenn Fortunato einen Plan hatte, dann hatte der nichts mit der juristischen Seite zu tun.

Er langte hinter sich, wo unter den Fenstern ein Regal eingebaut war, holte einen kleinen, hölzernen Humidor hervor. Griff hinein, nahm eine lange, dunkle Zigarre heraus. »Stört es Sie?« fragte er.

Ich schüttelte den Kopf. Schüttelte ihn noch mal, als er den Humidor in meine Richtung drehte, mir eine anbot. Die Spitze der Zigarre kappte er mit einer kleinen, silbernen Guillotine, ließ das superflache Feuerzeug aufflammen. Machte eine Zeremonie daraus, rollte die Zigarre zwischen den Lippen, vergewisserte sich, daß sie auch richtig brannte. Schließlich war er zufrieden und lehnte sich zurück.

»Sie sind ein interessanter Mann«, sagte er. »Ich habe viel von Ihnen gehört.«

»Die Leute reden. Ich nicht.«

»Verstehe. Sie haben einen sehr guten Ruf … in gewissen Kreisen.«

»Und was wollen Sie damit sagen …?«

»Damit will ich sagen, daß dieser Job nichts mit irgendwelchen Familienangelegenheiten zu tun hat. Sie können mir folgen?«

»Klar.«

»Julio hat früher immer gut von Ihnen gesprochen.« Ich spürte seinen Blick durch den Zigarrenrauch.

»Früher?«

»Er ist tot«, sagte Fortunato. »Wußten Sie das nicht?«

»Woher sollte ich? Stand es in der Zeitung?«

»Nur eine Kurzmeldung. Alter Mann auf einer Bank am Wasser in der Nähe vom La Guardia. Beobachtet die landenden Maschinen, so sah es wenigstens aus. Nur daß sein Hals gebrochen war.«

Ich stieß einen kurzen, überraschten Grunzer aus, mit einem Fragezeichen am Ende.

»Für die Cops ist der Fall ungeklärt«, antwortete Fortunato. »Keine Festnahme.«

»Sie möchten, daß ich mich darum kümmere?« Ich verzog keine Miene.

»Nein, das ist schon okay«, erwiderte er. »Wir wissen, wer's war.«

»Dann erzählen Sie's mir, weil …?«

»Ich dachte, es würde Sie vielleicht interessieren. Ich weiß, daß Sie mit dem alten Mann mal sehr gut befreundet waren.«

»Im Knast, ja. Danach hab ich ihn nicht mehr oft gesehen.«

Er nickte, als ergebe das einen Sinn. »Ihr Vorstrafenregister … ist lang, aber es ist auch alt. Haben Sie schon mal daran gedacht, die Einschränkung Ihrer Bürgerrechte wieder aufheben zu lassen?«

»Was soll mir das bringen?«

»Ist so was wie eine Begnadigung ... ich meine, Ihr Vorstrafenregister haben Sie dann immer noch, aber Sie können Dinge tun, die Sie vorher nicht tun konnten.«

»Zum Beispiel?«

»Nun, Sie könnten wählen. Gewisse Unternehmen gründen ...«, sagte er, eine leise Andeutung eines Vorschlags in der Stimme.

Wollte er mir zu verstehen geben, daß er von meinem Anteil an Frankie wußte? »Wieviel kostet so was?« fragte ich, ließ mir kein wirkliches Interesse anmerken.

»Kommt ganz drauf an. Unterschiedliche Anwälte berechnen unterschiedliche Honorare. Das wissen Sie. Ich könnte das erledigen. Mit Garantie.«

»Wieviel?« fragte ich noch einmal.

»Ich könnte es als Gefälligkeit tun. Kostenlos.«

»Der Preis ist mir zu hoch.«

Wieder zog er an der Zigarre, blies einen perfekten Rauchring an die Decke. »Das Angebot steht«, sagte er. »Sagen Sie mir Bescheid, wenn Sie es sich anders überlegen. Jederzeit.«

»In Ordnung.«

Auf dem Rückweg ins Büro versuchte ich die Puzzleteile zusammenzufügen. Fortunato hatte praktisch in Worte gefaßt, daß er über meine Rolle bei Julios Tod Bescheid wußte. Drohte er mir, oder bot er einen Ausweg an?

Vor Fortunato hatte ich keine Angst. In seinem hübschen Büro war er stark und selbstsicher, aber er war nur ein Laufbursche – er zog nicht die Fäden. Ein Mafia-Anwalt kann für Geld in einen Mord verwickelt werden, ihn vielleicht sogar arrangieren, würde aber die Drecksarbeit niemals selbst tun. Solche Typen halten sich zwischen den Fronten, verbreitern das Terrain, drücken von innen.

Aber Julio ... das war lange her. Eine Familienstreitigkeit, die die Presse als Krieg der Mafia bezeichnet hatte. Eine Familie engagierte Wesley, und Wesley erledigte es, lieferte die Leichen, wie er es immer machte. Aber dann betrog Julios Truppe Wesley um sein Honorar, und Wesley fing an, sie auszuschalten, einen nach dem anderen. Julio, der alte Alligator, hatte nach Wesleys Kopf geschrien – hatte mir die Welt versprochen, wenn ich den Killer in eine Falle lockte. Aber es war dann Julio, der in die Falle ging ..., gestellt von einer rothaarigen Hexe namens Strega, die sich die Lippen leckte, als sie ihm beim Sterben zusah.

Was wollte Fortunato mir sagen? Wesley war ein Auftragskiller, der mit Schußwaffen tötete – der beste, den es je gab. Aber Julio war an gebrochenem Genick gestorben. Genau wie einer dieser Freaks im Bestiarium in der Bronx.

Ich ging zu meinem Wagen zurück und fuhr Richtung downtown. An der Chambers Street verließ ich den West Side Highway mit Ziel Brooklyn Bridge. Nahm die Auffahrt vor dem Brückenbogen. Es war gegen Ende der Rush-hour, aber die Brücke war verstopft. Ich schaute nach vorn, sah eins dieser orangefarbenen Schilder: LINKE SPUR ENDET IN 500 YARDS. Genau auf dieser Spur fuhr ich, und die mittlere ließ mir nicht viel Spiel, daher war es nicht so einfach, sich rechts einzuordnen. Mir war's egal – ich hatte es nicht eilig.

In manchen Städten haben die Leute tatsächlich die Kunst des Reißverschlußverfahrens drauf – einer von rechts, einer von links, bis es geschafft ist. So was wird hier nie passieren – wer auf der Spur ist, die sich einfädeln muß, der hofft nicht auf Höflichkeit, der hält Ausschau nach Schwäche.

Rechts neben mir tauchte ein alter schwarzer Buick auf, tuckerte sprotzend und stotternd dahin, am Steuer ein älterer Chassidim. Jeder schnitt ihn, drängte sich vor – er war so unaggressiv, daß er quasi zum Freiwild wurde. Unmittelbar bevor die linke Spur endete, trat ich kurz auf die Bremse, um ihn vorzulassen, schob mich dann schnell hinter ihn. Er tuckerte weiter, streckte den linken Arm aus dem Fenster, winkte ein Dankeschön. Es war ein gutes Gefühl. Ich mag solche Sachen. Wenn die Arschlöcher mich nur ließen, wär ich ein höflicher, respektvoller Mann, das schwör ich.

Dann hörte ich das wütende Plärren einer Hupe, warf einen kurzen Blick in den Rückspiegel. Eine weiße Nissan-Limousine war direkt hinter mir gewesen, wurde aber abgehängt, als ich den anderen Burschen vorließ.

Na und? Ich blieb eine Weile auf der mittleren Spur, sah dann meine Chance und rollte wieder nach rechts, ordnete mich für die Ausfahrt auf den BQE ein. Der weiße Nissan zog links neben mich, blieb parallel zu mir. Der Fahrer und die beiden auf dem Rücksitz waren schwarze Männer – auf dem Beifahrersitz saß eine schwarze Frau. Sie kurbelte ihr Fenster runter. Ich drückte auf den Knopf, um auch meines runtergleiten zu lassen.

Sie lehnte sich aus dem Fenster und schrie: »Du beschissener Judenbastard!« Im selben Augenblick beschleunigte der Nissan. Sie sah sich offenbar als Opfer eines weiteren zionistischen Komplotts.

Ich stellte mir vor, was für einen Spaß es machen würde, sie mit dem alten Cline-wie-Patsy in ein Zimmer zu sperren.

Nachdem ich alle erforderlichen Schleifen hinter mir hatte, fuhr ich auf den BQE Richtung Queens. Etwa auf Höhe der Ausfahrt Flushing Avenue bemerkte ich auf der linken Spur eine Blindschleiche am Steuer eines Cadillac. Der Mann fuhr langsam. Blockierte den Verkehr so, daß jeder auf der mittleren Spur überholen und dann wieder links rüber mußte. Niemand nahm es gelassen – manche zeigten ihm den Finger, andere schüttelten die Faust. Einer scherte so schnell wieder nach links, daß der Cadillac in die Eisen gehen mußte.

Ich schaltete auf Gelassenheit, wartete ab, überholte dann den Cadillac. Auf die linke Spur zurückgekehrt, drückte ich den Knopf für den Nachrichtensender, hörte mit einem Ohr zu. Die Nachrichten kamen in kurzen Schlagzeilen:

Im Süden hatte wieder ein fanatischer Abtreibungsgegner einen Arzt auf dem Weg in die Klinik niedergeschossen. Ein ähnlich Verrückter brachte irgendwo in New England zwei Krankenschwestern und eine Sekretärin um. Wie gut, daß es beim Kauf einer Handfeuerwaffe keine Wartezeit gibt – das macht es so viel leichter, impulsiv zu handeln.

Ein neunjähriges Mädchen schreibt einen Aufsatz für die Schule. »Daddy hat mich vergewaltigt«, lautet die Überschrift. Sie bekommt eine Eins dafür – nichts weiter. Monate später wird der Dreckskerl wegen einer anderen Sache verhaftet – wie sich herausstellt, hat er Aids. Irgendeine Organisation kündigt Protest an.

Wieder ist ein Kind in ein Kreuzfeuer geraten und umgekommen. Der einzige Unterschied zwischen manchen Vierteln dieser Stadt und Bosnien besteht darin, daß wir hier besser bewaffnet sind.

Der New Yorker Wetterbericht: kalt und grauenhaft.

Ich schaltete auf UKW um, wählte einen der Oldies-Sender. Sie spielten Musik aus den Siebzigern, so unmöglich das auch klingt.

Ich knallte das einzig sichere Heilmittel rein: eine Judy-Henske-Cassette. Die Braut hat genug vollen, dunklen Saft für einen Weinberg, aus jedem einzelnen Wort tropft ein Versprechen. Vor Jahren hatte ich mal vor, sie persönlich kennenzulernen. Es hat genauso geklappt wie die meisten meiner Projekte.

Nachdem wir über die Kosciusko Bridge waren, kroch der Verkehr wieder im Schneckentempo – die bescheuerte

Verwaltung stellte mal wieder irgendeinen Schwachsinn mit dem Highway an. Ich nahm den Long Island Expressway Richtung Osten, hatte es immer noch nicht eilig. Kurz vor den Elmhurst Tanks entdeckte ich auf der rechten Spur einen liegengebliebenen Lincoln Continental. Ich war nicht der erste, der ihn gesehen hatte – einer der geiernden Pick-ups, die auf der Suche nach defekten Autos über die Expressways der Stadt ziehen, war schon vor Ort. Ein Profiteam bei der Arbeit – ein Typ hatte einen hydraulischen Wagenheber unter den Hinterrädern, während sein Partner die Motorhaube knackte. Eine halbe Stunde, und sie würden einen verwundeten Wagen in eine Leiche verwandeln.

Ich nahm die Ausfahrt Woodhaven Boulevard und arbeitete mich auf den Forest Park vor. Fand eine ruhige Stelle. Hielt vor einer Telefonzelle am Straßenrand und tippte eine Nummer ein.

»Was?« kam die schroffe Begrüßung.

»Sie haben mich gesucht?« fragte ich.

»Identifizieren Sie sich«, forderte die Stimme.

»Baby Pete«, sagte ich.

»Mehr.«

»Ich hab ihn gefunden. Wo er Ihrer Meinung nach nicht sein konnte.«

Baby Pete. Big Peters Enkel. Entführt, als Geisel für Lösegeld. Big Peter schaltete keine Polizei ein. Bezahlte die geforderte Summe. Bekam den Jungen nie zurück. Danach setzte er sich mit mir in Verbindung. Ich fand das Kind. Im Keller von Big Peters zweitem Mann. Fand die Asche und ein paar Knochenreste – der Heizkessel hatte nicht gründlich gearbeitet. Der zweite Mann war ungeduldig, brauchte aber eine Kriegskasse, bevor er etwas unternahm. Big Peter ließ auch da die Polizei aus dem Spiel.

»Noch mal die Frage.«

»Sie suchen mich?«

»Wenn ich Sie finden wollte, dann würde ich«, sagte er leise. »Ich weiß, wie.«

»Ja. Dachte ich mir. Ich wollte nur sichergehen, daß Sie keine Probleme haben ...«

»Mit Ihnen?« unterbrach er.

»Ja. Merkwürdige Dinge passieren. Und heute hab ich einen Namen gehört ...«

»Welchen?«

»Julio.«

»Oh.« Ein paar Sekunden kam nichts mehr über die Leitung. Dann sagte er: »Treffen wir uns.«

»Wo?«

»Im Haus.«

»Wann?«

»Jetzt. Ich warte.«

»Zwanzig Minuten«, sagte ich und legte auf.

Es war ein schlichtes, zweigeschossiges Haus in Ozone Park. Nur der verstärkte Maschendrahtzaun paßte nicht ins Bild. Das Taxi setzte mich davor ab. Ich ging außen rum und klingelte.

Big Peter machte mir persönlich auf. Er war knapp über eins sechzig groß und wog vielleicht hundertzwanzig Pfund. Es gibt eine ganze Reihe Geschichten darüber, wie er zu seinem Namen gekommen ist – keine davon ist hübsch.

»Setzen Sie sich«, er deutete auf vier gepolsterte Stühle um einen Küchentisch.

Er nahm den Stuhl mir gegenüber, musterte mich, nickte. Sagte: »Und?«

»Ich hab da einen Fall«, erzählte ich. »Ein Bursche, der im Knast sitzt. Ein Sexualmörder. Da ist dieser Cop, der mich engagiert hat, um der Sache nachzugehen. Behauptet, der Mann sei unschuldig. Ich treffe mich mit dem Anwalt, den er für die Berufung genommen hat. Raymond

Fortunato. Dieser Fortunato, er fragt mich, ob er mir einen Gefallen tun kann. Ich sage nein. Also zahlt er mir das versprochene Geld ... für diesen Fall. Damit ich der Sache nachgehe, in Ordnung? Dann meint er, Julio hätte immer gut von mir gesprochen. Ich antwortete, ich hab ihn schon lange nicht mehr gesehen. Dann sagt Fortunato, Julio ist tot. Ich frage: Wann? Wie? ... so was. Er erzählt's mir, sagt, sie wissen, wer's getan hat. So wie er mich angesehen hat, wußte ich nicht, ob er blufft oder was. Also dachte ich, frage ich am besten Sie.«

»Sie haben keine Angst vor dem beschissenen Raymond Fortunato«, sagte Big Peter. Eine einfache Feststellung, keine Frage.

»Ich hab Angst vor Ihnen«, antwortete ich, genauso einfach.

»Ich würde Ihnen nie was tun. Würde nicht zulassen, daß Ihnen jemand was tut. Ich werd nie vergessen, was Sie für mich getan haben. Zu spät für meinen Enkel«, sagte er ruhig, einen Knöchel ans Auge gehoben, als erwarte er eine Träne. »Ich hätte gleich auf Sie hören sollen. Ich wollte Vertrauen haben ... das hat meinem Enkel das Leben gekostet.«

»Er war tot, sowie die ihn entführt haben. War ein kluger Junge, hätte sie doch sofort identifiziert.«

»Ja ...« Der alte Mann blieb einen Augenblick still. Verzieh sich selbst, spielte mir was vor ... schwer zu sagen. Schließlich blickte er auf. »Sie haben auch vor mir keine Angst«, stellte er fest. »Sonst wären Sie nicht gekommen. Es sei denn, Sie tragen eine Wanze.«

Ich stand auf, begann mein Hemd aufzuknöpfen.

»Setzen Sie sich, verdammt. Okay? Wollte Sie nur auf den Arm nehmen. Wenn Sie was von mir wollen, wenn ich irgendwas für Sie tun kann, dann fragen Sie.«

Ich blickte auf meine Zigarette, auf die lange Asche, sah, daß ich überhaupt noch nicht gezogen hatte. Drückte sie in dem Glasaschenbecher aus, fällte eine Entscheidung. Mein Herz schlug laut – ich beruhigte es, holte tief Luft und sprang. »Da ist ein Cop mit einem Fall zu mir gekommen. Eine Frau. Ich hab sie vor einiger Zeit kennengelernt, als ich an einer anderen Sache dran war. Sie hat mir nie erzählt, daß sie Cop ist – das hab ich zufällig rausgekriegt. Seitdem ruft sie dauernd an. Ich rufe nie zurück. Dann hat sie mehr Druck gemacht. Ist zu einem ... Ort gekommen, wo ich gelegentlich bin. Noch was ... Sie hat 'ne Nutte überredet, mir einen Job anzubieten. Auftragsmord. Ich hab abgelehnt, aber ... langsam bin ich mit meinem Latein am Ende.«

»Gehen Sie einfach aus dem Spiel«, riet er mir. »Wo liegt das Problem?«

»Da ist noch ein Cop.« Ich redete weiter, als hätte ich ihn nicht gehört. »Der sitzt mir schon lange im Nacken. Wir hatten ein paarmal miteinander zu tun – er mochte nicht, wie die Geschichten ausgingen. Jetzt glaubt er, ich hätte mit mehreren Morden zu tun – warum, weiß ich auch nicht. Er ist in der Nähe, beobachtet mich. Stellt sich raus, er ist einer der ermittelnden Beamten bei einem der Vergewaltigungsmorde, für die dieser Bursche – von dem der Lady-Cop behauptet, er sei unschuldig – im Knast sitzt. Das sind für meinen Geschmack zu viele Zufälle. Fortunato hat engste Verbindungen zum Mob, stimmt's? Julio lebt nicht mehr ... aber die Familie ist immer noch im Geschäft. Ich dachte, Sie könnten vielleicht ...«

»Was? Die Hunde zurückpfeifen?«

»Wenn es das ist, ja.«

»Das ist es nicht. Fortunato ist ein Wurm. Die Familie weiß vielleicht, wie Julio umgelegt wurde, ist aber nicht interessiert. Das müßten Sie eigentlich wissen. Warum sollte es sie kümmern? Wegen der Ehre?« fragte er spöttisch.

»Weiß nicht. Aber warum sollte ein Mob-Anwalt wie Fortunato so einen Fall übernehmen?«

»Ich würde keine große Sache daraus machen. Es geht

nur um das hier« – er rieb den Daumen an den ersten beiden Fingern der rechten Hand. »Heute gibt's eigentlich nur noch zwei Familien. Die eine handelt mit Drogen, die andere kümmert sich um Gewerkschaften, Glücksspiel, Geldverleih – den ganzen alten Kram. Fortunato ist ein Nichts – ein Dealer, kein Anwalt. Wenn die die Geschworenen nicht bestechen würden, wäre er ein Niemand. Und das weiß er, verstehen Sie? Hier geht es nur um Gier, weiter nichts. Aber wenn Sie wollen, kann ich jemand ein paar Takte mit ihm reden lassen ...«

»Ich weiß nicht ...«

»Werden Sie nicht komisch. Ich will Sie zu nichts überreden. Wenn Sie die Sache erledigt haben wollen, ist sie erledigt. Wenn nicht, dann nicht. *Capisce?*«

»Ja.«

»Und ...?«

»Tun Sie's«, sagte ich. »Und vielen Dank.«

Am nächsten Morgen rasierte ich mich besonders gründlich, bevor ich meine Anwaltsklamotten anzog. Wollte einen Blick in die Gerichtsakte werfen, die es über Piersall gab. Nicht die Strafakte – die würde Fortunato bereits für das Berufungsverfahren haben –, was ich wollte, lag drüben im Nachlaßgericht. Ein Blick auf dieses Treuhandvermögen.

Man ließ mich fast eine Dreiviertelstunde warten, bevor ich ins Büro vorgelassen wurde. Nicht ins Richterzimmer, sondern in das Büro seines Rechtssekretärs. Ein »Rechtssekretär« ist nicht das, wonach es klingt – die Leute sind alle selbst Anwälte, und sie erledigen auch keine Büroarbeiten wie Tippen oder Aktenablage. Was sie tun, hängt vom Richter ab, von dem, was der Richter will. Und sie bekommen ihre Jobs genauso wie die Richter – der richtige Mann tippt ihnen auf die Schulter, und die Sache ist geritzt. Ungefähr so, wie die Mafia wäre, wenn die Feds sie zwingen würde, das Antidiskriminierungsprogramm zu schlucken.

Dieser war ein magerer Bursche mit vorspringendem Adamsapfel und sehr kurz geschnittenem Haar. Er trug ein weißes Button-down-Hemd und schwarze Hosenträger, die Ärmel aufgekrempelt, als schufte er schon seit Stunden.

Klar.

»Ich heiße Rodriguez, Sir«, stellte ich mich vor. Er schaute ungeduldig hoch, gab mir nicht die Hand. »Es geht um einen Mandanten«, fuhr ich fort. »George Piersall. Wir brauchen Informationen zu Mr. Piersalls Treuhandvermögen ... Soweit ich weiß, hat er es geerbt. Ob es wohl möglich ist, einen Blick in die Akte zu werfen ...?«

»Sie sind Anwalt, Mr. ... äh ... Rodriguez?« fragte er unüberhörbar abfällig. Hätte ich mich als Anderson vorgestellt, hätte er nicht gefragt.

»Nein, Sir«, erwiderte ich. »Entschuldigen Sie bitte. Ich hätte mich deutlicher ausdrücken sollen. Ich bin Anwaltsgehilfe – ich arbeite für Raymond Fortunato.«

Der Gesichtsausdruck des Wiesels veränderte sich. Nur wenig, aber ich hatte darauf gewartet. Er war ein kleiner Arschkriecher – auf dem Weg nach oben – und wollte von denen, die in der politischen Hackordnung unter ihm standen, genauso behandelt werden. Allerdings würde er nie riskieren, jemanden von Fortunatos Kaliber vor den Kopf zu stoßen.

»Wenn Sie mich einen Moment entschuldigen würden?« fragte er. »Ich muß telefonieren.«

»Gewiß, Sir«, sagte ich und verließ den Raum. Nahm auf der polierten Holzbank auf dem Gang Platz, streichelte mit einer Hand den meinem Status angemessenen Aktenkoffer.

Keine fünf Minuten später steckte das Wiesel den Kopf aus seinem Bau, winkte mich wieder herein.

»Hier ist die Akte«, sagte er und gab mir drei dicke

Aktenordner, jede etwa fünfhundert Blatt stark. »Das ist eine Menge Material, ich weiß. Wenn Sie wollen, könnten Sie den leeren Raum am Ende des Ganges benutzen.«

»Sehr nett von Ihnen.«

Er führte mich zu dem Zimmer. Bis auf einen langen Holztisch und sechs passende Stühle war der Raum leer. Ich setzte mich an den Tisch, bedankte mich noch mal bei dem Wiesel, setzte eine Lesebrille auf und machte mich an die Arbeit.

»Geben Sie Bescheid, wenn Sie fertig sind«, sagte das Wiesel.

»Vielen Dank, Sir.«

Sobald er den Raum verlassen hatte, legte ich die Lesebrille weg. Ich brauche sie nicht – sie ist für jemanden mit starkem Astigmatismus. Ich würde sie zurücklassen ... zufällig. Das gleiche mach ich auch mit Streichholzheftchen – sollte das Wiesel jemals beweisen müssen, daß ich dort war, konnte er triumphierend die Lesebrille zücken ... und sie würde nicht passen.

Die Unterlagen waren weitgehend in juristischem Fachchinesisch geschrieben, leere Worthülsen, wie man sie bei Leuten erwartet, die stunden- oder pfundweise bezahlt werden. Schließlich kam ich zum eigentlichen Kern der Sache: Der Knabe, der das ganze Geld hinterlassen hatte, hieß Morton L. Capshaw, letzte bekannte Anschrift Park Avenue. Es gibt einen Schlüssel, um die Querstraßen jeder Avenue-Adresse in New York zu ermitteln – man nimmt die Hausnummer, streicht die letzte Zahl, dividiert durch zwei, addiert oder subtrahiert eine weitere Zahl, je nach Avenue. Für die Park Avenue ist es +34. Die Park Avenue verläuft von Gramercy bis Harlem. Ich rechnete – Capshaw wohnte in den Siebzigern ... Bonzenland.

Ich las weiter. Er starb im Sloan Kettering, dem Krebskrankenhaus. War dreiundsiebzig, als er den Löffel abgab. Das Treuhandvermögen war gewaltig – mehr als sieben Millionen und so organisiert, daß Piersall nur die

Zinsen bekam, nicht das eigentliche Kapital. Es folgte eine lange Namensliste. Ich zählte sieben Namen. Nachdem ich erst mal eine klare Linie hineingebracht hatte, war offensichtlich, was Capshaw getan hatte. Piersall erhielt auf Lebenszeit die Zinsen des Treuhandvermögens. Wenn er starb, war der nächste Name auf der Liste dran. Wenn alle gestorben waren, ging das Kapital an eine gewisse Adelnaws Foundation über. Ich las auch noch den Rest, fand aber nichts Interessantes mehr. Die Adelnaws Foundation war ein 501(c)(3)-Unternehmen – ein gemeinnütziges, nicht steuerpflichtiges Unternehmen. Der angegebene Firmenzweck war »sozialwissenschaftliche Forschung« – Sie wissen, was der Reverend den Cops auf die Frage antwortete, weshalb er in einem Bordell war.

Vermögensverwalter war eine renommierte Anwaltskanzlei mit einem ganzen Schwarm WASPs im Briefkopf. Sie sollten die Kapitalerträge »monatlich, vierteljährlich oder jährlich, nach Wunsch des Begünstigten« auszahlen und laut Anweisungen in »wohlüberlegte Anlagen« investieren, wobei »als Ziel die Erhaltung des Kapitals« zu beachten sei. Warentermingeschäfte und der Handel mit Optionen und Edelmetallen waren ausdrücklich als zulässige Anlagemöglichkeiten ausgeklammert.

Ich kehrte zu der Liste der Begünstigten zurück. Da war irgendwas ... Ja – keiner von ihnen hieß Capshaw. Das bedeutete also ... Natürlich – im letzten Aktenordner fand ich, wonach ich suchte – eine Anfechtung des Testaments. Capshaws Exfrau, eine Schwester und eine Cousine reichten Klage ein, fochten das Testament auf der Grundlage »unzulässiger Beeinflussung« und »Unzurechnungsfähigkeit bei Abfassung des Testaments« an. Soll heißen, jemand setzte den Alten unter Druck, bevor er starb, oder er war nicht bei Verstand, als er sein Testament verfaßte.

Aber die Erfolgsaussichten waren gleich Null. Die

meisten dieser Dinge werden außergerichtlich geregelt, diese jedoch war eine Niederlage. Die Verwandten bekamen Null-Komma-gar-nichts – sie wurden komplett ausgeschaltet, auch in der Berufung. Die als Treuhänder fungierende Anwaltskanzlei kam ein bißchen besser weg – ihre Rechnung belief sich auf 477504,25 Dollar, und das Nachlaßgericht sprach ihnen jeden Penny zu, zahlbar aus dem Kapital.

Ich ging die Liste der Begünstigten noch mal durch – nur die Namen, Geburtsdaten, Sozialversicherungsnummern – ganz normale Personendaten. Alle Begünstigten waren etwa gleich alt – zwischen dem Ältesten und dem Jüngsten lagen keine zehn Jahre Altersunterschied. Die Liste war das einzige in der gesamten Akte, das sich von den künstlich aufgeblasenen Füllseln unterschied, wie man sie sonst in jedem Dokument findet, das Anwälte in den Fingern hatten. Ich notierte sie auf meinem Block, kontrollierte noch einmal, ob mir ein Fehler unterlaufen war.

Auf dem Weg hinaus schaute ich kurz im Büro des Wiesels vorbei, um mich für seine freundliche Hilfe zu bedanken. Er saß nicht an seinem Schreibtisch.

Ich trug das Geld, das ich von Fortunato bekommen hatte, zu Mama. Als ich die Lafayette Street überquerte, schoß ein großes chinesisches Mädchen auf Rollerblades an mir vorbei; ihr langes, schwarzes Haar flatterte im Wind. Sie war ein Profi – hatte einen Rucksack umgeschnallt, eine Trillerpfeife an einer Kette um den Hals und schwarze Knieschützer für den Fall eines Sturzes. Zwei wie Geschäftsleute gekleidete Typen sahen sie ebenfalls. Der eine sagte zum anderen, das Mädchen hätte bestimmt noch eine andere Verwendung für die Knieschützer. Sein Kumpel lachte anerkennend. Der Typ, der die Bemerkung gemacht hatte, war bestimmt ein Fachmann –

wahrscheinlich gerade unterwegs, um das gleiche bei seinem Chef zu tun.

Sobald ich mal vergesse, wie sehr ich diesen Ort hasse, ist immer jemand so freundlich, mich daran zu erinnern.

Als ich Mama das Geld gab und sie ihren Anteil abzog, war sie nicht so zufrieden wie sonst. Wenn Mama beim Handhaben von Geld nicht lächelt, ist das eine eindeutige Sturmwarnung. Ich sah sie an, wartete auf den Schlag. Doch sie schlürfte nur schweigend ihre Suppe. Geduld ist eine meiner wenigen Tugenden, aber ich versuchte erst gar nicht, Mamas Geduld zu überbieten.

»Was ist los?«.

»Du mag die Frau?« beantwortete sie meine Frage mit einer eigenen.

»Welche Frau?«

»Mädchen mit Perücke. Cop-Lady.«

»Nein«, sagte ich. »Ich mag sie nicht.«

»Warum du dann arbeit für sie?«

»Wegen des Geldes.« Ich spielte die eine Karte aus, die Mama immer als Trumpf gelten ließ.

»Das Geld hier?« fragte Mama mit einem angewiderten Unterton und hob die Scheine, die ich ihr gerade gegeben hatte.

»Ja.«

»Nicht viel«, sagte Mama. »Du has Geld. Von ... noch von letzte Mal, ja? Ich weiß.« Allerdings wußte sie. Verdammt, sie verwahrte den größten Teil. »Balance«, fuhr sie fort und sah mir in die Augen. Sie hielt die Hände parallel zur Tischplatte, die Handflächen nach oben, hob erst die eine, dann die andere, ahmte eine Waage nach.

»Ja«, sagte ich. »Ich bin beeindruckt. Du zockst doch selbst ständig.« Ich dachte an ihre endlosen Fantan-Spiele und ihre Vorliebe zu Lotterien.

»Mit Geld spiel, sicher.« Sie zuckte die Achseln, um zu

zeigen, daß das nicht zählte. »Pferde, Karten, Würfel. Sogar einen Boxer kaufen, ja. Man verlier nur Geld. Immer krieg mehr Geld.«

Ich wußte, was sie meinte. Verdammt, jeder professionelle Dieb kennt die Chancen. Man wägt Risiko gegen Profit ab und versucht sein Glück. Ein Einbruch in einem Slum ist einfach – sehr unwahrscheinlich, daß die Cops auch nur vorbeikommen, geschweige denn Fingerabdrücke nehmen und all diesen Techno-Kram auffahren. Das einzige Problem ist, daß die Beute gering sein wird. Versuch die gleiche Nummer auf der Park Avenue, und sofort steigt die Wahrscheinlichkeit, daß du erwischt wirst – aber der Fang ist erheblich fetter, wenn man das Ding erfolgreich durchziehen kann. Und es geht nicht nur um die Beute, man behält auch die Strafe im Auge. Wer einen Lebensmittelladen überfällt, muß mit ein paar Jahren Knast rechnen. Wenn er das Glück hat, lebend rauszukommen – jeder Bodeguero, der etwas auf sich hält, hat eine Kanone unter der Theke. Wer aber eine Million aus der Erbmasse irgendeiner Witwe veruntreut, kommt höchstwahrscheinlich mit Bewährung und gemeinnütziger Arbeit davon.

Man muß sich auch die richtigen Opfer aussuchen. Wenn ich jemanden in der Grand Central Station überfallen wollte, würde ich mir einen Bettler vorknöpfen und keinen Mann im Anzug. Ich hab dort mal einen Bettler gefragt, ob er mir einen Fünfer wechseln kann; der hat ein Bündel rausgezogen, das dick genug war, um eine Boa constrictor zu ersticken. Von dem Anzugtypen würde ich wahrscheinlich nur die Karte für einen Geldautomaten kriegen.

»Du meinst, da müßte mehr Geld drinsein?« fragte ich unschuldig.

»Nicht genug Geld dafür«, sagte Mama mit ernster, unerbittlicher Stimme. »Diese Frau schlecht. Immaculata sag das auch.«

»Das ist ... was? Weibliche Intuition?« Ich lächelte sie an.

»Das is Wahrheit. Wenn man was nur macht, weil man Frau mag, dann is nicht klug.«

»Ich würde nie ...«

»Du mach auch schon früher«, unterbrach sie mich.

Daran brauchte mich Mama nicht zu erinnern. Das mit Belle schmerzte mich immer noch – was ihr zugestoßen war. Meine Schuld, alles nur meine Schuld. Mama hätte niemals ein so schweres Geschütz aufgefahren, sie hatte wirklich wegen irgendwas Angst.

»Mama. Ich mag dieses Mädchen nicht. Das ist die Wahrheit. Ich glaub, ich steck in der Klemme, und ich glaub, sie hat damit zu tun. Ich kann mich nicht vor ihr verstecken. Ich muß runter in den Tunnel und mich umschauen.«

»Max mitnehmen«, schlug sie vor.

»Vielleicht. Vielleicht später. Zuerst muß ich selbst sehen, okay?«

Mama nickte, stimmte widerwillig zu.

Als ich später anrief, sagte Mama, da wäre eine Nachricht von Belinda. »Diese Frau«, nannte Mama sie. Es war eigentlich keine Nachricht – nur eine Adresse im Village und eine Uhrzeit.

Die Adresse, die Belinda hinterlassen hatte, lag an der Van Dam, ein paar Blocks südlich der Houston, praktisch Ecke Sixth Avenue. Zehn Uhr, hatte sie gesagt. Ich ließ meinen Wagen an der Fifth, nördlich vom Washington Square Park, beschloß, den Rest des Weges zu Fuß zu gehen.

Als Kind bin ich oft hergekommen. Allein. Es gab immer irgendwas zu sehen: die Schachspieler an den steinernen Spielbrettern, Folksänger, die neue Sachen ausprobierten, hübsche Mädchen, die vorbeischlenderten –

harmloser, sicherer Kram. Ich war damals so jung, daß ich glaubte, die Sonne habe irgendwas damit zu tun – daß all das Schlechte nur nach Einbruch der Dunkelheit passierte.

Oder in Häusern.

Nicht mal ein Kind würde das heute noch glauben. Die Sonne brannte leuchtend gelb wie frische Butter vom Himmel, doch sie besänftigte den hemdlosen Mann nicht, der eine dicke Wintermütze mit flatternden Ohrenschützern trug und wütend mit einer inneren Stimme stritt. Und bei den Dealern und anderen lauernden Ganoven wirkte sie genausowenig. Sie beruhigte auch die nervösen Bürger nicht, die immer wieder über die Schulter schauten.

Ein offener, eitergelber Suzuki Samurai rollte langsam vorbei, ein Ghettoblaster auf Rädern, knallte seine hyperverstärkte Soundgewalt aggressiv den glücklosen Bürgern in einem Verbrannte-Erde-Angriff um die Ohren. Die neueste Häßlichkeit dieser Stadt – die rollende Schallattacke.

Ein langhaariger Weißer in Jeansjacke mit abgeschnittenen Ärmeln kam vorbei, schob einen metallenen Einkaufswagen vor sich her, wie man sie in Supermärkten bekommt. Obdachlose lieben diese Karren – sie packen alles mögliche hinein und schieben damit durch die Straßen. Die Karren sind aus Stahl, sie gehen nicht leicht kaputt und rosten nie. Außerdem sind sie teuer, und die Supermärkte verlieren sie nur äußerst ungern. Tatsächlich haben sie einen Vertrag mit einem Unternehmen, das eine Pauschale für jeden Karren bekommt, den es zurückerobert.

Der Spaziergänger war kein Obdachloser, er war ein Dieb. Es gibt da einen Burschen, der auf einem unbebauten Grundstück in der Nähe der Houston auf der East Side lebt – er kauft alle Einkaufswagen auf, die man ihm bringt.

In den Läden an der MacDougal, die überteuerten, wertlosen Schrott verscherbelten, liefen die Geschäfte nur schleppend; die Händler auf dem Bürgersteig hungerten sie praktisch aus. Es war die beste Zeit zum Bummeln, aber ich sah nicht viele Touristen. Ein Mann pißte an eine Hauswand. Eine Frau saß auf dem Bordstein, kratzte sich den Kopf, die Fingernägel mit den Trauerrändern den Läusen nicht gewachsen. Ein weiterer Ghettoblaster-Jeep rollte vorbei, voll mit jungen Männern in Gangsta-Klamotten von Markenherstellern. Selbst die ständig nach Nahrung suchenden Tauben wirkten noch degenerierter als gewöhnlich.

An einer Ecke blieb ich stehen, direkt hinter zwei Typen auf Fahrrädern. Fahrradkuriere, wie man an ihrer Ausrüstung erkennen konnte. Nicht an den Speedo-Hosen oder fingerlosen Handschuhen oder Trillerpfeifen an Kordeln um den Hals. Nicht mal an den Sturzhelmen – gepolsterte Lederstreifen, die sich eng an ihre Köpfe schmiegten. Nein, was sie verriet, waren die schweren Ketten unter ihren Sätteln, stets griffbereit. Einer hielt seine Kette in der Hand, redete eindringlich auf den anderen ein.

»Das Arschloch hat versucht, mir die Tür vor den Latz zu knallen, stell dir das vor! Ich hab mich flachgelegt, aber als ich hochkomme und aushole, beschließt der Pisser, sich zu verdrücken!«

Zur Feier der Radfahrerselbstverteidigung schlugen die beiden die flachgestreckten Hände gegeneinander, als ich sie umkurvte. Drei schwarze Jugendliche näherten sich, fächerartig über den Bürgersteig verteilt, versperrten mir den Weg. Einer trug ein T-Shirt mit der Aufschrift »Back The Fuck Up!«. Auf dem T-Shirt eines anderen ein Bild von Mike Tyson mit »I'll Be Back!« darunter. Das war wohl ein politisches Statement – Tyson wird verurteilt, ein junges Mädchen vergewaltigt zu haben, und urplötzlich ist er Emmett Till.

Ich machte ihnen Platz, trat auf die Straße, ignorierte das höhnische Zischen, das mir einer rüberschickte. Als ich so alt war wie sie, wäre ich nicht zur Seite gegangen. Damals war ich dumm, und ich bezahlte, was dumme Menschen eben bezahlen.

Der Bürgersteig war voll, aber ich hatte es nicht eilig. Ich ging in eine Bäckerei, kaufte mir ein französisches Brot, höhlte das Innere aus und warf es in einen überquellenden Mülleimer, kaute im Weitergehen die Kruste.

An der nächsten Ecke erzählte eine schick angezogene Frau einem großen Mann – ihrem Ehemann? Freund? – eine schreckliche Geschichte … Ich erkannte es an ihrer Haltung.

»Drüben im East Village erwartet man so was ja«, sagte sie und deutete auf einen heruntergekommenen grauhaarigen Mann, der mit heruntergelassener Hose in einem Hauseingang kauerte und in aller Seelenruhe schiß, während die Leute einen großen Bogen um ihn machten.

»Ich weiß«, sagte der große Mann mitfühlend. »Aber die andere …«

»Ich hasse sie«, fiel die Frau ihm ins Wort. »Die verdammten Obdachlosen. Ich kann nichts dafür. Ich hasse sie für das, was sie aus dieser Stadt gemacht haben. Man kann nicht mal mehr in Ruhe einen Geldautomaten benutzen – sie sind immer da, stehen mit ausgestreckten Händen herum wie ein Rudel schmieriger Portiers.«

Die Gefährlichen, deren Hände wirst du nie sehen, dachte ich. Mein professionelles Wissen mit der Frau zu teilen kam mir nicht in den Sinn – New York ist nicht der Ort dafür. Nachdem ich die Houston überquert und Little Italy betreten hatte, wurde es ruhiger. Ich fragte mich, wie lange das wohl noch so blieb – in dieser Stadt gibt es keine Grenze, die nicht überschritten wird.

Ich fand das Haus sofort. Das Schild an der Tür sagte: KLINGELN UND ZURÜCKTRETEN! Ich wußte, was das bedeutete, und war deshalb nicht überrascht, als ich sah, wie im ersten Stock ein Fenster geöffnet wurde und Belinda sich herauslehnte. »Fangen Sie!« rief sie und warf einen dicken Holzstock herunter, an dem mit einer Drahtschlaufe ein Schlüssel befestigt war.

Ich schloß die Tür auf und ging eine Metalltreppe hinauf in den ersten Stock. Belinda stand in der offenen Tür. Sie trug ein ausgebeultes T-Shirt, das ihr fast bis auf die Knie ging. Ihr Haar war heller, als ich es in Erinnerung hatte; rötliche Strähnen tanzten in den Sonnenstrahlen, die durch das Fenster hereinfielen. Als ich an ihr vorbei hineinging, legte sie ihre Lippen auf meine Wange, ein Schmetterlingskuß, so leicht, daß ich nicht sicher sein konnte, ob er überhaupt gelandet war.

Die Wohnung war komplett auf Zeitgeist getrimmt – der sich nach ausführlichem Rundblick als Retro entpuppte. Die Bude wimmelte von Reproduktionen alten Krempels – ein rot-weißer Cola-Automat, umgestellt auf Cola light, eine Wurlitzer, in der sich CDs statt 45er drehen, und ein Gemälde, bei dem ich Kopfschmerzen bekam. Ich ging hin, sah es mir näher an. Es war etwa doppelt so groß wie ein 20 × 25-Foto und auf dicke, weiße Pappe gemalt. Sollten wohl die Sieben Zwerge sein, soweit ich das erkennen konnte, hingeklatscht auf eine unbeholfene, amateurhafte Weise, alles in Primärfarben direkt aus der Tube. In der unteren rechten Ecke in kleinen Blockbuchstaben: POGO. Ich sah Belinda an.

»Ein Original«, sagte sie. »Bevor er nicht mehr so unterschreiben durfte.«

Ich nickte, behielt meine ausdruckslose Miene bei – es war nicht das erste Mal, daß ich bei moralischen Zwergen Serienkiller-Chic ausgestellt sah. Die Thrill-Killer haben eine rigide Hackordnung: wer sich als Berühmtheit qualifizieren will, wer will, daß ausgeflippte Jünger die Prozeßprotokolle auswendig lernen wie religiöse Schriften, wer erotische Post und Zahlungsanweisungen will, der muß nicht nur einen Haufen Leute abgeschlachtet haben, sondern noch ein paar Voraussetzungen erfüllen. Zunächst mal ist es ausgesprochen nützlich, zwei Vornamen zu haben, zum Beispiel Westley Alan Dowd oder Henry Lee Lucas. Dann braucht man möglichst viele Leichen – vorzugsweise in mehreren Bundesstaaten, damit man zu seinen Serienmorden auch noch Serienprozesse bekommt. Wer die Cops zu einigen vergrabenen Leichen führen kann, erobert noch mehr Fans. Aber das Allerwichtigste ist, was John Wayne Gacy fehlte – die eine geheime Zutat, die Ted Bundy zu einem Serienkiller mit hohem Status katapultierte, obwohl er keinen zweiten Vornamen besaß. Wer an der Spitze stehen will, muß Frauen umbringen, je jünger, desto besser. Opfer gefangenzuhalten ist ein weiteres Plus. Ebenso wie Folter. Aber alles zählt nicht, wenn man es nicht mit Frauen macht – Snuff-Filme mit männlichen Opfern werden niemals Kassenschlager.

Belinda breitete die Arme aus, wie ein Rancher, der zeigt, wieviel Land er besitzt. »Die Wohnung ist perfekt. Alle anderen Lofts stehen leer – der Besitzer hat die Mieter ausgezahlt. Er will das ganze Haus in Eigentumswohnungen umwandeln. Das hier ist die letzte.«

»Sehr nett.« Ich dachte immer noch über das Gacy-Gemälde nach.

Sie ging und ließ sich auf einem großen, weißen Plastikwürfel nieder – er mußte stabiler sein, als er aussah. Die einzige andere Sitzgelegenheit war ein lederner Regiestuhl, auf dessen Rückenlehne in kunstvoller Schreibschrift »Jon« stand. Ich setzte mich, machte es mir bequem, wartete.

Belinda beugte sich vor. »Haben Sie … irgendwas rausbekommen? Ich weiß, es ist noch ziemlich früh, aber …«

»Ja«, antwortete ich. »Allerdings. DNA.«

»So was ist nicht narrensicher«, kam so schnell, daß sie Bescheid gewußt haben mußte. »Die haben sie aber nur in dem Fall in Jersey, stimmt's? Und die Frau am University Place, George *kannte* sie, das sagte ich Ihnen ja. Ich meine, bevor es passierte. Außerdem war in ihr kein Sperma, wenn Sie sich erinnern. Nur dieses rote Band …«

»Dann war es also einfach Pech, oder? Er hatte ganz normal Sex mit ihr, und dann kommt irgend so ein Irrer angetrabt und legt sie um, bevor sie die Wohnung verlassen konnte?«

»Ich hab schon seltsamere Sachen erlebt«, erwiderte sie. »Einmal, als ich noch bei der Sitte war, da …«

»Ja. Okay, ich hab's kapiert – Menschen sind komisch, klar. Aber jetzt kommt der Teil, der mich aus dem Konzept bringt – die Frau am University Place, die beiden anderen Opfer, keine von ihnen hatte Sperma im Körper. Wie reimen Sie sich das zusammen?«

Belinda stand auf, ging in kleinen Kreisen auf und ab. Ich sah, daß sie barfuß war, ihre Füße winzig, zu klein für ihren Körper. Ich beobachtete sie, sagte nichts. Sie kam zu mir. Blieb stehen und machte eine »Komm-her«-Geste. Ich erhob mich. Sie legte den Finger an die Lippen, streckte eine Hand aus. Ich nahm sie, und Belinda zog mich sanft den Flur hinunter zu einem nach hinten liegenden Raum. Sah aus wie ein Schlafzimmer, allerdings nur, weil dort ein Bett stand – alles andere waren Aktenschränke und Fotografenausrüstung.

»Das ist nicht meine Wohnung«, flüsterte sie mir ins Ohr. »Aber Jon überläßt sie mir manchmal, wenn er beruflich unterwegs ist. Er ist ein Videofreak – ich glaube, er hat das Wohnzimmer verkabelt. Ich muß Ihnen was sagen, aber das bleibt unter uns, okay?«

Ich nickte, blieb aber stumm.

»Soll ich mich ausziehen?« fragte sie. »Damit Sie sicher sind, daß ich nicht …«

»Sie sind die einzige, die hier redet«, erinnerte ich sie.

»Sind Sie sicher, daß ich's nicht trotzdem soll?« fragte sie leise, mehr Versprechen in der Stimme als in den Augen.

»Ein anderes Mal«, sagte ich. »Wenn ich nicht arbeite.« *Und du auch nicht, Miststück,* dachte ich.

»Gemacht«, flüsterte sie.

Ich trat an ihr vorbei, hockte mich aufs Bett – eine andere Sitzgelegenheit gab es in dem kleinen Raum nicht. Belinda tigerte wieder auf und ab. Dann blieb sie stehen, beugte sich herab und flüsterte: »Sie müssen nichts sagen. Nicken Sie einfach für Ja, oder schütteln Sie den Kopf bei Nein, okay?«

Ich nickte.

»Sie haben sich die Autopsieberichte angesehen?«

Ich nickte.

»Und Sie haben gesehen ..., daß in keiner der Leichen Sperma gefunden wurde, richtig? Weder in der, wegen der George verurteilt wurde, noch in denen, die ermordet wurden, als er schon im Gefängnis war?«

Ich nickte.

»Was sagt Ihnen das?«

Ich zuckte die Achseln, spreizte die Hände in einer »Wer-weiß-das-schon?«-Geste.

»Der Mörder ... der wirkliche Mörder, ich glaube, daß er die Autopsieberichte ebenfalls gelesen hat. Die der Frau, die George gekannt hat. Ich glaube, er ... der Mörder ... hat es begriffen. Wenn er in den anderen Sperma zurückließ, würde man wissen, daß es nicht George war – der DNA-Test würde seine Unschuld beweisen. Meiner Meinung nach hat er ein Kondom benutzt.«

Ich machte eine »Na-und?«-Geste.

»Ich glaube, der Killer ist verrückt«, sagte sie. »Total verrückt. Und ich glaube, daß er die Frauen ermordet hat, die roten Bänder in sie gestopft hat ... und sie selbst wieder aus den Leichen entfernt hat ... später.«

»Wann?« fragte ich, der Spielchen müde.

»Wann? Was meinen Sie damit?«

»Ich meine, wann hat er es getan? Was ist da so schwer zu kapieren? Wann könnte er Gelegenheit dazu gehabt haben?«

»Denken Sie mal drüber nach«, sagte sie, hörte auf zu flüstern.

Tat ich. Und behielt es für mich, zwang mein Gesicht zur Ausdruckslosigkeit, während ich in Gedanken die Möglichkeiten durchspielte.

Und nur eine blieb übrig.

»Sie meinen, es ist ein ...«

»Cop«, beendete Belinda meinen Satz. »Ja. Und ich glaube, ich weiß, wer es ist.«

Ich sah sie nur an – über meine Lippen würde der Name nicht kommen. Aber ich wußte es ...

»Morales«, sagte sie. »Detective First Jorge Ortega Morales. Er hat die Frau am University Place umgebracht. Hat sie alle umgebracht.«

Ich diskutierte nicht mit ihr – wozu? Kaum hatte sie ihre Bombe fallenlassen, setzte sie sich auf einen niedrigen Aktenschrank, verschränkte die Arme, schüttelte sich kaum merklich. Ihren Gesichtsausdruck – den hatte ich schon mal gesehen. In England, kurz bevor ich nach Afrika und in einen dummen Krieg ging. Genau den gleichen Ausdruck hatte ich auf dem strengen Gesicht einer Frau gesehen, die sich Colleen nannte – eine Frau, die in Kaufhäusern Bomben legte. Nicht für die Revolution – das war nur ihre Ausrede –, sondern wegen des Nervenkitzels. Colleen wollte immer in der Nähe ihrer Arbeit sein – nahe genug, um sich im Fallout zu aalen.

Das war Belinda, so wie ich sie sah – sie spielte mit dem Feuer, stand nahe genug, um die Hitze zu spüren ... die einzige Hitze, die sie wirklich heiß machte.

»Was hab ich mit der ganzen Sache zu tun?« fragte ich. »Sie wissen doch alles, wozu brauchen Sie mich?«

»Verstehen Sie denn nicht?« Sie beugte sich vor, fixierte mich. »Hier geht's nicht um die Wahrheit. Wenn's nur darum ginge, dann wär's einfach – das Leben wär einfach. Meiner Meinung nach haben Sie kaum Alternativen. Morales will Sie. Das wissen Sie, und ich weiß es auch. Er ist kein Mann, der Ruhe geben wird. Das gibt ihm die Power – er ist verrückt. Komplett und total verrückt. Die meisten Cops respektieren das. Es ist sein Ruf. Über Funk wird Kollege in Not durchgegeben, Morales ist jedesmal der erste am Tatort. Und wenn man vor einer Tür steht – einer *Holz*tür –, und man weiß genau, dahinter lauert ein Gangster – ein Killer, der nichts zu verlieren hat –, einer von diesen durchgeknallten, jungen, Ist-mir-doch-egal-wenn-ich-dabei-draufgehe-Gangjungs, der seine Tec-9 wahrscheinlich mit Teflon-Geschossen geladen hat, damit einen nicht mal die kugelsichere Weste rettet, okay? Tja, Morales, der geht *rein*, darauf können Sie einen lassen. Er ist schon im Dienst angeschossen worden. Zweimal. Vor ein paar Jahren hat er eine Ladung in die Brust gekriegt, als er in Washington Heights einen Dealer festnehmen wollte. Und er hat den Schützen ausgeschaltet ... hat ihn einfach weggeputzt. Der Mann hat mehr Dienstaufsichtsbeschwerden als sonst wer – zumindest als jeder Detective –, aber ihm läßt es man's durchgehen, weil er ein hundertprozentiger Cop ist. Sie wissen, was ich meine?«

»Ja, ich weiß«, sagte ich. »Er hat ja vielleicht ein oder zwei Schrauben locker, aber nichts von dem, was Sie gesagt haben, macht ihn zu einem Sex-Psycho.«

»Da ist noch mehr«, fuhr sie fort. »Sie erinnern sich an McGowan, seinen alten Partner? Den Burschen, der die Zuhälter im Visier hatte?«

»Sicher.«

»Tja, dann will ich Ihnen mal was erzählen, das Sie

noch nicht wissen. McGowan hat sich letztes Jahr verabschiedet. In Pension. Das war der Preis.«

»Der Preis für was?«

»McGowan hat Zuhälter immer gehaßt – besonders die Luden, die Kinder auf den Strich schicken. Das wußten Sie. Jeder wußte es. Morales wußte es am besten von allen. Jedenfalls, McGowan hat ein kleines Mädchen zum Reden gebracht. Nicht nur mit ihm, sondern auch vor einer Grand Jury. Am Ende hatten sie genug Material in der Hand, um diesen Kerl namens Remington aus dem Verkehr zu ziehen. Schon mal von dem gehört?«

Ich schüttelte den Kopf – noch eine Lüge.

»Na gut, sie gehen also in dieses Hotel, wo Remington wohnt. Am Times Square. Niemand weiß genau, was passiert ist, aber Remington hat sich aus dem Staub gemacht. Er schaffte es über die Feuertreppe auf eine Gasse. Und da hat Morales dann geschossen. In den Kopf – er war tot, noch bevor er auf dem Boden lag. Morales hat ihm eine Kanone untergeschoben. Für so was hat er immer eine zweite Kanone dabei. McGowan hat alles gesehen – er stand praktisch daneben. Aber er würde nie gegen seinen Partner aussagen. Außerdem wollte er seine Pension nicht aufs Spiel setzen, nicht nach so vielen Jahren bei der Polizei. Also warf er das Handtuch und ging angeln.«

»Morales hat einem von den Bösen was untergejubelt, na und? Er war nicht der erste, und er wird auch nicht der letzte sein. Das macht ihn nicht zum …«

»Hör sich das einer an«, rief Belinda. »Wie lange kennen Sie McGowan? Zwölf Jahre? Zwanzig? Jedenfalls schon lange, stimmt's? Haben Sie je gehört, daß er einem Kriminellen falsche Beweise untergeschoben hat? Selbst einem lebenden? Nein. Nein, haben Sie nicht. Weil er's nie gemacht hat. Aber Morales, für den ist das ganz normal.«

Ich wußte, daß sie recht hatte. Hatte selbst mal gehört,

wie Morales einem Zuhälter gedroht hat, dem Zuhälter *gesagt hat*, was er tun würde, wenn der die Informationen nicht ausspuckt. Darauf war ich auch scharf, also sagte ich: »Ich verstehe immer noch nicht«, wollte zuhören, nicht selber reden.

»So wie ich es gehört habe, hatte Remington die Hände gehoben.« Belinda stand auf und reckte die Arme hoch genug, um mir zu zeigen, daß sie unter dem T-Shirt nichts anhatte. »Morales ging einfach hin und hat ihn abgeknallt. Kaltblütiger Mord. Damit brachte er McGowan in ein Dilemma. Der alte Mann hat das Richtige getan – aber Morales weiß, daß er seinen eigenen Partner gezwungen hat, den Abschied zu nehmen, und das macht ihn fertig. Er war schon immer bereit, die Grenze zu überschreiten – jetzt *lebt* er auf der anderen Seite.«

Genau wie ich, dachte ich und sagte: »Das ergibt doch alles keinen Sinn. Morales fährt voll auf Recht und Ordnung ab, stimmt – ich kann ihn mir gut vorstellen, wie er ein paar Abkürzungen nimmt, um einen Fall unter Dach und Fach zu bringen. Aber Sie behaupten, er hätte die Verbrechen begangen, ohne ...«

»Burke, ich sage Ihnen, der Mann ist völlig außer Kontrolle. Er ist gottverdammt durchgeknallt. Deshalb arbeitet er heute auch solo – kein Mensch will ihn als Partner. Und ich habe Beweise ...«

»Was für Beweise?«

»Nach diesem Mord ist er zu einem Seelenklempner gegangen. Einem von der Polizei. Man muß – das ist Vorschrift. Nennt sich Trauma – irgendwas –, die wollen sehen, ob man damit zurechtkommt. Der Mann hat einen Bericht geschrieben. Und ich habe eine Kopie davon.«

»Woher?«

Belinda leckte sich die Lippen – machte es ganz langsam, beobachtete mich unter gesenkten, langen Wimpern hervor. Undercover als Nutte zu arbeiten muß für sie ein Klacks gewesen sein.

»Dieser Bericht, da steht drin, daß er der Mörder ist?« fragte ich. »Wollen Sie das damit sagen?«

»Lesen Sie doch selbst.« Sie stand auf und ging zu einer blauen Sporttasche in der Ecke. Beugte sich aus der Taille vor, blieb einen zusätzlichen Herzschlag in dieser überflüssigen Haltung, ließ das T-Shirt hochrutschen, arbeitete immer noch undercover, fischte schließlich mehrere Blätter heraus. Richtete sich auf und kam zu mir, die Unterlagen in der Hand.

»Hier. Lassen Sie sich Zeit – ich habe noch eine Kopie.«

Ich stopfte die Papiere in meine Jacke, ohne einen Blick darauf zu werfen. »Ich will mit ihm reden«, sagte ich.

»Mit Morales?«

»Nein. Piersall. Ich will mit ihm reden.«

»Das läßt sich machen«, stimmte sie schnell zu. »Ich fahre runter, um ihn am ...«

»Sie, ich und ein Journalist, den ich kenne.«

»Ich weiß nicht. Ich ...«

»Hier gibt's kein ›Ich weiß nicht‹. Entweder rede ich mit ihm – auf meine Weise, so wie ich gesagt habe –, oder ich arbeite noch die vereinbarte Woche und behalte das Geld. Wenn Sie mehr wollen, müssen Sie auch mehr tun.«

»Lassen Sie mich drüber nachdenken«, sagte sie, jetzt ganz ruhig. »Können Sie mich anrufen, um –?«

»Sie wissen, wo Sie mich finden«, erwiderte ich. »Und *Sie* rufen an. Aber die Zeit läuft.«

Der psychiatrische Bericht. Rigider, obsessiver Zwangscharakter. Abergläubisch. Von Schuldkomplexen gequält. Nur Schwarz und Weiß, keine Grautöne. Unverheiratet. Keine nennenswerten Beziehungen zu Kollegen.

F: Was wäre, wenn Sie Ihren Job verlieren?
A: Ich würd meine beschissene Kanone fressen.

Von calvinistischer Strenge. Voller Zorn. Meint, seine Gefühle unter Kontrolle halten zu müssen, sonst würde er durchdrehen. Raucht nicht, trinkt nicht.

Ich rief Belinda zurück, stand an der Ecke der Van Dam, um zu sehen, ob sie unmittelbar danach aktiv wurde. Sie riß den Hörer beim ersten Klingeln von der Gabel.

»Hi«, war alles, was sie sagte. Als könne sie durch das Telefon sehen.

»Sie haben angerufen.«

»Es ist ... okay. Der Besuch, meine ich. So, wie Sie es wollen. Ich habe kein Auto. Normalerweise nehme ich mir einen Leihwagen, um hinzufahren, aber ...«

»Nicht nötig«, unterbrach ich. »Geben Sie mir einfach Ihre Adresse, und wir holen Sie ab.«

»Äh ... nein, das wird nicht gehen. Ich hab Doppelschicht. Und dienstags ist es für Besuche am besten – dann ist es nicht so voll. Kennen Sie das Null Eins? Am West Broadway, auf dieser Seite von ...«

»Ich weiß«, sagte ich. Noch nie hatte ich gehört, daß jemand das Erste Revier als Null Eins bezeichnete – diese Frau, immer einen Halbton daneben.

»Paßt es Ihnen morgens gegen zehn?« fragte sie. »Von dort ist es ein Katzensprung in den Tunnel, und wir können ...«

»Ich werde dort sein«, sagte ich, legte auf.

Ich wartete fast zwei Stunden – sie kam nicht raus.

Ich kann fahren«, schlug Hauser vor. »Wäre sowieso besser – ich habe eine Menge Kram, den ich brauche, und ...«

»Wir treffen uns Ecke West Fourth. Sie wissen, wo der Basketballplatz ist ...«

»Wann?« fragte er.

»Gegen Viertel vor zehn? Dienstagmorgen. Okay?«
»Ja. Haben Sie schon irgendwas rausgefunden?«
»Noch nicht«, log ich. »Bis dann.«

Doc überflog schnell den psychiatrischen Bericht, verschwendete keine Zeit damit, die Schwärzungen zu kommentieren, mit denen ich Morales' Namen gelöscht hatte. Er knipste eine Schreibtischlampe an und hielt den Bericht auf dem Schoß. Er schaute keinmal auf. Gelegentlich grunzte er, hakte mehrere Stellen auf dem Papier mit einem roten Marker ab. Ich blies Rauchringe an die Dekke, störte ihn nicht.

»Okay, Freund«, sagte er schließlich und schaute auf. »Was wollen Sie wissen?«

»Könnte dieser Bursche ein Sexualmörder sein?« fragte ich.

Doc rieb sich den Hinterkopf, sein Mund verzog sich zu einer Grimasse. »Die Frage ist ein bißchen zu komplex. Unterm Strich? Wenn die Psychiatrie menschliches Verhalten voraussagen könnte, würde der Bewährungsausschuß nicht so viele Fehler machen.«

»Kommen Sie«, bohrte ich nach. »Macht ihr Leute das nicht andauernd? Was ist die Standardbegründung, mit der jemand in die Geschlossene im Bellevue überwiesen wird? Gefährlich für sich selbst oder andere, stimmt's? Wie könnte das was anderes als eine Vermutung sein?«

»Sicher«, gab er zu. »Das ist die Standardbegründung. Aber für das, was Sie von mir wissen wollen, ist die viel zu allgemein. Wenn Sie nur fragen, ob dieser Bursche *gefährlich* ist, dann ist es ganz leicht. Ja. Verdammt ja! Der ist so angespannt wie eine Klaviersaite. Für ihn ist die Welt völlig klar – schwarz und weiß, nichts dazwischen. Gewalt ist Teil seiner Persönlichkeit. Sie ist nahezu seine einzige Form der Selbstdarstellung, so wie ein bildender Künstler malt oder ein Musiker spielt. Außerdem scheint er Informationen auf eine andere Weise zu verarbeiten.«

»Was meinen Sie damit?«

»Das Gehirn ist ein Computer. Daten kommen herein, sie werden analysiert – viel schneller als das«, er schnippte mit den Fingern, »Informationen gehen an den Körper, der Körper reagiert. Das alles bedeutet: die Daten verarbeiten. Dieser Bursche hier«, er deutete auf die Papiere auf seinem Schoß, »erhält die gleichen Daten wie jeder andere, aber er zieht andere Schlüsse.«

»Soll heißen, er ist verrückt?«

»Ganz und gar nicht«, widersprach Doc und beschloß wie gewöhnlich, mehr zu beantworten, als ich gefragt hatte. »Ein wie auch immer geartetes Trauma kann eine Änderung der Verarbeitungsmechanismen bewirken, besonders wenn es sich früh genug ereignet hat. Oder schwer genug war. Da gibt es an der Baylor University in Texas diesen Bruce Perry. Er fängt gerade erst an zu veröffentlichen, daher kann ich sein Material noch nicht umfassend beurteilen. Aber es sieht ganz so aus, als könne er tatsächlich ein früheres Trauma in gegenwärtigen Hirnpattern dokumentieren ... und noch dazu im Schlafzustand. Das würde jede Therapieform der Welt revolutionieren – Gehirnströme kennen keine kulturellen Unterschiede. Wenn er das beweisen kann – und nach allem, was ich bislang gesehen habe, möchte ich wetten, daß es ihm gelingt –, bekommt er den Nobelpreis, keine Frage.«

»Was dieser Perry also macht, ist das so was wie ein Lügendetektor?« fragte ich.

»Ich kann nicht ganz folgen, Freund.«

»Sagen wir, jemand ist ausgewachsen. Ein Erwachsener, okay? Der sich plötzlich erinnert, als Kind mißbraucht worden zu sein. Eine Art Flashback. So was kommt immer wieder vor. Und dann kommt die übliche Scheiße – wie will man so was beweisen? Welchen Beweis kann es für einen Inzest geben, der vor zwanzig Jahren passiert ist? Jetzt kommt dieser Perry. Es klingt doch so, als könnte er es beweisen.«

Wieder rieb sich Doc den Hinterkopf, dachte nach. Ich wartete. »Wissen Sie was, Burke? Sie könnten tatsächlich recht haben. Ich meine, das wäre nicht so einfach … Man könnte vielleicht beweisen, daß es in der Vergangenheit ein Trauma gegeben hat, aber nicht genau, was das war. Aber es ist ein Anfang, ganz bestimmt.«

»Okay, also ist dieser Perry ein verdammtes Genie – aber was hat das mit meinem Mann zu tun?«

»Wir wissen bereits manches.« Doc ignorierte meine klaren Fragen immer noch. »Selbst als Erwachsene sind mißbrauchte Kinder anders. Viele von ihnen *bleiben* auch anders. Hyperwachsam. Mißtrauisch. Die Gefängnisse sind voll von solchen Menschen, richtig?«

»Richtig«, wiederholte ich, begegnete seinem Blick, wußte, von wem er redete.

»Was aber nicht heißt, daß sie keine guten Bürger sein und kein normales Leben führen können. Ja, sie können sogar großartige Dinge tun. Es ist nur, daß sie immer … anders sein werden.«

»Wenn dieser Perry also meinen Mann an eine seiner Maschinen anschließen könnte, dann wüßte er, ob es in seiner Vergangenheit irgendein wichtiges, traumatisches Erlebnis gegeben hat?« fragte ich, steuerte Doc von dem Thema weg, das er wollte, und holte ihn zurück zu meinem.

»Sicher. Aber das würde Ihnen nicht unbedingt weiterhelfen. Dieser … Mensch hat in seinem Leben wahrscheinlich eine ganze Reihe von Traumata erlebt. Er ist ein harter Mann in einem harten Beruf. Das ist nicht wie Fernsehen. Die meisten Cops können nicht einfach an- und abschalten. Sie werden argwöhnisch. Aggressiv, ja sogar feindselig. Für sie ist das der beste Weg, im Beruf zu funktionieren. Manche können nicht einfach nach

Hause gehen, Dienstmarke und Kanone weglegen und sich in den freundlichen Allerweltskerl verwandeln. Der Job hat so viele eingebaute Streßfaktoren. In welchem Beruf findet man mehr gescheiterte Ehen, mehr Alkoholiker? Und dazu kommen die Versuchungen – es ist schwer, für ein mieses Gehalt zu arbeiten, wenn die Leute, die man verhaftet, Millionen scheffeln. Wenn man Cop ist, liegt immer leicht verdientes Geld in der Gegend herum. Und zu allem anderen kommt noch die Dienstaufsicht, die einem im Privatleben herumschnüffelt. Gefährlich? Freund, das sind die *meisten*.«

»Doc, ich weiß das wirklich zu schätzen. Aber ... okay, sagen Sie mir eins: Könnte mein Mann es tun?«

»Sexualmorde begehen? Ja. Ja, das könnte er. Sein Gefühl für Recht und Unrecht könnte so verdreht sein. Er raucht nicht, er trinkt nicht ... Ich frage mich, ob er Vulgärsprache benutzt ...«

»Jedes zweite Wort«, sagte ich.

Doc holte kurz Luft, redete weiter, als habe er mich nicht gehört. »Eine rigide, calvinistische Persönlichkeitsstruktur wie in seinem Fall könnte leicht Haß auf Frauen auslösen, die in seinen Augen unrein sind. Und wenn man das mit Impotenz kombiniert ...«

»Wie kommen Sie darauf, daß er ...«

»Das sage ich nicht. Nicht unbedingt. Aber es wird Ihnen aufgefallen sein, daß er offenbar keine feste Beziehung zu einer Frau hat. Er ist achtunddreißig Jahre alt. War nie verheiratet.«

»Viele Männer heiraten nie«, sagte ich.

Er warf mir einen Blick zu. Den ich ignorierte. »Ich sage Ihnen, was *nicht* paßt. Es gibt keine unumstößliche Regel, aber ein Serienkiller mit dieser Art Zorn auf Frauen sucht sich für gewöhnlich Opfer aus, die seinen Vorstellungen von ›schlechten‹ Frauen entsprechen, verstehen Sie? Die wahrscheinlichsten Opfer sind Stripperinnen, Oben-ohne-Tänzerinnen, Prostituierte ... zum Beispiel.

Und nach allem, was Sie sagen, war keines der Opfer aus dieser Branche.«

Schweigend rauchte ich noch eine Zigarette, ließ mir alles durch den Kopf gehen. »Doc«, sagte ich. »Was, wenn er schwul ist? Würde das es nicht erklären? Ich meine, wenn er schwul ist und sich nicht damit auseinandersetzen will – sich damit nicht auseinandersetzen kann? Würde dann alles passen, was in dem Bericht aufgezählt wird?«

»Hmmm«, grübelte Doc. »Könnte sein … besonders wenn er glaubt, daß Homosexualität moralisch falsch ist. Wenn er es heftig genug unterdrückt, würde ein derart extremes Macho-Verhalten herauskommen, wie dieser Bursche es an den Tag legt. Aber wenn solche Leute gewalttätig werden, dann in aller Regel gegen homosexuelle Männer. Trotzdem …«

»Danke, Doc«, sagte ich, stand auf, streckte die Hand aus.

Er gab mir den Bericht zurück. »Wenn ich mit ihm sprechen könnte – auch nur für ein paar Minuten –, vielleicht könnte ich …«

»Wir werden sehen«, log ich.

Der Basketballplatz Ecke West Fourth ist eines der großen Spielfelder der Stadt, fast vergleichbar mit dem Rucker Playground. Die Amateure auf den Spitzenplätzen sind nicht weniger professionell als jeder Spieler der NBA – was Streetball betrifft, vielleicht sogar besser. Beim Streetball geht es vor allen Dingen um Styling und Show. Auffallen ist alles, aber am Ende zählen immer noch die Punkte … und viel Geld wechselt den Besitzer.

Einige der großen Streetballer sind immer noch Legende – Helicopter, Connie, The Goat – und ihre Leistungen mit der Zeit gigantisch überhöht. Ich kenn einen Typen, der behauptet, er habe mal gesehen, wie The Goat über den Korb aufsteigt, mit der rechten Hand den Ball einlocht, ihn mit der linken wieder auffängt, als er unten am Netz rauskommt, und das Ding dann gleich noch mal mit derselben Hand in den Korb knallt, bevor seine Füße wieder den Boden berühren.

Streetball ist mehr als nur hart – wenn ein Foul angezeigt wird, ruft man auch gleich die Sanitäter. Einmal hab ich mir ein Football-Spiel im Kabel angesehen – nach australischen Regeln, verkündete der Ansager. Keiner der Spieler trug Helm oder Polster, aber sie stürzten sich aufeinander, als wären sie gepanzert. In der Bar stand auch ein Aussie, und wir kamen ins Gespräch. Er war in der Stadt, um mit irgendwem einen Deal abzuschließen – es war die Art Schuppen. Versuchte mir zu erklären, was auf dem Spielfeld los war, aber ich bekam nicht alles mit. Ich sah, wie ein Spieler einen Gegner mit einem Judogriff zu Boden warf und dann mit dem Kopf voran auf ihn sprang. Das Knacken der Rippen konnte man förmlich hören. »Was müssen die machen, damit ein Foul ausgerufen wird?« fragte ich den Aussie.

Er dachte einen Moment nach, war offensichtlich verdutzt. Dann sagte er: »Tja, wenn sie eine Waffe benutzen …«

An diesem Morgen tummelten sich Amateure auf dem Spielfeld, die fit bleiben wollten. Das Spiel war so müde, daß am Feldrand keine Wetten liefen. Ich lehnte mich mit dem Rücken gegen den Maschendrahtzaun, sah die Sixth Avenue hinunter, wartete auf Hauser. Hörte ein zweimaliges kurzes Hupen, schaute hinüber und sah die Seitenscheibe eines metallic-blauen Allrad-Ford-Explorers hinuntergleiten. Hausers Gesicht tauchte auf. Ich ging rüber, stieg auf der Beifahrerseite ein. Er gab Gas und fädelte sich rasant in den Verkehr ein.

»Eine sehr dezente Karre haben Sie da.«

»Ja!« erwiderte Hauser, faßte es als Kompliment auf. »Und die Jungs sind begeistert.«

»Die nächste rechts.« Ich beschrieb ihm den Weg zu der Stelle, wo Belinda auf uns wartete.

»Hören Sie mal«, forderte Hauser strahlend und drückte die Eject-Taste an seinem Radio. Eine Cassette wurde sichtbar, blieb aber im Schacht. Ich dachte, er schiebt eine neue ein, will, daß ich mir irgendeine schwachsinnige Musik anhöre, aber er rührte keinen Finger.

»Was soll denn jetzt passieren?« fragte ich.

Hauser grinste, drückte einen Knopf am Radio. Keine Musik. Er wartete ein paar Sekunden, dann drückte er einen anderen Knopf. »Was soll denn jetzt passieren?« kam es aus den Lautsprechern. In meiner Stimme.

»Die ganze Karre ist verkabelt«, sagte er. »Ich hab auch noch anderen Kram. Hinten sogar eine Minicam. Könnte stundenlang da hinten hocken. Hab draußen alles im Blick, aber kein Mensch kann reinsehen. Der perfekte Wagen für Observierungen.«

»Was ist, wenn jemand Radio hören will?« fragte ich.

»Solange die Cassette im Schacht steckt, funktioniert's. Ich kann die Bänder auch abspielen – muß sie nur reinschieben.«

»Hat bestimmt ein Vermögen gekostet.«

»Ach, es geht«, meinte er wegwerfend.

»Beachtlich.«

»Ist auch bei schlechtem Wetter ganz toll«, sagte er, immer noch nicht zufrieden.

»Ich wünschte, ich hätte auch so einen.« Das schien ihn zu beruhigen. Was gut war. Ich fand schnell heraus, daß Hauser nicht zu den Menschen gehörte, die gleichzeitig reden und fahren können – um ein Haar hätte er einen Fußgänger plattgemacht, nur weil er mit Quatschen beschäftigt war. Offenbar konnte er nicht reden, ohne dabei Blickkontakt herzustellen. Ich beschloß, auf der Fahrt nach Jersey hinten zu sitzen.

Belinda stand vor dem Polizeirevier. Sie trug Jeans, die sie in wadenhohe schwarze Stiefel gesteckt hatte, einen weißen Rollkragenpullover, und über der Schulter hing eine Jacke. Als wir hielten, stieg ich aus und hielt ihr die Beifahrertür auf. Sie stieg ein, und ich rutschte auf den Rücksitz.

»Belinda Roberts, J. P. Hauser«, stellte ich die beiden einander vor.

»Freut mich, Sie kennenzulernen«, sagte Belinda.

»Gleichfalls.« Hauser wandte sich ihr zu, streckte die Hand aus. Belinda wollte ihm gerade die Hand schütteln, da schnappte sie nach Luft, weil Hauser an der Kreuzung um ein Haar ein Taxi gerammt hätte.

»Nehmen Sie den Tunnel«, sagte ich zu Hauser. »Dann fahren wir auf dem Turnpike weiter Richtung Süden.«

Im Tunnel unterhielten sich Hauser und Belinda über das Gerichtspersonal: Richter, Protokollführer, Gerichtsdiener, stellvertretende Bezirksstaatsanwälte. »Moltino ist ein Oberarschloch«, meinte Hauser.

»Allerdings«, pflichtete Belinda bei.

Ich legte die Füße auf den breiten Rücksitz, lehnte mich zurück und schloß die Augen.

Meine Augen gingen wieder auf, als Hauser auf den Seitenstreifen fuhr. Irgendwo hinter uns spürte ich den Verkehrspolizisten. »Scheiße!« maulte Hauser. »Das hat mir gerade noch gefehlt – *noch* so ein verfluchtes Ticket.«

Aus den Augenwinkeln warf ich einen Blick über die Schulter. Ein Trooper wie aus dem Bilderbuch: groß, eckiges Kinn, der Mountie-Hut genau im richtigen Winkel schief. Er schlenderte zum Fahrerfenster – Hauser hatte es bereits geöffnet.

»Sir, Ihre Geschwindigkeit betrug …«

»Es ist meine Schuld, Officer«, mischte Belinda sich ein

und beugte sich über Hauser, verdrehte den Rücken so, daß sie dem Trooper in die Augen schauen konnte. Oder ihre Brüste zu zeigen, die den weißen Rollkragenpullover fast sprengten. »Ich bin im Dienst«, sagte sie. »Unterwegs zum Staatsgefängnis, um einen Zeugen zu vernehmen.« Sie zog ein dickes Lederetui aus der Jacke, reichte es hinaus.

Der Trooper klappte es auf, sah die Dienstmarke, fixierte Belinda mit scharfem Blick.

»Melden Sie's ruhig.« Sie schenkte ihm ein blendendes Lächeln. »Das ist nicht die Marke von meinem Freund, sondern meine. Ich hab nicht mal einen Freund.« In dem schmollenden Kleinmädchenton, den ich schon mal von ihr gehört hatte.

»Könnte ich bitte Ihren Führerschein und die Zulassung sehen, Sir?« sagte der Trooper zu Hauser.

Dann verschwand er mit den Papieren zu seinem Streifenwagen. Ein paar Minuten verstrichen. Er kam zurück. »Sir, Ihre Geschwindigkeit wurde mit siebzig Meilen die Stunde gemessen. Da Sie nicht vorbestraft sind, werden Sie jetzt nur eine Verwarnung erhalten. Bitte fahren Sie in Zukunft vorsichtiger.«

»Vielen Dank«, antwortete Hauser inbrünstig.

Der Trooper beugte sich in den Wagen, gab Belinda das Etui zurück. Richtete sich wieder auf, salutierte lässig und ging zu seinem Streifenwagen.

Als Hauser anfuhr, klappte Belinda das Etui auf. Eine weiße Visitenkarte fiel heraus. Sie verstaute die Karte in der anderen Jackentasche, stellte die Rückenlehne so weit zurück, daß sie fast lag, und sah zu mir hoch.

»Gute Arbeit«, sagte ich.

»Tja, normalerweise zeigt man einem Jersey-Cop seine Marke, und die Sache ist erledigt.« Sie lächelte. »Bei Verkehrsdelikten würden wir das gleiche für die tun.«

»Ich glaube nicht, daß die Marke das bewirkt hat.«

»Was könnte es denn sonst wohl gewesen sein?« Sie lächelte wieder und atmete tief durch.

Wir verließen den Turnpike an der Ausfahrt 8A. Von da aus lotste Belinda Hauser. Ich kannte einen schnelleren Weg, sagte aber nichts.

Strafanstalten stehen praktisch nie im Zentrum einer Stadt. Polizeigefängnisse vielleicht, aber Strafanstalten will man immer weit weg in der Pampa haben. Das Staatsgefängnis von Trenton ist aber so alt, daß es zuerst da war – man mußte die Stadt drumherum bauen. Wir fuhren von der Federal Street auf den Besucherparkplatz. Hauser schaute zu dem dunklen Monster hoch, das über uns aufragte: Mauern, im Laufe der Jahre zu einer einzigen amorphen Masse verschmolzen, ein schmutziger, grauschwarzer Block. »Wie aus einem Film«, sagte er. »Einem beschissenen Horrorfilm.«

Belinda trat als erste ans Fenster, beugte sich vor, um mit dem Wärter zu sprechen. Als sie auf uns deutete, gingen Hauser und ich ebenfalls hinüber. Wir zeigten unsere Ausweise – Hauser seinen Presseausweis, ich meinen gefälschten Anwaltsausweis: Juan Rodriguez, Abogado.

»Ich hab denen gesagt, Sie wären Georges Anwalt«, flüsterte Belinda. »Und J. P. würde über den Fall berichten. So bekommen wir eine Kontakt-Besuchserlaubnis.«

»Was ist das?« fragte Hauser.

»Wenn man kein Anwalt ist oder ein Cop oder so – nur Familienangehöriger oder ein Freund –, dann läuft der Besuch über Telefon ab. Kein richtiges Telefon, bloß ein Hörer, den man auf einer Seite der Trennscheibe abnimmt. Der, den Sie besuchen, tut das gleiche. Bei einem Kontaktbesuch kann man sich berühren – keine Barriere dazwischen.«

»Piersall. George Piersall«, krächzte der Lautsprecher.

»Das sind wir.« Belinda stand auf, um vorauszugehen.

Das Gebäude war in Kammern und Schleusen aufgeteilt, wie Schotten in einem U-Boot. Wir gingen durch eine Tür, diese schloß sich hinter uns, bevor die nächste geöffnet wurde. Der Wärter in der ersten Kammer überprüfte uns mit einem Handscanner. Er piepste bei Schlüsseln, dem Metallclip von Kugelschreibern ... bei allem. Hauser packte eines dieser riesigen Schweizer Offiziersmesser aus, diese roten Dinger mit genug Werkzeugen, um ein Haus zu bauen. Der Wärter schüttelte den Kopf und warf Hauser einen schrägen Blick zu. Hauser starrte ausdruckslos zurück, bis der Wärter den Blick senkte. »Das bekommen Sie wieder, wenn Sie gehen«, knurrte er.

Die nächste Kammer hatte einen Metalldetektor, durch den wir gehen mußten. Dann führte uns ein Wärter in das Besprechungszimmer. Der größte Teil des Raumes wurde von einem langen Tisch eingenommen, über dessen gesamte Länge eine niedrige, hölzerne Trennwand verlief: Besucher auf der einen Seite, Gefangene auf der anderen. Außerdem standen hier und da noch einige kleinere Tische, der Raum dazwischen war die einzige erlaubte Privatsphäre.

»Für Anwälte gibt es noch einen besseren Raum«, sagte Belinda. »Cops dürfen den auch benutzen. Aber ich wollte es nicht drauf ankommen lassen, ob sie uns drei dort hineinlassen.«

»Ist schon okay hier.« Ich inspizierte den Raum. Drüben in der Ecke kauerte vornübergebeugt ein muskulöser Schwarzer in einem blendend weißen T-Shirt und sprach mit einem anderen Schwarzen im Anzug. Der muskulöse Schwarze schaute auf. Sein Blick wanderte über mein Gesicht, als sei es eine leere Wand.

»He!« Die tiefe Stimme eines Mannes, der jemanden begrüßte. Piersall, der Belinda entdeckt hatte. Er kam so langsam herüber, daß er fast stolzierte, ein blonder Mann mit gepflegtem Haarschnitt. Seine Augen waren spülwasserblau, standen dicht beieinander, die Nase beinahe zu klein für dieses Gesicht. Er lächelte uns alle an – seine Zähne waren entweder überkront oder schon ab Fabrik perfekt. Ich schätzte ihn auf ungefähr eins dreiundachtzig, vielleicht eins fünfundachtzig. Etwa vierundachtzig

Kilo, das meiste davon im Oberkörper. Ein gutaussehender, selbstsicherer Mann – ich konnte mir durchaus vorstellen, daß eine Frau lange vor der Polizeistunde mit ihm die Bar verließ.

Er setzte sich, zog ein Päckchen Kippen aus der Brusttasche seines kurzärmeligen, grünen Gefängnishemdes. Legte das Zigarettenpäckchen auf den Tisch, drehte sich zu Hauser und gab ihm die Hand.

»Ich bin George Piersall. Sie sind der Reporter, oder?«

»J. P. Hauser«, bestätigte Hauser und schüttelte ihm die Hand.

»Und Sie?« fragte Piersall, richtete den Blick auf mich. »Sie arbeiten für Fortunato?«

»Juan Rodriguez«, sagte ich. »Zu Ihren Diensten.«

»Wo sollen wir anfangen?« fragte Piersall.

»Sie fechten die Verurteilung hier in Jersey nicht an?« Hauser kam sofort zur Sache.

»Nein. Ich meine, es war absolut nicht so, wie die Anklage behauptet, aber das Angebot des Staatsanwalts war so gut, da konnte ich einfach nicht nein sagen. Dieser Fall ist mir egal – das sitz ich auf einer Arschbacke ab. Die Sache ist nur, die Haftverlängerung ist schon beschlossene Sache. Statt auf Bewährung rauszukommen, werden die mich in einen Transporter stecken und in den nächsten Knast karren.«

»Die Frau in New York?« fragte Hauser. »Die vom University Place? Sie sagten doch, Sie ...«

»Doris«, unterbrach Piersall. »Sie hieß Doris.«

»Okay, Doris«, wiederholte Hauser. »Sie sagten, Sie ... kannten sie. Bevor es ... passiert ist?«

»Ja. Ich meine, wir waren keine Freunde oder so. Ich hab sie in einer Bar kennengelernt. Wir sind ins Gespräch gekommen. Und dann sind wir in ihre Wohnung. Danach hab ich sie ein paarmal angerufen oder sie mich. Wenn wir beide nichts anderes vorhatten, haben wir uns getroffen. Keine große Sache ... Aber ich mochte sie, verstehen

Sie, was ich meine? Sie war ein nettes Kind – kein Grund, warum jemand grob mit ihr umspringen sollte.«

»Ist das Ihrer Meinung nach passiert?« fragte ich ihn, beugte mich vor, um ihm in die Augen zu sehen. »Jemand hat es zu grob getrieben?«

»Könnte sein«, sagte Piersall ruhig, wich meinem Blick nicht aus. »Sie mochte es gern ein bißchen härter. Aber schon noch innerhalb der normalen Grenzen, verstehen Sie ...«

»Werden Sie etwas deutlicher«, sagte ich.

»Also, nur so kleine Spielchen. Ein Schlag ins Gesicht, sie bei den Schultern packen, ihre Hände runterdrücken, während wir es getrieben haben. Das war alles.«

»Hat Sie jemand gehen sehen ... an dem Abend, als sie umgebracht wurde?« fragte Hauser.

»Ja. Das bestreite ich ja auch gar nicht. Aber sogar im Autopsiebericht steht, daß es jederzeit passiert sein kann – von kurz bevor ich ging bis fast vierundzwanzig Stunden später.«

»Ist es möglich, daß sie verheiratet war? Oder einen eifersüchtigen Freund hatte?« fragte ich.

»Wer weiß?« Er zuckte die Achseln. »So ein Mädchen, das Typen in Bars abschleppt – war wahrscheinlich sowieso nur eine Frage der Zeit.«

»Sie vermuten also, daß sie es nicht anders gewollt hat?« warf Hauser ein, einen kaum merklichen Unterton in der Stimme.

Piersall bemerkte den Unterton. Erkannte ihn und schlug ihn mit einer geschmeidigen Bewegung zurück übers Netz. »Nicht ... das«, sagte er, »Gott bewahre«, zog den Kopf leicht ein, wie ein Mann, der versucht, Haltung zu bewahren. »Ich meine, sie hat den Ärger ja förmlich gesucht, okay? Damit meine ich nicht, daß sie ermordet werden wollte. Nur, daß sie gewisse Risiken eingegangen ist, verstehen Sie?«

»Das läuft darauf hinaus«, sagte ich, »daß Sie es nicht

getan haben. Das hilft uns nicht weiter. Haben Sie sonst noch was?«

»Nein.« Piersalls Gesicht blieb offen und ehrlich. »Ich wünschte, ich hätte. Uns bleibt nur eins: Wir müssen den Burschen finden, der's getan *hat* – das ist meine einzige Hoffnung.«

»Wir werden ihn finden, George«, sagte Belinda mit ruhiger und überzeugter Stimme.

»Ich weiß, Baby.« Piersall griff nach ihrer Hand und drückte sie kurz. Er lehnte sich zurück, steckte sich endlich die Zigarette an, die er seit Beginn unseres Gespräches in der Hand gehalten hatte.

»Hier ist es mir zu eng«, sagte ich und stand auf. »Wenn wir drei Sie gleichzeitig mit Fragen bombardieren, kommen wir nicht weiter.«

»Ich kann …«, setzte Belinda an.

»Nein, ist schon okay. Sie und J. P. gehen alles durch. Ich geh 'ne Weile raus. Muß mir sowieso noch ein paar Unterlagen ansehen.«

»Freut mich, Sie kennengelernt zu haben.« Piersall stand auf, gab mir die Hand.

»Gleichfalls«, sagte ich.

Kamau Rhodes«, bellte es aus dem Lautsprecher.« Ich ging zu dem Nebenraum mit der Aufschrift BESUCHER.

»Haben wohl mehr als einen Mandanten hier, was, Herr Anwalt?« kommentierte ein fetter Wärter.

»Man schlägt sich so durch«, sagte ich.

Ich betrat einen langen, schmalen Raum, setzte mich auf einen runden, am Boden verschraubten Hocker und starrte die trübe Plexiglasscheibe an, deren Oberfläche von Generationen von Handabdrücken hoffnungslos verschmiert war – die einzige Möglichkeit, in diesem Raum Hallo und Lebewohl zu sagen, Hände, die sich durch die

Barriere berührten. Ich griff nach dem Hörer auf meiner Seite der Scheibe. Mir gegenüber saß der muskulöse Schwarze, der auch im Kontaktbesuchsraum gewesen war. Wir starrten uns einen langen Augenblick an.

»Dragon«, sagte ich.

»Burke«, antwortete er.

Eine Minute verstrich.

»Ich hab dein Kassiber gekriegt«, sagte er schließlich. »War er das?«

»Ja. Was erzählt man sich?«

»Er sitzt in SH«, sagte der Schwarze. »Seit fast einer Woche.«

»Ist er ein Schläger?«

»Nein.«

»Hat er Leute verpfiffen?«

»Nein. So war's nicht. Er ist auch kein Schlappschwanz – es war nicht freiwillig.«

»Erzähl.«

»Jemand hat versucht, ihn umzulegen. Mit 'nem Hammer, und zur Sicherheit noch mit 'nem angeschärften Schraubenzieher. Hat verdammt Schwein gehabt – vier Cops kamen gerade den Gang runtergewalzt – routinemäßige Überraschungsrazzia –, haben gesehen, wie's passiert ist. Dein Mann hat nur 'ne saftige Beule abbekommen.«

»Haben sie irgendwen dafür drangekriegt?«

»Nein. Das waren Profis – Kapuzen und Handschuhe, lange Ärmel. Ein halbes Dutzend andere Typen haben sich zwischen sie und die Cops geschoben – die sind sauber entwischt.«

»Und warum ist Piersall weggeschlossen worden? Hatte es was mit seiner Hautfarbe zu tun?«

»Nein. Und es ging auch nicht um Schulden oder Respektlosigkeit – das war ein eiskalter, bezahlter Hit. Die RB soll dahinterstecken.«

RB. Die Real Brotherhood. Eine Gang weißer Krieger

mit Filialen in Hochsicherheitsgefängnissen überall im Land. Wie bei den Gangs der Schwarzen und Latinos bekam man durch seine Rasse bloß den Fuß in die Tür – drin blieb nur, wer was leistete. Manche von denen würden einen niederstechen, weil man den falschen Teil des Hofs betreten hatte, aber die meisten waren Geschäftsleute – sie griffen nur dann zum Mord, wenn es um was Wichtiges ging. Wie die Konzession, im Knast Drogen zu verkaufen, oder beim Glücksspiel abzuzocken. Außerdem kümmerten sie sich um das Eintreiben von Schulden und erledigten Auftragsmorde – im Knast ist das Ergebnis oft dasselbe.

Die RB ist klein und muß sehr hart auftreten, um sich Respekt zu verschaffen. Einen Menschen umzubringen dauert nur ein paar Sekunden, aber ein Ruf hält ewig. Wenn sie Geld bekommen hatten, um Piersall zu beseitigen, würden sie die Sache auch durchziehen, egal, wie lange es dauerte.

Ich kannte sie. Zumindest ein paar von ihnen. Falls die Gefängnisverwaltung es genauso sah, wie Kamau mir erzählte, dann würde Piersall bis zur Entlassung in Einzelhaft bleiben.

»Sonst noch was?« fragte ich.

»Er ist nicht besonders gesellig. Hält sich wohl für was Besseres. Spielt nicht den großen Macker, gibt aber auch nicht klein bei. Ist sowieso nicht lange hier, nach allem, was ich höre.«

»Stimmt«, sagte ich. »Aber ihn erwartet lebenslänglich in einem anderen Knast.«

»Oh. Das läßt er sich aber nicht anmerken. Hält sich zurück – als wollte er sich seine Entlassung nicht versauen.«

»Okay. Und du bist sicher, daß er sich nicht mit der RB angelegt hat?«

»Todsicher. Wenn das passiert, sorgen die dafür, daß alle Blocks Bescheid wissen … dann ist es so was wie 'ne

Botschaft, wenn sie ihn ausschalten. So war's diesmal aber nicht. Er schlenderte einfach durch den Block, als sie über ihn herfielen.«

»Er hat Geld«, sagte ich. »Kann man sich denn nicht mehr …?«

»Nicht vor der RB. Hier im Knast gibt's nicht genug Geld, um einen Mann zu beschützen, der auf ihrer Abschußliste steht. Bringt nichts – sie würden es nie vergessen. Dein Mann muß bis zum Termin vor dem Bewährungsausschuß in Einzelhaft bleiben. Wenn die RB ihn umlegen will, kann er sowieso nicht mehr auf den Hof. Aber seine Chancen stehn nicht besonders gut, nicht mal in SH. Du weißt, wie's läuft.«

Ich wußte es. »Schutzhaft« ist ein Witz – eine kleine Plastikflasche mit Reinigungsmittel, ein Streichholz … und kein Mensch hört die Schreie. Außerdem mußte er essen. Und man ließ sie täglich eine Stunde raus zum Hofgang. Alle auf einmal.

»Danke. Kann ich irgendwas für dich tun?«

»Sag dem Prof, ich laß ihn grüßen«, sagte der Schwarze.

Wieder draußen im Wartezimmer zahlte ich hundert Dollar auf das Gefängniskonto von Dragon ein. Der Wärter sah mich schräg an. Ich antwortete mit dem gleichen Blick – alles andere hätte ihn mißtrauisch gemacht.

Ein paar Minuten später kam Hauser raus. Er entdeckte mich, setzte sich zu mir auf die Bank.

»Ich glaube …«

»Wie sind Sie an die Pressenummernschilder für Ihr Auto gekommen?« unterbrach ich ihn, wollte nicht, daß er hier redete. »Ich dachte, freiberufliche Journalisten kriegen die nicht.«

»Ich bin Reporter, genau wie die anderen«, antwortete Hauser. »Die Regeln sind eine himmelschreiende Ungerechtigkeit. Ich mußte ein paarmal Einspruch einlegen, aber am Ende haben sie das Handtuch geschmissen.«

»Weiter so«, sagte ich.

Er suchte in meinem Gesicht nach einem Anzeichen von Sarkasmus, fand aber nichts. Sagte leise »Ja!«, war immer noch wütend bei dem Gedanken an die Schlacht.

Etwa eine halbe Stunde später kam Belinda raus, sie sah angespannt und entschlossen aus. Unsere Blicke begegneten sich. Sie kam zu uns. Gemeinsam gingen wir hinaus.

Jeder hing stumm seinen Gedanken nach, bis wir wieder auf dem Turnpike waren. Belinda öffnete ihren Sicherheitsgurt und drehte sich zur Seite. »Haben Sie verstanden, was George gesagt hat?« fragte sie, richtete die Frage an Hauser, drehte sich gerade weit genug, um mich in die Antwort einzubeziehen.

»Über was?« erwiderte Hauser.

»Über Serienkiller. Wie George sagte, die eine Sache, für die man dort reichlich Zeit hat, ist Lesen.«

»Ich habe das Zeug auch gelesen«, sagte Hauser. »Es klingt wie ein bunter Haufen von Vermutungen.«

»Aber was ist mit der Stelle … an der er sagte, der Mörder würde es wieder tun müssen?«

»Selbst wenn, was soll uns das bringen?« fragte Hauser. »Sie sagen doch selbst, die Polizei wüßte bereits, daß da draußen ein Irrer rumläuft. Und Piersall wird mit keinem dieser Verbrechen in Verbindung gebracht.«

»Das ist es ja gerade! Sie wissen, wenn die deswegen Anklage gegen ihn erheben, sehen sie am Ende ziemlich dumm aus. Welches bessere Alibi könnte ein Mann haben, als zur Tatzeit im Gefängnis zu sitzen?«

»Und ein Nachahmungstäter war es auch nicht«, meinte Hauser. »In den Zeitungen stand nichts von diesem ›Erkennungszeichen‹. Kein Wort.«

»Aber Sie wissen davon. Und wenn Sie es bringen, kommt die Sache ins Rollen.«

»Ich weiß gar nichts. Verstehen Sie mich nicht falsch – ich behaupte nicht, daß es nicht so war. Aber ich kann kein Gerücht drucken – so was können nur Typen mit einer eigenen Kolumne. Oder die, die sich von freundlichen Cops irgendeinen Stuß erzählen lassen. Ich werd mich ein bißchen umhören. Mal sehen, ob ich jemand finde, der Ihre Informationen bestätigt.«

»Aber Sie bleiben an der Sache dran …?«

»Bis zum bitteren Ende«, versprach Hauser.

»Was ist mit Ihnen?« fragte Belinda, sah mich an.

»Bis Ende der Woche«, sagte ich. »Wie vereinbart.«

Belinda wollte am Gericht an der Centre Street abgesetzt werden. Wir erfüllten ihr den Wunsch, fuhren dann weiter uptown.

»Irgendwas ist total falsch«, sagte Hauser plötzlich.

»Fahren Sie irgendwo rechts ran.« Ich sah, wie angespannt er war, und wollte nicht länger warten, um es zu hören.

Hauser fand eine Parklücke direkt hinter der Canal. Parkte den Van gekonnt ein. So eine riesige Karre richtig einzuparken ist keine Kleinigkeit – wahrscheinlich konnte er ganz gut fahren, wenn er gerade nicht redete.

Ich ließ meine Seitenscheibe runter und steckte mir eine Kippe an. »Schießen Sie los.«

»Ich glaube, sie hat was mit ihm«, sagte Hauser. »Ihr geht's um was Persönliches.«

»Weil …?«

»Zuerst nur kleine Dinge. Wie sie ihn angesehen hat, Sachen, die sie gesagt haben … als hätten sie eine Art Geheimsprache. Und am Schluß wollte sie mit ihm allein sein.«

»Und?«

»Also bin ich sitzengeblieben. Sie sind in das Besprechungszimmer gegangen – den Raum, von dem sie uns erzählt hat, für die Anwälte.«

»Und …?«

»Ich bin dann mit einem der Wärter ins Gespräch gekommen. Über dieses Porträt von Strafvollzugsbeamten, das ich fürs People Magazine schreiben will.«

»Schöner Auftrag«, sagte ich.

»Ja.« Hauser lächelte. »Ich wünschte, ich hätte ihn. Jedenfalls, ich konnte einen Blick ins Besprechungszimmer werfen. Die zwei waren allein … und sind ziemlich scharf und heftig zur Sache gegangen.«

»Scharf und heftig – das kann je nach Standpunkt des Betrachters Verschiedenes bedeuten. Vielleicht haben sie sich nur einen Abschiedskuß gegeben.«

»Geküßt haben sie sich, das stimmt. Und ihre Hand war in seiner Hose. Irgendwer hat den Wärter geschmiert … Wenigstens hat's so ausgesehen. Der Mann, der mich hat gucken lassen – der hat genau gewußt, was ich sehen würde.«

»Da gibt's zwei Möglichkeiten. Vielleicht hat's als Job angefangen, und irgendwann war sie angeturnt. Serienkiller bringen manchen Frauen auf Touren. Die meisten dieser Freaks bekommen mehr Fanpost als Rockstars. Ted Bundy hat noch in der Todeszelle geheiratet. Selbst dieser Dreckskerl, der in Washington State Kinder zu Tode gefoltert hat, sogar der hat Frauen heiß gemacht. Man erlebt's immer wieder – Gefängnisgitter machen manche Leute scharf. Cops verknallen sich in einen Verdächtigen, Wärter riskieren ihre Jobs für einen Gefangenen. So was passiert.«

»Und die andere Möglichkeit?« fragte Hauser.

»Sie kannte ihn schon vorher, still und heimlich.«

»So oder so …«

»Ja«, unterbrach ich. »So oder so, sie könnte diejenige welche sein.«

»Die … die Morde begangen hat?«

»Wär nicht das erste Mal«, sagte ich. »Erinnern Sie sich an diesen Bianchi? Er war die Hälfte eines Teams – die Hillside Strangler, stimmt's? Gab's da nicht eine Verrückte, die einen Nachahmungsmord versucht hat, um ihn aus dem Knast zu holen?«

»Jesus.«

»Ja, Jesus. Also ich weiß nicht. Aber es würde passen, was meinen Sie?«

»Ich finde, es ist immer noch eine tolle Story«, sagte Hauser, sein Mund ein grimmiger Strich.

»Es gibt noch einen Spieler in diesem Spiel. Sehn Sie sich das hier an, wenn Sie mal Zeit haben.« Ich gab ihm die Kopie des psychiatrischen Gutachtens über Morales.

Er überflog es schnell. »Das ist …?«

»Der Cop, der mir an den Fersen klebt, seit ich mit dieser Sache angefangen habe.«

»Sie meinen …?«

»Lesen Sie selbst«, sagte ich, öffnete die Tür und stieg aus.

Als ich am späten Nachmittag vorbeischaute, sagte Mama, Fortunato suche nach mir. Ich schenkte mir den Anruf – rüberzugehen war einfacher. Ich nahm die U-Bahn an der Canal. Meine Glückssträhne hielt an – in einer Ecke des Wagens, den ich bestieg, hockte ein Penner und gab eine großartige Imitation einer Stinkbombe mit Zeitzünder zum besten. Jedesmal, wenn er seine Haltung veränderte, waberte eine neue Woge ekelerregenden Gestanks über alle anderen hinweg. An der nächsten Haltestelle wechselten alle das Abteil, zogen die Enge eines Viehtransports vor. Ich legte noch einen drauf – wechselte gleich die Bahnen.

Das Warten auf einen Zug der Linie F im U-Bahnhof West Fourth Street ist zur Rush-hour ein echtes Gemeinschaftserlebnis. Ich schlenderte zum Ende des Bahnsteigs hinunter, wollte mir eine Zeitung kaufen. Der Kiosk hatte eine gigantische Auswahl an Pornoheften hinter vergilbendem Plexiglas. Ich ließ meinen Blick wandern, dachte, daß Vyra vielleicht recht hatte. In den Heften ging's überhaupt nicht um Frauen, nur um Körperteile – Titten, Breitarsch, Schlitz – ich mußte an Metzgereien denken, an diese Schaubilder von Kühen, wo gepunktete Linien die Brust vom Lendenstück trennen.

Weil es mir scheißegal war, wie lange ich unterwegs war, kam die Bahn reibungslos durch, absolut pünktlich, setzte mich an der Fortysecond und Sixth ab. Ich verbrachte die Fahrt damit, einen neuen Look zu bewundern – ein Schwarzer mit perfekt modellierter kurzer Naturkrause trug eine türkisfarbene Smokingjacke zu einem weißen, vorn gefältelten Hemd und Jeans mit messerscharfer Bügelfalte, doch das war es nicht, was Aufmerksamkeit erregte. Statt von Schnürsenkeln wurden seine glänzend schwarzen Schuhe von einer Reihe goldener Kragennadeln zusammengehalten – er fädelte sie einfach durch die Ösen und schraubte jede einzelne zu. Ein halbes Dutzend Teenager bewunderten den Stil des Mannes. Heute abend würde die Avantgarde bereits hoffnungslos zurückliegen.

Ich stieg aus der U-Bahn und ging zu Fortunatos Büro, ließ mir immer noch Zeit. Die Empfangsdame fragte nach meinem Namen, telefonierte und rief mich wenige Sekunden später hinein.

Fortunato saß an seinem großen Schreibtisch, die Zigarre schon in der Hand. Ich trat ein und setzte mich. »Sie suchen mich?«

»Ja. Ich wollte … ein paar Dinge klären. Zwischen uns, meine ich.«

»Welche Dinge?«

»Hören Sie, Sie haben bei unserem letzten Gespräch vielleicht einen falschen Eindruck gewonnen. Oder vielleicht habe ich auch was Falsches gesagt. Wenn dem so ist … oder Sie es so aufgefaßt haben, dann möchte ich mich entschuldigen. Ich wollte Ihnen nur sagen, daß Julio immer in den höchsten Tönen von Ihnen gesprochen hat. Und als ich sagte, wir wissen, wer … für seinen Tod verantwortlich ist, habe ich ganz allgemein gesprochen.«

»Was soll das heißen?« fragte ich, spielte meine Rolle.

»Daß wir wissen, von wo es kam, weiter nichts. Aus welcher Ecke, nicht wer's getan hat. Und außerdem ist das Schnee von gestern. Vergessen und erledigt. Können Sie mir folgen?«

»Ich folge nie jemandem, es sei denn, ich werde dafür bezahlt. Und ich mag es nicht, wenn Sie mir folgen.«

Er paffte an seiner Zigarre. Seine Hand zitterte, ganz leicht, aber mühelos zu erkennen – wenn man darauf achtete. »Ich möchte, daß Sie auch weiterhin an dem Fall arbeiten. George mag Sie. Ich auch. Sie haben hier nur Freunde, verstehen Sie?«

»Hm-hmh.«

»Noch zwei Wochen, das gleiche Honorar, was meinen Sie?« fragte Fortunato. »Keine Berichte, kein Meldungmachen … schnüffeln Sie einfach rum, sehen Sie, was Sie rausfinden können. Sind wir im Geschäft?«

»Solange ich bezahlt werde«, sagte ich.

Als ich seinen Schatten sah, wußte ich, daß ich im falschen Teil der Stadt war – ich würde es niemals rechtzeitig über die Grenze schaffen, um bei Mama anzurufen. Hielt mich südlich auf der Park, dann weiter nach Osten, hoffte, einen IRT-Nahverkehrszug zu erwischen, an jeder Haltestelle ein paar Möglichkeiten zu haben. Ich kam nicht bis dorthin – Morales holte mich auf der Fourtieth ein, legte mir einen dicken Arm um die Schultern, drängte mich auf einen Parkplatz, gegen eine Mauer. Sein Gesicht war fleckig, rot und weiß – seine Augen wild. Ich konnte ihn kaum verstehen, weil er mit zusammengebissenen Zähne sprach.

»Du spielst jetzt in der Oberliga, häh, du Wichser?« knurrte er, sein Gesicht nur Millimeter von meinem entfernt.

»Was?«

»Verarsch mich nicht!« fauchte er, angespannt wie nur was. »Mach keine Spielchen mit mir. Mach mich nur weiter an, und ich brech dir das Genick! Kapiert? Ist das jetzt klar, gottverdammt?«

»Sagen Sie, was Sie sagen müssen«, erwiderte ich, so ruhig, wie er von Sinnen war – wie man sanft und freundlich redet, wenn man von einem Hund angeknurrt wird – einem großen Hund, ohne Leine.

Er blähte die Nasenflügel, holte tief Luft, die Lippen bewegten sich nicht. »Du arbeitest jetzt also für Raymond Fortunato, was? Gibst dich mit Gangstern ab, Wichser? Oder vielleicht arbeitest du ja auch an einem ganz besonderen Fall? Na, komm ich der Sache langsam näher?«

»Sie werden niemals näher kommen, Morales. Dafür müßten Sie erst mal 'n Anhaltspunkt haben.«

»Oh, und ob ich 'n Anhaltspunkt habe, du Memme. Mehr als einen. Ich weiß, wer dich engagiert hat. Und ich weiß auch, wozu. Ich geb dir 'n kostenlosen Rat – der geht aufs Haus: Verpiß dich. Verpiß dich ganz schnell, und komm nicht zurück, verstanden? Du bist kein echter Zocker, Burke – du bist nur ein beschissener Pokerchip. Nicht mal ein blauer. Ich, ich werd den beschissenen Tisch abräumen, verstehst du? *Alles* ist erlaubt. Bleibst du da, wirst du auch abgeräumt.«

»Ich weiß gar nicht, wovon Sie reden«, sagte ich ruhig. »Sie kriegen ja schon vor Schatten Muffe. Vielleicht sollten Sie mal zu 'nem Seelenklempner.«

Ich glaubte, die letzte Stichelei hätte das Faß zum Überlaufen gebracht. Seine Augen verengten sich so sehr, daß ich nur noch etwas Flüssigkeit in den Falten der Höhlen sah. Eine dicke Vene pulsierte an seinem Hals. Ich hörte das Malmen seiner Zähne. Sah seine rechte Hand zucken, sich zur Faust ballen und wieder öffnen. Wußte, seine Pistole war nicht weit – spürte, wie sehr er es wollte.

Endlose drei Sekunden verstrichen. Seine Hand kam so schnell, ich sah sie nicht kommen, ein Schlag mit geöffneter Hand auf meine linke Backe. Ich schwankte – meine Hände schossen von ganz allein hoch. Morales trat zurück, ein häßliches Lächeln auf den Lippen. »Komm schon, *chiquita*«, flüsterte er. »Mach's mir leicht.«

Ich ließ die Hände sinken.

»*Maricón*«, höhnte er. »Ich wußte doch, daß du nur ein schwanzlutschendes, beschissenes schwules Stück Scheiße ohne Eier bist.«

Ich sah ihn nur an, hatte mich wieder in mich zurückgezogen. Dorthin, wo mich niemand verletzen kann. Inzwischen kann ich das ziemlich gut – hatte als Kind jede Menge Übung.

Ich hielt Morales' wütendem Blick stand, atmete flach durch die Nase, wappnete mich für den Fall, daß er noch einmal angriff. Wenn er es tat, würde ich stillhalten.

Er schniefte, rotzte mir den Klumpen vor die Füße. Dann packte er sich zwischen die Beine, sagte noch einmal »Schlappschwanz!« und ging.

An diesem Freitag fuhr ich rüber nach Jersey, um Frankie kämpfen zu sehen – Hauser nahm mich mit.

»Ich wußte gar nicht, daß Sie sich für Profiboxen interessieren«, sagte ich, als er es das erstemal erwähnte.

»Ich muß sowieso in die Gegend«, meinte er geheimnisvoll. »Wenn Sie irgendwie zurückkommen, überhaupt kein Problem.«

Während der Fahrt war Hauser untypisch schweigsam, ließ sich nicht einmal ködern, als ich versuchte, ihn zu Spekulationen über Belinda zu verleiten.

Ich ließ die Seitenscheibe offen, rauchte schweigend. Wir kamen an der Ausfahrt Trenton vorbei, waren aber nicht nah genug, um die Ausstrahlung des Knasts zu spüren.

Wir holten die Tickets ab, die der Prof am Eingang hinterlegt hatte, fanden unsere Plätze unmittelbar hinter dem VIP-Bereich, wo Zuschauer an kleinen Tischen sitzen und von der Hosteß »Sir« genannt werden, genau wie in den Casinos.

Frankie stand als erster auf dem Programm. Ich sagte Hauser, ich wäre sofort zurück, ging in den Umkleideraum. Frankie lag auf einem Tisch, auf dem Rücken, ein Handtuch über den Augen. Der Prof redete wie ein Wasserfall. Clarence saß still auf einer Bank.

»Wenn er flieht, mach ihm Speed, kapiert?« sagte der Prof. »Nimm ihn ran. Wenn er's so spielt, brich ihm das Genick, Rick!«

»Worum geht's?« fragte ich Clarence.

»Der Typ, gegen den wir heute antreten, ist sehr raffiniert, Mahn. Er hat diesen Trick, den er schon als Amateur immer gebracht hat. Wenn's hart wird, dreht er sich einfach um und geht … Dann wirbelt er herum und jagt einen rechten Haken über seine linke Schulter. Damit hat er schon viele Boxer übel verletzt. Mein Vater will, daß unser Gladiator den Mann jagt, ganz dicht an ihm dran bleibt, verstehst du?«

»Ja. Ist Frankie in Form? Ist er in der richtigen Verfassung?«

»Sein Wille ist stark, Mahn.«

Ich ging, verließ die drei so, wie ich sie vorgefunden hatte: Frankie lag auf dem Rücken, der Prof raunte seine Beschwörungen, Clarence schaute zu. Und paßte auf.

Es dauerte weitere vierzig Minuten, bevor sie reinkamen. Frankie stieg als erster in den Ring, trug wieder seine schwarzweißen Sträflingsstreifen. Er stand reglos da, wartete, aber ich sah, daß er bereits ordentlich geschwitzt hatte. Die Ecke des Kubaners ließ Frankie warten, aber zu lange konnten sie es auch nicht hinauszögern – Montez war zwar unbesiegt, aber zur Spitzengruppe gehörte er auch nicht – besaß nicht mal einen dieser billigen Plastikgürtel, die man in manchen Staaten als Trophäe bekommt, wenn man nur oft genug auftritt.

Als er durch die Seile kletterte, sah ich, daß er viel muskulöser war als Frankie, in dem weißen Satinmantel mit Glitzerstaub auf den breiten Aufschlägen sogar noch massiger wirkte. Der Ansager verkündete sein Gewicht mit hundertvier, aber mir kam er gut sieben Kilo schwerer vor.

Beim Gong kam Frankie schneller als gewöhnlich aus seiner Ecke, trabte beinahe. Er hüpfte in Kauerstellung, kam hoch und jagte eine rechte Gerade los. Montez wirbelte herum, fing den Schlag mit dem Bizeps auf. Er trat zur Seite, ließ ein paar linke Jabs, kurz geschlagene Haken los, wich dann zurück. Frankie setzte nach, wie immer, aber er bewegte sich jetzt präziser und konzentrierter. Er nagelte den Kubaner an die Seile, doch der stämmigere Mann ging in den Clinch, und der Ringrichter ließ sich Zeit, die zwei zu trennen.

Als sie in der Ringmitte voreinander standen, machte sich Frankie sofort wieder an die Arbeit, schlug mörderische Haken, seine Hüften gaben jedem Hieb Effekt. Plötzlich hörte Montez auf, drehte sich um und ging einfach weg ... Frankie stürzte ihm nach, schlug eine rechte Gerade, die den Kubaner am Hinterkopf erwischte. Montez legte beide Hände auf den Kopf und versuchte weiterzugehen – Frankie rammte ihm einen brutalen Schlag in die Leber, und Montez ging auf die Matte. Ein paar Zuschauer buhten und pfiffen, aber der Ringrichter begann zu zählen.

Montez kam nicht mehr hoch.

Der Ringrichter hob Frankies Hand. Zwei Sekundanten des Kubaners sprangen in den Ring und gingen auf

Frankie los ... Frankie wirbelte zu ihnen herum, ein scheußliches Lächeln auf den Lippen. Sie blieben wie angewurzelt stehen.

»Deshalb heißt es ja: Niemals ohne Deckung bleiben«, sagte der Ringrichter zur kubanischen Ecke, laut genug, daß jeder es hören konnte. »Wenn er sich umdreht, ist das sein Problem. Kein Grund zur Disqualifizierung.«

Die Menge brodelte und regte sich wieder ab.

»Ist so was in Ordnung? Jemanden in den Rücken schlagen?« fragte Hauser.

»Wenn der Gegner sich umdreht, klar. Sonst könnte man sich ja jederzeit eine Verschnaufpause erkaufen, 'ne Auszeit verlangen.«

»Okay«, sagte Hauser, sein Gefühl für Moral schien befriedigt. »Ich haue ab – melde mich in ein paar Tagen wieder bei Ihnen. Sie wissen, wo Sie mich erreichen, falls sich irgendwas ergibt.«

»Gleichfalls«, verabschiedete ich mich.

Als ich in den Umkleideraum kam, stand Frankie schon unter der Dusche. Der Bursche, den er k. o. geschlagen hatte, war nirgends zu sehen. Das war auch gut so – manchmal wollen oder können Boxer den Kampf nicht im Ring belassen.

»Wir haben den Trottel abserviert«, krähte der Prof. »Der Clown ist down. Noch ein oder zwei Kämpfe, und ab geht die Post, Jost.«

»Er hat einen guten Eindruck gemacht«, bestätigte ich. »Scheint auch schneller geworden zu sein. Oder präziser.«

»Alles nur eine Frage der Konzentration«, vertraute der Prof mir an. »Frankie ist dran, Mann. Mit der Nummer macht er uns keinen Kummer, ich spür's einfach.«

»Ich auch«, sagte ich.

»Was ist los, Schuljunge?«

»Wer hat gesagt ...?«

»Du brauchst nicht zu reden, Burke – ich kann in deine Karten schauen, als lägen sie offen auf dem Tisch.«

Ich holte tief Luft. Atmete aus. Dachte kurz darüber nach. Dann sagte ich: »Bisher hab ich folgendes rausgekriegt«, und erzählte ihm die Wahrheit.

Die Rückfahrt verlief entspannt. In süßer Gewißheit, die Triumphe sicher in der Tasche. Eine Zukunft für Frankie ... vielleicht auch eine für uns. Der Rover surrte durch die Nacht, Clarence am Steuer, der Prof auf dem Beifahrersitz. Ich saß mit Frankie hinten.

»Ich wünschte, es wäre nie vorbei«, sagte Frankie.

»Heute abend?« fragte ich.

»Nicht *dieser* Kampf. Ich meine nicht irgendeinen speziellen Fight. Einfach nur ... das Kämpfen. Ich hab ... einfach ein gutes Gefühl dabei. Als wär's das, was ich tun soll.«

»Du kannst nicht immer kämpfen«, sagte ich. »Du weißt, was passiert, wenn du zu lange dabeibleibst.«

»Der Schuljunge hat recht.« Der Prof beugte sich über die Lehne. »Hier geht's um Money, Honey. Erst die Kohle abzocken, dann machen wir uns auf die Socken.«

»Ja ... wahrscheinlich«, sagte der Junge. »Ich sollte mir darüber erst den Kopf zerbrechen, wenn's soweit ist, stimmt's?«

»Stimmt«, antwortete ich.

Samstagmorgen stand ich früh auf. Draußen war es noch dunkel, als ich Pansy in den Plymouth packte. Wollte ihr mal Gelegenheit geben, ein bißchen rumzurennen. Vor mir lag jede Menge Zeit – Fortunatos Geld nahm ich gern, genaugenommen wahrscheinlich Piersalls Geld – aber ich würde nichts dafür tun.

»Verpiß dich«, hatte Morales zu mir gesagt, so vollkommen außer sich vor Wut, daß ich nicht mal fragen konnte, was er damit meinte.

Als sich der Prof auf die gleiche Schiene einklinkte, wußte ich, daß es die richtige war. »Manche Geheimnisse müssen nicht gelüftet werden, Schuljunge«, sagte er. »Ist der Preis zu heiß, laß die Finger davon – wenn dieses total verrückte Arschloch Morales mitmischt, wird *irgendwer* sterben.«

So ist das mit Dynamit – wenn die Zündschnur erst mal brennt, schmeißt man's am besten weg … und zwar schnell.

Ich zog eine ruhige, gemächliche Schleife, suchte in den Rückspiegeln nach Schatten, war nicht überrascht, als ich keinen fand. Fuhr die Houston nach Osten, dann auf der Forsyth nach Süden. Entdeckte einen glühenden, roten Flecken. Sah genauer hin und konnte auf einer der Treppen zwei junge Männer ausmachen. Sehr wachsame junge Männer, die ein Signal schickten, so klar und deutlich wie ein Leuchtzeichen in der Nacht – weiterfahren.

Ich fuhr die ganze Allen Street entlang. Eine Nutte in schwarzen Hot pants und gelben Stöckelschuhen trat auf die Straße, steckte einen Daumen in den Mund und wackelte mit den Hüften in dem halbherzigen Versuch zu, noch einen Freier zu kriegen, bevor es hell wurde. Mindestens ein halbes Dutzend Prostituierte waren genau in diesem Block abgeräumt worden. In Autos gepackt und in den Fluß geschmissen worden. Der Straßenstrich ist wie Roulette, nur die Doppelnull bringt was ein – daß man so wenige alte Nutten trifft, liegt nicht daran, daß sie ihre Attraktivität verloren haben.

An einer Ampel vor uns überquerte eine alte Chinesin die Straße, über ihrer Schulter eine lange Stange, an jedem Ende ein Sack. Wie das Joch, das ihre Vorfahren vermutlich auf dem Feld benutzt hatten – nur daß dieses ihr half, zwei riesige, durchsichtige Plastiksäcke mit Leergut zu tragen. Sie war unterwegs zum Recyclingcenter, wo sie ihre Ernte zu Bargeld machen konnte.

Ich schaute nach links. Auf dem Betongeländer am Straßenrand stand eine Reihe Weinflaschen, sorgfältig arrangiert wie eine Menora mit dem heiligen Lambrusco als mittlerer Kerze. Die alte Frau ging, ohne einen Blick darauf zu werfen, vorbei – diese Flaschen waren genausowenig recycelbar wie die Verlierer, die sie dort zurückgelassen hatten.

Der Central Park bot mehr Platz, aber erst vor kurzem war dort eine weitere Serie von Vergewaltigungen passiert. Um diese Uhrzeit würde es von Cops wimmeln. Sollte es zumindest. Außerdem war Pansy ein echter Wachhund – sie lief nie weit, selbst, wenn sie nicht angeleint war.

Ich bog links auf die Delancy ein, dann wieder links auf die Chrystie, fuhr weiter zu dem leeren Grundstück direkt neben der Manhattan Bridge. Früher war es mal ein Dschungel für die Hobos gewesen, eine Heimat für die Heimatlosen. Zwei Aktivisten haben dort sogar mal ein großes Tipi aufgeschlagen und darin gewohnt – sie gingen ins Milieu, das mußte man ihnen lassen. Aber dann fühlte sich irgendein kleiner Dealer von einem der Obdachlosen über den Tisch gezogen. Er kam nachts mit ein paar Gallonen Benzin zurück und machte sein eigenes Feuerchen. Einer der Bewohner starb. Die Stadt ließ alles abreißen, planierte das Gelände. Die Räumung verlief friedlich – Cops würden nur dann scharf schießen, wenn die Obdachlosen das Stadion der U.S. Open besetzen – heiliger Boden für den armseligen Wicht, unseren letzten Bürgermeister. Jetzt haben wir einen neuen Bürgermeister. Die Stadt ist dieselbe.

Ich parkte auf der Chrystie und stieg aus. Vor mir war ein Stoppschild. Man konnte nur nach rechts – auf der Einbahnstraße floß der Verkehr von der Manhattan Bridge in die Stadt. Eine gute Stelle – perfekte Sicht in alle

Richtungen. Ich hakte die Leine an Pansys Halsband ein und ging über die Canal Street zu dem Leergrundstück. Pansys riesiger Kopf wippte vor und zurück, ein tiefes Knurren kam von irgendwo aus ihrem Inneren.

»Was hast du?« fragte ich sie.

Sie knurrte weiter. Als ich nach unten schaute, sah ich, daß ihre Nackenhaare gesträubt waren. Ich suchte die Straße ab. Sie war nicht leer – das ist sie nie –, aber es war auch nichts Ungewöhnliches zu sehen.

Als wir die andere Straßenseite erreicht hatten, hakte ich Pansys Leine aus. In mächtigen Sätzen rannte sie fort, lief eine große Acht, kontrollierte das Gelände. Die Legende sagt, daß Mastinos mit Hannibal über die Alpen gekommen sind – wenn alle so tolpatschig waren wie Pansy, wundere ich mich wirklich, daß die Berge nicht plattgetrampelt wurden. Sie krachte selbstvergessen durch Müllhaufen, scheuchte gelegentlich eine Ratte auf. War nicht schnell genug, um eine zu erwischen, und keine von ihnen war so dumm herumzutrödeln, also endete jede Runde mit einem Unentschieden.

Ich lehnte mich gegen die Überreste eines Metallgeländers, steckte mir eine Kippe an, schaute zu, wie es im Osten über den Mietskasernen hell wurde. Pansy tauchte auf und verschwand immer wieder in den Schatten, ihr dunkelgraues Fell war eine perfekte Tarnung. Ich hörte das Motorrad, bevor ich es sah, das unverwechselbare Tuckern einer Harley. Der Fahrer bremste vor dem Stoppzeichen nicht mal ab, schaltete einfach runter und bog links ein, fuhr gegen die Einbahnstraße, kam direkt auf mich zu. Der Kopf des Fahrers war unter dem dunklen Helm und Visier nicht zu erkennen, aber ich wußte, wer es war.

Morales hielt am Bordstein. Saß auf dem Motorrad und beobachtete mich eine lange Minute durch das Visier, bevor er den Motor ausschaltete. Langsam stieg er von seiner Maschine, nahm mit beiden Händen den

Helm ab. Seine Hände waren leer, als er die Distanz zwischen uns verkürzte, sich mit dem Selbstvertrauen eines Mannes bewegte, der mit allem zurechtkommt, was sich ihm in den Weg stellen mag. Das verriet mir eins – er hatte Pansy nicht gesehen.

Aber ich. Der große Hund kam angetrabt. Ich gab ihr das Zeichen für »Steh« – sie bremste abrupt, wartete wie angewurzelt, war extrem wachsam.

Ich drehte mich zu ihm, hielt meine Hände vom Körper entfernt. Er kam näher, zog den Reißverschluß seiner Lederjacke runter, ließ sich viel Zeit dabei.

»Was ist?« fragte ich, spreizte die Hände in der Zeichensprache für diese Frage.

Ein paar Meter vor mir blieb er stehen, packte das linke Handgelenk mit der rechten Hand, spreizte die Beine, um einen festen Stand zu haben. »Du bist ausgebuffter, als ich dachte«, sagte er, die Stimme seltsam ruhig.

Du auch, dachte ich – mir auf einem Motorrad zu folgen war intelligenter, als ich ihm zugetraut hätte. »So geht das nicht weiter«, sagte ich laut. »Ich kann nicht dauernd raten, wovon Sie reden.«

»Ist schon okay, Wichser. Ich werd's dir verklickern. Ich kann nicht gleichzeitig an zwei Stellen sein, da bist du wahrscheinlich schon selbst drauf gekommen. Und du weißt auch, daß ich solo arbeite, stimmt's? Du bist ein windiger Mistkerl, das muß ich dir lassen. Du weißt, daß ich dich aufs Korn genommen habe, also benutzt du mich als Alibi. Ich hab die Rollen umgedreht – das weißt du wahrscheinlich. Ich dachte, du würdest die Arbeit erledigen. Jetzt weiß ich's besser.«

»Sie wissen überhaupt nichts besser, Morales. Warum legen Sie die Karten nicht einfach auf den Tisch und geben mir eine Chance, alles klarzustellen?«

»Ich blick schon durch«, sagte er, immer noch ganz locker. »Hat 'ne Weile gedauert, bis ich mir alles zusammengereimt hatte, aber jetzt weiß ich Bescheid. Und ich werd dich auf der Straße lassen, bis ich fertig bin. Werd dich da draußen im Wind baumeln lassen. Entweder steckst du selbst hinter der ganzen Sache, oder du bist nur ein Werkzeug. Ist mir egal – du bist erledigt, wann immer ich will.«

»Sie sind ja völlig von Sinnen«, erwiderte ich. »Ich weiß nicht, auf was Sie scharf sind, aber ich bin's jedenfalls nicht. Ich hab nichts damit zu tun.«

»Es wird ganz leicht sein«, sagte er. »Wann immer ich will. Ich muß dich nur allein erwischen – so wie jetzt. Du wärst nicht der erste Knacki, der sich einer Festnahme widersetzt.«

Ich winkte mit der rechten Hand. Pansy verließ die Schatten und kam auf uns zu, ließ die Schultern rollen, bewegte sich mit mehr Selbstvertrauen, als Morales je aufbringen konnte, auf ihrem Gesicht ein »Redest-du-mit-mir?«-Ausdruck. Morales' Kopf ruckte auf dem Stiernacken herum. »Was zum …!«

Pansy kam näher, tapste lautlos. Spielte jetzt nicht mehr – arbeitete. Ich deutete nach links, hielt meine Hand ausgestreckt. Pansy machte Platz, schaute Morales an.

»Halt ihn lieber zurück!« Morales' Rechte zuckte wieder zum Reißverschluß seiner Lederjacke.

»Sie«, sagte ich. »Pansy ist ein Mädchen.«

»Pansy? Habt ihr die Namen getauscht, du und der Hund? Bist du sicher, daß sie nicht in Wahrheit Burke heißt?« spottete Morales. Gab keinen Zentimeter nach, spielte nach Knastregeln – sobald du den Rücken kehrst, wirst du abgestochen. Oder gefickt.

»Sie ist mein Mädchen. Sie sehn selbst, wie's ist. Machen Sie keine Dummheiten.«

»Du pfeifst sie besser zurück«, warnte er. »Sie würde es nie schaffen …«

Ich trat nach rechts, ging auf mehr Distanz zu Pansy, vergrößerte das Dreieck, ließ ihn die Wahrheit sehen. »Ich werde jetzt was zu ihr sagen. Achten Sie nicht auf das

Wort – es bedeutet nicht das, was Sie denken. Sie wird sich hinlegen, verstehen Sie? Ganz ruhig bleiben …«

Morales setzte den rechten Fuß einen Schritt zurück, war bereit zu ziehen, sagte aber nichts.

»Pansy, spring!« befahl ich scharf.

Der riesige Mastino sackte zu Boden, aber die Augen blieben aufs Ziel gerichtet, fixierten Morales. Sie sah ziemlich harmlos aus, wie sie so da lag, aber ich wußte es besser – aus dieser Stellung konnte Pansy so schnell losstürmen wie ein Dachs aus seinem Bau.

»Sehen Sie, wie die Dinge liegen?« fragte ich. »Niemals werden Sie uns beide erwischen. Wenigstens nicht still und leise. Und es wird Sie was kosten, wenn Sie's versuchen.«

Morales schob die Hand unter die Jacke. Langsam, beobachtete Pansy, ignorierte mich. Die Pistole glitt heraus. Er hielt sie auf Taillenhöhe, den Lauf zur Seite gerichtet. Eine Halbautomatik, kein Revolver – ich hatte vergessen, daß das NYPD seinen Jungs inzwischen erlaubt, 9-mm-Waffen zu tragen. »Laß es drauf ankommen«, sagte er. Er war völlig ruhig – das genaue Gegenteil von dem Irren, dem ich vor wenigen Tagen auf dem Parkplatz begegnet war. Damals verrückt, jetzt ruhig. Aber immer gefährlich.

»Ich laß es auf gar nichts ankommen«, sagte ich. »Wie Sie schon sagten … ein anderes Mal, okay?«

»Ich erwisch dich allein. Jederzeit. Krieg dich, wenn keine Zeugen dabei sind.«

»Das dachten die Rodney-King-Cops auch.«

Ein dünnes Lächeln spielte um seinen Mund, aber seine Kugellageraugen fixierten mich so unerbittlich wie Pansys Blick ihn. »Ich weiß nicht, was für Dreck du am Stecken hast«, sagte er. »Ich weiß nicht genau, was du gemacht hast. Deshalb gebe ich dir einen guten Rat – in Erinnerung an alte Zeiten. *Hör auf* mit der Scheiße, Burke. Sofort. Halt dich da raus. Komm mir nicht in die Quere.«

»Wenn Sie wollen, daß ich die Finger von dieser Piersall-Sache lasse, bitte sehr, gemacht. Ich wollte wirklich nicht ...«

»Du weißt genau, was ich meine. Geh mir nicht auf die Eier. Verarscht hast du mich schon, aber treib mich nicht in die Ecke. Bei dieser Sache ist zwischen den Fronten kein Platz, kapiert?«

»Sagen Sie mir einfach, was ich machen soll.«

»Das Richtige«, sagte er mit seiner Klavierdraht-Stimme. »Mach das Richtige. Sonst bist du Geschichte, wenn wir uns das nächstemal begegnen, kapiert?«

»Nein«, sagte ich, so ehrlich, wie ich mein Leben lang zu Cops war.

»Dann bist du ein toter Mann.« Morales zog sich zurück.

Ich schnipste mit den Fingern. Pansy sprang auf, schlenderte zu mir. Morales setzte sich auf sein Motorrad, ließ den Motor an. Er setzte den Helm auf, beobachtete uns noch eine Weile durch das Visier. Pansy erwiderte den Blick, unbeweglich wie Stein. Unvermittelt gab Morales Gas, und das Motorrad schoß davon. Er fuhr immer noch gegen die Einbahnstraße.

Vielleicht tat ich es auch.

Auf dem Weg ins Büro besorgte ich mir eine Daily News, las sie, während Pansy auf dem Dach war, suchte nach einem Bericht über den Kampf vom Vorabend. Nicht eine Zeile – ich würde auf eine spätere Ausgabe warten müssen.

Morales behauptete, er sei mein Alibi gewesen. Daraus konnte ich nur schließen, daß er auch bei den Kämpfen war. Es ergab keinen Sinn. Problemlos konnte er mich früher am Tag kreuz und quer durch Lower Manhattan beschattet haben, besonders wenn er sich nicht an rote Ampeln oder Einbahnstraßen hielt. Er kannte meinen Wagen. Na und? Wenn er das Nummernschild zurückverfolgte, würde er nur auf Juan Rodriguez stoßen, den Burschen, der mir seinen Wagen leiht, wann immer ich will. Juan Rodriguez ist ein anständiger Bürger. Zahlt pünktlich seine Steuern, hat nie Scherereien.

Ich bin Juan Rodriguez. Es ist nicht verboten, den Namen zu ändern, wenn damit keine betrügerischen Absichten verbunden sind. Ich hab das schon vor langer Zeit gemacht. Hab mir einen Anwalt genommen, alles ganz offiziell. Man füllt diesen Antrag aus, erklärt, warum man die Namensänderung will. Dann setzt man eine Notiz in die Zeitung, damit potentielle Gläubiger geeignete Schritte unternehmen können.

Schauspieler machen so was dauernd. Anderen gefällt ihr Name einfach nicht. Juden haben es früher häufig gemacht, um Arbeit zu finden. Iren haben es getan, damit ihre Mütter nicht erfuhren, daß sie Profiboxer waren und keine Dockarbeiter. Ist keine große Sache. Kostet ein paar hundert Mäuse, und fertig.

In meinem Antrag behauptete ich, der Pflegefamilie Respekt erweisen zu wollen, die mich als Kind aufgenommen hatte. Dem Richter gefiel das – es bewies Anstand.

Die Pflegeeltern, die ich hatte, hießen nicht Rodriguez. Und sollte ich sie jemals finden, würde ich ihnen schon Respekt erweisen … würde ihnen zeigen, wie gut ich von ihnen gelernt hatte.

Also änderte ich meinen Namen. Von Anderson zu Rodriguez. Das einzige Dokument, auf dem ich jemals den Namen »Burke« sah, war meine Geburtsurkunde. Baby Boy Burke, stand da.

Ein Zug der Lügen auf einem krummen Gleis. Als ich dieser Pflegefamilie das erstemal weggelaufen bin, wurde ich eingesperrt. Danach geschah es immer wieder, bis ich wußte, wie man draußen überlebt. Gelernt hab ich's zum größten Teil vom Prof.

»Halt dich bedeckt, Bruder – bedeckt und dezent. Bleib

außer Sicht, komm nicht ans Licht«, hatte er mir geraten. Genau das tat ich, wechselte Namen, wechselte die Branchen. Den Namen Anderson hatte ich schon vor Jahren aufgebraucht – zu viele Leute wollten wissen, wo er steckte. Rodriguez war der nächste Schritt.

Weitere würden folgen. Heute weiß ich, wie man es macht.

Das alles konnte Morales herausfinden, wenn er seine Hausaufgaben machte, es würde ihm allerdings nichts nützen.

Er konnte mich unmöglich rund um die Uhr überwachen. Es stimmte, daß er solo arbeitete. Er hatte keinen Partner mehr – dafür hatte der psychiatrische Bericht bestimmt gesorgt. Und selbst wenn er im Dienst keine Waffe mehr tragen durfte, blieb ihm noch jede Menge Freizeit. Und seine eigene Sammlung unregistrierter Kanonen.

Ich hatte mich mit Hauser in der Nähe seines Büros getroffen. War mit der U-Bahn hingefahren. Und nicht mit ihm zurückgekommen. Wenn Morales keinen Partner hatte – verdammt, haufenweise Partner –, konnte er mich unmöglich beschattet haben. Wer die U-Bahn nimmt und an der letzten Haltestelle einen Wagen hat, ist seinen Schatten los.

Also wußte er von Frankie. Nur so konnte es sein. Er mochte zufällig darüber gestolpert sein, als er mir folgte, aber das glaubte ich nicht. Es mußte anders passiert sein. Wir hatten keinen schriftlichen Vertrag mit Frankie – es war ein Geschäft per Handschlag. Ich kam einfach nicht dahinter, wie Morales es rausbekommen hatte. Aber er wußte es offenbar – also würde ich mich darauf einrichten.

Kurz nach Mittag ging ich rüber zu Mama. Es war mir ziemlich egal, ob Morales dort meine Fährte wieder-aufnahm. Ich wünschte es mir beinahe … hatte was mit seinem Spruch wegen des Alibis zu tun. Zum ersten Mal in meinem Leben als Krimineller hätte ich nichts gegen ein bißchen Überwachung gehabt.

An diesem Samstagnachmittag Ende September war ich so anständig wie noch nie. Alles bezahlt – sauber, schlicht und solide. Total spießig. Solange sich keiner meine Vergangenheit ansah – dann war alles anders.

Bevor diese Geschichte anfing, glaubte ich, Morales zu kennen. Nicht so, wie man einen Menschen kennt, sondern wie man ein Tier kennt, seine Grenzen. Hunde können bissig sein oder lammfromm ... aber fliegen können sie nicht. So kannte ich Morales. Er war ein durchgeknallter, prügelnder, Vorschriften mißachtender, falsche Beweise unterjubelnder, unbestechlicher Dinosaurier in Polizeiuniform, ein Tier der Straße. Er mochte Dealern in den Rücken schießen, würde aber niemals Geld von ihnen nehmen. »Er ist so ehrlich, daß er quietscht«, sagte McGowan mal. »Die Kameradenschweine von der Dienstaufsicht lassen dich in Ruhe, wenn du so jemand als Partner hast – sie wissen, daß er dich, egal wie seltsam er ist, höchstpersönlich verhaften würde.«

Konnte ich mir Morales als Killer vorstellen? Klar. Unbedingt. Er stand so unter Hochspannung, daß er fast zersprang. Besonders viel würde nicht geschehen müssen, um ihn ausrasten, durchdrehen zu lassen.

Da war nicht nur der psychiatrische Bericht. Wenn er mich früher unter Druck gesetzt hatte, war es immer ein Spiel. Macho-Gehabe, Rette-meinen-Tag-Scheiße. Er war feindselig, aber immer auf der sicheren Seite der Wut. Auf dem Parkplatz in Midtown hatte er den Siedepunkt weit überschritten. Vorher war er ruhig gewesen. Nicht in sich ruhend wie Max, aber immer noch bei sich.

Niemand konnte so hin und her schalten. Es sei denn ... ich verwarf den Gedanken so schnell, wie er gekommen war. Morales war keine multiple Persönlichkeit – soweit ich das beurteilen konnte, besaß er nicht mal *eine*.

Der weiße Drache baumelte in Mamas Fenster. Ich ging durch den Vordereingang rein, für den Fall, daß Morales zuschaute. Mama saß nicht hinter der Kasse – Immaculata hatte den Posten übernommen. Sie trug eines dieser Mondrian-Seidenkleider, die sie von Zeit zu Zeit anzieht.

»Was gibt's, Mac?« fragte ich.

»Mama ist hinten. Mit Flower. Unterrichtet sie. Ich kann überall arbeiten«, sagte sie, deutete mit ihren extrem langen Fingernägeln auf einen Papierstoß, wahrscheinlich Fallberichte ihrer Klienten. »Also habe ich gesagt, es würde mir nichts ausmachen, sie hier vorne abzulösen.«

»Wie läuft das Geschäft?« fragte ich.

»Es boomt«, antwortete sie. »Leider. Schwere Zeiten vergrößern nur den Streß – viele Familien am Rand der Gesellschaft flippen aus, wenn es zu schwer wird, Geld zu verdienen.«

Immaculata arbeitet mit mißbrauchten Kindern und – manchmal – mit deren Familien. »Mamas Geschäfte meinte ich eigentlich«, sagte ich, wollte jetzt nicht über Immaculatas Sachen reden.

»Wer kennt schon Mamas Geschäfte?« Sie lächelte.

Ich ging nach hinten, suchte Mama. Nichts. Ich fragte zwei ihrer sogenannten Köche – sie sahen mich nur ausdruckslos an. Ich ging zum Keller. Einer der Köche hob die Hand als Stoppzeichen. Der Bursche an der Hintertür sagte was auf kantonesisch. Der Koch, der mir den Weg versperrte, trat zur Seite.

Am Fuß der Treppe entdeckte ich sie. Sie saßen an einem schwarzen Lacktisch, der auf Mamas Seite viel höher war als auf der des Kindes. Der Tisch war nicht schief – er hatte eine Stufe in der Mitte, wie eine Treppe. Ich ging leise rüber, wollte die reine Stille nicht stören. Auf Mamas Seite des Tisches stand nur eine schwarze Vase mit einer weiße Lilie. Sie stützte den Ellbogen auf den Tisch, das Kinn in der Hand, beobachtete Flower. Vor dem kleinen

Mädchen befanden sich ein steinernes Tintenfaß, ein Block Löschpapier und einige Bögen schweres Büttenpapier. In der Hand hielt sie einen Elfenbeinstift. Beide schauten auf, als ich näher kam, und ich sah, daß sie gleich gekleidet waren, in passenden Kimonos aus pflaumenblauer Seide mit einem schwarzen Muster, das sich von der linken Brust bis zum Ärmel zog.

»Entschuldigt, daß ich euch störe.« Ich verbeugte mich leicht.

»Schon in Ordnung«, sagte Mama und nickte. »Is fast Zeit für Pause. Du trink Tee, ja?«

»Vielen Dank«, sagte ich.

»Vielen Dank.« Flower kicherte. »Meine Hand tut weh.«

»Woran arbeitest du?« fragte ich das Kind und hockte mich so, daß mein Gesicht mit ihrem auf einer Höhe war. Ich erkannte sowohl Immaculata als auch Max in diesem Gesicht – und sagte lautlos danke, daß sie eindeutig mehr nach ihrer Mutter kam.

»Kalligraphie«, sagte Flower ernst, sprach das Wort mit der ganzen Sicherheit ihrer sieben Jahre aus.

»Sehr wichtig«, sagte Mama. »Zuerst von anderen, dann das eigene – so geht es.«

»Ich verstehe nicht ...«

»Wir lern Haiku«, erklärte Mama. »Sehr gut Disziplin. Sehr wichtig für Balance. Wir üb alte Methoden, um sie zu meistern.«

»Wenn ich richtig schreiben lerne, kann ich meine eigenen Worte schreiben«, sagte Flower, wiederholte stolz eine frühere Lektion.

»Ja«, sagte Mama. »Haiku is Suche nach Perfektion. Jeder Mensch hab seine eigene. Ganzes Leben man arbeit daran. Perfektion is nichts, das man je erreicht ...«

»... es ist, wonach man strebt«, beendete Flower ihren Satz, ein breites Grinsen auf dem kleinen Gesicht.

»Ja!« Mama erwiderte das Lächeln des Kindes.

»Ich dachte, Haiku wär was Japanisches«, sagte ich zu Mama.

»Kopie«, fauchte Mama. »Kopie wie sie alles kopier. Alles alte Wissen is von Chinesen – die nur kopier.«

»Verstehe«, sagte ich leise, beendete schnell das Thema, bevor Mama in Fahrt kam. Dumm von mir, Mamas Vorurteile zu vergessen. Ich hatte Jahre gebraucht, um zu verstehen, daß Stammesstrukturen stärker sind, als Rassismus je sein kann. Das hab ich in Afrika gelernt, aber manchmal vergesse ich's. »Welches Haiku schreibst du denn?« fragte ich Flower, schaute über ihre Schulter auf die exakten Schriftzeichen, die sie gemalt hatte, war überrascht, Buchstaben zu sehen.

»Im Moment übe ich nur«, erklärte Flower ernst. »Damit der Stift und meine Gedanken eins werden.«

»Dies sehr altes Haiku«, sagte Mama und zeigte auf das Original, von dem Flower abschrieb. »Haiku is präzise. Immer fünf, sieben, fünf Silben. Muß auf Englisch genauso.«

Ich schaute über ihre Schulter. Die Worte waren auf Reispapier geschrieben, das älter aussah als ich. Geschrieben in einer exakten, kalligraphischen Handschrift. Mamas?

der Marder, pirschend
Augen stets auf dem Grund, hört
nicht des Falken Schritt

»Du versteh?« fragte Mama, beobachtete mich.

Ich stand lange Zeit dort, betrachtete das Haiku, bis es vor meinen Augen verschwamm. »Ja«, sagte ich schließlich und verbeugte mich.

Hatte erhalten, weswegen ich gekommen war.

Oben setzten wir uns alle an meinen Tisch in der Nische. Mama brachte Tee. Sie weiß, daß ich das Zeug nicht ausstehen kann, aber ich schlürfte ihn trotzdem, wollte nicht, daß Flower irgendwas Schlechtes von mir lernt. Immaculata lächelte und hob eine Augenbraue, während ich in kleinen Schlucken trank.

»Sehr gut Lektion heute«, sagte Mama zu Immaculata.

»Danke, Mama. Max und ich sind sehr dankbar für alles, was du unserer Tochter beibringst.«

»Auch mein Tochter«, sagte Mama. »Enkelin, ja?« Es war keine Frage – sie erwartete keine Antwort.

»Unterrichtet Max dich auch?« fragte ich Flower.

»Ja. Mein Vater ist ein guter Lehrer.« Rasch warf sie einen Seitenblick zu Mama, um zu sehen, ob sie die Drachen-Dame versehentlich beleidigt hatte – was keine große Kunst war.

»Er bringt dir das Kämpfen bei?« fragte ich.

»Jeder kämpft«, warf Immaculata ein. »Max bringt ihr eine Art bei. Verstehst du?«

»Ja«, ich nickte. Ich war noch nie ein Meister darin, mich mit Frauen zu unterhalten, aber drei Generationen auf einmal ließen mich in mehr Fettnäpfchen tappen als gewöhnlich.

»Flower unterrichtet auch«, sagte Immaculata. »Sie bringt Max Handzeichen bei.«

»Wie könnte –?« setzte ich an.

»Als sie noch ein kleines Baby war«, fuhr Immaculata fort, als hätte ich gar nichts gesagt, »winkte sie immer mit ihren kleinen Händchen, wenn sie weinte, weil sie auf den Arm genommen werden wollte. Ich dachte, es seien nur zufällige Bewegungen, aber eines Tages bewegte sie ihre Hände, ohne zu weinen. Und Max ging sofort zu ihr und nahm sie auf den Arm. Sie wußte es. Er auch. Heute kennt sie alle möglichen Zeichen. Ihre eigenen Zeichen. Nur sie und ihr Vater benutzen sie. Ich bin sehr stolz«, sagte Immaculata förmlich und mit feuchten Augen.

Flower nahm die Hand ihrer Mutter – sie konnte nicht nur Max' Zeichen lesen.

Den Rest des Samstags verbrachte ich in meinem Büro, suchte in meinem Kopf. Wie ich es auch drehte und wendete, ich kam zu keinem Ergebnis.

Als ich aufschaute, war es dunkel. Ich teilte die Reste aus dem Kühlschrank mit Pansy, rauchte eine Zigarette, um meinen Magen zu beruhigen, und legte mich mit geschlossenen Augen auf die Couch.

Fantasie und Rückerinnern sind Lichtjahre voneinander entfernt – so weit wie Einbildung und Bilder. Doc erzählte mir mal von einem Burschen, der in einer Hochsicherheits-Klapsmühle im Norden des Staates einsaß. Ein großer Schwarzer namens Norman. Dieser Norman hatte eine Menge Menschen erstochen – das war sein Ding. Ein halbes Dutzend Diagnosen wurden gestellt, einschließlich der entsprechenden Medikationen – nichts funktionierte. Also entgiftete Doc ihn erst mal – holte ihn langsam von den Chemikalien runter, damit er nicht völlig zusammenbrach.

Und ohne die Drogen war Norman ein echter Schatz – saß den ganzen Tag entspannt in seiner Zelle, stets ein freundliches Lächeln auf dem Gesicht. Alle Ärzte waren baff. Also fragt ihn Doc: Was geht da drinnen vor sich?

Norman erzählte Doc, daß er jeden Tag zu diesem Planeten fährt. Zeitreisen im Kopf. Der Planet, Ludar nannte er ihn, ist ein wunderschöner, friedlicher Ort. Der Himmel ist rosa, und das Gras ist weiß, ein reines Weiß wie Schnee. Jeder macht irgendwas auf Ludar. Norman war Farmer – er baute Gold an –, es wächst auf Ludar aus dem Boden. Norman hat dort eine Frau. Auch ein paar Kinder. Es ist ein vollkommener, heiliger Ort. Niemand hat Hunger, niemand ist obdachlos. Niemand wird jemals wütend.

Norman ist eigentlich gar nicht in seiner Zelle. Er ist auf Ludar. Muß nur zweimal am Tag was essen. Damit er Treibstoff hat, um dorthin zu können, wo er sein möchte.

Doc sagte, Norman ging wirklich dorthin. Er wußte so viele Details, daß es real sein mußte. Real in seinem Kopf. Doc erzählte mir, er habe Norman gefragt, ob er vielleicht auch dorthin gehen könne? Es klinge so wunderbar. Da wurde Norman tieftraurig. Er mochte Doc sehr und hätte ihm so gern was Erfreulicheres gesagt ..., aber die meisten Menschen konnten nicht nach Ludar – so war's eben.

Also fing Doc an, die Sache zurückzuverfolgen, herauszufinden, woher Norman seinen Flugplan nach Ludar hatte. Sie nahmen Norman, als er noch ein Kind war, genau so, wie sie so viele von uns nahmen. In einer dieser Anstalten, in die sie ihn steckten, griff sich Norman ein Messer und begann zuzustechen. Um sich zu schützen – sogar die Wärter wußten das. In manchen dieser Kinderheime ist es genauso wie im Gefängnis.

Also fingen sie damals an, ihn mit Medikamenten vollzupumpen – um ihn gefügiger zu machen, ihn ruhigzustellen. Aber es funktionierte nicht. Früher oder später stach Norman wieder zu.

Doc hält nicht viel von diesen Papier-und-Bleistift-Tests – er fragte Norman einfach: Wieso hast du so viele Leute niedergestochen? Norman sagte, daß sie ihn nicht nach Ludar gehen lassen wollten. Dazu hätten sie aber kein Recht – er tat niemandem weh, der selbst dorthin ging. Und da reimte Doc sich alles zusammen. Es waren nicht *Menschen*, die Norman von Ludar fernhielten, es waren die Medikamente. Wenn die Dosis zu hoch wurde, konnte Norman sich nicht mehr von diesem miesen Planeten wegteleportieren. Also fing er an, zuzustechen und zu schnippeln. Dann änderten sie seine Medikation, und er konnte eine Zeitlang wieder nach Hause. Doc schrieb KEINE MEDIKAMENTE! auf Normans Krankenblatt. Und Norman stach nie wieder jemanden nieder. Er kam auch nie wieder aus dem Gefängnis, aber das spielte keine Rolle. Norman war weg von den Medikamenten. Und auf Ludar.

Fantasie ist etwas, von dem man sich wünscht, es würde passieren. Flashbacks sind etwas, von dem man sich wünscht, es wäre nie passiert. Ich brauchte keine Vorstellungskraft, um an einem anderen Ort zu sein – ich war schon dort. Ich brauchte mich nur zu erinnern, die Bilder auf meiner inneren Leinwand zum Leben erwecken.

Ich ging dorthin, blieb sehr lange. Als ich die Augen wieder öffnete, war es früher Sonntagmorgen. Bei meiner Rückkehr von der Reise ins Innere konnte ich keine Souvenirs vorweisen. Und mein Rücken war so kalt wie die Spur des Killers.

Ich ging los, um meine Vorräte aufzustocken. Kam zurück mit einem halben Liter Eiscreme, einer Tüte voll warmer Bagels, einem großen Stück Frischkäse und einem Viertelpfund kanadischem Lachs. Pansy liebt das Zeug. Vielleicht ist sie karibisch im Herzen und jüdisch in der Seele … obwohl Mama darauf besteht, daß sie ein riesiger Shar-Pei ist.

Ich trat auf die Feuerleiter hinaus, hielt mich im Schatten des Gebäudes, war um diese Uhrzeit von der Straße aus unsichtbar. Als ich den letzten Bagel gegessen hatte, tippte ich Mamas Telefonnummer in das Handy.

»Ich bin's.«

»Zwei Anrufe«, antwortete sie. »Ein Mann sag, sein Name J. P. Dann die Frau.«

»Hat einer von beiden gesagt, es sei wichtig?«

»Beide.«

»Danke, Mama. Ich ruf später wieder an.«

»Paß auf Himmel auf«, sagte sie und legte auf.

Auf der Straße schaute ich mich nach einer Telefonzelle um, bevor ich versuchte, Belinda zu erreichen.

»Was gibt's?« fragte ich, als sie sich beim ersten Klingeln meldete.

»Sie wissen's noch nicht?«

»Nein, ich weiß es gottverdammt noch nicht. Wollen Sie's mir verraten?«

»O Jesus. Nicht am Telefon. Können wir uns treffen ...?«

»Ich habe kein Auto.«

»Ist schon in Ordnung. Ich hab eins. Kennen Sie ... Warten Sie! Sprechen Sie von einem sicheren Apparat?«

»Auf der Straße.«

»Ja ... okay. Kennen Sie die Benson Street? Die Gasse hinter der ...?«

»Kenn ich«, sagte ich. »Wann?«

»Mitternacht, okay?«

»Okay.«

Ich fuhr mit der U-Bahn bis Midtown, stieg ein paar Blocks von Hausers Büro entfernt aus. Auch ihn rief ich aus einer Telefonzelle an. »Ich bin's.«

»Wo, zum Teufel, haben Sie gesteckt?« bellte er mit einem eindringlichen Unterton. »Können wir uns treffen ...?«

»Sagen Sie, wo und wann.«

»Mein Büro«, erwiderte er. »So bald wie möglich.«

Die Tür zu seinem Büro war nur angelehnt. Ich drückte sie ganz auf und trat ein, klopfte gleichzeitig leise an den Türrahmen. Hausers Blick war auf Papiere auf seinem Schreibtisch gerichtet – er schoß hoch. »Was haben Sie gemacht, sind Sie geflogen?« fragte er.

»Ich war in der Nähe. Was haben Sie?«

»Setzen Sie sich«, sagte Hauser und stand selbst auf. »Das kann ein bißchen dauern.«

Ich nahm Platz, steckte mir eine Zigarette an, machte es mir bequem. Hauser ging hinter seinem Schreibtisch auf und ab. »Schießen Sie los«, forderte ich ihn auf.

»Diese Berichte – die über diesen Cop. Morales. Haben Sie die sorgfältig gelesen?«

»So sorgfältig ich konnte.« Inzwischen war ich auf der Hut.

»Er ist Katholik. Haben Sie das gesehen?«

»Ja. Na und? Es gibt alle möglichen Sorten von Katholiken.«

»Lateinamerikanische Katholiken lösen sich im allgemeinen nicht so sehr von der Kirche wie andere.«

»Im allgemeinen schlachtet auch niemand Frauen ab«, sagte ich. »Ist das Ihre Vorstellung von einem Zusammenhang?«

»Haben Sie gesehen, daß er keine Kinder hat?« Hauser redete weiter, als hätte ich nichts gesagt.

»Ja. Und wenn Sie mir jetzt noch sagen, daß er vielleicht schwul ist und nicht damit fertig wird … auf der Spur bin ich bereits.«

»Er ist nicht schwul.« Hausers Stimme verriet absolute Gewißheit. »Haben Sie sich die Querverweise auf dem Bericht angesehen?«

»Da waren keine«, sagte ich kategorisch. »Ich hab Ihnen alles gegeben, was ich von ihr bekommen habe.«

»Doch, da waren welche. Schauen Sie mal auf die letzte Seite ganz unten.«

Ich ließ meine Augen über das Blatt wandern. Alles, was ich sah, war ein kleines, schwarz umrandetes Feld, wie eine Todesanzeige:

VS = 1
LOD79-I = 2
HOSP80-Dx81-Rx = 3

»Was soll das bedeuten?«

»Die erste Zeile bezieht sich auf rein statistische Daten. Geburtsdatum, Namen der Eltern, so was eben. Die nächste Zeile sind Verwundungen im Dienst. Die letzte erfaßt sämtliche Krankenhausaufenthalte, ansteckende Krankheiten – alle stationären und ambulanten Behandlungen.«

»Ja, okay. Aber was bringt uns das? Belinda hat uns nie die ...«

»Sie hatte sie wahrscheinlich selbst nicht«, unterbrach Hauser. »Aber es gibt mehr als nur eine Möglichkeit, an Dokumente aus dem Polizeipräsidium heranzukommen. Hier, sehen Sie selbst.« Er reichte mir einen langen Ausdruck auf Thermopapier, der aussah, als wäre er an einem Stück aus einem Faxgerät gekommen.

Ich überflog ihn, fand immer noch nichts. »Schön, er ist also 1956 in Camden, New Jersey, geboren. Und er hatte eine Bruchoperation.«

»Am gleichen Ort.«

»In Camden? Na und? Vielleicht mag er einfach die Ärzte in seiner Heimatstadt.«

»Das glaube ich nicht«, sagte Hauser ruhig. »Ich bin selbst hingefahren. Am Morgen nach dem Kampf. Er ist in diesem Krankenhaus nicht an einem Bruch operiert worden – es war eine Vasektomie.«

»Okay. Und?«

»Das war 1982. Nachdem er aus der Army entlassen wurde – wußten Sie übrigens, daß er Militärpolizist war? – und schon bei den Cops war. Wenn es ein alter Bruch gewesen wäre, hätte die Veteranenverwaltung die Kosten übernommen. Und die Cops hätten's todsicher auch bezahlt – das NYPD besitzt die beste Krankenversicherung der Welt. Also, warum sollte er den ganzen weiten Weg dort runter machen?«

»Um es geheimzuhalten?« fragte ich verdutzt. »Was ist schon dabei? Ich hatte selbst eine Vasektomie. Es dauert nur ein paar ...«

»Er ist Katholik, Burke«, wiederholte Hauser, seine Stimme zeigte nun Ansätze von Ungeduld. »Praktizierender Katholik. Eine Vasektomie ist Geburtenregelung hoch fünf. Unwiderruflich. Wahrscheinlich eine beschissene Todsünde, was weiß ich.«

»Also spielt er Verstecken mit der Kirche«, sagte ich. »Was hat das mit dem zu tun, was wir ...«

»Wie könnte er schwul sein?« fragte Hauser, angespannte Eindringlichkeit in der Stimme. »Wenn er keinen Sex mit Frauen hat, warum soll er sich dann Sorgen um Schwangerschaft machen? Eine Vasektomie würde verhindern, daß er Babys macht – das hat mit Schutz vor Aids überhaupt nichts zu tun. Es gibt keinen anderen Grund für eine Vasektomie, richtig?«

Okay, soviel zu dieser brillanten Theorie, dachte ich und sagte: »Das ist ja interessant. Aber ich ...«

»In den Leichen der ermordeten Frauen wurde keine DNA gefunden, richtig?« Hauser war jetzt ganz erregt, sein Lautstärkeregler fast bis zum Anschlag aufgedreht. »Und wir dachten, Piersall hätte wahrscheinlich ein Kondom benutzt ... bei der Frau am University Place. Aber die anderen, als er im Gefängnis war, bei denen wurde auch kein Sperma gefunden. Eine Vasektomie würde das erklären.«

»Sie meinen ...?«

»DNA funktioniert nur mit Zellkernmaterial. Das habe ich nachgeprüft. Blut, Sperma, Haut. Aber in steriler Samenflüssigkeit gibt es keine DNA, verstehen Sie? Selbst nach einer Vasektomie ejakuliert man noch, nicht wahr?«

»Sicher. Man verschießt nur Platzpatronen.«

»Und damit sind keine genetischen Tests durchführbar. Also ... es könnte sein, daß sie recht hat. Es könnte sein, daß Morales unser Bursche ist.«

»Unser Bursche für die anderen Morde?«

»Unser Bursche für diesen hier.« Hauser warf mir eine

Ausgabe der Sunday News zu. Ich schaute auf die Schlagzeile, die er rot umkringelt hatte:

Die Schlagzeile sagte irgendwas von einem »Gesellschaftsmord«, aber damit hielt ich mich nicht auf, las bei den Fakten weiter. Am frühen Samstag morgen wurde Loretta Barclay, Frau des Reedereimagnaten Robert Barclay, im Poolhaus ihrer Villa in Scarsdale vom Hausmeister gefunden. Sie war irgendwann spät am vorherigen Abend ermordet worden, während ihr Mann auf den Bermudas war und einen internationalen Deal unter Dach und Fach brachte. Auf sie war mehrfach eingestochen worden, weitaus öfter als nötig, um sie zu töten. Dem von der Zeitung zitierten Cop zufolge gab es »Anhaltspunkte, die auf ein Sexualverbrechen hinweisen«. Weder aus dem Haus noch vom Grundstück waren Wertgegenstände entwendet worden. Die Polizei hatte keine Verdächtigen.

»Wie kommen Sie darauf, daß Morales ...«

»Ich hab einen Freund oben in Westchester. Einen *Freund,* keinen Informanten, verstehen Sie? Einen State Trooper. Die glauben, daß es jemand aus der Vergangenheit der Frau war ... irgendwas mit einer anderen Identität. Aber das ist meiner Meinung nach eine Sackgasse. Etwas haben sie herausgefunden – etwas, das nicht in der Zeitung steht.«

Er trat näher, flüsterte beinahe. »Sie haben ein rotes Band gefunden«, sagte er. »In der Leiche.«

Ich rannte zu meinem Bau zurück, schlug zweimal Haken, vergewisserte mich noch gründlicher als sonst, daß mir niemand folgte. Pansy spürte, daß etwas nicht stimmte. Ich brauchte ein paar Miauten, um sie zu beruhigen, wollte in Ruhe arbeiten.

Ich hätte es mir denken sollen – Hauser ist berüchtigt für seine Beharrlichkeit. Er hat mal an einem Marathonlauf teilgenommen – ohne jedes Training, einfach so. Brauchte fast fünf Stunden, um ins Ziel zu kommen, und verflucht viel länger, bis der Chiropraktiker mit *ihm* fertig war … aber er hat durchgehalten. Ich hatte aufs richtige Pferd gesetzt, hielt aber die Zügel nicht in der Hand – Hauser würde laufen, wohin er wollte. Und so schnell er wollte.

Genau das mußte ich auch tun – laufen. Egal wie stark die Rückendeckung sein mag, Überleben ist letzten Endes immer ein Do-it-yourself-Projekt.

Ich tat das gleiche, was ich auch als eingesperrtes Kind getan hatte – lief in Gedanken weg. Nicht nach Ludar – *so* verrückt war ich nie –, aber an einen Ort, wo man mir nichts tun konnte. Starrte einen Punkt auf der Wand an, bis ich nichts anderes mehr sah. Er würde größer und größer werden, und dann kam die Tiefe dazu, als sei er dreidimensional. Bei den ersten paar Malen war es, als würde ich in einen klaren, tiefen Teich springen, allerdings einer, in dem ich atmen konnte. Solange ich unten blieb, konnten sie mir nichts tun. Nach einer Weile begriff ich, daß ich da unten Dinge tun konnte. Gedanken-Dinge meistens. Konnte eine Frage in die Hand nehmen, bevor ich in den Teich sprang. Manchmal hatte ich die Antwort, wenn ich wieder hochkam.

Morales konnte den Mord oben in Westchester County nicht begangen haben. Er war bei den Kämpfen in Atlantic City. Hatte mich beobachtet. Sagte, er sei mein Alibi – daß er den Falschen beschattet hätte. Also mußte er denken, ich hätte damit zu tun, irgendwie. Vielleicht bestand mein Job darin, ihn abzulenken … ihn von der Witterung abzubringen?

Nein, das war dumm – ich hatte ja gar nicht gewußt, daß er mir folgte. Und darauf verlassen konnte ich mich todsicher nicht.

Also gab mir Morales vielleicht zu verstehen, daß ich aus dem Schneider war. Er wußte, daß ich den Mord nicht begangen haben konnte – er war ja bei mir gewesen – das Timing haute einfach nicht hin.

Tat er mir einen Gefallen, warnte er mich?

Warum sollte er?

Es ergab keinen Sinn – reimte sich nicht zusammen.

Es sei denn …?

Ich setzte mich vor den Spiegel, schaute in den roten Kreis, den ich vor Jahren darauf gemalt hatte. Der Punkt wuchs, wurde tiefer. Ich nahm dieses *Es sei denn* in die Hände und sprang hinein.

Die Antwort kam – so schnell und heftig, daß es mich zurück an die Oberfläche schleuderte.

Es sei denn, Morales war überhaupt nicht in Atlantic City gewesen.

Es sei denn, er war schlauer, als ich bisher gedacht hatte – pflanzte die Lüge tief ein.

Es sei denn, ich war *sein* Alibi.

Ich nahm die U-Bahn bis in die Nähe einer Taxizentrale im Village. Hatte Glück – der Funker, mit dem ich normalerweise arbeite, hatte Dienst. Ich zeigte ihm meine Juan-Rodriguez-Taxifahrerlizenz. Er nickte, sagte kein Wort. Ich gab ihm vier Fünfziger – er gab mir ein freies Taxi. Der Deal war immer der gleiche: Ich behielt das Cab für vierundzwanzig Stunden oder weniger. Wenn ich es zurückbrachte, zahlte ich ihm außerdem, was immer das Taxameter anzeigte. Dieses Geld behielt der Funker, dazu die zwei Hunderter. Ein teurer Leihwagen, aber absolut anonym, nicht zurückzuverfolgen – in dieser Stadt ist ein gelbes Taxi unsichtbar.

Ich verließ die Garage und bekam praktisch sofort eine Fuhre. Ein Typ und sein Mädchen wollten zu einer Adresse in den East Nineties. Ich setzte sie ab, sagte »Vielen Dank, Sir« zu dem netten Trinkgeld, fuhr dann auf den FDR Richtung Willis Avenue Bridge.

Als ich die Bronx erreichte, schaltete ich die Dachleuchte mit dem »Off-Duty«-Schriftzug ein. Das würde niemanden überraschen – ein Taxi mochte – manchmal – eine Fahrt in die South Bronx annehmen, aber es würde da oben niemals jemand aufnehmen. Als Yellow-Cab-Fahrer dachte man nur daran, so schnell wie möglich zurück nach Manhattan zu kommen – die Bronx gehörte den illegalen Taxiunternehmen.

Ich parkte vor der Trainingshalle, schloß ab und ging hinein.

»Sei gegrüßt, mein Freund«, sagte Clarence, der in mandarinrotem Leinensakko und smaragdgrünem Seidenhemd herumstolzierte.

»Ist der Prof da?« fragte ich.

»Nur noch kurz, Mahn. Das Training ist vorbei. Wir fahren bald.«

»Ich warte draußen.«

»Hast du Probleme?« fragte der junge Mann. »Kann ich …?«

»Nein, ist schon okay, Clarence. Ich muß den Prof nur was fragen.«

»Wenn's um 'ne Frage geht, hat mein Vater ganz bestimmt die Antwort«, meinte er zuversichtlich.

Ich hörte den Prof, noch ehe ich ihn sah. Er quasselte über den nächsten Kampf. Als er mich entdeckte, hörte er mit seinen Reim-dich-oder-ich-freß-dich-Sprüchen auf und kam schnell zu mir.

»Was gibt's, Burke?«

»Ich muß mit dir reden. Diese Sache … gerät außer Kontrolle.«

»Komm.« Er gab Frankie und Clarence ein Zeichen, uns zu folgen. Der Prof ging voraus zur Laderampe. Er und Frankie setzten sich, Clarence blieb stehen, wollte keinen Fleck auf seinen Klamotten riskieren. Ich schaute den Prof an, drehte die Augen fast unmerklich nach rechts, wo Frankie saß.

»Er gehört zu uns«, sagte der Prof, sagte damit alles.

»Ich brauch Rückendeckung. Heute abend. Downtown, in der Benson Street, hinter dem Familiengericht. Ich soll sie um Mitternacht treffen. Und die Sache läuft aus dem Ruder.«

»Aus dem Ruder von was, Schuljunge?«

»Morales sitzt mir jetzt schon eine ganze Weile im Nacken – rund um die Uhr. Oben in Westchester ist ein weiterer Mord passiert. Am gleichen Abend wie der Boxkampf, aber sehr spät, nach Mitternacht. Ich wußte nichts davon – es stand nicht in der Zeitung, zumindest nicht in den Frühausgaben. Samstag morgen hat Morales mich abgepaßt. Sagte, er sei bei Frankies Kampf gewesen. Hätte mich beschattet, klar? Sagte, ich würd ihn verarschen – und daß er mein Alibi für den Mord sei.«

»Er glaubt, du …?«

»Prof, ich weiß nicht, was zum Geier er glaubt. Zuerst dachte ich, er würde mich beschuldigen, irgendwie in der Sache mit drinzuhängen … als wär diese Belinda meine Partnerin oder so. Er hat mich gewarnt … hat gesagt, jeder würd mit mir den Bach runtergehen.«

»Der Cop tut dir einen Gefallen?« spottete der Prof. »Das kann nicht sein.«

»Ja, das dachte ich auch. Nur daß … oben in Westchester, der Killer hat sein Zeichen hinterlassen … das rote Band in der Leiche. Piersall kann es nicht gewesen sein, also bleibt nur Belinda, oder?«

»Oder dieser Piersall ist wirklich unschuldig …«, sinnierte der Prof.

»Klar«, sagte ich. »In einem Fernfahrerlokal in Jersey krallt er sich 'ne Nutte, schnippelt nur so zum Spaß an ihr rum – und ist ein paar Wochen später rehabilitiert? Unmöglich – es *muß* Belinda sein. Zwischen ihr und Piersall läuft was – Hauser hat's gesehen.«

»Wenn du so sicher bist, dann …«

»Aber was, wenn's Morales war?« fragte ich, verwirrte mich noch mehr als den Prof. »Was, wenn alles nur 'ne Finte ist? Was, wenn er gar nicht in Atlantic City war? Er könnte mich als *sein* beschissenes Alibi benutzen, richtig?«

»Dann muß er von Frankie wissen. Ohne Partner konnte er nicht ...«

»Er hat keine Partner. Da bin ich absolut sicher – er ist ganz allein da draußen.«

Der Prof betrachtete mich unverwandt mit seinen freundlichen, dunkelbraunen Augen. »Das geht uns nichts an«, sagte er. »Ein ehrlicher Dieb versetzt mir keinen Hieb. Klauen ist auch nur ein Job. Einer kann klauen, und ich hab trotzdem Vertrauen. Aber wenn Leuten zum Spaß weh getan wird, dann ist's Zeit abzuhauen oder zu schießen, Junge.«

»Ganz deiner Meinung. Und ich bin voll fürs Abhauen. Aber blind mach ich das nicht. Egal wer dahintersteckt, die haben mich im Visier. Hat keinen Zweck, die Stadt zu verlassen. Hier bin ich sicherer, kann besser untertauchen. Ein großes Stück fehlt. Wenn ich das finde, kann ich mich verdrücken, verstehst du?«

»Okay, wir sind dabei. Auf geht's. Soll Clarence bei dir ...?«

»Nein, ich komm schon klar. Das Taxi da drüben ist meins – wenigstens für 'ne Weile. Wenn du diese andere Sache machen kannst, mir heute nacht Rückendeckung geben ...«

»Gemacht, Junge.« Der Prof sprang geschmeidig von der Rampe auf den Boden.

»Ich bin auch dabei«, sagte Frankie.

»Du weißt nicht, um was es geht«, sagte ich.

»Ich weiß, was es heißt, einem Partner zu helfen. Ich meine, ich hab davon *gehört*. Hab's selbst noch nie erlebt, nicht bevor ich euch getroffen habe.« Er fixierte mich scharf. »Ich bin dabei«, erklärte er mit einer Stimme, die keine weitere Diskussion zuließ.

Der Prof nickte. Frankie sprang auf den Boden. Wir standen im Schatten des Gebäudes, keiner sagte ein Wort.

Es war wie auf dem Gefängnishof: rumstehen, gegen die Kälte zusammenrücken, die immer da ist, selbst im Sommer. Irgendwo über uns Wachtürme, die eigentliche Gefahr hier auf dem Boden, undurchdringlicher als die schmutzigen Steinmauern.

Ich zündete mir in der hohlen Hand eine Zigarette an, nutzte die wenigen Sekunden, um den Blick wandern zu lassen, eine alte Gewohnheit vom Gefängnishof. Das Streichholz flackerte rot in meinen Händen. Ein anderes Aufblitzen in den Augenwinkeln, silbern. Was zum … »Runter!« brüllte ich, stieß mit der Schulter gegen Frankies Brustkorb, riß ihn zu Boden. Sein Körper wirbelte herum, als ich gegen ihn krachte, ein Sekundenbruchteil, bevor ich den Schuß hörte. Ich blieb auf ihm liegen, versuchte, mich flach an den Boden zu pressen. Splitter flogen von der Backsteinmauer über unserem Kopf. Eine schnelle Salve krachte, so nahe, daß es mir in den Ohren dröhnte. Clarence lag auf dem Bauch, hatte die Pistole in beiden Händen, stützte die Ellbogen auf. Das Geräusch eines Wagens, der mit Vollgas davonraste.

Dann war es still.

»Oben an der Schulter«, sagte der Prof, der jetzt neben Frankie kniete. »Rein und raus.« Er deutete auf Frankies Lederjacke.

»Ich bin … okay«, sagte Frankie, biß sich auf die Unterlippe.

»Hast du sie gesehen?« fragte ich Clarence.

»Nein, Mahn. Nur den Wagen. Ein dunkler Wagen. Limousine. Hab ihn vielleicht getroffen – weiß nicht.«

»Bringen wir ihn ins Krankenhaus«, sagte ich. »Schnell, bevor die Cops aufkreuzen.«

»In diesem Viertel?« spottete der Prof. »Mach dir darum keine Sorgen. Wir bringen ihn rüber ins Lincoln, erzählen denen was von 'nem vorbeifahrenden Auto. Kids in einem Jeep, wildes Rumgeballer – du weißt, wie's läuft. Hau ab; wir sind heute abend da.«

Niemand hatte ein Wort gesagt, aber wir alle wußten es – Frankie war nicht das Ziel. Irgend jemand da draußen hatte es auf mich abgesehen – jemand, der über Drohungen weit hinaus war. Wer immer es war, er wußte von Frankie. Wußte von der Trainingshalle. Vielleicht auch von Atlantic City.

Mord bringt Dinge in Ordnung. Früher mal glaubte ich daran wie an eine Religion. Aber wenn man einen Mord ausführt, kommt er immer in NATO-Draht verpackt – wenn man es falsch anpackt, reißt er tiefe Wunden. Und jeder Fehler, den man macht, ist gleichzeitig der letzte.

Schußwaffen sind zu einfach. Sie *machen* es zu einfach. Den Abzug drücken, ein Leben nehmen.

Selbst wenn ich mich dazu überwinden könnte, würde es ein Ratespiel bleiben. Es konnte Belinda sein. Oder Morales.

Und wenn ich mich irrte, würde ich doppelt tot sein.

Den Kindern des Geheimnisses ist ein besonderer Fluch vorbehalten. Wir beschließen zu überleben, zu bezahlen, was immer das kostet. Manche von uns werden gefährlich, aber das ist nicht der eigentliche Fluch. Der eigentliche Fluch ist Feuer aus den eigenen Reihen – wenn dein Haß dich blind macht und du jeden niedermachst, der versucht, auf deiner Seite zu stehen.

Ich glaubte nicht, daß ich es je tun würde. Lieber würde ich sterben, als jemand aus meiner Familie weh zu tun – meiner wirklichen Familie. Eine Familie der Wahrheit, nicht der Biologie.

Ich hatte keine Eltern, bis der Staat mich nahm. Und was der mir antat, werde ich niemals verzeihen. Wenn der Staat eine Person wäre, hätte ich ihn schon vor langer Zeit umgebracht. Hätte ihn getötet oder wär bei dem Versuch draufgegangen, soviel Haß ist in mir.

Manchmal läuft er über. Ich empfinde gar nichts bei diesen Morden in der Bronx, vor Jahren. Empfinde gar nichts dabei, in dieses Haus gegangen zu sein. Mach mir nichts mehr vor – mach mir nicht mehr vor, ich wäre reingegangen, um ein Kind zu retten. Ich bin für mich reingegangen, hab meinen Haß so eng gebündelt, daß er wie ein Laserstrahl die Dunkelheit zerschnitt. Als ich fertig war, lag ein totes Kind unter dem Haufen Leichen, den ich hinterlassen hatte.

Seitdem hab ich versucht, dem Staat auch daran die Schuld zu geben. Aber ich wußte es besser. Und vielleicht wußte Morales es auch.

Gegen elf Uhr abends dachte ich immer noch darüber nach. Ich besitze Waffen. Kalte Waffen, nicht zu ihrer Quelle zurückzuverfolgen. Gute Waffen, in ausgezeichnetem Zustand. Und ich weiß, wo ich mehr bekomme. Früher war das in dieser Stadt nicht so leicht, aber heute kann sich jeder Wichser welche beschaffen – es ist ein modisches Accessoire, gehört einfach zum Look.

Verstehen Sie mich nicht falsch. New York hat Gesetze, die den Besitz von Schufwaffen kontrollieren. Eigentlich sehr strenge Gesetze. Wenn man eine Pistole tragen will, muß man schon einen verdammt guten Grund haben – zum Beispiel Mieteintreiber sein für einen Hausbesitzer in den Slums, oder man braucht was, um bei Penthouse-Partys angeben zu können. Wer in einem gefährlichen Stadtteil arbeitet, darf wahrscheinlich völlig legal eine Kanone tragen. Wer aber in einem dieser Viertel *lebt*, der hat eben Pech gehabt, mein Bester.

Eine Kanone in die Finger zu bekommen war also kein Problem. Aber ich konnte es nicht tun. Nicht wegen der Schuldgefühle, sondern aus Angst. Angst vor dem, was ich tun könnte … davor, was mit Kugeln wieder in Ordnung zu bringen. Das hatte ich schon mal versucht. Hatte es wirklich versucht. Aber das einzige, was ich mit Kanonen töten konnte, waren Menschen.

Und nicht mal die Menschen, die mich so tief verletzt hatten, als ich klein war, sondern nur zweitklassige Ersatzfiguren.

Ich nahm ein langes Stück rasiermesserscharfes, mattgraues Plastik aus meiner Schreibtischschublade. Ein Ende war mit doppelklebendem Isolierband umwickelt und rutschfest, egal, wo ich es anpackte. Man sticht tief und dreht dann fest. Das Plastik durchschneidet alles, aber es bricht sehr leicht – ein großes Stück bleibt immer drinnen.

Ich nahm meine alte Armyjacke vom Haken. Spezialmodell für Einbrecher, maßgefertigt von einem Schneider in der Broome Street, den ich gut kenne – der alte Mann macht sie schon seit Jahren. Sie hat ein Kevlar-Futter, mehrere dünne Schichten – gegen die Kugeln. Die Ärmel sind dick gepolstert und mit einer Lage feinem Drahtgewebe verstärkt. Das ist gegen Hunde – egal, wie gut sie ausgebildet sind, die meisten schnappen nach einem Arm, wenn man ihnen den anbietet. Die Innentaschen sind perfekt für Sachen wie Schmuck oder Bargeld. Eine Stereoanlage oder ein Fernseher passen allerdings nicht hinein – so eine Jacke ist auch nicht für Amateure gedacht.

Ich schob das Plastikmesser in den linken Ärmel, befestigte es mit einem Stück Klettband. Die Jacke ist so geschneidert, daß man sich sorglos von jedem Streifenpolizisten abtasten lassen kann – keine verräterischen Wölbungen. Das Messer war nicht zu fühlen. Genausowenig wie der Spezialschlüssel für Handschellen, der auf dem Rücken eingearbeitet ist.

Es gibt einen Platz für Dietriche, einen anderen für zwei Paar Einmalhandschuhe, die innen bereits mit Talkumpuder eingestäubt sind. Die Dietriche ließ ich da, behielt die Handschuhe.

Ich stieg in Chinos, dazu Arbeitsstiefel. Keine Stiefel für den Bau, sondern für meine Art Arbeit – dicke Kreppsohlen, Stahlkappen über den Zehen.

Heute sieht man dauernd Kids, die sich so anziehen: große, weite Hosen, zerrissene Sweatshirts, derbe Schnürstiefel. Klamotten im Arbeitslook, das ist heute absolut in. Macht auch Sinn, wenn man mal drüber nachdenkt. Kids kopieren den Lebensstil, nicht das Leben. Vor einiger Zeit trugen die Jungs alle dicke Goldkettchen, Ringe an vier Fingern, Ultra-Sonnenbrillen. Sogar Beeper-Attrappen. Alles, um wie Dealer auszusehen, das ultimative Rollenmodell des Ghettos. Diese Kids dealten nicht mit Drogen – und die, die dieses Jahr Arbeitsklamotten tragen, haben auch keine Jobs.

In Amerika gilt: Je nutzloser was ist, desto mehr lieben wir es. Diese gigantischen BHs Größe 88 DD, die man an manchen dieser armen, kleinen Schlampen sieht, die's mit den Implantaten total übertrieben haben, damit sie die Hauptattraktion in den Stripper-Bars werden – glauben Sie vielleicht, die sind ein Zeichen dafür, daß diese Mädchen ganze Würfe säugen können?

Amateurverbrecher sind wie Killer um des Nervenkitzels willen. Die kriegen von einem Verbrechen bestenfalls einen krankhaften, kleinen Kick – das ist ihre mitleiderregende Ausbeute. Zeigen Sie mir einen Freak, der nachts in Ninja-Kluft herumzieht, und ich weiß, daß ich einen total Durchgeknallten vor mir habe. Die Grundregel des Anschleichens ist Unauffälligkeit. Als ich an diesem Abend aus dem Haus ging, sah ich aus wie jeder x-beliebige Exsoldat aus der Armee versprengter Männer, die auf den Straßen herumlaufen, bis sie eins mit ihnen werden.

Ich, ich ging zur Arbeit.

Man muß eine andere innere Einstellung haben, um ein Messer zu benutzen. Schußwaffen sind ein Videospiel, das man im Kopf spielt. Ein Messer ist etwas Persönliches.

Wenn es Belinda war, wenn es heute nacht passierte, dann würde das Messer genügen müssen. Wenn man auf kürzeste Distanz arbeitet, ist es schwerer, einen Fehler zu machen.

Ich ging gegen den Verkehrsstrom den Broadway hinauf, blieb in Hauseingängen stehen, um das Gelände hinter mir zu sondieren. Es sah frei aus. Fühlte sich auch so an.

Ich bog rechts in die Leonard Street ein, hielt mich auf der Südseite des Blocks, damit ich in die Gasse schauen konnte. Keine Autos. Nur die üblichen durchweichten Abfallhaufen um zwei große, blaue Müllcontainer, die auf die frühmorgendliche Leerung warteten.

Die Leonard Street führt am Criminal Court an der Centre Street vorbei, kreuzt dann die Lafayette hinter dem Family Court. Es ist eine Einbahnstraße. Die meisten Leute könnten über die Gerichte das gleiche sagen.

Ich beobachtete die Einmündung der Gasse. Normalerweise konnte man bis zur Franklin Street am anderen Ende schauen, aber die Sicht wurde durch zwei Sattelschlepper versperrt, nebeneinander rückwärts geparkt, als warteten sie darauf, entladen zu werden. Ich würde erst reingehen, wenn ich Belinda sah. Durch die beiden Sattelschlepper war die Gasse noch mehr zur Falle geworden – die Einmündung zu sperren und den Hahn abzudrehen würde leicht sein.

Ich konnte die Umrisse eines Obdachlosen erkennen. Er lag auf einem Bett aus plattgedrückten Kartons, in einen zerlumpten, alten Parka gehüllt, etwa drei Meter von der Einmündung der Gasse entfernt. Konnte nicht erkennen, ob es der Prof war, aber wahrscheinlich hatte er sich diese Stelle ausgesucht. Konzentriert beobachtete ich den Mann einige Minuten – er rührte sich nicht.

Es war still auf der Straße. Ein paar Blocks weiter war in beiden Richtungen was los. Im Osten nächtliche Anklageeröffnungen im Criminal Court – eine mattgraue Masse, die jeden erdrückte, manchmal einen Glückspilz wieder ausspuckte, meistens aber einfach nur malmte,

malmte. Im Westen die ganze abgefuckte »downtown-Szene« mit ihren Club-Kids im Grunge-Look, die alle so absolut identisch anders aussahen.

Ein paar Minuten vor Mitternacht schob sich ein weißer Kleinwagen – Toyota? Honda? – von der Lafayette Street um die Ecke. Der Wagen bremste, hielt unmittelbar hinter der Gasse, setzte zurück und rückwärts hinein. Weit hinein – wenn man an der Gasse vorbeiging, würde er kaum zu erkennen sein. Die Scheinwerfer erloschen. Die Fahrertür wurde geöffnet. Das Innenlicht flammte auf. Ein Insasse – oder vielleicht auch nur einer sichtbar über der Unterkante der Windschutzscheibe.

Jemand stieg aus, trug eine unförmige Jacke und einen Schlapphut. Belinda? Bei der Beleuchtung schwer zu sagen – ich wartete ab. Wer immer es war, zog nun seine Jacke aus, beugte sich vor und lehnte sich gegen den vorderen Kotflügel. Dann wurde ein Bein nach hinten ausgestreckt und gebeugt. Das gleiche mit dem anderen Bein. Wie eine Aufwärmübung vor einem Rennen. Als sich meine Augen an das Dunkel gewöhnt hatten, sah ich, daß es Belinda war. Als sie sich zur Seite drehte und reckte, die Hände weit über den Kopf hob, war ich sicher.

Ich glitt aus dem Hauseingang, ging ein Stück den Block hinauf, überquerte die Straße und machte mich auf den Rückweg. Ich erreichte die Gasse und ging hinein.

»Hi!« sagte sie, als sie mich entdeckte, nahm den Hut ab und winkte damit, als müßte ich sie in einer größeren Menge finden. Konnte genausogut ein Zeichen für jemanden auf der anderen Straßenseite sein, aber jetzt konnte ich nicht mehr zurück … mußte auf meine eigene Rückendeckung vertrauen.

Ich ging weiter, verringerte die Entfernung zwischen uns.

»Danke, daß Sie gekommen sind.« Ihre Stimme war eine Idee höher als gewöhnlich.

»Wie versprochen«, antwortete ich.

»Sollen wir uns ins Auto setzen?« fragte sie. »Hier draußen wird's ein bißchen frisch.«

Ich gab keine Antwort, ging einfach zum Auto und öffnete die Tür. Das Innenlicht flammte auf – der Wagen war leer. »Der Zündschlüssel steckt?« fragte ich.

»Ja. Warum ...?«

Ich griff hinein, zog den Schlüssel ab. Dann ging ich zum Kofferraum und öffnete ihn. Hier ging kein Licht an, aber ich hatte meine Taschenlampe bereit, eine dieser Mini-Mags, die wenig Platz brauchen, aber eine große Fläche beleuchten. Der Kofferraum war leer. Zu leer für einen Wagen, der wirklich benutzt wurde. Ich ließ die Taschenlampe fallen, bückte mich, um sie aufzuheben. Warf dabei einen Blick auf das Nummernschild. Eine Z-Nummer – das kleine weiße Auto war ein Leihwagen.

»Zufrieden?« fragte sie, die Hände in die Hüften gestemmt.

»Ja.« Ich ging um sie herum. Öffnete wieder die Wagentür, steckte die Schlüssel ins Zündschloß. Doch als ich mich aufrichtete, zog ich den Schlüssel wieder raus und ließ ihn lautlos auf den Boden fallen.

Ich stand neben ihr. Nahe genug, um ihr Parfum zu riechen, ein intensiver Zitrusgeruch. In der Gasse waren ihre Augen dunkel, unlesbar. »Sie wollten mich sehen«, sagte ich.

»Er hat's wieder getan!« flüsterte sie. »In Westchester. Es war ...«

»Ich weiß.«

»Jetzt dreht er völlig durch. Er muß verrückt sein – die würden ihn nie einen Fall bearbeiten lassen, der außerhalb der Stadt geschehen ist – das muß er doch wissen.«

»Sie meinen Morales?«

»Wen sonst? Wer könnte es sonst sein? George wird's wohl kaum schaffen, Burke. Er wird nicht mehr lange genug leben, um daraus einen Vorteil zu ziehen.«

»Was meinen Sie damit? Wenn die Cops ...«

»Dafür ist es zu spät.« Eindringlichkeit ließ ihre Stimme überschnappen. »Ein Killer ist auf ihn angesetzt worden. Auf George. Im Gefängnis. Sie werden ihn umbringen!«

»Wer?«

»Wer? Ich weiß nicht, wer – was spielt das für eine Rolle? Der, den Morales gefunden hat, den er dafür bezahlt. Es muß jetzt sein, bevor es zu spät ist.«

»Was soll ich Ihrer Meinung nach …?«

»Er muß da *raus*, verstehen Sie das? Raus! Raus und weg. Wenn das alles aufgeklärt ist, kann er zurückkommen. Sich stellen. Wenn der richtige Killer gefaßt und Georges Unschuld bewiesen ist.«

»Wie soll ich …?«

»Sie können es schaffen, Burke. Ich weiß, daß Sie es können. Von dort sind schon Leute abgehauen – es muß eine Möglichkeit geben. Man braucht bloß Geld, oder? Das Geld habe ich. Wenn Sie nur …«

»Das ist ein großes Risiko …«

»Spielt keine Rolle«, unterbrach sie drängend. »Egal, wie gering die Chance ist, wir *müssen* es probieren … bevor es für alles zu spät ist.«

»Ich meine nicht sein Risiko. Ich meine das Risiko für jeden, der hilft, drinnen wie draußen. Er wird einen Fluchtwagen brauchen, Kleidung zum Wechseln, Haarfärbemittel und Rasierklingen. Und einen Ort, an dem er sich verstecken kann. Irgendwo in der Nähe – der Turnpike wird gesperrt sein.«

»Ich weiß, aber …«

»Und in seine Wohnung kann er auch nicht zurück. Darf nicht mal in die Nähe kommen. Oder in die Nähe von jemand, von dem die Cops wissen. Am sichersten wär's, wenn er das Land verläßt. Mittelamerika – Costa Rica, Honduras vielleicht. Und dafür braucht man *viel* Kohle, verstehen Sie? Genug, daß er Monat für Monat seine Unkosten bezahlen kann.«

»Das kann ich besorgen. Über Fortunato – er sagt, es gibt eine Möglichkeit, das Treuhandvermögen ›anzuzapfen‹. Ich hab das nicht so ganz kapiert, aber er hat gesagt, wir könnten locker an ein paar Hunderttausend rankommen.«

Ich steckte mir eine Zigarette an, hielt das Streichholz in der hohlen Hand, nutzte die Bewegung, um mich umzuschauen. Nichts rührte sich. In der Gasse war es so still, daß ich Papierfetzen rascheln hörte, wenn eine Brise aufkam. Eine Flucht aus dem Staatsgefängnis in Trenton ... das konnte arrangiert werden – ich kenne Typen, die das gebracht haben. Der Knast ist eine alte Katakombe, hat Geheimnisse, die nur die Insassen jemals kennen werden. Es gibt viele Wege aus einem Gefängnis: Das Urteil wird in der Berufung aufgehoben, man bekommt Bewährung, wird vom Gouverneur begnadigt. Man kann warten, bis man zur Arbeit Freigang erhält, und geht dann nicht mehr zurück. Man kann sich in ein externes Krankenhaus verlegen lassen und verschwindet von dort. Diese Sachen kosten Geld. Die alte Methode – über die Mauer –, dafür braucht's was anderes. Die Zigarette brannte schließlich, und ich drehte mich zu Belinda um. »Warum ich?«

»Sie wissen, was man braucht, und Sie sagen, Sie haben auch die Fahrkarte. Warum machen Sie's nicht einfach selbst?«

»Das *werde* ich auch«, sagte sie. »Wenn Sie wollen, daß ich draußen warte, den Fluchtwagen fahre ... irgendwas ... ich mach's, in Ordnung?«

»Für was brauchen Sie mich dann?«

»Um alles einzufädeln. Irgend jemand muß da drinnen die richtigen Fäden ziehen. George kann nicht fliehen, solange er in Schutzhaft sitzt – und genau da ist er im Augenblick. Er versteht nicht genug davon, wie der Knast funktioniert. Sie schon. Sie könnten es schaffen.«

»Und ich kriege ...?«

»Geld. Viel Geld. Und alles andere, was Sie haben wollen ... von mir.«

Den größten Teil meiner Jugend hab ich im Gefängnis verbracht – jetzt wollte ich nichts anderes, als Zeit gewinnen. »Das wird 'ne Weile dauern«, sagte ich. »Zwei, drei Wochen, Minimum. Wenn Sie nicht so lange warten können, brauch ich gar nicht erst anzufangen.«

»In Ordnung. Das ist gut, Schätzchen ...«

Das letzte Wort war ein Testballon. Ich nickte – schoß ihn nicht ab, schaltete aber auch nicht die Landelichter an. »Ich brauch das Geld ...«

»Im voraus. Ich weiß.«

»Wenn ich es habe, werde ich ...«

»Können Sie nicht sofort anfangen? Sie wissen, daß Sie es von mir kriegen.«

»Das weiß ich«, log ich. »Aber ich kann niemand im Knast von Ihnen erzählen – ich muß Sie völlig aus der Sache raushalten – zu Ihrem eigenen Schutz.«

»Okay ... das versteh ich. Ich rede morgen mit Fortunato. Es wird ein paar Tage dauern, aber ...«

»Ist schon okay«, sagte ich. »Sagen Sie Bescheid, wenn Sie's haben.«

»Sie sind ein Schatz.« Belinda stellte sich auf die Zehenspitzen, drückte mir einen Kuß auf den Mundwinkel. Ich spürte, wie ihre Zunge kurz meine Lippen berührte, öffnete den Mund ein wenig, legte etwas Nachdruck in meine Erwiderung. »Kann ich Sie irgendwohin mitnehmen?« fragte sie, ein weiterer Testballon.

»Nein, danke. Ich geh rüber zu den Gerichten.« Ich zeigte nach rechts. »Es gibt da verschiedenes, was ich erledigen kann. Vorbereitungen. Das bißchen, das ich dafür hinblättern muß, strecke ich erst mal vor.«

»Okay.« Sie öffnete die Fahrertür. »Ich ruf Sie an, sobald ich ...«

»Passen Sie auf sich auf«, sagte ich, drehte mich um und verschwand in Richtung der Gerichte.

Ich war halb den Block runter, als ich einen Wagen aus der Gasse fahren hörte. Ich warf einen Blick über die Schulter. Der weiße Wagen fuhr schnell in die andere Richtung davon. Ich machte kehrt, trabte hinterher, um ihn weiter zu beobachten, da bog er bei Rot scharf links ab.

Ich überquerte die Leonard und ging zurück zu meinem alten Posten, nur für den Fall, daß Belinda noch einmal vorbeikam. Nach zehn Minuten rechnete ich nicht mehr damit. Ich ließ den obdachlosen Schläfer auf seiner harten Pritsche nicht aus den Augen und ging zur Gasse hinüber. Als ich über ihm stand, sagte ich mit ruhiger, leiser Stimme: »Alles klar.«

Die Gestalt unter dem Parka bewegte sich. »Ich versteh wirklich nicht, wie die das jede Nacht bringen, Mahn. Lieber wär ich im Knast.« Clarence rollte sich auf die Seite und erhob sich steif, ließ den Kopf kreisen, um Verspannungen loszuwerden. Die Pistole hatte er in der Hand. Er bemerkte, daß ich sie ansah. »In so 'ner unbequemen Haltung hätte ich niemals ziehen können, Mahn. Bereit sein ist alles.«

»Und wo ist der Prof?« fragte ich.

»Hier lang, Mahn.« Clarence ging in die Gasse. Ich folgte ihm, mit einem Schritt Abstand und etwas seitlich. Er ging zu einem der Müllcontainer, schlug dreimal mit der flachen Hand dagegen. Profs Kopf tauchte auf. Clarence und ich nahmen je eine Hand, zogen ihn heraus. Eine abgesägte Schrotflinte baumelte vor Profs Brust, hing an einer Lederschlaufe um seinen Hals. Als er auf dem Boden landete, machte er eine schnelle Bewegung mit der rechten Hand – die Bleispritze verschwand in den Falten seines Mantels. »Wird's eng und kalt, bin ich nie zu alt«, sagte der kleine Mann mit boshaftem Grinsen.

Clarence zog ein Handy heraus, drückte eine einzelne Taste. Nach einigen Sekunden sagte er »Kommen« ins Mikro.

Gerade als wir die Gasse verlassen wollten, hörte ich

das Reifenquietschen. Ein Wagen näherte sich, schnell. »Cool bleiben«, sagte der Prof. »Das ist Frankie Eye, kein Scheiß dabei.«

Und prompt hielt ein anthrazitfarbener Lincoln Town Car mit Schwung am Bordstein. Die Tür flog auf, und Frankie stieg vorsichtig aus, hielt sich den linken Arm, der bandagiert war und in einer weißen Schlinge lag. Frankie umrundete das Heck des Wagens, öffnete die hintere Tür und glitt hinein. Der Prof folgte. Clarence übernahm das Steuer, ich bekam den Beifahrersitz.

Der Lincoln fuhr los, mit Clarence am Steuer erheblich sanfter.

Was soll der Scheiß?« fragte ich den Prof, nickte in Frankies Richtung.

»Ich bin okay«, antwortete der statt dessen. »Die Kugel ist glatt durchgegangen – hat nur innen ein Stück von meinem Oberarm mitgenommen, unter der Schulter. Keine Knochen gebrochen, nichts. Die Ärzte haben's gesäubert und verpackt, haben mir 'ne Spritze verpaßt. Nur geklammert, nicht genäht. Die Schlinge muß ich drei, vier Wochen tragen, das ist alles.«

»Ja, super«, sagte ich. »Aber wieso bist du gefahren? Und woher hast du den Wagen?«

»Ich kann doch fahren«, maulte der Junge. »Mein rechter Arm ist voll da. Und die Karre habe ich von 'nem Typen aus meiner Gegend. Ein guter Typ – wir kennen uns schon ewig – hab mit ihm gesessen.«

»Und er wär nicht sauer, wenn du seinen Wagen zu Klump fährst? Oder wenn wir angehalten werden, und die Cops beschlagnahmen die Kiste?«

»Nee, der ist cool. Außerdem, eigentlich ist's ja gar nicht sein Wagen – die haben ihn drüben in Brooklyn mitgehen lassen. Wenn wir zurückkommen, wird die Kiste in ihre Einzelteile zerlegt.«

»Gottverdammt klasse ist das«, brummte ich, als mir klar wurde, daß wahrscheinlich jeder Cop der Stadt guten Grund hatte, uns anzuhalten. »Hast du wenigstens die Nummernschilder ausgewechselt?« fragte ich Frankie.

»Klar.« Er klang beleidigt. »Ich bin doch nicht blöd.«

»Hast du auch 'ne Zulassung zu den Nummernschildern?« fragte ich weiter. »Hast du 'ne FS-20 ... eine Versicherungskarte?«

»Nöööö, schätze nicht.« Verlegen sah er mich an.

»Ist dir klar, daß sie dich dafür drankriegen können? Daß du dafür Punkte kriegst ...«

»Ich ... hab keinen Führerschein«, sagte er mit gesenktem Kopf. »Ich meine, im Knast hab ich nie gelernt ...«

»He, Schuljunge«, unterbrach der Prof. »Mit unserem Frankie, das läuft noch so-so, aber bald ist er Pro ...«

»Genau«, stimmte ich zu, beendete seinen Wortschwall, bevor der Prof richtig in Fahrt kam, streckte Frankie die Hand zum Abklatschen hin. »Danke, Kid.«

»Ist schon okay«, nuschelte er.

»Er hat sich selbst eingeklinkt, Jink«, sagte der Prof. »Er war auf Action aus, wollt nicht nach Haus.«

»Wo können wir dich absetzen, Mahn?« fragte Clarence, im Rückspiegel war sein Gesicht die personifizierte Ruhe.

Ich schaute auf, sah, daß wir auf der Sixth Avenue in Höhe der Thirties waren. »Thirtyfourth ist okay. Ich melde mich morgen bei euch, erzähl alles. Bald geht's los. Ganz bald.«

»Sag Bescheid, wir sind bereit«, sagte der Prof.

Der Wagen rollte an den Bordstein. Ich öffnete die Tür, stieg aus, beugte mich wieder hinein. »Noch mal danke, Frankie.«

»Ich bin dabei«, antwortete er. Sagte es auf die richtige Weise – *nachdem* er seine Sache gut gemacht hatte, nicht vorher.

Ich brachte das Taxi zurück, ging dann zu Fuß zu meiner Bude. Unterwegs telefonierte ich, machte Reservierungen für morgen.

Ich erwischte eine frühe Maschine von La Guardia nach Syracuse. Bezahlte den Flug mit der American Express Gold. Juan Rodriguez hat keine Kreditkarten, Arnold Haines dagegen schon. Bezahlt auch jede Rechnung pünktlich. Arnold ist ein besserer Staatsbürger, als ich je sein werde, und er hat einen großen Vorteil Juan gegenüber – er kann einen RB-Soldaten im Knast besuchen, ohne daß irgendwer eine Augenbraue hebt.

Am Flughafen mietete ich einen schlichten, braunen Ford Crown Vic und machte mich auf den Weg nach Auburn, einem Hochsicherheitsgefängnis im Herzen des Staates.

Ohne einen zweiten Blick wurde ich hineingelassen – Arnold steht schon eine ganze Weile auf der Liste genehmigter Besucher.

Das Besuchszimmer war ein großer offener Raum, und nur halb voll. Was zu erwarten war – Auburn liegt verdammt weit weg von der Stadt, woher die meisten Insassen kommen.

Er wurde ziemlich schnell gebracht. Silver sah gut aus, gesünder und wachsamer als bei meinem letzten Besuch. Er war Knast gewöhnt, und er saß nie allein – die meisten Mitglieder der RB sitzen im einen oder anderen Knast.

»Wie geht's Helene?« fragte ich und schüttelte ihm die Hand.

»Gut. Und sie ist ganz in der Nähe. Hab ich dir zu verdanken, Bruder.« Er hielt immer noch meine Hand.

»Brauchst du irgendwas?«

»Ein paar Zeitschriften vielleicht. Ich könnt sie an die Jungs weitergeben, wenn ich durch bin. So was wie 'ne Bibliothek.«

»Gemacht.«

»Freut mich, daß du gekommen bist«, sagte Silver.

»Aber da muß doch mehr dahinterstecken, wenn du die weite Fahrt machst, stimmt's?«

»Stimmt.« Ich beugte mich weit zu ihm vor, wechselte instinktiv zu dem Aus-dem-Mundwinkel-Reden von Gefangenen. »Hab gehört, ihr habt 'nen Auftrag – 'n Typ unten in Jersey. Trenton. Der Bursche heißt Piersall. George Piersall.«

»Wenn das Sache der Bruderschaft ist, kann ich nicht ...«

»Ich versuch ja gar nicht, die Sache abzublasen«, sagte ich ruhig. »Bin dabei, allerdings nicht auf seiner Seite, okay? Die Geschichte stinkt. Stinkt übel. Wenn gegen den Burschen was ansteht, ist es, glaub ich, 'ne Falle.«

»Willst du ...?«

»Ich will gar nichts. Er sitzt jetzt in Schutzhaft, der Typ.«

»Das wird nicht ...«

»Ich weiß. Aber wenn's 'n Auftrag gibt – *wenn*, sage ich –, dann solltest du wissen, daß bei diesem Spiel noch mehr Leute mitmischen. Mehr als du weißt. Außerdem plant dieser Typ seine Flucht. Dazu braucht's Kohle. Knastkohle. Was heißt, am Ende ist jemand der Dumme, kapiert?«

»Ja. Wenn's ein Auftrag ist, das Geld von draußen kommt, können wir vielleicht warten. Aber wenn's eine Sache der Bruderschaft ist ...«

»Ist es nicht«, versicherte ich.

»Piersall. Was ist das überhaupt für 'n Name?« fragte Silver, sah mich an.

»Ein Weißer«, sagte ich. »Und wohl kein Profi. Hat keine Truppe. Er zockt niemanden ab. Mischt sich weder ins Wettgeschäft noch in Drogenhandel. Sitzt nur kurz, ganz kurz, hat aber schon einen Überstellungsantrag aus New York für danach. Er geht nirgendwohin, würde aber da unten auch nichts anfangen, bevor sie ihn verlegen. Wozu?«

»Also, was willst du?«

»Ich will wissen, ob jemand für den Hit bezahlt hat. Und ich möchte, daß ihr Jungs euch in acht nehmt, falls das so ist. Okay?«

Silver steckte sich eine Zigarette aus dem Päckchen an, das ich auf dem Tisch liegenlassen hatte. »Okay«, sagte er schließlich.

Wir quatschten noch ein paar Stunden, über die alten Zeiten. Meine Zeit im Knast, seine jetzt.

Bei Einbruch der Dunkelheit war ich wieder in der Stadt.

Ich blieb lange auf, sah mir mit Pansy im Fernsehen Profi-Catchen an. Sie war nicht so bei der Sache wie sonst. Vielleicht wurde der Sport langweilig – wenn er Pansy nicht mehr unterhalten konnte, dann gab ich ihm keine große Zukunft.

Ich schaute mit geschlossenen Augen, eine Hand auf Pansys Hals, mein altes Mädchen und ich, wir beruhigten uns gegenseitig.

Da war etwas, das ich Belinda nicht gesagt hatte. Auch Silver gegenüber nicht erwähnt hatte. Falls es eine Pipeline aus Trenton heraus gab, dann kassierte die RB ab. Die letzten drei, denen die Flucht gelang, waren ausnahmslos Mitglieder gewesen. Einer wurde kurz danach von den *federales* kassiert – sie nagelten ihn, als er mit einer Pistole in der Hand aus einer Bank in Nebraska kam. Pumpten so viele Stahlmantelgeschosse in ihn, daß sie ihn mit einem Magneten zum Leichenbeschauer hätten schleifen können. Die beiden anderen waren noch auf freiem Fuß. Es war nicht mehr wie früher, als Rhodesien noch ein sicherer Hafen war. Und die rechten Gruppen in den Staaten waren durchsetzt mit FBI-Agenten und semiprofessionellen Informanten. Ich hatte keine Ahnung, wohin die beiden verschwunden waren, aber sie blieben verschwunden. Sah nicht so aus, als wären sie tot – wenn du ein Exknacki bist, müssen sie nur ein winziges Stück von deiner Leiche finden, um dich zu identifizieren.

Wenn ich eine Flucht organisieren wollte, mußte ich mit der Bruderschaft zusammenarbeiten. Und wenn die ihn erledigen sollten, würde ich damit Piersall den Löwen vorwerfen.

Die ganze Geschichte war ein schwarzer Diamantsolitär: jede Menge Facetten, aber kein Licht. Belinda, Piersall und ich. Drei lügende Lügner.

Und Morales ...?

Als ich am nächsten Morgen aufstand, war es schon nach elf. Aber das war okay – endlich konnte ich was tun.

Ich saß in Mama's Restaurant und ging mit Max alles noch einmal durch. Er war dabei, aber er wollte fahren. Ich lehnte ab – ich brauchte ihn für Besseres.

Wir fuhren mit meinem Plymouth in die Bronx. Für diesen Teil war es egal, ob jemand wußte, wohin ich fuhr. Trotzdem behielt ich den Rückspiegel im Auge ...

Nichts.

»Hast du Clarence irgendwo gesehen?« fragte ich den Schwarzen mit der schicken Jheri-Locke an der Rezeption der Trainingshalle.

»Den Typen aus der Karibik? Mit den tollen Klamotten?«

»Genau den.«

»Der ist hinten«, sagte der Schwarze. »Mit dem Kleinen – dem Typ, der dauernd reimt.«

»Herzlichen Dank.«

Er stand auf, versperrte mir nicht direkt den Weg, aber beinah. »Bist du 'n Bulle?« fragte er unfreundlich.

»Klar. Und das hier ist mein Partner Charlie Chan.« Ich nickte in Richtung Max. Der Mongole betrachtete den Schwarzen ruhig, hielt die Hände geöffnet an seiner Seite.

»Ja ... okay.« Der Mann machte Platz.

Sie waren alle in einem Nebenraum, drängten sich um einen neu wirkenden Großbildfernseher mit Videorecorder. Sie sahen sich die Aufzeichnung eines Kampfes an – welchen, wußte ich nicht. Wir standen da, schauten zu. Dann erkannte ich es – das war Frankies erster Kampf, der gegen diesen Jenkins.

Wir setzten uns, schauten schweigend zu, als der Prof das Band in Zeitlupe laufen ließ und auf Frankie einredete. »Okay, süße Fee, siehst du das? Siehst du den Cross? Mit der Rechten? Von Anfang bis Ende war das dumm und spricht Bände, Junge. Telegrafieren ist schon schlimm genug, aber du schickst ihm ja ein gottverdammtes Paket!«

»Ich seh's«, sagte Frankie.

»*Jeder* hat's gesehen, Trottel!« schnauzte der Prof. »Im Moment kommst du mit Zähigkeit und Härte durch, Kid. Aber wenn du weiter aufsteigst, ist das nicht genug. Wenn du den Gips los bist, werden wir ...«

»Ich könnte mit einer Hand arbeiten«, bot der Junge an. »Am Sandsack ...«

»Nix da, Wixa.« Der Prof ließ sich nicht umstimmen. »Wir haben nichts als Zeit, Junge. Bleib in deinem Gips, tu was für deinen Grips, okay?«

»Ja, okay. Aber wenn ich bezahlt werde, muß ich doch ...«

»Tun, was der Boß sagt«, beendete der Prof seinen Satz.

Wir schauten uns das Ende des Kampfes an. Die Hälfte dessen, was der Prof quatschte, ergab für mich keinen Sinn, aber Max schien problemlos mitzukommen. Vielleicht half es, wenn man nichts hörte.

Als das Band zu Ende war, nahm ich Frankie beiseite. »Ich könnte ein bißchen Hilfe brauchen«, sagte ich mit unverbindlicher Stimme.

»Klar! Ich meine, wenn's dem Prof recht ist.«

»Fragen wir ihn doch einfach.« Ich legte eine Hand auf Frankies Schulter, schob ihn in eine ruhige Ecke.

Na, wie ist das?« fragte Frankie mich und grinste breit. Er saß am Steuer eines weißen Cadillac Eldorado Coupé, das auf dem offenen Gelände an der West Street, südlich der Fourteenth, gleich am Hudson parkte.

»Ein El D. ist für mich okee«, billigte der Prof und bot dem Jungen die erhobene Hand zum Abklatschen.

Ich fragte nicht, woher er den Wagen hatte – in dem Moment wollte ich es gar nicht wissen.

»Bist du sicher, daß die Nutte mitspielt?« fragte mich der Prof.

»Sie kommt vom Land, Bruder. Die ist über den Nuttengrundkurs nie rausgekommen – wird keinen Blick auf den Rücksitz werfen. Nimm meinen Wagen. Wenn Morales was vorhat, bist du aus dem Schneider, okay?«

»Auf geht's«, sagte der kleine Mann.

Max und ich klappten die Rückbank um, damit alles flach war – nicht schlecht, wenn man Skier im Wagen transportieren will. Wir kletterten rein, legten uns dann so, daß die Füße zum Kofferraum zeigten, Max hinter den Beifahrersitz, ich hinter Frankie.

»Das klappt schon«, versicherte ich dem Jungen und zog eine leichte Decke über Max und mich. Wer auf den Rücksitz schaute, würde nichts als eine große, leere Fläche sehen. »Laß die Fenster zu. Wir müssen mindestens einmal vorbeifahren, damit du die Richtige mitnimmst.«

»Verstanden.«

Für einen Amateur ohne Führerschein fuhr der Junge überraschend sanft an.

Auf der Tenth Avenue reckte ich mich dicht an Frankies Ohr: »Hör zu, Kid. Die Mädchen kommen immer an die Beifahrerseite. Sie beugen sich durchs Fenster, schauen, was läuft. Alles klar?«

»Ja.«

»Durch diese Scheiben kann man praktisch nichts erkennen, so stark getönt, wie die sind. Ich rutsche einfach rüber … so! Okay, jetzt ganz langsam und lässig. Du bist ein Mann, der einen Arsch will, checkst das Angebot, okay?«

»Kapiert«, sagte der Junge, leichte Anspannung in der Stimme.

Wir entdeckten sie bei der zweiten Runde. Roxanne arbeitete immer noch im gleichen Block. Nach zwei, drei Wochen galt sie auf diesem Strich vermutlich schon als Veteranin.

»Hast du sie?« fragte ich Frankie. »Die weiße Braut in den roten Shorts mit dem weißen Top?«

»Ja.«

»Gut, noch 'ne Runde, dann schlägst du zu. Ich verschwinde jetzt unter der Decke. Wenn wir die Wagentür hören, wissen wir, daß du sie hast. Fahr Richtung West Street – wenn du ›Hotel‹ sagst, greifen wir ein, alles klar?«

»Alles klar.«

Ich rutschte zurück, lag neben Max. Spürte, wie der Caddy mehrere Male abbog, dann nur noch Schneckentempo fuhr. Dann hielt. Ein leises Surren, als das Fenster an der Beifahrerscheibe runterfuhr.

»Na, Schätzchen. Hast du Lust auf 'ne Party?« Roxannes Stimme? Schwer zu sagen – nach einer Weile klingen alle gleich.

»Genau das brauch ich«, sagte Frankie.

»Wo willst du denn hin?«

»Einmal um die Welt«, antwortete Frankie mit all dem aufgeblasenen Ego eines mittelklassigen Naßfrisierers. »Und ich hab genug Bares fürs Ticket.«

»Hmmmm«, gurrte die Hure. »Das kostet dich was, Schätzchen. Ist dir 'n Hunderter zuviel?«

»Mir ist nichts zuviel«, prahlte Frankie. »Nur keine Zeit verplempern. Kommst du mit oder nicht?«

Ich hörte, wie die Tür geöffnet wurde, dann zuknallte. Spürte, wie der Caddy wieder losfuhr. Hörte das Einrasten der Zentralverriegelung. Okay.

»Ich kenn 'ne gute Stelle«, sagte Roxanne. »Ist gleich drüben an …«

»Ja? Ach, scheiß doch auf die ganze Wichserei im Freien«, sagte Frankie. »Ich hab 'ne nette Bude. Alles vorbereitet. Wird dir gefallen.«

Der Caddy bog links ab, fuhr Richtung downtown.

»Ich weiß nicht, Schätzchen … Also, ich soll meinen Mann anrufen, wenn ich den Block verlasse. Könnten wir mal kurz anhalten, damit …«

»Deinen ›Mann‹?« Frankies Stimme troff vor Sarkasmus. »Du meinst deinen Loddel, stimmt's? Hast du 'n Nigger-Luden, Schlampe?«

»He! Sei nett«, gurrte Roxanne. »Ich hab Regeln, genau wie du. Und ich muß echt …«

»Wenn du mein Hotelzimmer siehst, mußt du nicht mehr …«, setzte Frankie an. Ich tippte Max auf die Schulter, und der Krieger glitt so geschmeidig und schnell aus seinem Versteck, daß ich es beinahe nicht mitbekam. Als ich mich endlich hochgewuchtet hatte, bedeckte Max' rechte Hand bereits Nase und Mund der Nutte, seine Linke lag auf ihrem Schlüsselbein. Frankie steuerte mit der gesunden Hand, fuhr stur geradeaus, gelassen wie ein Nashorn, das einem Schakal zuschaut.

Ich zog mich hoch, bis meine Lippen dicht an ihrem Ohr waren. »Roxanne«, flüsterte ich, »alles in Ordnung. Niemand tut dir was, alles klar? Wir haben nur ein paar Fragen. Du gibst uns die Antworten, wir lassen dich raus – mit einem Hunderter für deine Bemühungen. Mein Mann wird jetzt die Hand von deinem Mund nehmen. Ganz ruhig … okay? Sei einfach lieb und artig. Die Türen sind verriegelt. Niemand kann durch die Scheiben reinsehen. Wenn du Dummheiten machst, schreist oder so, bricht er dir das Genick. Alles klar?«

Sie nickte heftig.

Wieder tippte ich Max auf die Schulter. Als er sich umdrehte, hob ich einen Finger. Seine große Hand löste sich vom Mund der Nutte. Langsam, wie ich's versprochen hatte.

»Dreh dich nicht um, Roxanne«, sagte ich leise. »Dauert nur eine Minute. Mit dir alles okay?«

»Ja.« Ihre Stimme war ruhig, ihr Atem zittrig. Das reichte.

»Du erkennst meine Stimme wieder, oder?« fragte ich.

»Nein!« sagte sie schnell. »Ich schwöre, ich ...«

»Ist schon in Ordnung. Niemand ist sauer auf dich. Vor kurzem sollte ich einen Job für dich erledigen, erinnerst du dich? Du hast über Mojo Mary Kontakt zu mir aufgenommen.«

»Ja. Aber ich ...«

»Pssst. Ich hab's doch gesagt, niemand ist sauer auf dich. Du warst mal Schauspielerin, oder? Deine Geschichte, daß du deinen Zuhälter umlegen lassen willst, das war ziemlich raffiniert. Sehr glaubwürdig. Du hast Talent, Mädchen.«

»Danke.« Trotz der Warnung drehte sie sich um, sah mir voll ins Gesicht. Hatte keine Angst mehr, nachdem ich ihr Talent erkannt hatte. Ihre linke Gesichtshälfte war geschwollen, das ganze Auge verfärbt. »Ich hab wirklich geschauspielert. Auf der Schule. Als ich hergekommen bin, hab ich ...«

»Ich weiß. Aber im Moment arbeiten wir an einer anderen Sache. Du bist engagiert worden, solltest einen Job erledigen, weiter nichts. Genauso ist's bei mir. Die Frau, die dich engagiert hat ...«

»Sie hat gesagt ...«

»Die mit der blonden Perücke?«

»Ja! Rhonda. Sie hat gesagt, ich soll's Ihnen nur ausrichten und fertig. Mehr nicht.«

»Ich weiß. Dein Macker, der angeblich im Knast sitzt. Wie hieß der noch gleich? Wie war der Name, den die blonde Schlampe dir gegeben hat, damit du ihn mir weitersagst?«

»Hector«, sagte die Nutte. »Sie wollte, daß ich Hector sage. Auf Riker's Island. Ich hab wirklich nicht ...«

»Ist schon gut, Mädchen.« Ich gab ihr einen Hunderter. »Hier, nimm das. Wenn dein Mann dich so behandelt«, sagte ich und berührte mein Gesicht dort, wo ihres verletzt war, »dann solltest du vielleicht besser in den nächsten Bus steigen und verschwinden.«

»Das war nicht mein Mann.« Empört hob sie die Hand ans Gesicht. »Das war dieser widerliche Cop – der, der mir so viele Fragen wegen Rhonda gestellt hat.«

»Was für Fragen?« Ich blieb bewußt freundlich und sanft, wollte ihr keine Angst einjagen.

»Na ja ... wo ich sie kennengelernt hab, ob sie hier in der Gegend wohnt. Blöde Fragen – als wüßte *ich,* wo die pennt. Ich hab ihm die Wahrheit gesagt – hab sie nie gesehen, bis sie plötzlich aufgetaucht ist. Er war unheimlich. Ich stand einfach so rum, Sie wissen schon, die Schnauze voll und so, hab mich ausgeruht, okay? Und er *springt* mich an, packt mich am Arm. Ich dachte, er wär verrückt, ich würd gekidnappt oder so, aber eins von den anderen Mädchen, die kennt ihn, hat zu ihm gesagt, sachte, Mann, okay? Gott, ich hab gedacht, der killt sie, so wie der sie angefunkelt hat. Jedenfalls, er zerrt mich am Arm in seine Karre, direkt da auf der Straße, und fängt an, mich mit Fragen zu bombardieren. Ich hab ihm ehrlich geantwortet. Auf jede Frage. Da fängt er wieder von vorne an. Die gleichen Fragen noch mal. Ich hab echt Schiß gekriegt, da hab ich zu ihm gesagt, na ja, Zeit ist Geld. Dann ist er einfach ausgerastet. Wegen nichts. Er hat mir so ein Ding verpaßt, daß ich dachte, er hätte mir 'n Zahn ausgeschlagen. Er ist einer von denen, die uns *hassen.* Ich merk so was. Sie wissen schon, die Sorte, die nur vorbeifährt, um uns zu beschimpfen. Kaufen tun die nie – die glotzen uns nur an. Widerlich.«

»Tut mir leid, daß das passiert ist.« Ich gab Frankie ein Zeichen, rechts ranzufahren. Wir waren nördlich von der

Canal, eine große, breite Parklücke bot sich an. Perfekt. »Hier steigst du aus«, sagte ich.

Sie machte die Tür auf. Als sie die Füße auf dem Boden hatte, fiel ihr ihr Gewerbe wieder ein. »Und wie komm ich zurück?« wollte sie wissen.

»Nimm dir 'n Taxi«, sagte ich noch, da ging Frankie schon aufs Gas.

Roxanne war nicht die erste, die versucht hat, mich für einen Mord zu engagieren. Die meisten Killer-Geschichten sind sowieso Märchen. Sie suchen jemanden, der Ihre Frau umlegt, damit Sie diese neunzehnjährige Sekretärin heiraten können, die mehr Zeit unter Ihrem Schreibtisch verbringt als an ihrem eigenen – Ihre Chancen, einen Profi zu finden, der Ihr Geld nimmt, die Sache durchzieht und den Mund hält, sind gleich Null. Wenn Sie in zu vielen Bars rumfragen, ist der nächste Bursche, den Sie treffen, höchstwahrscheinlich ein Ziviler.

Während der Hochkonjunktur Mitte bis Ende der achtziger Jahre nahmen tatsächlich manche dieser Yuppies den Quatsch ebenso für bare Münze wie die Aktien und Anleihen, redeten sich ein, daß Power-Krawatten und 5000-Dollar-Armbanduhren Amulette wären, die sie davor schützten, ihre Schulden begleichen zu müssen, wenn der Zahltag kam. Sie benutzten Geld wie Steroide, pumpten ihre Egos so weit auf, daß sie leichte Beute wurden. Für Leute wie mich.

An einen erinnere ich mich besonders. Junger Typ, noch keine dreißig, sonnengebräunt und schnieke, so glatt und kalt und hohl wie eine Keramikvase.

»So was kommt vor«, sagte er wegwerfend. »Ich hab Optionen gekauft bis zum Gehtnichtmehr, und dann konnte ich den Call nicht einlösen. Also bin ich dann in diese Sache geschlittert, bei der Firmen ausgeblutet werden. Sie wissen, was ich meine?«

»Ja.« Das war die Wahrheit. Man kauft ein Restaurant – nur auf dem Papier, man wird den Laden nie wirklich leiten. Dann benutzt man den Kreditrahmen des Ladens, um alles mögliche zu kaufen: Kühlschränke für Großküchen, Geschirr, Registrierkassen. Ja, sogar Lebensmittel wie Kobe-Steaks aus Japan und Riesenhummer aus Maine. Und alles auf Pump – zahlbar in dreißig Tagen. Dann dreht man sich um und verkauft. Verkauft *alles* – mit einem gewaltigen Rabatt, sagen wir 70 Prozent vom Einkaufspreis. Man nimmt die Kohle und spaziert davon. Funktioniert, manchmal.

»Ja.« Er war nicht überzeugt, wollte aber was Wichtigeres von mir, als nur seine Überlegenheit bestätigt zu bekommen. »Also, einer dieser Typen hat weiche Knie bekommen ... Er redet davon ... zu den Behörden zu gehen. Verstehen Sie meine Lage?«

Besser als du selbst, Lackaffe, dachte ich und nickte.

»Na ja, ... ich brauch jemand, der was erledigt. Und es heißt, Sie könnten ...«

Ich nickte noch mal, sehr ernst, sehr beruhigend. Die sprechen es nie aus. Wollen, daß man einen Mann auf Eis legt oder ihm das Gas abdreht – es bedeutet das gleiche. Ihn killen, ihn umlegen. Ihn wegputzen, ihn abknipsen, ihn abservieren oder plattmachen. Ihn wegpusten, ihn alle machen. Ihm ein Pfund verpassen oder eine Glock zwischen die Hörner setzen. Ihm die Lampe ausschießen. Ihn abmakeln, ihn grundieren. Ihn canceln oder seine Karte abstempeln. Ihn erlegen, ihn beseitigen, ihn aussondern. So viele Worte – als wäre eine Werbeagentur rund um die Uhr auf diese eine Sache angesetzt.

Am ground zero ist es einfach – es heißt: Zieh los, und bring das Arschloch unter die Erde ...

Ich sagte, ich könne das erledigen. Sagte, was ich als Vorschuß bekam. »So läuft das«, sagte ich. Und das schnieke Bürschchen ging und besorgte das Geld.

Ist übrigens im Knast gelandet – hätte nicht gedacht,

daß er die Bullen rufen würde. Ein paar Wochen später hab ich davon gelesen. Als der Bursche, wegen dem sich der Yuppie Sorgen machte, zu den *federales* ging, trat er eine Lawine los. Der Wichser, mit dem ich zu tun hatte, kam zu spät – als er bereit war zu reden, wurden seine Informationen bereits zum absoluten Tiefstpreis gehandelt, und alles, was es ihm einbrachte, waren ein paar Jahre Knast.

Vielleicht lernt er drinnen was, verbessert nicht nur seinen Aufschlag beim Tennis. Es gab nichts, was mir gleichgültiger gewesen wäre.

Aber die anderen, die wollten die Sache wirklich erledigt wissen. Das mit Roxanne war faul – da stand in Großbuchstaben Mausefalle drauf. Die wollten keinen Auftrag erledigt haben; die wollten mich nur auf Band, wie ich ja sage – etwas, womit sie mich in die Mangel nehmen konnten.

Wozu? Um mich zu erpressen, damit ich bei Piersalls Flucht helfe? Das war Scheiße – egal, was sie auf Band hatten, es würde nicht reichen, um mir was anzuhängen. Die meisten Cops würden drüber lachen.

Aber einen lachenden Morales konnte ich mir nicht vorstellen.

Ich dachte an Mamas Haiku. Schritte des Falken. Darin lag eine Wahrheit, das wußte ich. Wenn die Cops einen Raum durchsuchen, dann gibt es eine Stelle, wo sie nie nachsehen: *oben*. Sie sehen unter die Betten, hinter die Türen, all das. Aber sie sehen nie nach oben. Sie finden eine Kakerlake auf dem Boden, aber keine Spinne an der Decke.

Morales war ein Cop. Durch und durch Cop. Jedes Chromosom ein Cop. Er würde nie nach oben schauen.

Aber wenn er der Falke war, mußte er das auch nicht.

Am späten Nachmittag ging ich rüber zu Mama. Der weiße Drache im Fenster. Alles ruhig. Ich ging hinten rein, dachte, wie gut Frankie sich machte – wie er trotz der Verletzung dabei war –, dachte, wer tut so was?

Die Antwort war klar, als ich das Restaurant betrat, Mama und Max an einem Tisch sitzen sah. Mit Clarence und dem Prof. Und Frankie.

Frankie bei Mama. Bei uns – der Prof war dafür gewesen. Und ich respektierte ihn viel zu sehr, um ein Veto einzulegen, selbst wenn ich gewollt hätte.

Ich setzte mich zu ihnen an den großen, runden Tisch des Lokals. Das mit Soße bekleckerte alte Schild, das Mama immer dort stehen hat – »Reserviert für acht Personen« – war fort. Der Tisch wurde nur benutzt, wenn wir die große Runde brauchten. Kam nicht oft vor.

Wenn noch ein Beweis fehlte, daß Frankie nun dazugehörte, dann war das Thema erledigt, als ich ihn eine Schüssel von Mamas Sauerscharfsuppe löffeln sah. Ihre Suppe war der Familie vorbehalten – ohne Ausnahme.

»Ist mein Junge ein Schauspieler oder nicht?« krähte der Prof.

»Er war perfekt«, bestätigte ich. »So gut wie De Niro.«

»Joe Pesci.«

»Wer?«

»Joe P-e-s-c-i«, sagte der Prof in seiner Damit-ist-der-Fall-erledigt-Stimme. »Der beste Schauspieler auf diesem Planeten, da geht nix drüber. Siehste den, hast du alle gesehn. Der Mann ist so klasse, der könnte 'ne gottverdammte Telefonzelle spielen, und die Idioten würden ihm Quarters ins Maul stopfen.«

»Wußte gar nicht, daß du so ein Kinofreak bist«, sagte ich.

»Ich bin Filmkritiker«, verkündete der Prof würdevoll.

»Okay, okay, ich nehm alles zurück«, erwiderte ich. »Aber mit dem anderen hast du recht – du warst nicht dabei, ich schon. Und Frankie war aalglatt. Hat seine Rolle gespielt wie ein Champ.«

»Ich … mach so was gerne«, sagte Frankie und schaute hoch.

»Jemand leimen?«

»Nein. Spielen. Ich meine, ich weiß ja, das war keine echte Schauspielerei … aber mir hat's wirklich Spaß gemacht. Eine Rolle spielen. Jemand anderer sein … ich weiß auch nicht.«

»Das ist 'ne Sache für Idioten, bei der nichts rumkommt«, sagte ich. »Geht nur darum, wen du kennst und wem du einen bläst.«

»Joe Pesci ist noch keinem in den Arsch gekrochen.« Der Prof verteidigte seinen Mann leidenschaftlich.

»Woher, zum Kuckuck, willst du das wissen?« provozierte ich ihn.

»Man hat's im Gesicht, du Wicht«, sagte der Prof. »Arschkriecherei zeichnet einen, Bruder – so deutlich zu lesen wie die Gier 'ner Nutte auf Spesen.«

»Ja, sicher …«

»He, Schuljunge … hast du *Casino* gesehen? Oder *Good Fellas?* Oder *Mein Vetter Vinnie?* Oder *Wie ein wilder Stier?*«

»Den hab ich gesehen«, mischte Frankie sich ein. »De Niro war unglaublich gut. Er … ich weiß auch nicht … er hat's im Gefühl, glaub ich.«

»De Niro?« schnaubte der Prof. »'ne Pfeife ist er nicht, da geb ich dir recht. Er macht zwar was her, aber auch nicht viel mehr.«

»De Niro könnte jeden spielen«, sagte ich. »Er ist ein Genie.«

»Wen kann der schon spielen?« setzte der Prof nach. »Einen Priester, 'n Gangster, 'n Verrückten? Klar. Aber er bleibt immer De Niro, verstehst du? Egal was, er bleibt immer er selbst. Joe Pesci dagegen, der Mann hat's. Hör zu, Bruder, mein Mann Pesci, der ist, was immer du siehst. Könnte sogar den verdammten Malcolm X spielen, wenn er wollte.«

»Ja. Okay, du hast gewonnen.« Ich gab auf, schaute mich am Tisch um. »Was steht hier an?«

»Investition«, sagte Mama knapp.

Max ballte die Fäuste, rollte mit den Schultern wie ein Boxer beim Angriff, schüttelte den Kopf, tippte sich auf die linke Schulter.

Ich nickte. »Okay, Frankie kann 'ne Weile nicht kämpfen. Was gibt's da groß zu bereden?«

»Wir haben ein Angebot bekommen«, meinte der Prof. »Einen Vertrag für Frankie.«

»Von wem?« wollte ich wissen.

»Rocco Ristone.« Der kleine Mann sagte alles mit diesen beiden Worten. Ristone war einer der großen Macher, stand nur einen Hauch unter den ganz großen Promotern und machte ihnen kräftig Druck.

»Er ist zu dir gekommen?« fragte ich.

»Nein, zu Frankie. Erzähl's ihm, Kleiner.«

»Nach dem letzten Kampf, ein paar Tage später, war er in der Trainingshalle«, sagte Frankie. »Hat mich gefragt, ob ich unter Vertrag stehe. Ja, hab ich gesagt. Hab ihm auch gesagt, bei wem, als er's wissen wollte. Dann hat er gefragt, was ich krieg. Ich hab ihm gesagt, ich hätte eine Hundert-Riesen-Abschlußprämie, alle Spesen, und der Prof teilt meine Preisgelder durch drei.«

»Scheiße«, sagte ich bewundernd. »Das ist ein ganzer Haufen Lügen.«

»Ist es zu glauben?« Der Prof lächelte, streckte die Hand aus, Handteller nach oben. Ich klatschte ihn ab, war aber noch nicht zufrieden.

»Woher wußtest du, wie man so was durchzieht?« fragte ich Frankie.

»Aus der Zeitung. Und aus den Boxmagazinen. Ich dachte, wenn der weiß, daß ich unter Vertrag stehe, muß er eine Ablöse zahlen.«

»*Willst* du dich denn auskaufen lassen?« fragte ich ruhig.

»Nein. Ich dachte nur, ich nütz dem Prof damit. Euch allen. Sollen die doch denken, es wär richtig viel Kohle im Spiel.«

»Was gibt's dann zu diskutieren?«

»Frankie«, sagte der Prof. »Wir müssen über Frankie reden. Wenn er bei uns bleibt, wenn er weiter Arschlöcher auf die Matte legt, dann schaffen wir's vielleicht – *vielleicht* –, daß er in ein paar Jahren 'ne echte Chance hat, einen dieser Meisterschaftsgürtel zu kriegen. Vielleicht auch nicht. Mit uns kriegt er nie einen echten Titelkampf, wenn er nicht ein paarmal verliert, stimmt's? Keiner dieser Wichser wird richtig kämpfen, wenn er schon für's Erscheinen Millionen einsacken kann.«

»Bei allem Respekt, Vater«, sagte Clarence. »Es gibt keine Garantien, oder? Selbst wenn Frankie zu diesem Ristone geht, kann es sein, daß er nicht ...«

»Tja, wir könnten ihn immer noch trainieren und so ...« Der Prof sprach nicht weiter, als er Frankies Gesicht sah. Eins war klar – wenn Ristone uns ausbezahlte, würde er uns nicht im Spiel lassen.

Ich sah Max an, wollte wissen, ob er alles mitbekam. Für die meisten Menschen ist sein Gesicht eine Maske, aber ich kann es lesen. Max hört so, wie ein Blinder sieht. Er bekam alles mit – blieb in sich, wartete ab.

»Wieviel haben wir investiert?« fragte ich den Prof.

»Also, du, ich, Clarence, Max ... und jetzt Mama, wir haben jeder fünf reingesteckt. Auf der Haben-Seite stehen zwei popelige Börsen, auf der Soll-Seite ein paar Unkosten – das gleicht sich aus. Die ganze Chose kostet ungefähr fünfundzwanzig.«

»Frankie war schlau«, sagte ich. »Er hat das so gewieft durchgezogen, als hätten wir's ihm beigebracht. Die meisten Promoter kassieren fünfzig Prozent und lassen den Boxer von dem, was übrig bleibt, alle Unkosten bezahlen.

Aber Ristone glaubt, Frankie hätte sich 'n besseren Deal gesichert, stimmt's? Seine Börsen werden gedrittelt, er bekommt hundert Riesen Vorschuß, so hat er's dargestellt.« Ich schaute mich am Tisch um, sah meine Familie an, war fest entschlossen, das Richtige zu tun. Wenigstens was das hier betraf.

»Ich schlage vor, wir teilen den Kuchen und geben Frankie frei. Ristone muß den Vertrag auslösen. Okay, es gibt keinen Vertrag, aber das kann er ja nicht wissen. Er zahlt uns unsere hundert Riesen zurück, gibt uns fünf Prozent – vom Reingewinn, nicht vom beschissenen ›Nettoertrag‹ – und übernimmt. Wir teilen die Beute, okay? Fifty-fifty bei den hundert Riesen. So hat jeder von uns sein Geld verdoppelt, und Frankie sackt schon mal fünfzig Riesen ein. Dann engagieren wir Davidson, um den Jungen zu vertreten. Statt Bargeld bieten wir ihm ein Prozent von unseren fünf. Er wird drauf einsteigen.«

»Davidson ist ein ausgemachter Winkeladvokat«, sagte der Prof. Soll heißen: Er ist ein Betrüger, aber zum Wohle seines Mandanten, nicht zu seinem eigenen. Genau das, was man von einem Anwalt will.

»Es läuft perfekt, wir machen Kasse, Frankie macht Kasse … und er bleibt im Rennen. Was meint ihr?« kam ich zum Ende und schaute mich um.

»Hundert Prozent auf Geld, sehr schnell. Sehr, sehr gut«, antwortete Mama, stimmte mit Ja.

Max nickte.

»Behältst du deine Farben, Mahn?« fragte Clarence. »Ich hab sie selbst entworfen, unserer Familie zu Ehren.«

»Immer«, versprach Frankie.

»Kriegst du das mit dem Gürtel hin, ist für uns alle Kohle drin«, sagte der Prof und fixierte Frankie scharf. »Vergiß nicht, Junge … egal was du wirst, die Kniffe und Tricks hast du von mir.«

Frankie liefen die Tränen übers Gesicht. Er schämte

sich deswegen nicht, benahm sich wie ein Mann. »Ich liebe euch, Leute«, sagte er.

»Halt dein verdammtes Maul, Idiot!« blaffte der Prof ihn an.

Ich war als letzter noch im Restaurant. Vom Telefon hinten hatte ich Davidson angerufen, war mit ihm alles durchgegangen. Er war dabei, sagte, er werde Frankie bei dem Vertrag »und bei allen anschließenden Verhandlungen« vertreten, redete eben, wie er so redet, mehr Worte als Inhalt. Aber auf *sein* Wort war Verlaß – er war anständig, ehrlich, ernst, rechtschaffen, verläßlich bis zum äußersten. Frankie war in guten Händen.

Ich rauchte schweigend, allein in meiner Nische hinten. Frankie war mein Versuch gewesen, ehrlich zu werden. Meine Chance, gesetzestreu zu leben. Mit Stehlen kenn ich mich aus. Weiß alles über Lügen und Betrügen und wie man sich durch ein Minenfeld arbeitet. Ich hab tolle Ideen, nur weiß ich nie, wie ich sie zu Geld machen kann. Zum Beispiel Telefonsex auf der Warteschleife, das war mein bester Einfall. Sie kennen das, wie man bei den meisten Firmen auf der Warteschleife landet, wenn man anruft … Sie sitzen da, müssen sich irgendwelche widerliche Schnulzenmusik anhören und werden von Sekunde zu Sekunde wütender. Wetten, daß – wenn Sie statt dessen ein schwer atmendes Mäuschen stöhnen hören, wie scharf Sie sie machen – Sie geduldig tagelang stillhalten? Mein einziges Problem war nur, welche Art von Sex der Anrufer wollte. Vielleicht konnte ich die Voice-mail-Kiste einsetzen: Drücken Sie die 1 für hetereosexuell, die 2 für homosexuell, die 3 für SM, die 4 für Fußfetischisten … Ach, Schwachsinn – es war wie all meine Ideen fürs brave Bürgerleben: gut für einen Lacher, und das war's.

Jetzt war sowieso nicht der richtige Augenblick. Irgendwas braute sich zusammen. Etwas, was für mich zu schwer war. Endlich hörte ich die Schritte des Falken, hatte aber nicht die Feuerkraft, ihn abzuschießen. Mir blieb nur eines: nicht in der Nähe zu sein, wenn er landete.

Ich rufe aus einer Telefonzelle an«, sagte die Frauenstimme. »Hab nicht viel Zeit. Wissen Sie, wer ich bin?«

Allerdings wußte ich es. Helene. Silvers Frau. Sie hatte gestern spät abends hinterlassen, wann sie heute anrufen würde. »Ja.«

»Er hat gesagt, es war ein Auftrag.« Helenes Stimme war so ruhig und gelassen, als gebe sie Börsennotierungen durch. »Aber aufgrund der … neuen Informationen ist der Auftrag bis auf weiteres storniert.«

»Verstanden.«

»Bis auf weiteres storniert«, wiederholte Helene. »Das soll ich Ihnen ausrichten.«

»Okay, Danke. Kann ich irgendwas für Sie …?«

»Goodbye«, sagte sie. Ich hörte, wie sie auflegte.

Die Jagd auf Menschen hat einen eigenen Rhythmus, verbindet Jäger und Gejagten so eng miteinander, daß jeder den Pulsschlag des anderen spüren kann. Ich weiß das – ich war beides in meinem Leben. Das ist die große Preisfrage, die man einem Kind stellt, das sagt, es sei sexuell mißbraucht worden, die eine Frage, die die Wahrheit ans Licht bringt – nicht: Was haben sie *getan,* sondern: Was für ein *Gefühl* war es?

Ich weiß, was es für ein Gefühl ist.

Wenn man gejagt wird, sind es nicht die Füße, die einen in die Falle führen, es ist der Verstand.

Auch das weiß ich.

Es ist ein Tanz, ein Tanz nach festen Regeln. Die Regeln greifen erst, wenn Sie die Schritte hören. Wenn das passiert, wenn Sie voll darin aufgehen, spüren Sie, wie das Tier in Ihnen versucht, zu übernehmen und das Kommando an sich zu reißen. Das ist der richtige Teil, der Teil, der Sie retten kann. Menschenjagd ist kein Schachspiel – so was gibt es nur in Büchern.

Aber der Überlebensinstinkt darf nicht die Führung übernehmen. Wenn Sie auf dem Drahtseil stehen, spielt Geschwindigkeit keine Rolle – Balance ist alles.

Angst ist gut. Schärft den Blick, hält den Blutdruck oben, zwingt alle Sensoren zu höchster Wachsamkeit.

Panik ist schlecht. Macht zu, schließt fest die Augen, läßt an Ort und Stelle erstarren.

Wer zu früh aus der Deckung kommt, ist ein leichtes Ziel. Wer sich auf seine Tarnung verläßt, kann am Ende wie erstarrt im Scheinwerferlicht stehen.

Am schlimmsten ist es in der Mitte. Wenn Elefanten kämpfen, wird das Gras zertrampelt. Ich wollte untertauchen, meine Trumpfkarte ausspielen – die Geduld. Doch das würde jetzt nicht funktionieren. Belinda und Morales tanzten dem Tod entgegen, und ich hatte nur zwei Möglichkeiten: mir einen Partner aussuchen und mitmachen … oder tatenlos danebenstehen und getötet werden.

Kurz nach fünf Uhr früh, die Stadt immer noch dunkel. Zeit des Übergangs: zu spät für die Ganoven, zu früh für die anständigen Bürger.

»Sie braust heran, obwohl sie schlendern kann«, kam die Stimme des Profs aus dem Handy an meinem Ohr.

Ich unterbrach die Verbindung, ließ das Telefon in meiner Armyjacke verschwinden, schaute zu Max hinüber. Der Krieger saß auf dem Beifahrersitz des Chevy Caprice, den Arnold Haines gemietet hatte, atmete so flach, daß man schon sehr genau hinschauen mußte, um es zu sehen, war wie ein Computer in Bereitschaft. Ich lehnte mich zurück, wartete auf die nächste Nachricht.

Keine fünfzehn Minuten später surrte das Telefon wieder. »Das Huhn sitzt in der Falle, jetzt mach's alle«, meldete der Prof.

»Wohnt dort Mary?«

»Ja. Scheint zu Hause zu sein, ist aber nicht allein.«

»Kleiner Wiesel mit Schnauzer?«

»Genau der isses, Misses.«

»Okay«, sagte ich. »Auf geht's.«

»Ruf mich an, wenn sie nicht singen kann«, sagte der Prof, versprach mir Rückendeckung. Dann gab er mir die Adresse durch.

Das Gebäude stand an einer Querstraße der Third Avenue, fein genug für eine Empfangshalle, aber nicht für einen Portier. Vielleicht eines dieser Genossenschaftshäuser, die zum Teufel gehen, die Unterhaltskosten steigen, sollen die Leerstände ausgleichen – in solchen Häusern verschwindet als erstes der Portier.

Wir wollten zu 8-F. Ich warf einen Blick auf den Namen neben der Klingel: Johnson. Vielleicht fand Rudy das Wiesel das komisch.

Eine Klingelanlage, wie sie die meisten Wohnhäuser haben, läßt sich auf viele Arten austricksen. Am leichtesten ist es, wenn man unmittelbar nach jemandem hineingeht, der grünes Licht bekommen hat. Zu früh am Morgen, um darauf zu warten. Auch noch zu früh für die UPS- oder FedEx-Nummer. Ich wollte schon aufgeben, zum Auto zurückgehen und auf einen anständigen Bürger warten, da deutete Max auf die innere Tür. Ich folgte seinem Blick. Zwei schwere Glastüren, die sich in der Mitte öffneten, Griffe auf beiden Seiten. Das Glas war verschmiert, als sei es schon sehr lange nicht mehr geputzt worden. Ich machte eine »Na-und?«-Geste. Max ging auf die Tür zu, legte eine Hand um jeden Griff und zog. Die Türflügel hatten viel Spiel, bogen sich durch, als

Max zog. Ich nickte, zog schnell einen elastischen Plastikstreifen heraus und schob ihn in den Spalt. Das Plastik glitt hinein wie geschmiert, legte sich auf den Riegel und drückte ihn hinein. Die Türen sprangen auf.

Wir gingen durchs Foyer zu den beiden Fahrstühlen. Alles wirkte vernachlässigt, abgewirtschaftet. Offenbar war auch das Wartungspersonal gefeuert worden. Ich schaute zu den Etagenanzeigen hoch, rechteckige Plastikstücke mit innen aufgemalten Nummern. Nur einer der Aufzüge funktionierte, und dort leuchtete die Nummer 8 – wahrscheinlich noch von der letzten Fahrt.

Ich zeigte auf ein EXIT-Zeichen links von mir. Wir gingen hin. Ich drückte leicht, und die Tür schwang auf. Ein Treppenhaus, wie ich's mir gedacht hatte.

Wir machten uns auf den Weg, ich voran. Max hinter mir. Ich machte langsam, setzte vorsichtig einen Fuß vor den anderen. Ging als erster, weil ich jemanden auf der Treppe über uns hören konnte, bevor Max ihn spürte. Und weil ich das Tempo bestimmen mußte: Nimmt man eine Treppe zu schnell, ist man vielleicht außer Atem, wenn man oben ankommt – Max würde das nicht passieren, aber ich war ein heißer Kandidat.

Das Treppenhaus war schmutzig, übersät mit Zigarettenkippen, viel zu alt, um von gestern zu stammen. Die Hälfte der Glühbirnen war kaputt. Auf der 4. entdeckte ich eine zerbrochene Weinflasche, ein benutztes Kondom auf der 5. Etage.

Auf der 8. drückte ich die Tür auf und schaute mich um. Der Flur war leer. Es war still – eine abgestandene Ruhe, knapp vor dem Verfall.

Die Türen waren cremefarben gestrichen. Eine schlechte Wahl – die Stellen, die nicht angeschlagen waren, waren mit Handabdrücken übersät. 8-F-wirkte klebrig. Ich ging auf ein Knie, schob einen weißen Briefumschlag mit Selbstklebeverschluß unter der Tür durch.

Wir warteten ein paar Minuten. Keinerlei Reaktion

von innen. Ich drückte auf einen kleinen, schwarzen Knopf im Türrahmen, hörte es in der Wohnung leise summen. Trat einen Schritt zurück, damit ich durch den Spion gut sichtbar war. Max drückte sich rechts von mir mit dem Rücken an die Wand.

Ich spürte jemanden am Spion, stand aber nicht nahe genug, um ganz sicher zu sein. Wegen meiner Visage würde ich nicht eingelassen werden, eher wegen des Umschlags. Ein Umschlag mit zehn Hundertern, eingewickelt in ein Stück Papier, auf dem stand:

Dies ist geschäftlich. Für Sie ist noch viel mehr drin.
Ich habe was zu erledigen, und es muß heute sein.

Ich hörte das Rasseln einer Sicherheitskette, dann ging die Tür auf. Da stand Rudy, mit nacktem Oberkörper, die rechte Hand hinter dem Rücken. »Sind Sie sicher, daß ...?« sagte er, da sauste Max durch die Öffnung wie Gischt über Felsbrocken in einem Fluß, drehte sich auf dem rechten Fuß und ließ den linken Handballen auf einen Punkt genau unter Rudys Brustbein krachen. Rudy klappte zusammen, schnappte nach Luft. Max machte irgendwas mit Rudys Nacken. Das Wiesel sank bewußtlos zu Boden. Auf dem Teppichboden neben ihm ein Schnappmesser, noch geschlossen.

Ich deutete auf den Flur. Max glitt auf die andere Seite der Tür. Ich kniete mich neben Rudy, wickelte ihm schnell ein Stück Isolierband zweimal um den Kopf, bedeckte seinen Mund. Durchtrennte das Klebeband, drehte ihn auf den Bauch, zog ihm die Hände auf den Rücken und fesselte mit einem weiteren Stück seine Handgelenke. Als ich hochschaute, kam Mojo Mary um die Ecke, nackt bis auf die Pistole in einer Hand. Sie riß den Mund auf, hob die Pistole, doch da hatte Max sie schon von hinten gepackt. Die Pistole fiel zu Boden, und Mojo Mary wehrte sich nicht mehr.

Max schleppte sie zur Couch und setzte sie neben sich. Mit einer Hand hielt er sie fest, den Daumen auf ihrem Nacken, die Finger um die Kehle gelegt.

Ich steckte den Umschlag wieder ein, ließ das Magazin aus der kleinen Automatik gleiten, die Mary fallen gelassen hatte, zog den Schlitten zurück ... Natürlich sprang eine Patrone heraus – eine war im Lauf gewesen. Ich ging zur Couch und zog mir einen Stuhl ran, saß genau vor Mary. Max hielt sie immer noch fest, aber sein Blick war auf Rudy geheftet.

»Ganz ruhig bleiben«, sagte ich mit einer Stimme, die zu den Worten paßte. »Keiner wird dir was tun«, ich ließ das *es sei denn* unausgesprochen zwischen uns stehen.

Mojo Mary atmete tief durch die Nase, führte ihre hohen, runden Brüste vor und ließ mich gleichzeitig wissen, daß sie nicht schreien würde. Wie der Prof gesagt hatte, eine schlaue Frau.

»Es wird nicht lange dauern«, sagte ich. »Erzähl mir einfach, was Morales wollte.«

»Woher weißt du ...«, keuchte sie. Zum ersten Mal stand jetzt Angst auf ihrem Gesicht.

»Ich hab Leute drauf angesetzt.« Ich hielt die Antwort vage für den Fall, daß Morales eine Wanze in ihrem Telefon hatte.

Wieder holte sie tief Luft. »Er wollte nur ...«

»Lüg mich nicht an, Mary«, warnte ich sie. »Versuch's gar nicht erst.«

»Ich hab ... Schiß. Wenn er wüßte ...«

»Er wird's nicht erfahren. Ganz einfach. Von mir nicht. Von dir nicht.«

»Er hat mich gezwungen ..., ihn in den Mund zu nehmen«, sagte sie, mit so leiser Stimme, daß ich sie kaum verstand.

»Das gehört doch zum Job, oder?«

»Nicht seinen ... Schwanz.« Ihre Stimme war nur noch ein Hauchen. »Seinen Revolver. Seine Kanone. Ich mußte sie in den Mund nehmen. Es hat weh getan. Er hat mich gezwungen, die Augen aufzumachen. Sein Gesicht war ganz dicht. Verschwitzt und irre. Dann hat er den Hahn gespannt – ich hab's klicken hören. Er hat gesagt, wenn ich's ihm nicht sage, tut er's. Hat gesagt, du stehst doch so auf Flötensolo, also zeig ich dir eins. Ein echtes. Ich blas dir den Hinterkopf weg, das hat er gesagt.«

»Ist das in der Bude passiert, wo du arbeitest? Die an der ...«

»Nein. In seinem Wagen. Ein schickes, rotes Auto. Er hat mich auf der Straße abgepaßt, mich gezwungen einzusteigen. Dann ist er ziemlich weit nach Norden gefahren, ungefähr bis zur Triborough. Aber er ist nicht rüber, ist irgendwo abgebogen ... Ich weiß nicht. Jedenfalls sind wir an diesem unheimlichen Ort gelandet, wie auf dem Land oder so. Ganz leer. Nur wir. Er hat gesagt, wenn ich nicht mache, was er will, dann läßt er mich dort liegen. Noch 'ne tote Nutte, wen interessiert's? ... Das hat er gesagt.«

Ich wußte, wohin er sie gebracht hatte. Nach Ward's Island. Da draußen gibt's nicht viel außer einer Anstalt für geisteskranke Kriminelle. Vielleicht sah Morales sich schon mal sein neues Zuhause an, bevor er dort einzog. »Also hast du ihm ... was gesagt?« fragte ich.

»Die Wahrheit.« Mojo Marys Hände flatterten unruhig auf dem Schoß. »Alles.«

»Und jetzt erzähl sie *mir*«, sagte ich.

Sie warf einen Blick auf Rudy, der hübsch verschnürt auf dem Boden lag. »Hast du ihn umgebracht?«

»Wenn er tot wär, wozu bräuchten wir dann wohl den Knebel?« antwortete ich vernünftig. »Hier wird niemand umgebracht. Es wird auch niemand verletzt. Erzähl's mir einfach, Mary. Dann verschwinde ich wieder aus deinem Leben.«

»Ich hab ihm gesagt, dieses Mädchen, diese Roxanne, wofür sie mir Geld gegeben hat.«

»Dafür, daß du dich mit mir in Verbindung setzt?«

»Ja.«

»Und daß du dich mit ihr bei Logans getroffen hast, das alles?«

»Ja.«

»Hast du ihm gesagt, was diese Roxanne wollte? Von mir?«

»Ja. Aber ich …«

»Ist okay«, versicherte ich. »Was noch?«

»Das ist alles. Wirklich.«

»Hör auf zu lügen«, warnte ich. »Das ist kein Spiel. Du kennst mich schon lange, Mary – ich mach keine Spielchen.«

»Ich spiele nicht.«

»Hat Morales dir dann die Kanone in den Mund gesteckt? Als du gesagt hast, das ist alles?«

»Burke, ich …«

»Er wollte mehr über die Blondine wissen«, sagte ich, formulierte es nicht als Frage. Ihre Augen waren die kleinen Fenster eines Spielautomaten – ich sah, wie sich die Rädchen dahinter drehten, auf einen Dreier warteten. »Hast du irgendeinen Zweifel, daß ich's mache?« fragte ich, hielt das Rad an. »Du weißt nicht, vor wem du Angst haben sollst, ich werd's dir sagen, Mary – hab Angst vor dem, der's jetzt tun kann.«

»Er ist ein Cop«, sagte sie leise. »Er kann's tun, wann er will. Ich hab mich umgehört … später. Ein paar von den Mädchen kennen ihn. Er ist … schon mit ihnen zusammen gewesen, verstehst du? Er ist nicht wie andere Cops. Ich meine, er bezahlt. Bezahlt den vollen Preis. Aber er tut einem weh, das haben sie wenigstens gesagt.«

»Weh wie bei SM? Oder …?«

»Nein. Er steht nicht auf Peitschen und Ketten, oder so. Er ist einfach … grob. Als würde er einen hassen, während er bumst. Ein Mädchen … Kennst du Irene? Die Rothaarige, die in der …?«

»Nein.« Ich wollte nicht, daß sie vom Thema abkam.

»Tja, jedenfalls, sie hat's von ihm in die Hintertür gekriegt. Du weißt schon, griechisch eben. Ich meine, er hat sie nicht gezwungen. So was macht sie eben und alles. Aber man kann's auf eine Weise machen ... richtig, meine ich. Es muß wirklich nicht weh tun, wenn man ...«

»Ich weiß«, sagte ich, führte sie zurück auf den Weg.

»Er hat's jedenfalls nicht richtig gemacht. War ihm scheißegal. Sie hat's ihm gesagt, aber er hat ihr einfach von hinten in die Haare gepackt und ihren Kopf durchgeschüttelt.« Mojo Mary schüttelte die rechte Faust, als hätte sie eine Handvoll Haare darin. »Ganz fest. Als wär er ...«

»Was ist mit der Blonden, Mary?«

»Er wollte alles wissen. Über sie, meine ich. Und ich hab's ihm gesagt. War nicht viel, oder?«

»Wenn du meinst.«

»War's nicht. Ich *wußte* ja auch nichts. Ich meine, ich arbeite nicht auf der Straße, das weißt du. Sie war ein Kumpel von dieser Roxanne, nicht von mir.«

»Du hast Morales erzählt, daß sie mich engagieren wollten, damit ich eine Sache für sie erledige?«

»Ja. Aber ich weiß, daß du nicht ...«

»Genau. Ich mach's nicht. Was noch?«

»Er hat gesagt, wenn sie je wieder anruft, *egal wann,* muß ich's ihm sagen. Sofort, bevor ich zu dem Treffen gehe. Wenn ich ihn nicht anrufe, wenn er dahinter kommt, daß ich Kontakt zu ihnen hatte, ohne ihm was davon zu sagen, dann würd er mich finden.«

»Und, haben sie ...?«

»Nie!« Die Wucht ihrer Antwort schleuderte sie fast von der Couch. »Ich würde niemals ...«

»Okay.«

»Okay? Das war's? Du bist nicht ...«

»Jeder muß seine Brötchen verdienen. Ich bin nicht sauer auf dich. Wenn Morales vorbeikommt, sag ihm die

Wahrheit. Sag ihm, ich war hier, hätte dir Fragen gestellt.«

»Wenn er weiß, daß ich's dir erzählt habe, wird er ...«

»Stimmt«, unterbrach ich. »Wenn es soweit ist, mußt du dich entscheiden.«

Ich stand auf. Max tat dasselbe, zog Mojo Mary mit hoch. Ich warnte sie nicht davor, die Cops zu verständigen – das würde sie sowieso nicht tun.

»Das Klebeband mußt du ihm abmachen«, sagte ich.

Sie kniete sich neben Rudy, hielt das Gesicht dicht an seines. »Er atmet.« Sie war beinahe gleichgültig.

»Ich würd dir doch keine Leiche aufhalsen. Schneid das Band vorsichtig durch, und schon geht's ihm wieder blendend.« Ich nickte Max zu. Der Krieger öffnete die Tür einen Spaltbreit, schaute prüfend in beide Richtungen. Dann trat er hinaus, ging zur Treppe. Ich schloß hinter ihm die Tür, drehte mich zu Mojo Mary um. »Wir brauchen ein paar Minuten. Sorg dafür, daß es keine Probleme beim Gehen gibt, okay?«

»Klar. Darf ich in die Küche gehen und ein Messer holen? Dann kann ich schon mal ...«

»Lieber nicht«, sagte ich ruhig. »Ich hab gehört, daß du ziemlich gut mit so was umgehen kannst.«

»Hat Rudy mir beigebracht. Hat's mir richtig gut beigebracht.« Sie kehrte mir den Rücken zu, beugte sich vor. Eine sichelförmige Narbe blühte auf einem goldbraunen Oberschenkel direkt unter dem Hintern. »Das ist sein Zeichen«, sagte sie.

Ich betrachtete die Narbe, sagte nichts. Mojo Mary sah mich über die Schulter an, immer noch aus der Taille vorgebeugt. Ich fragte mich, ob Rudy wohl auch mit einem Zeichen aufwachen würde. Das Handy in meiner Jacke summte. Einmal, zweimal. Dann war es wieder tot. Alles klar.

»Wenn du dich verpissen willst, ist jetzt der richtige Augenblick«, sagte ich mit einem Blick auf Rudy.

Ich setzte Max vor seinem Tempel ab, brachte den Chevy zurück zu Hertz, nahm die U-Bahn zu meiner Wohnung. Ging mit Pansy in die Garage runter und holte den Plymouth. Fuhr rüber zur West Street, parkte den Plymouth, hakte Pansys Leine ein und ging zum Fluß rüber.

Der Hudson war ruhig – das Wasser sah aus wie die rauhen Milchglasscheiben altmodischer Bürotüren. Ein riesiger, roter Lastkahn voll Zement hockte auf dem Wasser, den Namen Adelaide sorgfältig mit Schablone aufs Heck gemalt. Die Frau des Kapitäns, wahrscheinlich. Ein brauner Schlepper mit schwarzen Aufbauten schob den Lastkahn flußaufwärts, vermutlich zu einem der Lagerplätze in der Bronx, schob so langsam, daß ein vorbeifahrendes Segelboot wie turbogetrieben wirkte. Ein anderer Schlepper mit dem gleichen braun-schwarzen Anstrich holte auf und blieb ein paar Minuten längsseits, dann drehte er in weitem Bogen wieder ab und kehrte zur Basis zurück.

Ich steckte mir eine Kippe an, fragte mich, warum ich mich hier draußen so sicher fühlte, im Freien und völlig ungeschützt, der Traum jedes Heckenschützen. Schlagartig wußte ich es. Ich konnte nicht weglaufen, aber ich war sicher, bis ich etwas unternahm.

Sie belauerten sich gegenseitig – und ich konnte nicht aus der Mitte weg. Ich war ein blinder Blutegel in trübem Sumpfwasser auf der Suche nach einem Pulsschlag. Die größeren Tiere würden mich nicht jagen, konnten mich nicht fangen, falls sie es doch taten. Aber wenn ich diesen Pulsschlag nicht fand, würde ich verhungern.

Das Handy in meiner Jacke surrte, ließ mich zusammenzucken. Ich zog es raus, den Rücken zum Fluß gewandt, suchte die breite Straße ab.

»Was ist?«

»Ich hab's!« Hausers Stimme, leise, unter Hochspannung. Was es auch war, er war aufgedreht.

»Sind Sie …?«

»In meinem Büro«, sagte er. Dann war die Verbindung unterbrochen.

Ich konnte nicht zu meiner Wohnung zurück und Pansy absetzen. Ich war schon so lange unterwegs, daß Morales vielleicht wußte, wo er mich finden würde. Ein anderer Cop hätte ein paar Scheine auf der Straße verteilt – »Ruf mich an, wenn du diesen Wagen siehst«, was in der Art – aber nicht Morales. Als er noch mit seinem Partner McGowan zusammen war, ließ er solche Sachen von dem Iren erledigen. Allein war er ein Blackjack-Cop, einer von der Sorte, mit der man keine Geschäfte machen kann. Er würde einer Nutte Geld für Sex geben, aber nicht für Informationen – die erwartete Morales frei Haus.

Leuten angst zu machen ist nicht gerade die beste Methode, wenn sie für einen arbeiten sollen. Es ist in Ordnung, wenn man nichts weiter will als eine Information – Angst bringt manche Leute zum Reden. Aber man kann leicht eine Überdosis davon verabreichen – Leuten so viel Angst einzujagen, daß sie erstarren, ist nicht schwer. McGowan kannte den Unterschied. Morales nicht. Oder es war ihm egal.

Morales würde sich nicht bestechen lassen, würde kein Geld annehmen und in die andere Richtung schauen. Aber er würde einem in den Rücken schießen und lügen, ohne mit der Wimper zu zucken. Morales war zu lange draußen. Er war zerfressen von Ehre und so gefährlich wie ein Kanister Nervengas in einer U-Bahn – bei Morales konnte man nur hoffen, am Ende nicht zu den Leichen zu gehören.

Ich verfrachtete Pansy ins Auto, fuhr auf der West Street nach Süden. An der Chambers wendete ich und fuhr nach Norden. An der Little West Twelfth Street bog ich nach Osten ab, kurvte kreuz und quer durch den Meat Market, dann fuhr ich rechts ran und wartete.

Fünf Minuten, zehn Minuten. Nichts. Ich wußte, daß Morales beschatten konnte – das hatte er bewiesen –, aber ich wußte auch, daß er keine Geduld besaß. Ich legte den Gang ein und fuhr wieder nach Norden.

In Höhe der Zwanziger fand ich auf der Eighth eine Parklücke. Pansy würde ich nicht im Wagen lassen, nicht in dieser Stadt. Ich kenne einen Burschen aus Brooklyn, der hatte einen wunderschönen Rottweiler, hielt ihn in seinem Hof hinter einem hohen, schmiedeeisernen Zaun. Der Hund bellte jeden an, der vorbeiging, konnte aber nicht raus. So ein mieser Wichser in Gangsta-Kluft kam angelatscht und baute sich vor dem Zaun auf. Als der Rottie rüberkam, sprühte das Arschloch dem Hund Metallicfarbe in die Augen. Der Rottie jaulte auf, kratzte mit den Pfoten an seinen Augen. Als die Cops kamen, schaute der Wichser, die Spraydose in der Hand, kichernd immer noch zu.

Die Cops verständigten die Leute vom Tierschutzverein. Sie betäubten den Rottweiler, aber es war zu spät – ein Auge war bereits verloren, das andere in der Augenhöhle weggeätzt.

Der Hund überlebte, war aber blind.

Der Wichser kam vor das Familiengericht. Erzählte dem Richter, eines Abends sei er an dem Hof vorbeigegangen. In der Finsternis konnte er den Rottie nicht sehen. Der Hund knurrte, und er zuckte zusammen, hatte Angst. Seine Kumpane lachten. »Keiner benimmt sich mir gegenüber so respektlos«, sagte er. Und kam mit einer Spraydose zurück. Revanche.

Der Richter gab ihm Bewährung.

Als er einige Wochen später einen Schuß in die Brust bekam, war das für die Cops ein Kampf zwischen verfeindeten Gangs. Wenigstens stand es so im Bericht. Sie kamen nicht mehr dazu, den Wichser zu verhören – er starb im Krankenwagen.

Hunde verboten«, sagte der Penner an der Rezeption, nahm nicht mal die Zigarette aus dem Mund.

»Wo steht das?« Ich schaute mich um nach einem entsprechenden Schild. Auf dem einzigen, das ich sah, stand: RAUCHEN VERBOTEN.

»Hausvorschriften«, sagte der Penner.

»Ich hab einen Passierschein.« Beugte mich über den Schreibtisch, einen Zwanziger in der Hand.

Der Penner nahm das Geld und senkte den Blick, als würde er lesen. Ich ging die Treppe hoch, wollte nicht, daß jemand im Fahrstuhl Pansy sah.

An Hausers Bürotür drehte ich den Knauf. Sie war nicht verschlossen. Ich ging hinein, Pansy links hinter mir.

»Was, zum Henker, ist das?« begrüßte Hauser mich.

»Das ist ein Mastino«, erklärte ich. »Keine Angst, sie ist lammfromm.«

Hauser sah mich skeptisch an. Ich gab Pansy das Handzeichen – sie sank zu Boden. »Platz«, befahl ich ihr. Das nur, um Hauser zu beruhigen – bewegungslos liegenzubleiben ist eine von Pansys Spezialitäten.

Ich setzte mich Hauser gegenüber, zwischen uns sein Schreibtisch. Bemerkte vier leere Kaffeebecher – einen fünften hielt Hauser in der Hand.

»Essen Sie das noch?« fragte ich und deutete mit dem Kinn auf ein halbes Brötchen, aus dem dick Butter quoll.

»Wollen Sie's?« entgegnete er.

»Ja.«

Als er nickte, nahm ich es, warf es, ohne hinzusehen, über meine Schulter. Ich hörte das Klackern von Zähnen. »Jesus!« sagte Hauser. »Sie hat einfach …«

»Pansy würde sogar Kugeln auffangen, wenn sie mit genug Butter beschmiert sind.«

Hauser schüttelte verdutzt den Kopf – wie bei allen echten Reportern gab es nicht sonderlich viel, was ihn *nicht* interessierte. Die Eile von unserem Telefonat war wie weggeblasen – was immer er hatte, er würde eine große Show draus machen, ein kleines Stückchen nach dem anderen aus dem Hut ziehen. Ich drängte ihn nicht, wußte, daß es keinen Sinn hatte.

»Loretta Barclay«, sagte er schließlich. »Klingelt's bei dem Namen?«

»Die Frau aus Scarsdale, oder? Die ermordet wurde ... und das rote Band in sich ...«

»Genau.« Hauser beugte sich vor. »Die Cops haben an dem Fall gearbeitet. Und die Sache sieht nicht mehr nach Zufall aus.«

»Weil ...?«

»Weil sie nicht gerade aus begütertem Hause stammt, die Frau. Tatsächlich hat sie eine hübsche kleine Erfolgsbilanz vorzuweisen. Was halten Sie von einer Verurteilung zu zwanzig Jahren in Indiana? Drei davon hat sie abgesessen, dann ist sie über die Mauer. Also, eher vom Gelände – sie ist einfach gegangen. Einer der Wärter ist mit. Später hat man ihn gefunden ... tot. In einem Motelzimmer in Youngstown, Ohio. Er hatte genug Tabletten im Magen, um ein Pferd zur Strecke zu bringen. Hat auch einen Abschiedsbrief hinterlassen, aber das haben die Cops nie geschluckt – es war zu kurz nach der Flucht. Und die Frau ist spurlos verschwunden.«

»Wann war das?«

»1979 wurde sie verhaftet, 1980 begann der Prozeß, verurteilt wurde sie im gleichen Jahr. '83 ist sie dann getürmt.«

»Und seitdem wurde nach ihr gefahndet?«

»Genau. Die Feds waren übrigens auch hinter ihr her. Irgendwann hat sie dann in Boston den Typen getroffen und geheiratet. Sie tanzte damals in einem dieser Obenohne-Schuppen.«

»Da kommt eine Frau auf der Flucht meistens unter«, sagte ich. »Wie konnte sie ...«

»Sie hat sich operieren lassen«, unterbrach Hauser.

»Neues Gesicht, dazu ein neuer Busen. Die Cops glauben, daß es derselbe Schönheitschirurg war. Wunderbare Arbeit … nur unter der Lupe zu erkennen. Viele Stripperinnen haben Implantate – das würde keinen mißtrauisch machen. Sie hat sich die Haare gefärbt, von blond zu brünett, und ganz lang wachsen lassen. Ich hab ein Foto von ihr gesehen – eine Kopie des Originals, das bei ihrer Festnahme in Indiana gemacht wurde. Glauben Sie mir, ihre eigene Mutter hätte sie nicht wiedererkannt. Ohne die Fingerabdrücke wäre keiner dahintergekommen.«

»Dann glauben die Cops also jetzt, daß es jemand aus ihrer Vergangenheit war?«

»Sie meinen, es könnte so sein. Sie haben mit den Cops hier gesprochen, aber es gibt keine Querverbindung zu unserem Muster. Ich meine, alle wurden ermordet, alle wurden erstochen … aber das war's dann auch.«

»Dann ist der große Durchbruch also nur, daß sie …«

»Da ist noch was.« Hausers Stimme wurde flacher. »Einer der Gründe für die kurze Haftstrafe war, daß sie ausgepackt hat. Sie nannte …«

»Kurze Strafe?« fragte ich. »Zwanzig Jahre? Um was ging's denn, um dreifachen Mord?«

»Unsittliche Handlungen an einem Kind«, berichtete Hauser. »In siebenundvierzig Fällen. *Siebenundvierzig*. Sie gehörte zu einem Ring, rekrutierte kleine Mädchen für … Videos. Die älteste war dreizehn. Die Sache war professionell aufgezogen – sie hatten in der Nähe der Staatsgrenze ein Haus angemietet. Die Frau war Tanzlehrerin, Modern Dance – die Kids waren ihre Schülerinnen. Als sie hopsgenommen wurde, hatte sie lebenslänglich zu erwarten. Es ging gar nicht darum, ob die Kids aussagten – die Cops hatten die Filme, und nicht mal ein zugekiffter Richter und Mitglied der American Civil Liberties Union hätte *das* Beweismaterial ablehnen können.

Es gab noch vier Leute, drei Männer und eine Frau. Sie hat alle verpfiffen. Und alle sind für immer hinter Gittern verschwunden, lebenslänglich plus. Sie kam in ein normales Gefängnis, und dann ...«

»Sind alle erwischt worden?« unterbrach ich.

Hauser nickte, als wäre er froh, daß ich jetzt mitmachte. »Alle bis auf einen. Einer der Männer konnte kurz vor seiner Verhaftung fliehen.«

»Und die Cops meinen, der könnte vielleicht ...?«

»Weiß ich nicht. Ich, also ich persönlich sehe nicht, wie das sein könnte. Warum soll er zwölf Jahre warten? Und warum aus Rache seine Freiheit aufs Spiel setzen – das FBI fahndet auch nach ihm. Außerdem, es ist ja nicht so, daß diese Leute Loyalität kennen ...«

»Sie haben recht. Und bei der Suche nach Fingerabdrücken ...?«

»Nichts. Nur die Abdrücke, die zu erwarten waren. Wer immer es war, hat Handschuhe getragen, würde ich mal sagen.«

»Dann ist diese Barclay also ...«

»Nicht Barclay«, unterbrach Hauser. »Ihr richtiger Name war Thomchuk. Barbara Ann Thomchuk.«

»Ja, okay. Thomchuk. Ausgeschlossen, daß ihr Mann es gewesen ist? Selbst wenn er nicht in der Stadt war, bis über beide Ohren mit Alibis abgesichert ist, könnte er doch bezahlt haben ...«

»Er ist nicht fremdgegangen«, sagte Hauser. »Die Cops haben das nachgeprüft. Und selbst wenn, die beiden hatten einen knallharten Ehevertrag, aufgesetzt von einer auf Ehesachen spezialisierten Kanzlei in White Plains. Er hätte ihr einfach Geld geben und sauber aus der Sache rauskommen können. Hatte keine geschäftlichen Probleme, schuldete den Kredithaien kein Geld. War nicht drogenabhängig, kein Alkoholiker. Außerdem war ihr Leben überhaupt nicht versichert, nur seines.«

»Also meinen Sie, die Antwort liegt in ihrer Vergangenheit?«

»Muß so sein. Morgen früh gehe ich der Sache auf den

Grund. Ich hab schon einen Flug nach Chicago gebucht – das ist der nächstgelegene Flughafen.«

»Halten Sie mich auf dem laufenden«, sagte ich und stand auf. »Ich glaube, Sie sind auf der richtigen Fährte.«

Als ich im Knast saß – und nachdem ich mich dem Prof angeschlossen und aufgehört hatte, mich dem Leben gegenüber dumm zu stellen –, studierte ich diesen Burschen sehr aufmerksam. Der Prof hatte gesagt, ich solle das tun. »Du mußt dich immer im Griff haben, Schuljunge. Wenn du wissen willst, wie's geht, beobachte die, die's bringen.« Der Typ war gewalttätig, ein Perverser. Ein Heckenspringer. Ein brutaler Vergewaltiger. Und er hat's nur mit Kindern gemacht. Ich studierte ihn, weil er alles sagen konnte, einfach alles, und immer klang's, als wär's die Wahrheit.

Wirklich beeindruckt hat mich, daß er einen Lügendetektortest bestand. Die Cops kamen ins Gefängnis – sie wollten ihn über einige als vermißt gemeldete Kids verhören. Der Bursche hat gesagt, er könne sie zu den Kids führen ... er behauptete, sie seien alle von derselben Bande Freaks entführt worden ... aber um das tun zu können, müsse er raus. Sie sollten ihn rauslassen, ohne Observierung, und er würde sich melden, sobald er erfahren hatte, wo die Kids versteckt waren. Die Cops hätten kategorisch NEIN sagen sollen, oder? Ich meine, wer würde so ein Risiko eingehen? Aber was es wirklich schwierig machte, war die Art und Weise, wie dieser Freak quasi mit links den Test bestand – als er sagte, er wisse, wer die vermißten Kids hätte, konstatierte die Maschine: »Keine Täuschung«.

Schließlich wurde entschieden, doch nicht darauf einzugehen ... auch wenn er sie halb überzeugt hatte. Ich dachte, er hätte irgendeinen Trick, etwas, das ich gebrauchen konnte, wenn ich wieder draußen in der Welt war.

Aber er sagte, es sei überhaupt kein Trick. Wenn man etwas nicht empfindet, kann man es auch nicht zeigen. Hört man erst mal auf, tief drinnen was zu fühlen – ganz tief drinnen –, schlägt der Zeiger nicht aus.

Gleichzeitig lief er nicht mit völlig steinernem Gesicht durch die Gegend. Er konnte lachen – selbst wenn er nichts witzig fand. Er konnte auch weinen – Doc erzählte mir, in der Gruppentherapie habe er das dauernd gemacht. Dem Gericht hat er Reue vorgespielt, genauso wie er Gelächter vorspielen konnte.

Er hat versucht, es mir zu erklären. Sagte, man kann auf Kommando weinen – man mußte nur an was Schlechtes denken, das *einem selbst* als Kind zugestoßen war, etwas, bei dem man innerlich total traurig wurde.

Ich hab's versucht. Allein in meiner Zelle. Wollte sehen, ob's tatsächlich funktioniert. Wanderte in der Zeit zurück, in meinem Kopf. Zurück zu damals, als ich noch Kind war. Aber dann fing ich so übel zu zittern an, daß ich gar nicht mehr aufhören konnte. Meine Zähne klapperten, aber die Tränen wollten nicht kommen. Alles, was mir das einbrachte, waren diese roten Punkte hinter den Augen, die zu einem feinen Dunst verschmolzen, bis ich hindurch sah … ein roter Filter vor meinen Augen. Machte mir angst, dieser Schleier. Denn der einzige Weg, ihn wieder loszuwerden, war Töten.

Und ich konnte nie die Richtigen töten. Konnte sie nicht finden.

Da bin ich gestorben. Statt dessen. Wenigstens habe ich es versucht – es klappt nicht immer. Aber wenn's darum geht, überzeugend, ungerührt zu lügen, bin ich ein As.

Deshalb wußte Hauser auch nicht, was er wirklich gesagt hatte – wußte nicht, daß er mir den Schlüssel für den Code gegeben hatte.

Und der lag nicht in Indiana.

In diesem Augenblick wußte ich es – ich war das Ziel. Gekennzeichnet.

Durch Verrat als Lockvogel auf die Lichtung gesetzt. Wenn ich fortging, wäre das keine Sicherheit, sondern der Beweis. Der Beweis für den Überlebenden.

Ich konnte nicht alle Möglichkeiten abdecken, nicht allein.

Noch vor Morgengrauen fuhr ich in die Bronx. Erster Stopp: der Schrottplatz des Maulwurfs. Er hörte zu, die Augen irgendwo anders, fummelte abwesend an einem elektronischen Gerät rum, an dem er gerade arbeitete. Aber als er nickte, wußte ich, das ging klar. Nächster Stopp: Frankie. Ich wartete vor dem Zweifamilienhaus, in dem er wohnte. Eigentlich wohnte er im Keller, inoffiziell. Genau wegen so was würde die Stadt einen Hausbesitzer in der Bronx hinter Schloß und Riegel bringen … während sie die Nachtclubs ignoriert, die keine Notausgänge haben. Als Frankie zu seinem Lauftraining herauskam, fuhr ich mit dem Plymouth neben ihn. Er stieg vorn ein. »Ich möchte dich um einen Gefallen bitten.«

»Okay.«

»Was ich brauch, ist folgendes …«

»Ich meinte, okay, ich mach's, nicht, okay, du kannst mich fragen«, sagte der Junge mit leiser, fester Stimme.

»Das ist keine Sache von uns allen«, sagte ich. »Nur meine. Und für dich springt nichts dabei raus – es geht um keinen Coup.«

»Früher hatte ich keine Familie«, sagte Frankie. »Aber ich hab immer gewußt, was ich tun würde, wenn ich eine hätte. Im Knast habe ich davon geträumt, so wie andere Typen von Muschis träumen. Muschis kann ich haben, verstehst du, was ich meine? Aber Familie …? Ich weiß, was ich wäre ohne den Prof. Ein beschissener Säufer, ohne Respekt, vor nichts und niemandem. Besonders nicht vor mir selbst. Lieber will ich so sterben, wie ich heute bin, als leben, wie ich war, okay?«

»Okay, Junge«, sagte ich, bot ihm die Hand an.

Nachdem er sie geschüttelt hatte, erklärte ich ihm, was ich wollte.

Laß uns einfach zuschlagen«, sagte der Prof. Es war später am gleichen Abend. Ich saß auf dem Beifahrersitz von Clarences Rover. Der Prof saß hinten, hatte den Oberkörper zwischen die beiden Vordersitze geschoben.

»Geht nicht«, sagte ich. »Ich weiß, daß es einer von ihnen ist, aber ich weiß nicht, welcher.«

»Ob ein oder zwei, mach sie alle zu Brei, Schuljunge. Ich steh nicht auf diesen Lockvogel-Scheiß.«

»Es geht nicht anders«, sagte ich. »Eins weiß ich: Vielleicht sind beide drin verwickelt, aber auf keinen Fall zusammen.«

»Wen interessiert das schon?« fragte der Prof provozierend, eine Hand auf meinem Oberarm. »Erinner dich, wo du herkommst, Sohn … vom gleichen Ort wie ich, oder? Du kennst die Regeln. Verdammt, ein paar davon hab ich dir *beigebracht*. Hör mir zu. Du warst 'ne ganze Weile … ziemlich daneben. Seit dieser …«

»Ich weiß.« Wußte es genau. Das Haus in der Bronx. Der Junge. Das tote Kind. »Fühlst du dich nie … schlecht deswegen?« fragte ich.

»Du meinst nicht schlecht, du meinst schuldig«, erwiderte der Prof, seine Augen hielten mich genauso unnachgiebig fest wie seine Hand. »Ich fühl mich schlecht. Ich fühl mich wegen einem ganzen, beschissenen Haufen Sachen schlecht. Aber schuldig? Ich bin nicht schuldig, und das sag ich vor dem Herrn, nicht irgendeinem schwanzlutschenden, arschkriechenden, schwarz gekleideten, wieselgesichtigen Stück Hundescheiße von einem abgewichsten Richter. Ich wollte nicht, daß es so ausging – genausowenig wie du. Und das weißt du. Weißt du, was Schuld ist, Junge? Es ist das Böse, was Menschen dir *aufladen*. Wie ein Fluch. Ein Voodoo-Fluch. Schuld ist nichts anderes als das Geld eines Kredithais, verstehst du? Sie *wollen* gar nicht, daß du zurückzahlst – die Arschlöcher leben ewig von den Zinsen, diese jämmerlichen Vampire, verstehst du?«

»Ja, aber …«

»Es gibt kein Aber, verdammt«, flüsterte er eindringlich. »Du fühlst dich schlecht, dann tu was, damit es in Ordnung kommt. Aber diese Aufopferungsnummer, die macht mir Kummer. Vergiß nicht – beide haben dieselbe Farbe.«

Ich wußte, welche Farbe er meinte. Blau. »Hör zu, Bruder«, sagte ich. »Ich weiß, was du meinst, und ich will mich nicht streiten. So respektlos würde ich dir gegenüber nie sein. Aber die Sache ist doch die: Wenn einer von beiden falsch spielt und ich den anderen erledige, dann steck ich in der Scheiße. Werd ausgezählt. Denn eins ist sicher, Prof – wer es auch ist, sie beobachten mich. Und dich auch – das ist nicht in einer Nacht ausgebrütet worden.«

»Ich seh's wie mein Vater«, sagte Clarence. »Letztesmal haben die getan, was wir tun sollten – zuerst geschossen. Diesmal werd ich vorbereitet sein, Mahn.«

»Ich werd's mal durchspielen«, sagte ich. »Wir haben zwei Züge, die aus verschiedenen Richtungen auf demselben Gleis angedonnert kommen. Ich stehe in der Mitte. Ich muß nichts anderes tun, als aus dem Weg zu springen, kurz bevor sie ineinanderkrachen. Wenn ich das schaffe, ist die Sache erledigt. Wenn nicht, bin ich erledigt. Es fühlt sich … richtig an. Es wird gemacht, wie ich's gesagt.«

»Reimen kannst du nicht die Bohne«, sagte der kleine Mann. »Aber ich liebe dich, Schuljunge. Und eins versprech ich dir – springst du nicht zur rechten Zeit, nehm ich mir, was übrigbleibt.«

Schon als Kind kannte ich die Wahrheit. Wenn ich meinen Platz finden wollte, mußte ich ihn erst stehlen.

Meine Familie ist jetzt mein Platz. Alles, was ich habe. Alles.

Wenn ich Scheiße baute, wenn es nicht so lief, wie ich es mir dachte ... dann wußte ich, was zu tun war. Wußte, daß ich nicht mehr dasein würde, um es zu erledigen.

Der Prof kann vieles, aber ein Mörder ist er nicht. Ich konnte nicht zulassen, daß er bei dem Versuch starb.

Also machte ich das Richtige.

Ich ging zu Mama. Setzte mich in meine Nische und erzählte ihr alles. Sie machte sich keine Notizen, aber ich wußte, daß es in ihrem Kopf eingemeißelt war.

Wenn ich nicht rechtzeitig von den Schienen sprang, würde Max der Stille die Leute besuchen, die mich dorthin gestoßen hatten.

Es dauerte noch drei Tage, bevor es losging. Fast Mitternacht, als das Handy in meiner Jacke zirpte wie eine beschissene Grille und mich aus dem Schlaf riß. Ich ging ran.

»Was?«

»Sie anruf. Sagen, du zurückruf, schnell.«

»Wir sehn uns, Mama«, sagte ich.

»Du immer noch ...?«

Ich unterbrach die Verbindung.

Hallo ...« Ihre Stimme war zittrig, verlor sich zu einem geraunten Atmen.

»Ich bin's.«

»Ich hab's«, sagte sie. »Den Beweis. Todsicher. Und ich habe Angst. Er könnte ...«

»Wo und wann?«

»Jetzt! Jetzt sofort. Können Sie ...?«

Ich sagte ja. Sie nannte mir die Adresse.

Es war in der Charlton Street, nahe dem Fluß. Ihr Name stand auf der Klingel: Belinda Roberts. Ich klingelte, mir wurde aufgedrückt. Ein Haus ohne Fahrstuhl, vier Etagen.

Die Tür stand offen. Belinda steckte den Kopf raus, winkte mich weiter. Sie trug nur einen schwarzen Sport-BH und weiße Shorts. Ich schloß den Abgrund zwischen uns. Als ich die Wohnung betrat, machte sie einen Schritt zur Seite. Am Grundriß erkannte ich, daß es die einzige Wohnung auf dieser Etage war.

»Setzen Sie sich.« Sie zeigte den Flur hinunter. Die Wohnung war L-förmig, man mußte um eine Ecke, wenn man hereinkam. Der Boden war aus Holz, so hell gebleicht, daß es unwirklich aussah. Die linke Wand war voller Bücherregale. Die rechte bestand nur aus Fenstern, ein stabiler Käfig aus Stahlstangen blockierte den größten Teil der Aussicht. Geradeaus war Dunkelheit, die einzige Lichtquelle ein kleiner Punktstrahler, dessen rosafarbenes Licht einen großen Holzstuhl beleuchtete. Der Stuhl ... ich trat näher, sah genauer hin. Es war ein Hinrichtungsstuhl oder eine verdammt gute Nachbildung. Komplett mit schweren Lederriemen an den Armlehnen und einer metallenen Elektrodenhaube. Darüber ein glänzendes Schwarzweißposter: Ein Foto von einem elektrischen Stuhl – derselbe Stuhl? Vielleicht ... Am oberen Posterrand, in blutroten Lettern:

TODESSTRAFE
MANCHMAL EIN TÖDLICHER FEHLER!

»Was soll das denn sein?« fragte ich und drehte mich zu ihr um. Da sah ich die große Automatik in ihren Händen. Sie hielt sie genau auf meine Brust gerichtet, hatte die Beine gespreizt wie beim Combat-Schießen, stand so nahe, daß ich die Schweißperlen auf ihrem Gesicht sehen konnte ... und den langen Schalldämpfer, der auf den Lauf der Waffe geschraubt war.

»Jetzt sind Sie dran.« Sie hielt die Kanone absolut still. »Erinnern Sie sich? Wie ich zu Ihnen gekommen bin? Erinnern Sie sich, wozu Sie mich gezwungen haben? Tja, jetzt sind Sie's, dem ich nicht traue. Ich hab viel zuviel Angst für Spielchen.«

»Was wollen Sie?« fragte ich, beobachtete ihre Augen – damit ich nicht die Pistole ansehen mußte.

»Ich will, was Sie wollten. Wissen, daß ich Ihnen trauen kann. Falls Sie eine Wanze tragen ... falls Sie auf *seiner* Seite stehen, werde ich ...«

»Ich steh auf niemandes Seite.«

»Beweisen Sie's mir. Tun Sie, was ich getan habe. Ziehen Sie sich aus. Alles. Langsam.«

»Achten Sie auf meine Hände«, sagte ich ruhig. »Ich kann mich nicht ausziehen, ohne hinzugreifen, verstehen Sie? Es gibt keine Wanze. Ich mache, was Sie wollen. Aber werden Sie nicht nervös, okay?«

»Warum sollte ich nervös werden?« schnaubte sie. »Weil ich eine Frau bin, ist es das?«

»Jeder wäre nervös. Ich bin nervös. Wahrscheinlich mehr als Sie, okay? Aber ich richte keine Kanone auf jemanden.«

»Tun Sie's einfach. Tun Sie's jetzt.«

Ich zog meine Armyjacke aus. Ganz langsam. Ließ sie auf den Boden fallen, wußte, die Polsterung würde verhindern, daß Metall klapperte. Zog mein schwarzes Sweatshirt und das weiße T-Shirt über den Kopf, ließ beides auf die Jacke fallen. Hielt die Hände über den Kopf, drehte mich einmal um die eigene Achse.

»Jetzt den Rest«, sagte sie.

Ich löste die Gürtelschnalle der schwarzen Hose, zog den Reißverschluß runter. Ließ mich auf ein Knie nieder, achtete darauf, daß sie meine Hände stets sehen konnte. Zog dann die Stiefel aus, einen nach dem anderen. Die Socken. Als ich wieder aufstand, rutschte die Hose herunter. Ich stieg heraus, wartete, wollte wissen, ob ...

»Weiter!« Ihre Stimme war so unbewegt wie die Kanone in ihrer Hand.

Ich zog die Shorts runter.

»Treten Sie zurück.« Absichtlich grob, so wie es Cops auf der Straße lernen – immer die Kontrolle über den Burschen behalten, den du verhaftest – die Zügel straff halten – nicht diskutieren, fordern. »Nicht zur Seite, zurück! Mehr. Weg von den Klamotten – sofort!«

Ich wich zurück. Sie kam näher, verringerte den Abstand, ging mit nach außen gestellten Füßen, behielt die Pistole zentriert, perfekt ausbalanciert.

»Weiter«, befahl sie. Meine Kniekehlen berührten den elektrischen Stuhl. »Stopp!«

Wieder hob ich die Hände, versuchte sie zu beruhigen.

»Hinsetzen. Auf den Stuhl.«

Ich gehorchte.

Belinda trat links neben mich, so vorsichtig wie eine Wespe, die einen Skorpion belauert. Meine Augen folgten ihr, aber ich bewegte mich nicht. »Legen Sie die Arme dorthin, wo sie liegen sollen.« Sie war beinahe außerhalb meines Blickfeldes. »Ich muß Ihren Kram durchsuchen, und das kann ich nicht, solange ich eine Kanone auf Sie richte.«

Ich legte die Unterarme auf die breiten, flachen Holzlehnen des elektrischen Stuhls, als sie hinter mich trat. Spürte den Lauf der Pistole im Nacken. »Ich werde jetzt die Riemen zuziehen«, sagte sie. »Das kann ich mit einer Hand. Wenn Sie sich bewegen, sind Sie tot.«

Ich saß ganz still, atmete durch die Nase, um die aufkeimende Panik in Schach zu halten. Hörte Metall auf Metall, als die Zuhaltungen einrasteten. Sie zog einen weiteren Riemen um meine Taille. Auch diese Schnalle hörte ich zuschnappen, irgendwo hinter mir.

Belinda trat wieder vor mich, ging dorthin, wo ich meine Sachen fallen gelassen hatte. Sie legte die Pistole auf den Boden, tastete meine Jacke ab. »Sie haben Spielsachen, was?« Damit zog sie den Klettverschlußeinsatz heraus, hob den Handschellenschlüssel hoch.

»Ich verlasse das Haus nie ohne«, sagte ich, hoffte auf ein Lächeln. Fehlanzeige – sie arbeitete weiter, durchwühlte meine Sachen.

»Keinen Dietrich?«

»Benutze ich nie«, erwiderte ich, versuchte es immer noch mit Schnodderigkeit.

»Keine Sorge«, sagte sie. »Ich hab welche.«

Bevor ich fragen konnte, was zum Kuckuck das heißen sollte, wandte sie sich wieder ihrer Aufgabe zu, das Gesicht flach vor verbissener Konzentration. Ich blieb still – vielleicht wenn sie sah, daß ich sauber war …

Schließlich stand sie auf. »Keine Wanze. Und keine Kanonen.«

»Ich spiel ehrlich«, sagte ich, hatte die Spielchen satt, hatte aufrichtig Angst, versuchte, ruhig zu klingen, sie nicht zu erschrecken.

»Ja. Vielleicht tun Sie das.« Sie kam zu mir zurück, die Pistole wieder in der Hand. »Für einen Mann Ihres Alters haben Sie einen guten Body. Allerdings ziemlich mager. Trainieren Sie?«

»Nein.«

»Schade. Man fühlt sich rundherum gut, wenn man's richtig macht.«

»Muß ich mal ausprobieren«, versprach ich. »So, und wie wär's, wenn Sie mich jetzt …«

»Bleiben Sie schön sitzen. Wird Zeit, daß Sie erfahren, was los ist. Haben Sie Zigaretten?«

»In meiner Jacke.«

Sie ging hinüber, fand mein Päckchen. »Wollen Sie auch eine?«

»Ja.«

»Okay.« Sie kam, hielt sie mir an die Lippen, riß ein Streichholz an. Ich nahm einen tiefen Zug, roch ihren

Schweiß – ein säuerlicher, widerlicher Geruch. Was hatte Immaculata gesagt? Vulgär?

Sie nahm die Zigarette weg, kehrte an ihren alten Platz zurück. Dann legte sie die brennende Zigarette sorgfältig in einen Aschenbecher.

»Das war das«, sagte sie abwesend, fast als führe sie Selbstgespräche.

»Was?« fragte ich, versuchte, sie am Reden zu halten.

»Pssst«, machte sie, beugte sich aus der Taille so weit vor, daß ich direkt in ihr Dekolleté blickte. »Ist ein Geheimnis. Wenn Sie ein braver Junge sind, verrat ich's Ihnen vielleicht, okay?«

»Klar.« Ich wollte beruhigend klingen, ihr keinen Schrecken einjagen.

»Wollen Sie die Wahrheit wissen?« fragte sie, richtete sich auf, die Hände in die Hüften gestemmt, und schaute zu mir herab. »Das ist wie im Film, stimmt's? Die Stelle, wo der Detektiv alle in einem Raum versammelt und das Verbrechen aufklärt. Tja, aber wir beide sind hier. Und nur einer von uns weiß, was los ist. Da bin ich jetzt wohl an der Reihe ...« Sie kam näher, blieb stehen. »Soll ich den Fall lösen, Burke?«

»Tun Sie das.«

»Ich liebe ihn«, sagte sie ruhig. »George, ich liebe ihn. Sehen Sie mich nicht so komisch an – ich hab gesehen, wie Sie sich das Gemälde in Jons Apartment angesehen haben ... das an der Van Dam. So bin ich nicht – ich bin kein Groupie – Serienkiller machen mich nicht scharf. Es geht nicht um das, was George getan hat, sondern um das, was er *ist*. Mein Liebhaber. Seit Kinderzeiten. Allerdings war's nicht so geplant. Wollen Sie wissen, wie's geplant war?«

»Ja, will ich.« Ich blieb in meiner Mitte, versuchte, sie in ihre Mitte zu zwingen, ausgeglichen, ruhig ... schob das zu ihr hinüber, eine Wolke, in die ich sie einwickeln wollte, einen Schleier über ihre Wahrnehmung, ihren Puls mit meinem verlangsamen ...

»So wie's geplant war, waren wir die Unterhaltung. Ist Ihnen das auch schon mal passiert? Sie gehen auf eine Party und denken, Sie werden viel Spaß haben ... und dann stellt sich raus, daß *Sie* der Spaß sind? Das ist mir passiert.

Dieser Junge an der High School, den hab ich geliebt. Ich hab ihn angebetet. So eine Frau bin ich – wenn ich dich liebe, dann tue ich alles für dich. Alles. Ich war erst fünfzehn. Ich hatte keine Ahnung ... aber ich hätte sie haben sollen. Im Rückblick ist alles ganz klar, stimmt's?«

Ich nickte nur, wollte, daß sie nicht aufhörte, weiter redete, bis ihre Batterie leer wurde.

Sie nahm die Hände hinter den Rücken, schaute zu Boden wie ein schüchternes Kind. »Er hat mich zu dieser Party eingeladen. Ich war so aufgeregt. Aber als ich hinkam, war da nur er. Und ein paar von seinen Freunden. Sie haben mich nicht wirklich dazu ... gezwungen. Er hat gesagt, es würde ihm beweisen, daß ich ihn liebe. Also hab ich's getan.

Aber das war, nachdem ... Zuerst wurden wir zu diesem großen Haus auf dem Land gebracht. Wir Kinder, meine ich. Dieser alte Mann hatte die Leitung. Er war ein reicher Mann. Ein Philanthrop, sagten sie. Das haben sie im Pflegeheim gesagt. Es würde so sein, als wären wir adoptiert worden. Wir sind alle dorthin gezogen. Ich war ungefähr zehn ... elf, ich weiß nicht mehr genau. George war auch da. Und 'ne Menge andere.

Wir waren die Unterhaltung. Der alte Mann machte Sachen mit uns. Nach einer Weile mußten wir Sachen miteinander machen. Manchmal lud er seine Freunde ein. Zum Zuschauen. Zuerst nur zum Zuschauen. Aber manchmal machten sie es dann auch mit uns.

Ich geh in die Vergangenheit«, sagte sie. »Das mach ich manchmal. Aber ich bin nicht verrückt – ich möchte nicht, daß Sie das denken. Wo war ich stehengeblieben ...?«

»Sie waren die Unterhaltung«, sagte ich. »Zuerst für

den ausgeflippten alten Mann. Dann für irgendwelche High-School-Jüngelchen.«

»Sie hören zu«, erwiderte sie. »Das ist gut. Sie sind ein guter Zuhörer. Hat Ihnen das schon mal jemand gesagt? Schon als ich Ihnen das erste Mal begegnet bin, wußte ich, daß Sie ein guter Zuhörer sind. Damals im Central Park, erinnern Sie sich noch daran?«

»Ja. Sie haben gesagt, Sie mögen meinen Hund.«

»Ich mochte ihn wirklich.« Belinda klang gekränkt. »Ich wußte, was Sie waren, schon damals. Ein paar Monate später hat Morales es mir erzählt. Er hat mir gesagt, was Sie machen. Er haßt Sie. Deshalb hat er mir erzählt, was Sie gemacht haben. Und ich dachte, eines Tages kann ich das bestimmt gebrauchen. Einen Mann wie Sie.«

»Was hat Morales Ihnen erzählt?«

»Er hat gesagt, Sie wären Profikiller«, sagte sie, kam bis auf kurze Distanz zu mir heran. »Ein gedungener Mörder. Er hat gesagt, Sie hätten ein paar Menschen umgebracht. Sie wären ein Lügner und ein Dieb und ein Killer. Ich wußte sofort, daß ich Sie mögen würde.«

»Nichts davon ist wahr.«

»Doch, ist es. Ich hab's nachgeprüft. Und wissen Sie was? Morales hat mir dabei geholfen. Dann ...« Sie ging in winzigen Kreisen, nagte an ihrer Unterlippe, schaute nach unten, auf die Pistole, die sich ziellos in ihrer Hand bewegte. Ich blieb still. Sie hob den Kopf. »Wo bin ich stehengeblieben?«

»Sie sagten, Sie lieben George.« Meine Stimme freundlich und beruhigend, versuchte es immer noch.

»Ja. Ich liebe ihn. Das war nicht vorgesehen. Sie haben uns gezwungen ... Sachen miteinander zu machen. George und ich, wir haben es oft getan. Sogar schon bevor wir ... es konnten, irgendwie. Ich meine, sogar schon bevor er ihn überhaupt hochbekam. Als er noch ein Junge war. Damals habe ich ihn wirklich geliebt ... als wir zusammen drinsteckten. Wie Bruder und Schwester, ganz eng. Wenn ich dich liebe, dann tue ich alles für dich.«

»Was sollten Sie denn für ihn tun?« fragte ich.

»Töten«, sagte sie, das Wort war so tot wie ihre Augen – ein hübsch gestrichenes Haus ohne Möbel darin. »Die Anklage gegen George, die in New York, die Frau vom University Place, so fundiert war die gar nicht. Fortunato hat gesagt, er könne in die Berufung gehen, wenn er was in der Hand hätte – neues Beweismaterial, so nannte er es. Ich wollte helfen, hatte diesen Plan, würde George beim Besuch einen runterholen, in ein Kondom. Das Sperma wollte ich dann in eine der anderen einführen. Aber das war dumm. George hat gesagt, daß es dumm ist – identische DNA gibt's nur bei eineiigen Zwillingen. Es würde sie direkt zu mir führen. Das wollte George nicht. Außerdem hat er immer ein Gummi getragen, wenn er ... Aids, wissen Sie. George hat immer gesagt, er läßt nicht zu, daß ihn eine dieser Fotzen noch aus dem Grab heraus umbringt. Deshalb hab ich das rote Band genommen. So schwierig war das gar nicht. Es zu tun, meine ich.« Sie hatte die Hände verschränkt, schaute immer noch nach unten. Wie aus heiterem Himmel fiel sie auf die Knie. Ließ sich schwer fallen – ich hörte den dumpfen Aufprall, als ihre Knie das Parkett berührten. Mit der rechten Hand griff sie hinter sich. Als die Hand wieder zum Vorschein kam, hing ein langes, rotes Band an ihren Fingern.

»Ich hab's aus Liebe getan«, sagte sie, senkte wieder den Kopf.

Ich saß da, festgeschnallt, versuchte ruhig zu bleiben, beobachtete. Ich hatte einen einzigen Versuch – eine Sache, die sie vielleicht aus dem Gleichgewicht bringen würde. Aber dieser eine Versuch war wie eine Kugel in einer Derringer – das Ziel mußte ganz nah sein. Langsam hob sich ihr Kopf, immer nur ein winziges Stück, ihr Blick wanderte zögernd an mir hoch, bis sie mir ins Gesicht sah. Jetzt ...

»Sie kennen keine Liebe, Eunice«, sagte ich leise.

Sie schnellte zurück auf die Fersen, als sei sie geschlagen worden, das Gesicht voll roter Flecken. »Sie ...«, flüster-knurrte sie.

»Eunice Melody Moran.« Ich bewegte mich im Rhythmus, versuchte sie mit Worten zu überspülen, sie ins Trudeln zu bringen, sie in die Seile zu drücken, und dann ... »Sie haben Ihren Namen geändert. Überhaupt kein Problem. Genau wie Barbara Thomchuk es gemacht hat. Ich weiß nicht, was mit der Frau am University Place war ... Ich vermute, das hat George allein gemacht, häh?«

»Woher ...?«

»Ich bin kein Cop«, sagte ich, drängte weiter, arbeitete schnell, zog die Schlinge zu. »Ich bin ein Krimineller. Ein Profi. Genau wie du dachtest. Wie Morales dir gesagt hat. Sieben Leute standen auf der Liste. Als Begünstigte dieses Treuhandvermögens, ja? George an oberster Stelle, also bekommt er das Geld, bis er tot ist. Du stehst weit hinten ... als letzte. Bis du an das Geld kommst, bist du eine alte Frau. Ich mache dir keinen Vorwurf. Es war brillant, so wie du's angefangen hast. Und ich weiß auch, warum du George aus dem Gefängnis holen willst. Du hast versucht, ihn drinnen umlegen zu lassen. Ein ziemlich guter Plan, aber du wußtest nicht, mit wem du's zu tun hast. Ich schon. Ich kenne diese Typen. Ich kann dafür sorgen, daß es passiert. Auch in seiner Zelle in Schutzhaft. Ein Wort zu den richtigen Leuten, und er ist Holzkohle. Ich bin kein Problem für dich, Mädchen. Wir können es durchziehen. Gemeinsam, du und ich. Ich will nur ein bißchen Geld. Einen anständigen Preis für gute Arbeit. Du warst die siebte auf der Liste, richtig? Fünf Leute vor dir, George nicht mitgezählt. Und George ist schon so gut wie tot. Er bleibt, er flieht, er kommt mit seiner Berufung durch – am Ende läuft alles aufs gleiche raus. Bleiben noch fünf. Drei davon hast du schon erledigt ... mindestens drei, stimmt's?«

»Vier. Es ist nur noch einer übrig. Ein Mann. Ich hab mir das ausgedacht ... das mit dem roten Band. Die Idee hab ich von George. Ich meine, er hat nicht gewußt, warum ich es mache. Aber er hat gesagt, wenn ich es wie Sexualmorde aussehen lasse, würden die nie darauf kommen, daß es eine Frau war. *Sie* haben's doch auch nicht geahnt, oder? Sie sind nur ein Mann. Ein schwacher, dummer Mann. Jagen hinter Schatten her und haben auch noch Angst davor. Es gab nie rote Bänder. Aber der letzte, ein Mann ... ich kann's nicht so drehen, daß es wie eine Vergewaltigung aussieht, deshalb ...«

»... deshalb paßt es doch perfekt«, beendete ich ihren Satz. »Das ist genau die Arbeit, die ich erledige – hast du selbst gesagt. Hundert Riesen bar auf die Hand, und ich erledige beide, George und den anderen Burschen.«

»Sie halten mich für verrückt, was?« sagte sie mit einem breiten Lächeln. »Ich lasse Sie laufen, und Sie rennen schnurstracks zu Ihrem Kumpel Morales, oder? Sie sind kein Killer. Ich hab mich umgehört – das war alles nur Affenscheiße, Tratsch von der Straße. Sie sind ein Hochstapler, das sind Sie.«

»Ich kann's erledigen. Warum versuchst du nicht einfach ...?«

»Was, einfach auf Sie zu hören? Sie lügen. Sie würden alles sagen, nur um am Leben zu bleiben. Und auch alles *tun*. Mit so was kenn ich mich aus. Das hab ich selbst getan. Getan ... alles getan. Dieser alte Mann ...«

»Capshaw?« Ich versuchte, sie wieder zum Reden zu bringen, versuchte, sie in einer Schlinge zu fangen, versuchte alles ...

»Capshaw? Ach, ja, Capshaw. Er läßt uns immer noch tanzen. Sogar tot kann er das noch. Er hat die Macht. Geld, das ist die Macht. Hat er uns gesagt. Hat es uns *gezeigt*. Und ich war die letzte.«

»Was soll das mit dieser Stiftung?«

»Die Adelnaws Foundation? Das war er. Und seine

Freunde. Er hat uns davon erzählt. Von seinem Testament, das aber nur zum Tragen kam, wenn er eines natürlichen Todes starb. Er wußte, was wir waren. Er wußte, was wir tun würden. Deshalb ließ er uns warten. Buchstabieren Sie's mal rückwärts.«

Ich versuchte es im Kopf ... SWANLEDA – ergab keinen Sinn. »Ich versteh's nicht.«

»Swan Leda«, sagte sie so nebenbei, wie man jemandem seine Telefonnummer gibt. »Das hat mit der griechischen Mythologie zu tun. Zeus verwandelte sich in einen Schwan. Damit er Leda vergewaltigen konnte. Capshaw verwandelte sich in ... ich weiß nicht, was er war. Reich, schätze ich. Er machte sich reich, damit er uns vergewaltigen konnte. Ich war die letzte. Er hat mich angerufen, und ich hab ihn dort oben besucht. Kurz vor seinem Tod. Und er hat es mir erzählt, von seinem Testament und allem. Ich war die letzte auf der Liste.«

»Aber wenn er es dir erzählt hat ...«

»Ja! Sie verstehen. Sie verstehen es wirklich. Das war sein Geschenk an mich. Nicht die Liste – wir wußten alle von der Liste –, sondern die Namen, die *richtigen* Namen ... Ich war die einzige, die *diese* Liste hatte.«

»Er wußte, was passieren würde ...?«

»Natürlich wußte er das. Er war meine Familie, so was wie mein Vater. In meiner Familie wissen wir, was zu tun ist. Wir alle wußten es, aber ich war die einzige, die *alles* wußte.«

Mir lief es eiskalt über den Rücken. Ich atmete flach ein, versuchte es noch einmal. »Paß auf, du mußt nichts weiter tun als ...«

»Ich sag Ihnen, was ich tun werde, Mr. Burke.« Sie griff meine Worte auf, war jetzt vollkommen konzentriert, ihre Stimme abgehackt und präzise. »Hören Sie gut zu. Mal sehen, ob Sie mich dann immer noch für verrückt halten. Ich gehe bald. Treffe mich mit Morales. Nur wir beide, hab ich ihm gesagt. Und er ist viel zu macho-blöd, um irgend jemandem davon zu erzählen. Er kommt in das Loft, das Loft an der Van Dam. Dort werden Sie ihn umbringen.«

»Okay, klar. Ich bin dabei ...«

»Sicher bist du, Schätzchen. Glaub mir, du wirst ihn umbringen. Morales hat seine Notizen. Irgendwo, ich weiß nicht wo, hat er seine Aufzeichnungen. Er ist ein alter Streifenbulle, todsicher hat er sich Notizen gemacht. Ist jetzt schon eine ganze Weile hinter dir her. Eine Menge Kollegen wissen das.«

»Bockmist«, sagte ich. »Morales hat keine Freunde.«

»Stimmt. Deshalb hast du ja auch gedacht, er hätte auf dich geschossen. Vor der Trainingshalle in der Bronx. Das war ich – ich bin ein sehr guter Schütze – jedes Jahr auf dem Schießstand höchste Auszeichnungen. Ich hab absichtlich danebengeschossen ... und es hat funktioniert. Du siehst, Morales braucht bei dieser Sache keine Freunde«, sagte sie, ein breites Lächeln auf den Lippen. »Weil du ihn umbringen wirst. Peng-peng, er ist tot. Und dann suchst du mich. Kommst hierher. Hast mir aufgelauert. Keine Hinweise auf ein gewaltsames Eindringen – du mußt die Schlösser geknackt haben. Jede Wette, daß man Dietriche in deiner Jacke finden wird. Und hier ist deine Kanone.« Sie wedelte mit der Automatik. »Schalldämpfer und alles. Eine echte Profiausrüstung. Aber ich war zu schnell für dich. Ich konnte dir die Kanone entwinden und dich erschießen. Genau zwischen die Augen. Aus kurzer Distanz, während wir um die Waffe gekämpft haben.«

»Das klappt nie. Wer wird schon glauben, daß ich ...«

»Oh, jeder. Sieh nur! Hier ist eine Zigarettenkippe. Und ich rauche nicht. Vielleicht sollte man den Speichel analysieren, sehen, ob die DNA übereinstimmt. Sie werden jede Menge haben, mit dem sie arbeiten können – Kopfwunden bluten kaum.«

»Jeder kann eine ...«

»Ich weiß. Ich hab's ja gerade getan. Weißt du, eigentlich bist du gar nicht das Problem, Burke. Es ist Morales. Dieser dumme Plattfuß. Er ist schon sehr, sehr lange hinter mir her. Nur weiß er es nicht, glaube ich wenigstens. Er ahnte, daß mit einigen dieser Morde irgendwas nicht gestimmt hat, aber kein Mensch wollte was davon wissen. Jeder andere Cop hätte einfach sein Leben weitergelebt. Aber Morales *hat* kein Leben. Früher oder später würde er ... Ach, ist doch egal, oder? Du und Morales, ihr beide werdet meine Probleme lösen. Alle meine Probleme.«

»Es wird nicht funktionieren. Warum tust du nicht einfach ...«

»Schnauze!« bellte sie mich an. »Du hast genug geredet. Der einzige Grund, warum ich dich nicht jetzt schon, in diesem Augenblick, erschieße, ist, daß Morales vielleicht nicht pünktlich aufkreuzen wird. Er könnte einen Unfall haben, einen Platten – was weiß ich. Aber ich muß ihn vor dir umlegen, zur Sicherheit.«

»Das wird dir auch nichts nützen«, sagte ich. »Was ich weiß, was ich dir vorhin erzählt habe – ist alles aufgeschrieben. Wenn mir irgendwas zustößt ...«

»Lügner!« fauchte sie mich an. »Dreckiger Lügner. Du hast niemanden. Nur andere ... Leute wie dich. Diebe. Selbst wenn du was hinterlassen hättest, würden sie nur Geld wollen. Ich werde Geld haben.«

»Was ist, wenn Morales überhaupt nicht auftaucht?« versuchte ich. »Oder mit Rückendeckung kommt? Du kannst dich aus vielem rausreden, aber eine Leiche in deiner Wohnung – niemals.«

»Er wird dasein. Ich habe alles, was ich von dir brauche. Also, vielleicht alles. Mal sehen ...«

Sie zog den Sport-BH über ihre Brüste, dann über den Kopf. Streifte die Shorts ab, stand nackt vor mir. »Was meinst du? Kann ein Mann vergewaltigt werden?« flüsterte sie.

»Ich weiß, daß es geht«, sagte ich.

»Ich meine nicht von einem anderen Mann, wie im Gefängnis. Glaubst du, eine Frau kann einen Mann vergewaltigen?«

»Keine Ahnung.«

»Du und ich, wir beide werden es herausfinden, Schätzchen. Geh nicht weg.«

Sie ging den Flur hinunter, wackelte übertrieben mit den Hüften, warf einen Blick über eine Schulter, schickte mir einen Kuß rüber. Als sie zurückkam, hatte sie einen blauen Waschlappen in der Hand. Sie ging auf alle viere und kam auf mich zugekrochen. Als sie genau über mir war, hob sie den Kopf, leckte sich die Lippen. »Ich sorge schon dafür, daß du kommst«, schnurrte sie. »In meinen Mund. Und ich werd's hier reinspucken.« Sie hob den Waschlappen. Klimperte mit ihren langen Wimpern, als sie zu mir aufschaute. »Sieht ganz so aus, als wärst du nicht nur ein Profikiller, Burke«, flüsterte sie. »Du bist auch noch ein Vergewaltiger.«

»Du hast ja den ...«

»Nein«, sagte sie. »Nein, hab ich nicht. Ich sehe gut aus, stimmt's? Ist es nicht perfekt? Ich werde dich vergewaltigen. Du wirst schön brav einen Ständer kriegen, und du wirst in meinem Mund kommen. Obwohl du genau weißt, was ich damit machen werde. Obwohl du genau weißt, daß du sterben wirst. Du kannst gar nicht anders. Paß auf ...«

Sie zog meinen Schwanz zu sich, stopfte den schlaffen Penis in ihren Mund und saugte fest. Ich spürte ein Beben. *Nein!* Dann noch einmal, wie eine kleine Druckwelle. Ich konnte ... es nicht verhindern. Spürte, wie ich durchdrehte, verrückt wurde. Konnte nicht – sie konnte mich nicht dazu zwingen. Aber Leute hatten mich dazu gezwungen ... als ich Kind war. Ich spürte, wie das alles zurückkam ... und dann flammten die roten Punkte hinter meinen Augen auf, verschmolzen zu einem Aufschrei in meinem Inneren, und ich riß den Kopf nach vorn, versuchte meine Stirn auf ihren Schädel zu schlagen ... Es funktionierte nicht – die Riemen hielten mich zurück. Sie reckte den Hals, schaute unter ihrem Pony zu mir auf, hatte meinen Schwanz immer noch im Mund. Zwinkerte mir zu, als amüsierten wir uns über einen Witz – dann machte sie sich wieder an die Arbeit. Ich schaute hinab, sah auf ihre kastanienbraune Lockenmähne, die meinen Schoß bedeckte. Und ich starb.

Sie versuchte es noch ein paar Minuten, leckte, saugte, machte kleine Geräusche. Aber ich blieb tot.

Ihr Kopf kam hoch, irre Augen glänzten voller Freude. »Es spielt keine Rolle«, sagte sie. »Bleib nur hübsch hier sitzen, sei ein braver Junge. Und wenn du ein *ganz* braver Junge bist, vielleicht, nur vielleicht geb ich dir noch eine Chance, wenn ich zurückkomme.«

Sie stand auf, bückte sich, schob ihr Gesicht so dicht vor meines, daß wir uns fast berührten, schloß die Augen und spuckte mir voll ins Gesicht.

Als ich die Augen wieder öffnete, war sie bereits am Ende des Flurs, trug einen gelben Rollkragenpullover und eine schwarze Hose, eine Handtasche über der Schulter.

»Bis bald«, sagte sie und warf mir eine Kußhand zu.

An diesen Stuhl gefesselt, wartend, wurde mir kalt. Nicht wegen der Zimmertemperatur, sondern von innen. Ich ging an jenen sicheren Ort, den Ort, wo Eis verätzt, gefühllos macht. Dort kann man Dinge denken, aber kann man sie nicht fühlen. Ich wollte nichts fühlen ... Auf diesem Menü stand nichts außer panischer Angst.

Ich hatte einen Plan gehabt – hatte ihn vorher durchdacht. Es war ein guter Plan – Belinda würde mich nicht in ihrer eigenen Wohnung umbringen – viel zu riskant. Wie sollte sie es den Cops erklären?

Doch nachdem sie es mir erklärt hatte, sah ich, daß es funktioniert.

Leute aus dem Weg bekommen, das war der eigentliche Plan. Hauser war viel zu sehr Vollblutreporter, ich konnte ihn nicht in der Nähe lassen. Wer wußte schon, welche Nummer er abziehen würde, wenn er meinte, daß eine Story drinsteckt. Der Prof und Clarence, ja, sie waren Profis, aber vor allem anderen waren sie meine Familie. Das letztemal, als ich sie in was hineingezogen hatte … damals, in der Bronx … das würde ich auf keinen Fall wiederholen.

Max wollte ich mir für die Vergeltung aufheben. Falls es soweit kam, konnte er sich Zeit lassen, vorsichtig anschleichen, zuschlagen, wenn es sicher war. Max ist nicht kugelfest – aber wenn man nicht weiß, daß er kommt, ist er nicht aufzuhalten.

Ich hatte meine Rückendeckung bereit: Verstand und Muskeln. Den Maulwurf und Frankie. Nur: Der Maulwurf ist ein Irrer, und Frankie hat gerade nur einen Arm.

Ich rutschte auf dem Stuhl herum, versuchte ihn umzukippen. Vielleicht konnte ich mich so befreien – vielleicht würde das Krachen die Leute unten mißtrauisch machen. Belinda hatte mich nicht geknebelt, Brüllen war wahrscheinlich reine Zeitverschwendung. Ich warf mich heftig zur Seite – der Stuhl bewegte sich nicht. Konnte nicht sehen, wo die Beine den Boden berührten, aber vielleicht waren sie irgendwie verschraubt.

Ruhig, ganz ruhig bleiben. Ich versuchte mich an alles zu erinnern, was ich über Entkommen gelernt hatte. Es gab da einen jungen Burschen, mit dem ich mal gesessen hatte. Er konnte aus Handschellen raus, als wäre er eingeölt. Der Trick war, die Hände so einzuknicken, daß sie nicht breiter waren als die Handgelenke – er übte es ständig. Man mußte sein Handgelenk umklammern, so fest man konnte. Und er befreite sich dann einfach. Ich versuchte es, aber es brachte nichts. So was braucht Übung …

Der Riemen um die Taille hatte etwas Spiel – ich hatte alle Luft aus meinen Lungen in den Bauch gedrückt, als ich sah, was Belinda vorhatte – wenigstens daran hatte ich gedacht. Aber es reichte nicht ... Ich hatte nur etwas mehr Platz, um mich zu winden: ein Wurm am Haken.

Ich spürte den kleinen Punktstrahler über mir, heißes, gebündeltes Licht. Es war so still, ich konnte meinen eigenen Herzschlag hören ... schneller, als ich wollte, aber immer noch unterhalb der Panikgrenze. Vielleicht würde Morales sie überrumpeln ... Dann mußte ich mich nur noch ums Verhungern sorgen.

Wenn es einen Weg hinein gibt, dann gibt es auch einen Weg hinaus. Das sagte ich mir, immer und immer wieder, ein Mantra, das mir keinen Frieden brachte. Wenn ich doch nur ...

Ich hörte, wie der Riegel an der Wohnungstür aufsprang. Das Geräusch ließ mein Herz erstarren. Ich hielt die Luft an. Ein dünner Lichtstrahl fiel um die Ecke.

»Jesus Christus!« Es war Frankie, eine Taschenlampe in der Hand, das Glas so verklebt, daß nur ein feiner Lichtstrahl herausfiel. Er kam langsam näher, mißtrauisch wie ein streunender Hund, dem Fressen angeboten wurde.

»Ich bin okay«, sagte ich, zwang Ruhe in meine Stimme. »Aber mach was flotter, ja?«

Er kam schnell zu der Stelle, wo ich gefesselt saß. Hinter seiner linken Schulter sah ich den Maulwurf Gestalt annehmen, seinen Lederranzen in der Hand. Der Maulwurf schob Frankie aus dem Weg, hob die Hand, Frankie sollte nicht näher kommen.

»Bist du verdrahtet?« fragte er mich, schnupperte wie ein Bombensuchhund.

»Nein.«

Der Maulwurf nickte zufrieden. Stellte seinen Ranzen auf den Boden, kniete sich hin, öffnete ihn. Dann untersuchte er sorgfältig die Riemen durch seine Brille mit Gläsern dick wie Colaflaschen. Angewidert schüttelte er den

Kopf, griff in den Ranzen und holte etwas heraus, das wie eine riesige Schere aussah. Die Schere hatte einen Pistolengriff an der einen und einen breiten Bügel an der anderen Seite, dazwischen eine Feder. Der Maulwurf schob das Ding unter den Riemen um meinen linken Arm, stützte die Schere auf der Lehne ab. Er beugte sich vor, grunzte vor Anstrengung, und das dicke Leder teilte sich. Ich bewegte den Arm, versuchte, etwas von der Steifheit rauszukriegen, während der Maulwurf sich an dem anderen Riemen zu schaffen machte, den um meinen rechten Arm. Ich hätte dann schon herausschlüpfen können, aber der Maulwurf zerschnitt auch den Taillengurt, und ich war frei.

»Sie ist vorne raus, Richtung downtown«, sagte Frankie. »Wir konnten nicht hinterher. Ich meine, nicht ihr hinterher und gleichzeitig hier rein.«

»Ihr habt das Richtige getan.« Ich zog mich an. »Es spielt keine Rolle – ich weiß, wo sie ist.«

»Können wir …?« fragte Frankie.

»Hast du einen Wagen?« unterbrach ich.

»Wir haben den … ich glaub, es ist ein Laster … vom Maulwurf. Er hat mich damit abgeholt.«

Ich wußte, was er meinte – der zerbeulte, alte Lieferwagen mit dem Namen eines koscheren Metzgers auf der Seite, mit dem der Maulwurf immer durch die Gegend kutschierte.

»Auf geht's«, sagte ich.

Der Maulwurf fuhr, wie er immer fuhr, mit fledermausblinder Unfähigkeit, als hätte er ein Sonarsystem im Kopf, das allerdings nicht sonderlich gut funktionierte. Der Lieferwagen schlingerte um die Ecken. Bei jedem Schlagloch schoß mein Kopf gegen das Dach.

»Hattest du Probleme mit den Schlössern?« fragte ich den Maulwurf.

Er warf mir einen schrägen »Sei-nicht-albern«-Blick zu, während er an dem großen Lenkrad kurbelte, um eine weitere Straßenecke zu bewältigen.

Langsam fuhren wir die Van Dam hoch, wollten wissen, ob wir … Nichts – die Straße war ruhig. Morales' knallroter Sportwagen parkte genau vor dem Loft. Ich richtete Frankies Taschenlampe auf die Windschutzscheibe – der Wagen war leer. Wir bogen ab auf die Greenwich, kehrten um, parkten auf der Charlton – das Loft an der Van Dam lag direkt hinter der Gasse.

»Hast du eine Kanone dabei?« fragte ich Frankie.

»Nein. Ich meine, du hast nicht …«

»Ist schon okay. Maulwurf?«

»Ich hab ein paar Granaten«, antwortete der Irre. In seiner Welt ergibt sich das Thema individueller Ziele nicht besonders oft.

»Bleib hier«, sagte ich zu ihm. »Frankie ist in einer Minute zurück. Dann verschwindet ihr, okay?«

Der Maulwurf nickte, so sparsam mit Worten wie immer. Ich verschwand die Gasse hinunter, Frankie dicht hinter mir. Er war ja vielleicht kein Spitzeneinbrecher, aber er konnte sich bewegen: schnell und vorsichtig. Ich machte das Gebäude aus, musterte es, analysierte. Eine rostige Feuerleiter auf der Rückseite des Hauses. Das Loft befand sich im ersten Stock. Ich schaute zum Dach hoch. Die Häuser standen so dicht, daß man den ganzen Block hinauf- und hinunterspazieren konnte, ohne auch nur einmal die Straße berühren zu müssen.

Ich konnte nicht einfach klingeln und Belinda bitten, den Schlüssel runterzuwerfen. Ich wußte, was sie werfen würde, wenn sie mich sah.

Frankie bemerkte meinen Gesichtsausdruck. »Was soll ich machen?« fragte er, die harte Wahrheit in der Stimme.

»Eins noch, Bruder«, sagte ich. »Ich muß auf die Feuerleiter. Und zwar leise, klar? Die ist zu hoch, ich kann nicht hinaufspringen.«

»Verstanden.« Frankie pflanzte die Füße auf den Boden, beugte die Knie, hielt mir die rechte Hand hin. Ich stellte einen Fuß auf die Hand, stieß mich mit dem anderen ab, als Frankie mich mit aller Kraft nach oben schleuderte. Eine Sekunde lang schwebte ich ... Dann packte ich mit beiden Händen die unterste Stufe der Feuerleiter und zog mich hoch. Drehte mich auf meinem Hochsitz um, schaute zu Frankie runter. Ich ballte die rechte Hand zur Faust, hielt sie neben mein Gesicht. Frankie machte die gleiche Geste, antwortete mir. Dann bewegte ich beide Hände in einer »Verpiß dich!«-Geste, drehte Frankie den Rücken zu und machte mich an die Arbeit.

Ich holte schwarze Tarnfarbe aus der Tasche, schmierte mir das Gesicht ein. Streifte eine schwarze Wollmütze und schwarze Handschuhe über. Das Fenster zum Loft war geschlossen, pechschwarz von jahrealtem Großstadtdreck – ich konnte nicht erkennen, ob es drinnen dunkel oder ob das Glas undurchsichtig war. Es war nicht vergittert – seltsam in dieser Gegend. Ich schob die Hände unter den Rahmen und drückte langsam nach oben. Nichts. Ich spannte mich an, drückte mit aller Kraft. Es rührte sich nicht von der Stelle. Ich zog ein schwarzes Seidentaschentuch aus meiner Jacke, spuckte drauf und rieb ein Stück Glas sauber. Konnte immer noch nichts sehen.

Vorsichtig ließ ich die Finger über das Fenster gleiten. Altes Flachglas, nicht mal Thermopane. Auch keine Drähte. In diesem Viertel? Vielleicht ein Bewegungsmelder ...

Ich holte tief Luft. Atmete langsam wieder aus. Dann zog ich die Jacke aus, hielt sie vor mein Gesicht und trat die Scheibe ein. Sie zerbrach sofort. Ich schoß den Splittern hinterher, schützte Gesicht und Arme mit der Jacke. Rollte in den Raum, hielt mich geduckt, das Plastikmesser in der Hand.

Eine Sekunde lang bewegte ich mich nicht. Atmete

nicht. Dann hörte ich Schritte, sich schnell entfernende Schritte. Hörte eine Tür zuschlagen. Glitt an der Wand entlang auf einen Lichtfleck zu, den ich rechts von mir bemerkte. Linste um die Ecke, schaute in den großen Raum, wo all die Retro-Scheiße stand. Hörte einen Ächzen. Wer ...?

Morales. Auf dem Rücken, den Kopf gegen die Couch gelehnt. Sein Hemd war weiß, aber seine Brust rot, ein sich schnell ausbreitender Fleck. Ich lief hin, kniete mich neben ihn.

Er schlug die Augen auf, sah mich an. Falls er überrascht war, zeigte er es nicht. »Das Miststück hat auf mich geschossen«, preßte er durch zusammengebissene Zähne. »Hat mich überrumpelt, mir die Kanone abgenommen. Hat mir alles erzählt – als würd' ihr dabei einer abgehen. Und dann hat sie einfach 'n Schritt zurückgemacht und auf mich geschossen, verdammt noch mal.«

»Nicht reden«, sagte ich. »Ich werde ...«

»Das Miststück hätte wissen müssen, daß ich immer eine in Reserve hab.« Er kämpfte um jedes einzelne Wort. Da sah ich die Pistole in seiner Faust, eine lausige .25er Raven Automatik – die Lieblingswaffe kleiner Gangmitglieder, die perfekte Waffe, um sie jemandem unterzujubeln. »Sie hatte die Kanone oben, wollte mich ausknipsen – das Miststück hat die hier nicht gesehen. Ich wollte gerade schießen, da hab ich das Splittern der Scheibe gehört. Jetzt ist sie weg.«

»Die werden sie kriegen. Es ist vorbei. Nur noch ...«

»Ich bin erledigt«, sagte Morales. »Sie hat meine beschissene Lunge erwischt – ich spür's. Wenn sie entkommt, bist du auch erledigt. Sie wird nicht die Haustür nehmen – sie wird versuchen, übers Dach zu verschwinden. Nimm ...«

Sein Kopf sackte auf die Brust, rollte zur Seite. Ich hielt mein Ohr dicht an sein Gesicht, hörte ihn atmen, aber viel war da nicht.

»Nicht aufgeben.« Ich ließ das Handy neben seine Hand fallen – die Hand, aus der ich die Pistole zog. Dann stand ich auf und machte mich auf die Jagd nach Belinda.

Am Ende des Korridors fand ich die Treppe zum Dach. Preßte mich gegen die Wand und drückte mit dem Lauf der Pistole die Tür auf. Sie bewegte sich leicht. Ich zählte bis fünf, dann schlüpfte ich durch. Immer noch nichts. Die Treppe rauf, Schritt für Schritt, langsam, langsam … bis rauf aufs Dach.

Inzwischen würde sie rennen. Verdammt schnell rennen. Sie konnte nicht sicher sein, daß Morales tot war, konnte nicht in ihre Wohnung zurück. Hatte sie irgendwo einen Wagen versteckt? Geld? Einen Paß?

Irgendwie glaubte ich es nicht. Sie hatte alles auf die zwei Morde gesetzt – mich hatte sie gefesselt zurückgelassen, war losgezogen, um Morales umzulegen … aber die Brücke, die sie gebaut hatte, war unter ihren Füßen zusammengebrochen.

Ich kroch aufs Dach hinaus, arbeitete mich auf den Ellbogen vor. Ich wartete, bewegte mich nicht mehr, lauschte in die Nacht. Das Geräusch von zersplitterndem Glas würde in diesem Teil der Stadt keine Cops auf den Plan rufen – die anderen Wohnungen standen ohnehin leer. Und sie hatte genügend Zeit gehabt, um zu verschwinden. Ich konnte nicht länger hier bleiben, nicht mit Morales, der vielleicht schon tot war. Ich stand auf, um einen Blick auf die anderen Dächer zu werfen, versuchte, ihren gelben Rollkragenpullover auszumachen. Ein Stück Backstein flog von dem nur wenige Zentimeter von meinem Gesicht entfernten Schornstein. Ich warf mich auf den Boden, rollte mich, so schnell ich konnte, nach rechts, da krachten schon zwei weitere Schüsse an der Stelle in die Steine, wo nur Sekundenbruchteile vorher meine Brust gewesen war. Kein Laut ... Sie mußte ihre eigene Kanone benutzen – die mit dem Schalldämpfer.

Ich wußte nicht, woher die Schüsse gekommen waren, aber es mußte ganz in der Nähe sein.

Keine Schritte mehr – jetzt war der Falke gelandet, die Krallen ausgefahren.

Ich kroch rückwärts, bis ich fast hinter dem Schornstein lag. Würde sie denken, sie hätte mich getroffen, und rüberkommen, um mich endgültig zu erledigen? Nein ... sie konnte nicht sicher sein. Die Zeit blieb mit einem Ächzen stehen, alles in Zeitlupe. Aber ich wußte, es war eine Täuschung – wußte, daß auch die Zeit ein Feind war. Ich zählte meine Möglichkeiten durch, hatte nur noch eine.

»Ich bin's, Belinda«, rief ich leise. »Bin aus deiner Bude entkommen. Morales ist tot – dein Plan ist im Eimer. Jetzt müssen wir die Sache doch gemeinsam durchziehen, Mädchen. Du und ich.«

»Lügner!« Belindas Stimme, das Zischen einer Viper, zerschlitzte die Nacht. Ich konnte den Laut nicht zur Quelle zurückverfolgen, aber sie mußte in der Nähe sein. Ganz nah.

»Ich lüge nicht«, sagte ich in die Dunkelheit. »Ich hab viel zuviel Angst zum Lügen. Es ist vorbei. Du hast es durchgezogen. Ich will nur noch lebendig hier raus.«

»Lügner!« zischte sie wieder, ein Roboter, gefangen in seiner Programmierung.

»Ich will nur was von dem Geld«, rief ich. »Nur ein bißchen, okay? Wir können nicht ewig hier oben bleiben. Früher oder später kommen die Cops. Ich kann dir ein Alibi geben. Narrensicher. Das chinesische Restaurant, da waren wir heute abend. Beide. Zusammen. Ein Dutzend Leute hat uns gesehen. Du hattest recht – Morales hat sich keine Notizen gemacht. Jetzt gibt's nur noch dich und mich.«

»Schwörst du's?«

»Ich schwöre es beim Leben meiner Mutter.«

»Steh auf, damit ich dich sehen kann«, rief sie.

»Ist nicht drin. Du hast eine Kanone – ich nicht. Ich denke nicht dran, mich …«

»Ich werf sie weg«, versprach sie. »Paß auf.«

Etwas Silbernes blitzte links von mir, flog einen hohen Bogen. Ich hörte Metall aufs Dach aufschlagen. »Ich hab sie weggeworfen.« Ihre Stimme war jetzt näher. »Steh auf, damit ich dich sehen kann.«

»Du zuerst. Ich kann nicht sehen, wo sie gelandet ist – ich laß dich nicht rüberlaufen und sie aufheben.«

»Ich komme.« Sie trat hinter einem Wartungsschuppen hervor, die Hände erhoben.

Ich zeigte mich ebenfalls, hielt die Hände hoch, die kleine .25er in der Handfläche verborgen. Wir gingen aufeinander zu, die Füße knirschten auf Steinchen und Abfällen, wir waren vielleicht noch drei Meter voneinander entfernt, die Hände immer noch wie zum Abklatschen erhoben.

»Alles wird gut«, sagte sie. »Keine Angst. Wir können immer noch …« Ihre rechte Hand schoß zum Hosenbund, aber meine hatte den kürzeren Weg – ich jagte ihr drei Kugeln in die Brust. Die billige, kleine Pistole machte *pop-pop-pop*. Sie taumelte, fiel auf die Knie, zog Morales' Kanone und schoß – daneben – in dem Augenblick, als ich ihr zwei weitere verpaßte. Sie fiel aufs Gesicht. Die Pistole entglitt ihrer Hand.

Ich lief hinüber, griff unter ihren Arm und drehte sie auf den Rücken. Der gelbe Rollkragenpullover war immer noch sauber – ich konnte nicht sehen, wo die Kugeln eingedrungen waren. »Ihr seid Lügner«, sagte sie, die Stimme schwach. »Dreckige, beschissene Lügner, ihr alle.«

Ich hob Morales' Revolver auf, kniete neben Belinda. Ihre Raubtieraugen loderten mich an. Ich richtete Morales' Pistole auf ihre Stirn, drückte den Abzug. Die Explosion nahm mir das Gehör. Ihre Stirn verschwand.

Dann lief ich, rannte, so schnell ich konnte. Über das Dach, die Treppe runter, Morales' Pistole an mich gepreßt wie einen Talisman gegen das Böse. Die Wohnungstür stand offen. Ich fand Morales, immer noch in derselben Stellung, kniete mich neben ihn.

»Sie ist tot. Ich hab sie mit Ihrer kleinen Kanone erschossen. Hiermit hab ich ihr noch ein Ding verpaßt.« Ich hielt seine Kanone hoch, damit er sie sehen konnte. »Ich haue ab – die Cops werden jeden Augenblick hier sein.«

»Ich hab nicht … angerufen«, sagte er. »Ich hab gewartet … falls Sie …«

»Geben Sie mir fünf Minuten. Ich verschwinde übers Dach.«

»Ge- … macht«, er knurrte vor Schmerz, aber ich sah, daß er es schaffen würde.

»Ich bin weg«, sagte ich, stand auf.

»Ihre Fingerabdrücke …«, flüsterte er.

»Kein Problem.« Ich spreizte die Hände, damit er die Handschuhe sehen konnte.

»Geben Sie mir meine Kanone.« Er reckte den Hals, schaute zu mir hoch.

Ich bückte mich, gab sie ihm. Er nahm sie. Legte vorsichtig die Hand um den Griff, schob den Finger unter den Abzugsbügel. »*Jetzt* haben Sie kein Problem«, sagte er und schloß die Augen.

Ich rannte aufs Dach, glitt schattengleich an Belindas Leiche vorbei. Ihre Augen waren geöffnet, aber das Licht war daraus verschwunden. Die winzige Taschenlampe vor mir, lief ich leise von Dach zu Dach. Ich hatte das Ende des Blocks fast erreicht, als ich die Sirenen hörte.

In einer Gasse blieb ich stehen, griff nach unten, zog die abnehmbaren Sohlen und Absätze von meinen Stiefeln und ging auf den neuen weiter. Nach ein paar Blocks ließ ich die alten in einen Gulli fallen.

Noch ein paar Blocks später zog ich die Handschuhe

aus und warf sie in einen Müllcontainer. Nachdem ich eine Wertmarke in den Schlitz am Drehkreuz der U-Bahnstation Spring Street geworfen hatte, war ich fort.

Hauser bekam seine Story nie. Als er aus Chicago zurückkam, war es in allen Nachrichten. Fernsehen, Radio, die Tageszeitungen, überall. Der heroische Polizist Jorge Morales hatte einen Serienkiller-Fall geknackt ... Täter war eine verbrecherische Polizistin, die er bei einem mörderischen Schußwechsel ausgeschaltet hatte. Er selbst hatte eine Kugel in die Brust bekommen. Er verlor einen Lungenflügel, würde es aber schaffen. Politiker gaben sich förmlich die Klinke in die Hand, um neben seinem Krankenhausbett fotografiert zu werden. Das NYPD liebte ihn. Falls es wegen des gestohlenen Handys oder der zusätzlichen Waffe Fragen gab, behielt man sie für sich.

Aus einer Telefonzelle rief ich Helene an. »Der Auftrag steht wieder«, war alles, was ich sagte.

Als Hauser im Gefängnis anrief, um einen weiteren Besuchstermin mit Piersall zu vereinbaren, sagte man ihm, Piersall würde keine Besucher mehr empfangen. Anscheinend war er erst einen Tag aus der Schutzhaft raus, als er von jemandem abgestochen wurde – als sie ihn in die Krankenstation des Gefängnisses geschafft hatten, war er bereits tot.

In neunzig Tagen würde Frankie wieder im Ring stehen – Ristone hatte ihm einen Kampf mit einem sicheren Verlierer besorgt. Die große Publicitykampagne war bereits angelaufen. Keine echten Fights mehr für Frankie, bis er eine Serie abgekarteter K.o.-Siege vorweisen konnte.

Hauser sagte, er sei noch nicht fertig. »Diese Adelnaws Foundation stinkt. Wußten Sie, daß dieser Capshaw wegen sexueller Belästigung von Kindern vorbestraft war? Vor fast vierzig Jahren, in Toronto. Und diese Stiftung, die ist auch im Internet. Der Server steht irgendwo drüben in Finnland. Ich werd mir die Sache mal genauer ansehen.«

»Seien Sie ganz Sie selbst«, riet ich ihm.

Ein guter Rat, den ich Hauser gegeben hatte. Aber es dauerte noch ein paar Wochen, bevor ich ihn selber beherzigte. Vyra rief aus dem Vista an. Und ich stieg in den Plymouth und fuhr hinüber, um mir ihre neuen Schuhe anzusehen.